SOPHIE BONNET
Provenzalischer Stolz

Autorin

Sophie Bonnet ist das Pseudonym einer erfolgreichen deutschen Autorin. Mit ihrem Frankreich-Krimi »Provenzalische Verwicklungen« begann sie eine Reihe, in die sie sowohl ihre Liebe zur Provence als auch ihre Leidenschaft für die französische Küche einbezieht. Mit Erfolg: Der Roman begeisterte Leser wie Presse auf Anhieb und stand monatelang auf der Bestsellerliste, ebenso wie die darauffolgenden Romane um den liebenswerten provenzalischen Ermittler Pierre Durand. Die Autorin lebt mit ihrer Familie in Hamburg.

Die Romane der Pierre-Durand-Reihe:

Provenzalische Verwicklungen · Provenzalische Geheimnisse · Provenzalische Intrige · Provenzalisches Feuer · Provenzalische Schuld · Provenzalischer Rosenkrieg · Provenzalischer Stolz · Provenzalischer Sturm (Paperback Ausgabe)

Sophie Bonnet

Provenzalischer Stolz

Ein Fall für Pierre Durand

blanvalet

MIX
Papier aus verantwortungsvollen Quellen
FSC® C014496

1. Auflage

Redaktion: Angela Troni
Umschlaggestaltung und -motiv: www.buerosued.de
DN · Herstellung: eR
Satz: Mediengestaltung Vornehm GmbH, München
Druck und Bindung: GGP Media GmbH, Pößneck
Printed in Germany
ISBN 978-3-7341-1016-0

www.blanvalet.de

Prolog

Es hieß, dass man am Übergang zur jenseitigen Welt diejenigen Bilder an sich vorüberziehen ließ, die einen am meisten bewegten. Er hatte immer gedacht, dass er Szenen aus seiner Kindheit sehen würde, die nicht einfach gewesen war, und seinen Weg von ganz unten hinauf. Aber während er unter glühenden Schmerzen zu Boden fiel und den sumpfig-modrigen Geruch wahrnahm, den Duft des Strandflieders, dachte er an jenen Tag, als er mit Alejandro hier gewesen war, am *Étang de Vaccarès*.

Der Junge liebte diesen Ort, und so waren sie gemeinsam hingefahren, obwohl Alejandro kaum noch Kraft hatte und seine Ausfälle stärker wurden. Alles in der Hoffnung, der Anblick dieses Paradieses, der unberührten Natur, würde ihm Gottes unsichtbares Wesen zeigen, seine ewige Stärke.

Also waren sie den Weg entlanggefahren, der durch das Schwemmland führte, vorbei an Sümpfen und Salzwiesen bis hinauf zum See. Er hatte den Fahrtwind im Gesicht gespürt und nicht geahnt, dass er Jahre später genau an diesem Ort sein Leben lassen würde. Erstaunlich, dachte er, wie schnell einen das Schicksal von ganz oben in die Tiefe stürzen ließ. Wie hart man aufschlug, weil es nichts gab, um den Sturz abzufedern.

An jenem Tag hatten sie den Wagen vor dem Zaun geparkt, gleich bei den Schildern, die davor warnten, diesen Bereich zu betreten. Doch Alejandro hatte keine Angst, er war schon oft über den Zaun geklettert. Der Stacheldraht hatte ihm ein ums andere Mal die Hosen zerrissen, bis Minette ihm nur noch mit einem Achselzucken Nadel und Faden in die Hand drückte, mit denen er die Löcher selbst zu kleinen Wulsten zusammennähte, die seine Hosen wie Narben überzogen.

Narben, die er mit Stolz vor sich hertrug und die ihm die Achtung der anderen Jungen einbrachten. Er war der Bezwinger der Stiere! Wenn er groß war, so erzählte er, würde er ein bedeutender *raseteur* werden und in der Arena von Saintes-Maries-de-la-Mer auftreten, wo die *courses camarguaises* ausgetragen wurden, die unblutigen Wettkämpfe, bei denen es lediglich darum ging, den Stieren die zwischen den Hörnern angebrachte Trophäe abzutrotzen, die *cocarde*.

Wusste er denn nicht, dass Stolz eine Sünde war?

Sie hockten sich ins Dünengras, um die Stiere aus allernächster Nähe zu beobachten. Das dunkel glänzende Fell, das elegante Muskelspiel. Alejandro hob einige Steinchen auf und warf sie in einem Regen in Richtung der Tiere, bereit zurückzurennen und sich mit einem Sprung über den Zaun auf den Sandweg zu retten. Er schimpfte mit dem Jungen, er sei viel zu geschwächt für einen solchen Sprung. Aber die Stiere blieben unbeeindruckt, standen weiter träge im Licht der Abendsonne und taten, als hätten sie die beiden nicht bemerkt.

Sie waren geblieben, bis die Tiere die Köpfe hoben und dem Leitstier über die bewachsenen Dünen den Weg zurück zu den Ställen folgten. Dann hatten sie sich erhoben und waren durch das Schwemmland gedrängt bis an den See. Hatten sich an den Ufersaum gesetzt und dort verharrt, bis sie mit der sie umgebenden Natur verschmolzen.

Wenn man sich ganz still verhielt, konnte man den Seidenreihern mit ihrem silbrig weißen Gefieder dabei zusehen, wie sie mit schnellen Schritten durch sumpfige Wiesen wateten oder im Wasser auf der Stelle stampften, um Insekten aufzuscheuchen, Eidechsen oder Frösche. Wenn sie dabei die Brustfedern spreizten, sahen sie aus wie Brautjungfern, die einen Tanz aufführten.

Ein Flamingo stob auf und kreiste über dem *Étang de Vaccarès*, bevor er sich entfernte. Ein immer kleiner werdender Punkt, der sich schließlich im Rotviolett des Himmels verlor. Das Bild verschwamm. Es war so weit.

Regungslos und mit in Schreck und Panik erstarrten Augen sah er über das ruhige Wasser, das gefärbt war von der Glut der Abendsonne. Bald würde sie den Horizont berühren und darin versinken. Doch nicht für ihn.

Der glühende Schmerz in seiner Brust ließ nach, löste sich auf.

Während das Licht immer heller wurde und ihn mit sich riss, dachte er an den Brief. Es war ein Fehler gewesen herzukommen. Er hätte wissen müssen, dass er gemeint war.

Wehe, ihr Sünder, denn eure Verfehlungen blieben IHM nicht verborgen. Also seid bereit, wenn der Tag des Gerichts gekommen ist.

I

»Pierre? Bist du hier draußen?«

»*Merde!*« Er musste eingeschlafen sein. Als er die Lider öffnete, sah er in dichtes Blattwerk. Dahinter der Himmel, der apricot schimmerte. Bald würde er die Farbe reifer Feigen annehmen.

Mühsam richtete Pierre sich auf. Vor ihm lag der Bach, der seinen Hof von der Straße trennte. Im Frühjahr, während der heftigen Regenfälle, war das Wasser über die Ufer getreten, doch nun war er nur noch ein schmales Rinnsal, das vor sich hin gurgelte.

Er rieb sich die Augen und sah in Richtung des Hofes. Charlotte hatte ihn noch nicht entdeckt. Sie stand vor der schmiedeeisernen Bank bei der Laube, die Hände in die Hüften gestützt, und blickte sich um.

Seit seiner Suspendierung im vergangenen Monat hatte Pierre es sich zur Gewohnheit gemacht, den Tag dort mit einem Krug Rosé ausklingen zu lassen und dabei die Wärme der Abendsonne auf der Haut zu genießen. Nun aber, da die Temperaturen der letzten Junitage beinahe vierzig Grad erreichten, war es ihm zu heiß geworden.

Pierre hatte im Schatten einer Esche Schutz vor der Sonne gesucht und vor der drückenden Hitze, die sie nach dem abendlichen Eintauchen hinter das Eichenwäldchen auf dem Hof zurückließ. Er hatte sich an den Stamm des Baumes gelehnt, den Blick in die Krone gerichtet. Dabei hatte er die

Augen geschlossen, ganz kurz nur, um dann doch einzuschlafen. So fest, dass er es nicht bemerkt hatte, als Charlotte von der Arbeit nach Hause gekommen war.

»Pierre, wo steckst du denn?«

Er fuhr sich mit den Händen übers Haar und stand auf, um ihr entgegenzugehen.

War sie schon im Haus gewesen?

Der Gedanke an das Chaos, das er in der Küche hinterlassen hatte, trieb ihm den Schweiß auf die Stirn. Die Schale mit dem *espadon au citron*, dem Schwertfischfilet in Zitronensauce, das Charlotte gestern aus ihrer *L'Épicerie provençale* mitgebracht hatte, stand leer gekratzt neben dem benutzten Teller samt Besteck auf dem Tisch. Und bei der Spüle lag noch das halb gegessene Croissant vom Morgen, daneben Wurstpelle und ein Häufchen Käseränder in einem Meer aus Krümeln.

Charlotte hasste Unordnung, und er hatte sie längst beseitigen wollen. Aber er hatte die Zeit vergessen. Pierre beschleunigte seinen Schritt.

Doch dann dachte er an das angekündigte Gespräch, das ihm bevorstand, und blieb stehen, rieb sich unentschlossen mit der Hand über das unrasierte Kinn.

»Du musst endlich Widerspruch einlegen«, hatte Charlotte ihn am Morgen angefleht. »Die Suspendierung wird sonst rechtskräftig. Heute Abend reden wir noch einmal darüber, ja?«

Pierre hatte nur gebrummt. Seine Suspendierung war überzogen gewesen. Der neue Bürgermeister hatte vollkommen überreagiert, nur weil er sich krankgemeldet hatte, während er privat in einem Fall ermittelte. Und weil ihn ein Journalist in Uniform vor den Toren des Untersuchungsgefängnisses in Grasse abgelichtet hatte, bevor er sie auszog. Was den Eindruck vermittelte, er hätte als Polizeibeamter auftreten wollen.

Ein Eintrag in die Personalakte hätte ausgereicht, aber Maurice Marechal musste ja gleich das ganz große Geschütz auffahren.

Charlotte hatte recht, der Widerspruch war aussichtsreich, doch sein Stolz hielt Pierre zurück.

Vielleicht hätte er es ertragen, die nächsten Jahre unter einem solchen Idioten zu arbeiten – wenn er sich des Rückhalts der Gemeindevertreter sicher gewesen wäre. Anfangs hatte es auch ganz danach ausgesehen, als seien sie auf seiner Seite. Sie hatten versichert, die Entscheidung bei einer Dringlichkeitssitzung anzufechten. Der stellvertretende Gemeinderatsvorsitzende François Pistou, ein pensionierter Rechtsanwalt, hatte von einem groben Fehler gesprochen, der rückgängig gemacht werden müsse, so wahr er hier stehe. Doch seither war nichts geschehen. Und je mehr Zeit verstrich, desto weiter schien der Fall hinter das Tagesgeschäft zurückzutreten. Sollte er nun etwa zu Kreuze kriechen, um das zu ändern?

Pierre schüttelte den Kopf, so, wie er es auch heute Morgen getan hatte. Nein, niemals!

»Du warst doch immer zufrieden mit deinem Beruf«, hatte Charlotte entgegnet. »Es hat dir Freude gemacht, für die Sicherheit der Dorfbewohner zu sorgen. Und seit *Commissiare* Lechat aus Cavaillon dir zugesichert hat, dich bei Kriminalfällen rund um Sainte Valérie in die Ermittlungen einzubeziehen, bist du in einer bequemen Position. Willst du all das etwa widerstandslos aufgeben?«

»Ohne die Zustimmung von *Monsieur le maire* Marechal geht da gar nichts, und er wird diese Regelung zu torpedieren wissen«, widersprach Pierre. »Er ist ein Idiot!«

»Mag sein. Aber im Streit wird oft heißer gekocht als gegessen. Ihr könnt euch bestimmt arrangieren.«

»Das glaubst du ja selbst nicht.«

»Doch, ich bin sogar davon überzeugt.«

Woher diese sagenhafte Überzeugung rührte, hatte sie allerdings nicht erwähnt, aber so war sie, seine Charlotte, ein Ausbund an Optimismus, egal, wie tief der Sumpf war, in dem man steckte.

Im Gegensatz zu ihm wusste sie, was sie wollte. Sie ging ihren Weg, verließ ihn immer dann, wenn etwas im Wege stand, um mit erstaunlich emotionaler Gelenkigkeit an anderer Stelle wiederaufzutauchen, von der sie eine bessere Aussicht hatte als zuvor. So hatte sie ursprünglich ein eigenes Restaurant eröffnen wollen, war aber vor den immensen Kosten zurückgeschreckt und vor der Unmöglichkeit, eine geeignete Lokalität zu finden.

Charlotte wäre nicht Charlotte, wenn sie nicht eine Lösung gefunden hätte, die die ursprüngliche noch weit übertraf.

Als ihr jemand ein hübsches kleines Ladenlokal an der *Rue du Pontis* direkt gegenüber der Aussichtsplattform anbot, warf sie kurzerhand ihre Pläne über den Haufen und eröffnete die *L'Épicerie provençale*, in der sie mit wenig Personalaufwand frisches Essen zum Mitnehmen herstellte. Ein »Restaurant to go« sozusagen, das sich innerhalb kürzester Zeit zu einem Geheimtipp entwickelte und ihr eine begeisterte Stammkundschaft bescherte. Das Bürgermeisteramt hatte ihr sogar die Genehmigung erteilt, zwei Tische vor der *Épicerie* aufzustellen, die den Umsatz gewiss noch erhöhen würden. Was ihn natürlich freute, ihm sein eigenes Dilemma jedoch erbarmungslos vor Augen führte.

Charlotte erfolgreich in ihrem geliebten Laden und er … nun ja. Er sollte alldem mit unverdrossenem Gleichmut begegnen. Es als Ansporn begreifen, um sich mit Tatkraft gegen die innere Ödnis zu stemmen. Aber er konnte es nicht, er war auch nur ein Mensch.

»Warum kümmerst du dich nicht um eine neue Anstellung?«, hatte sie ihn einmal gefragt, erschöpft von seiner Starrköpfigkeit.

»Für mich gibt es eben keinen Plan B.«

»Es gibt immer einen Plan B. Man muss den Gedanken nur zulassen.«

Pierre dachte an ihre glühenden Wangen und an das Lächeln, das noch eine Spur strahlender geworden war, als könne ihn alleine ihre Zuversicht überzeugen. Stattdessen löste sie damit einen Abwehrreflex aus, der sich nun in seinem Nacken festkrallte und ihn einen Schritt rückwärts trieb. Er hatte nicht die geringste Lust darauf, sich wie ein Schuljunge behandeln zu lassen, der nur ein wenig Nachhilfe in der Kunst des Lebens brauchte, um ihn wieder auf die Spur zu setzen.

»Pierre, du versteckst dich doch nicht etwa vor mir?« Charlottes Stimme klang jetzt ganz nah, als sei sie nur noch wenige Schritte von ihm entfernt.

Er drehte sich in Richtung der Brücke, die über den Bach auf die Straße führte, und schlich, als er erkannte, dass ihm dieser Weg versperrt war, an der rückwärtigen Wand des Hauptgebäudes entlang und durch das Eichenwäldchen hinüber zum Stall.

Leise öffnete er die Tür des Lagerraumes, schob sich an den mit Heu gefüllten Stiegen vorbei, an den Eimern mit Pellets und an den Salzlecksteinen und betrat den Bereich, in dem die beiden Ziegen untergebracht waren.

Der Geruch nach Mist und Tier schlug ihm entgegen. Obwohl die Steinmauern die Hitze des Tages aussperrten, war es stickig und warm. Durch die Öffnung, die zum Außengehege führte, drang kein Windhauch. Schon seit Tagen nicht. Wo sich sonst gegen Mitternacht die Luft in Bewegung setzte, um den Stalldunst durch die hereinströmende Nachtluft zu ersetzen, hatten die vergangenen Tropennächte für bleiernen Stillstand gesorgt.

Pierre hielt inne, atmete ein paarmal ein und aus, bevor er sich der weiß-braun gescheckten Cosima und ihrer maronenfarbenen Tochter Lilou näherte – Ergebnis der Affäre mit einem Roveziegenbock. Die beiden Ziegen zogen den Stall der Gluthitze des Außengeheges vor, standen wie erstarrt und mit gesenkten Köpfen da, sichtlich erschöpft.

Der Uhrmacher Didier Carbonne, der jeden Morgen vorbeikam, um Cosima zu melken und die Tiere zu versorgen, hatte zu Beginn der Hitzeperiode einen altersschwachen Ventilator mitgebracht, um den Aufenthalt im Stall einigermaßen erträglich zu machen. Doch als nach wenigen Umdrehungen die Sicherung raussprang und sich das Monstrum fortan nicht mehr in Bewegung setzen ließ, hatte er aufgegeben.

»Die Leitungen sind zu alt, die Anlage muss komplett erneuert werden«, hatte der herbeigerufene Elektriker gesagt und war ohne einen Auftrag wieder davongestiefelt.

»Zweitausend Euro«, stieß Pierre beim Gedanken an den Kostenvoranschlag aus. Wenn man in der Provence zweitausend sagte, konnten es leicht auch drei werden. Der Mechaniker Stephane Poncet hatte seine Hilfe angeboten. Er werde demnächst vorbeischauen, um das Ganze für einen Freundschaftspreis provisorisch zu flicken. Das war vor sechs Tagen gewesen, und Pierre wusste, dass Zeit hier eine relative Größe war und es nichts brachte, Poncet zu drängen, wenn er nicht drei Monate warten wollte.

Er trat ein Stück näher. »Na, ihr beiden Hübschen«, sagte er mit sanfter Stimme, »lasst ihr mich in eure Mitte?«

Cosima drehte sich träge um, ging einen Schritt auf ihn zu und blieb beim Anblick seiner leeren Hände wie angewurzelt stehen.

»Was willst du? Die Raufe ist doch noch randvoll!«

Seine Stimme klang laut in der Stille des ehemaligen Heuschobers. Nun hob auch Lilou den Kopf, doch sie schüttelte ihn nur, als wolle sie eine Fliege verscheuchen, und schloss wieder die Augen. Cosima hingegen machte einige Schritte auf Pierre zu und sah ihn fragend an. Dann drehte sie sich mit vorwurfsvollem Meckern zum Wassertrog. Er war leer.

»Ihr Armen, es tut mir furchtbar leid«, murmelte Pierre. Er ging in die Futterkammer, nahm einen Eimer und drehte den Hahn in der Steinmauer auf. Dann ließ er das Wasser in das Auffangbecken laufen, bis es kühl aus der Leitung kam, füllte den Eimer und ging zurück in den Stall. Während die Ziegen direkt aus dem Eimer tranken, wobei ihre Hörner klangvoll gegen das Metall stießen, setzte er sich auf einen Heuballen.

»Ihr müsst mich eine Weile bei euch aufnehmen«, sagte Pierre, als Cosima den Kopf hob und sich zu ihm gesellte. »Charlotte möchte, dass ich Widerspruch gegen die Suspendierung einlege. Aber ich bin mir nicht sicher, ob das irgendetwas an meiner Lage ändert.«

Er legte eine Hand auf den Rücken der Ziege. Strich über das borstig-kurze Fell. Er musste zugeben, dass ihn die Suspendierung anfangs sogar erleichtert hatte. Es war Klartext gesprochen worden, die unterschwellige Aversion war offenbart. Und das war ihm lieber als das ständige Taktieren.

»Unser lieber Bürgermeister«, erklärte er, »gibt sich nach außen als liebender Familienvater und großer Kümmerer. Die Bewohner von Sainte-Valérie sind begeistert von seiner Tatkraft und scheinen sich auf seine Seite zu schlagen. Niemand glaubt mir, dass er ein Narziss ist, der es liebt, wenn man ihm schmeichelt, und der wegen jeder Kränkung gleich Köpfe rollen lässt. Was, meinst du, wird wohl passieren, wenn ich gegen seine Entscheidung angehe und mir meinen Posten zurückhole, hm?«

Cosima öffnete die Augen und sah ihn ernst an.

»Er wird mich schikanieren«, gab Pierre zur Antwort. »Er wird mich zu einem Bürohengst degradieren, der von morgens bis abends Akten sortiert und mit etwas Glück Falschparkern Knöllchen verteilen darf. Will ich das?«

Cosima meckerte und schüttelte den Kopf.

»Du versteht mich wenigstens. Im Gegensatz zu Charlotte.«

»Das ist nicht wahr! Ich verstehe dich sehr wohl.«

Pierre fuhr herum. Charlotte lehnte am Türrahmen, die Hände in den Rocktaschen. Das Gesicht lag im Halbdunkel, doch Pierre meinte, darin Resignation zu erkennen.

»Ja«, fuhr sie fort. »Ich kann mir gut vorstellen, dass es nicht einfach für dich ist. Aber was sind die Alternativen?«

»Keine Ahnung!« Pierre stieß es so harsch aus, dass Cosima zurückzuckte und sich trollte. »Philippe hat mir angeboten, ihm in der Bar zur Hand zu gehen, aber das ist nichts für mich. Und Carbonne meinte, ich solle eine Detektei oder einen Sicherheitsdienst eröffnen, um leer stehende Ferienhäuser vor Einbrechern zu schützen. Jetzt mal ehrlich, kannst du dir vorstellen, wie ich einer gekränkten Ehefrau Fotos von ihrem abtrünnigen Mann liefere oder vor den schicken Anwesen irgendwelcher Ferienhausbesitzer patrouilliere?«

»Es gibt viele Menschen, die einen Sicherheitsdienst brauchen, immerhin macht die Einbruchserie der vergangenen Wochen alle nervös.«

»Nein, verdammt!« Pierre erhob sich. »Ich will keinen Job, bei dem ich irgendwo Wache stehe und die ganze Zeit nur Däumchen drehe.«

»Das tust du doch längst. Ich meine, Däumchen drehen.« Charlotte nahm die Hände aus den Rocktaschen und hob die

Schultern. »Seit Mitte Mai hängst du nur herum und schlägst die Zeit tot. Die Kreditraten für das Haus laufen weiter, irgendwann kannst du dir das alles hier nicht mehr leisten. Es sei denn, du nimmst mein Angebot an und lässt mich Miete zahlen …«

»Ausgeschlossen!« So tief konnte er nicht sinken, dass er sich von seiner Freundin aushalten ließ. »Außerdem habe ich gestern den Pachtvertrag mit Martin Cazadieu unterzeichnet. Laut Gutachten ist der Boden unter dem brachliegenden Feld für den Weinanbau noch immer geeignet, und da hat er sofort zugeschlagen. So kommt auch ein bisschen Geld rein.«

»Wie viel?«

»Zweihundertfünfzig Euro monatlich. Schon ab ersten Juli. Das ist sehr anständig, die Fläche ist ja nicht allzu groß. Dafür bekommt er zusätzlich den hinteren Teil des Stalls als Lagerplatz, dort, wo früher der Knoblauch getrocknet wurde.«

»Schön, aber das reicht nicht zum Leben.«

»Ich brauche nicht viel.«

»Und was ist mit …«, sie stockte, »unseren Plänen, unserer Zukunft?«

Verärgert schnalzte Pierre mit der Zunge. »Erwartest du tatsächlich, dass ich irgendeinen Job annehme, nur damit sich deine Träume erfüllen?«

»Ich dachte, es sind auch deine Träume.«

»Jetzt, in dieser Lage? Verdammt, das ist eine weitreichende Entscheidung. Und sie kommt zur falschen Zeit.«

Sie legte den Kopf schräg, mühsam gefasst. »Und wann, glaubst du, ist die richtige Zeit?«

»Zumindest nicht, solange ich keine Familie ernähren kann.«

»Ich kann das tun …«

Fassungslos sah er sie an. »Ach. Und wo bin ich in deinen

Träumen? Soll ich dann etwa zu Hause bleiben und die Kinder großziehen?«

»Wäre das denn so abwegig? Manche Männer machen das mit Freuden, es ist geradezu modern.«

Er brachte kein Wort heraus, was gut war, denn er würde nur brüllen.

Charlotte schob die Hände zurück in die Rocktaschen, langsam, als müsse sie sich dabei konzentrieren. »Ich sehe schon«, sagte sie mit müder Stimme. »Das ist keine Option für dich. Aber das hier ist keine Schönwetterbeziehung. Ich bin an deiner Seite, auch wenn es mal stürmt. Ich werde immer für dich da sein. Dir zuhören, anpacken und dich unterstützen, wenn du willst auch finanziell.« Sie nickte mit Nachdruck. »Ja, auch das. Ich verdiene gut, die *Épicerie* läuft immer besser, ebenso die kulinarischen Wochenenden mit Martin. Warum sollte ich nicht auch etwas zu unserem Leben beitragen? Halte mich bitte nicht aus deinen Problemen heraus. Und vor allem erwarte nicht, dass ich meinen Traum von einer eigenen Familie aufgebe, nur weil du zu stolz bist, meine Hilfe anzunehmen. Ich werde auch nicht jünger. Mit fünfunddreißig ist eine Schwangerschaft noch möglich. Aber wenn wir zu lange warten, ist es irgendwann zu spät dafür.«

Damit drehte sie sich um und ging hinaus.

»So ein verdammter Sch…«

Pierre dachte an den Abend in Banyuls-sur-Mer, als sie unter einer Wolldecke dem stürmischen Novemberwetter trotzend am Meer gesessen hatten. Damals hatte er gewusst, dass er mit keiner anderen sein Leben verbringen wollte als mit Charlotte. Aber an jenem Abend hatte sie ihm auch versprochen, keine Bedingungen zu stellen. Und nun tat sie es doch.

Er stieß die Luft aus. Klopfte dann das Stroh von der Jeans

und folgte ihr. Blieb mitten auf dem Hof stehen und starrte in die zunehmende Dunkelheit.

Er konnte jetzt nicht ins Haus gehen. Lieber würde er mit dem Fahrrad ins Dorf fahren, um in der *Bar du Sud* etwas zu trinken und Karten zu spielen. Die Männer dort verstanden ihn sicher besser.

2

Als Pierre die Straße zum mittelalterlichen Stadttor erklomm, war das Lachen der Nachtschwärmer bereits zu hören. Er schob sein Fahrrad durch das Stadttor in Richtung der *Place du Village* und beobachtete die Menschen, die durch die erleuchteten Gassen von Sainte-Valérie schlenderten. Manche standen beim Bouleplatz und sahen den Spielern zu, die sich angesichts der Zuschauer besonders lässig gaben. Andere saßen auf der Terrasse des *Chez Albert*, dessen Küche um diese Zeit normalerweise längst geschlossen hatte, und am Brunnen tanzten zwei Mädchen zu den Klängen eines Akkordeons.

Pierre freute sich, in die Stimmung einzutauchen, sich fallen zu lassen und mitzuschwimmen im vergnüglichen Strom. Und darauf, den Streit in einem *bière pression* zu ertränken, bevor er zum Rotwein übergehen würde. Einem fruchtig-kirschigen Cuvée aus Grenache und Cinsault, den Philippe und Georgette, die Besitzer der Bar, seit Neuestem von Martin Cazadieus mit unendlichen Schätzen bestückten Weinhandlung bezogen.

Es schien eine Ewigkeit her zu sein, dass er in die Bar gefahren war, die Wochen seit der Suspendierung waren verflogen, ohne dass er sagen könnte, womit er sie gefüllt hatte. Anfangs war er noch voller Tatendrang gewesen. Er hatte sich bei der *Pôle emploi* arbeitssuchend gemeldet und Ordnung in seine private Ablage gebracht, alte Rechnungen vernichtet und neue sortiert. Ein wenig besorgt, wie er die kommenden zahlen sollte, denn selbst mit seinem vollen Gehalt waren die Ausgaben für das Haus – der Kredit, die Nebenkosten, die anstehenden Reparaturen – nur knapp zu stemmen gewesen. Damals überwog noch die Zuversicht. Er wollte die Stellenangebote der Zeitungen studieren, auf die Rückmeldung der Arbeitsvermittlung warten und bis dahin seine Freiheit genießen.

Pierre war nach L'Isle-sur-la-Sorgue gefahren, hatte sich eine Angel besorgt und sich damit an das Geländer der steinernen Brücke gelehnt, die zu seinem Hof führte. Dafür war er extra früh aufgestanden, weil sich die Fische rar machten, wenn die Sonne zu hoch stand. Er hatte Forellen aus dem kristallklaren Wasser gezogen und für Charlotte und sich gegrillt. Bis es ihm schließlich zu mühsam geworden war, sich im Morgengrauen aus dem Bett zu quälen.

Mit gerötetem Gesicht stellte Pierre das Fahrrad vor der *Bar du Sud* ab und ging hinein, durstig von der Anstrengung des Fahrens. Selbst jetzt, um zehn Uhr abends, war die Temperatur kaum gesunken, noch immer lag sie weit über dreißig Grad.

Der Deckenventilator blies ihm einen Schwall stickige Luft entgegen. Die Bar war nur zur Hälfte gefüllt, doch der Lärmpegel war so hoch, als platze sie aus allen Nähten. Aus dem Stimmengewirr quoll Lucs helles, glucksendes Lachen hervor. Sein ehemaliger Assistent saß dem Vernehmen nach am Stammplatz der älteren Dorfbewohner, und Pierre wandte sich nach links, um sich zu ihnen zu gesellen.

»*Alors quoi?*«, drang Serge Oudards Stimme aus der Ecke. »Er ist selbst schuld. Warum hat er den Bürgermeister angelogen? Natürlich konnte Marechal ihm das nicht durchgehen lassen, wie hätte er denn dann dagestanden! Die Suspendierung war das einzig Richtige.«

Pierre hielt inne. Ging es etwa gerade um ihn? Er konnte nicht glauben, was er da hörte. Serge Oudard besaß einen Krämerladen in der *Rue du Portail*, wo er den Touristen mit frisch geschnittenen Oliven und Kräutern garnierte Fertigpizza als Spezialität des Hauses verkaufte. Ausgerechnet der empörte sich über eine Lüge?

Er trat näher, um dem Gespräch besser folgen zu können.

»Du bist doch nicht etwa auf der Seite von diesem Lackaffen? Marechal wollte die Muskeln spielen lassen, ganz ohne Grund. Die Ausrichtung des Kinderfestes hätte jeder andere auch übernehmen können. Aber er wollte Pierre nicht gehen lassen, obwohl der ihm sagte, wie dringlich es sei.«

Das war Luc. Pierre lächelte gerührt.

»Ah, *bon*, dringlich nennst du das? Ganz ehrlich: Da steigt eine in Bedrängnis geratene Freundin aus der Versenkung, und die gute Charlotte hat nichts Besseres zu tun, als unseren *Chef de police* loszuschicken, damit er Nachforschungen anstellt. Ohne Rücksicht auf seinen Posten!« Ein gehässiges Lachen folgte. »Und was macht Pierre? Lässt alles stehen und liegen, um ihr den Wunsch zu erfüllen, weil er nicht die Eier hat, ihr zu widersprechen.«

So ein Hornochse! Pierre ballte die Hände zu Fäusten. Oudard verdrehte die Tatsachen. Die angeblich aus der Versenkung Entstiegene war immerhin Charlottes beste Freundin, festgenommen wegen dringenden Mordverdachts. Obwohl das Gift nicht dem Toten, sondern ihr selbst gegolten hatte. Und dieser Griesgram von Oudard stellte es so dar, als hätte er sich durch die Gegend schicken lassen! Der hatte noch nie kapiert, worum es im Leben ging, dafür fehlte es ihm an Feinsinn und Menschlichkeit. Aus seinem Mund hatte Pierre noch nie ein gutes Wort gehört. Alles war furchtbar, empörenswert, das ganze Leben. Armselig!

»Keine Eier«, hatte Oudard gesagt, und es hatte geklungen, als sei er in dessen Augen eine Memme.

Pierre unterdrückte den Impuls hineinzugehen und dem Krämer mit der Faust zu zeigen, dass er sehr wohl Eier hatte. Doch er war zu neugierig, wie das Gespräch weiter verlief und wer ihm in diesem Wortgefecht noch beisprang. Er hatte vorhin auch die Stimme von Didier Carbonne herausgehört, dem verwitweten Uhrmacher. Und die von Arnaud Rozier, dem ehemaligen Bürgermeister, der sich seit seiner vorzeitigen Pensionierung zur Überraschung aller nahtlos in den Kreis der Dorfbewohner einzufügen schien. Gespannt, was die beiden Oudard entgegnen würden, schob er sich ein Stück vor und lugte um die Ecke, bis er die Männer sehen konnte, die an einem Tisch beisammensaßen, die Spielkarten in der Hand.

Und tatsächlich, Didier Carbonne legte sein Blatt umgedreht auf den Tisch und wiegte den Kopf. Jetzt, dachte Pierre, jetzt wird Oudard sein Fett abbekommen!

»Nun, das ist gar nicht so einfach mit den Frauen. Die haben heutzutage die Hosen an«, bestätigte der Uhrmacher stattdessen. »Man muss sich ziemlich wehren, wenn man nicht untergehen will. Und wehe, du bist anderer Meinung.«

»Von wem sprichst du?«, fragte Luc. »Du bist doch alleinstehend.«

»Na, von Rosalie … ich meine, Madame Duprais. Die redet plötzlich nur noch so religiöses Zeug und will, dass ich mit dem Trinken aufhöre, damit mich der Teufel nicht holt. Und weil zu üppiges Essen ja eine Sünde ist, gibt es auf einmal nur noch Suppen. Und irgendwelches Gemüse.« Er machte eine abwehrende Handbewegung. »Pft, ohne mich!«

»Meine Frau hat in letzter Zeit auch so komische Anwandlungen«, erklang die Stimme von Stephane Poncet, dem Mechaniker, den Pierre von seinem Platz aus nicht sehen konnte. »Sie will, dass ich am Sonntag mit ihr in die Kirche gehe.«

»Und? Machst du das?«

»Bist du verrückt? Ich schütze lieber ein paar ungeplante Aufträge vor. In der Werkstatt steht ein Fernseher, da lässt es sich aushalten.«

Die Männer lachten, einige nickten wissend.

»Ihr seid eben noch echte Kerle. Aber Pierre …« Oudard bleckte die Zähne. »Wisst ihr noch, was für ein Mann er war, als er hier ankam? Der hat sich so schnell nicht die Butter vom Brot nehmen lassen. Aber seit er mit Charlotte zusammengezogen ist, mutiert er zum Lämmchen.«

»Eher zum Pascha«, entgegnete Poncet. »Meine Jüngste arbeitet doch in Charlottes *Épicerie*. Isabelle hat mir erzählt, dass Pierre anfangs sogar immer in die Stadt gekommen ist, um seine Freundin von der Arbeit abzuholen. Ein, zwei Wochen lang ging es so. Und dann ist er nicht mehr aufgetaucht. Nur einmal, und da hat sie sich so richtig erschrocken. Dick ist er wohl geworden.«

Pierre wurde blass. Wie konnte er nur annehmen, dort drüben säßen seine Freunde!

Roland Germain, ein knochiger Mann mit Schnauzbart, der die Poststelle des Dorfes leitete, beugte sich vom Nachbartisch aus vor. »Mir kommt es so vor, als würde ihn das Dorfleben nicht mehr interessieren. Noch nicht mal zum Sommersonnenwendfest ist er gekommen.«

Poncet nickte. »Ich glaube, er bewegt sich kaum noch. Sitzt nur noch rum und lässt sich bedienen. Essen gibt's ja genug. Charlotte hat immer eine gefüllte Tasche dabei, wenn sie nach Hause fährt. Und das ist doch nicht das Schlechteste, oder?« Er gluckste. »Ich wette, der tut alles dafür, dass das so bleibt. Wer will ihm das verdenken?«

Das Lachen brandete wieder auf, als Luc die Arme hob, um es zu dämpfen.

»Hört schon auf«, sagte er. »Ich mache mir echt Sorgen um

Pierre. Er hat sich vollkommen zurückgezogen. Ich habe ein paarmal versucht, mich mit ihm zu verabreden. Einmal haben wir uns sogar zum Essen getroffen. Aber es war seltsam. Er hat ja nichts zu erzählen. Wenn man den ganzen Tag vorbeiziehen lässt und nichts erlebt, dann …« Er blies die Backen auf. »Und die Geschichten aus der Wache wollte er auch nicht hören. Ich glaube, er kommt mit der Situation nicht zurecht. Letztlich saßen wir nur da und haben geschwiegen. So kenne ich ihn gar nicht, er war doch immer so dynamisch.«

»Boreout!«, diagnostizierte Philippe vom Tresen aus, und Pierre drängte sich in den Schatten des Eingangsbereiches, damit der Wirt ihn nicht entdeckte. »So heißt das, wenn man aus lauter Langeweile trübsinnig wird. Mein Schwiegervater hatte das, als er in Rente ging, der war vollkommen antriebslos, wie leer gepumpt. Das ist eine schlimme Sache, davon kann man richtig krank werden!«

Pierre presste die Lippen aufeinander, ihm war übel. Mitleid war das Letzte, was er brauchte. Es war erniedrigend. Das Essen mit Luc war in der Tat zum Fiasko geworden, er war zu stolz gewesen, ihm zu sagen, wie sehr er seinen Posten, die Wache, ihn und sogar die neue Schreibkraft Penelope vermisste. Natürlich hatte er nicht hören wollen, dass das Leben dort weiterging. Ohne ihn.

Und, ja, er hatte es in den letzten Wochen vermieden, den Dorfbewohnern zu begegnen, aber nicht, weil er keinen Antrieb dazu fand. Vielmehr war ihm die ständige Fragerei nach seinem Befinden langsam unangenehm.

Nur zu gut erinnerte er sich an seinen letzten Ausflug hierher. Er war mit Charlotte ins Dorf gefahren und hatte sich ins *Café le Fournil* gesetzt, um ausgiebig zu frühstücken. Und während er in sein dick mit Butter und Feigenmarmelade bestrichenes Croissant biss und die Tasse hob, um es mit einem gezuckerten *café noir* hinunterzuspülen, war Lucs Freundin Florence an ihn herangetreten und hatte ihn gefragt, wie es ihm nach der Suspendierung gehe und ob er schon etwas Neues gefunden habe. Es war sicher freundlich gemeint, aber die mütterliche Art, mit der die Kellnerin ihn bedachte, und der mitfühlende Blick waren ihm unangenehm gewesen. Als er beim anschließenden Spaziergang auch noch Madame Duprais begegnete, die ihm von einem Artikel erzählte, laut dem Menschen, die mit Mitte fünfzig arbeitslos würden, besonders psychisch litten, da hatte er sich geschworen, das Dorf künftig zu meiden.

»Madame, ich bin erst vierundvierzig.«

»Tatsächlich?« Sie hatte sich zu ihm hochgereckt und ihn mit ihren Knopfaugen eindringlich gemustert. »Sie sehen viel älter aus. Aber vielleicht liegt es auch an Ihrem neuen Bart. Sie sollten sich rasieren, bevor Sie sich irgendwo vorstellen, sonst lehnt man Sie ab, bevor Sie auch nur *bonjour* sagen können.«

Pierre hatte die alte Dame mit unwirschem Kopfschütteln stehen gelassen und sich geschworen, erst wiederzukommen, wenn er konkrete Pläne vorweisen konnte.

»Ja, Florence«, würde er dann sagen können, »ich habe einen tollen Job gefunden.« Und: »Nein, Madame Duprais, Sie müssen sich keine Sorgen um mich machen, ich bin noch viel zu jung, um zum alten Eisen zu zählen. Und im Vertrauen gesagt«, er würde sich zu ihr hinabbeugen und verschwörerisch zwinkern, »die Firmen haben sich darum gerissen, mich einstellen zu dürfen.«

Bis dahin – er sah hinunter auf seinen Bauch, der in der Tat beträchtlich an Umfang gewonnen hatte – würde er aussehen wie ein durchtrainierter, junger Gott!

Abrupt drehte Pierre sich um und wollte die Tür aufreißen, als er gegen jemanden stieß, der die Bar unbemerkt betreten hatte und offenbar einiges mitgehört hatte.

»Penelope!«

»Hi.«

Seine ehemalige Schreibkraft starrte ihn peinlich berührt an. Ihr hellblondes Haar war zu einem hohen Pferdeschwanz zurückgebunden, sie trug eine kurze Jeanslatzhose mit schwarzem T-Shirt, auf dem in seltsam verdrehter rosafarbener Schrift »Blackpink« stand.

»Seit wann stehen Sie schon hier?«

Sie zuckte mit den Schultern. »Ist alles in Ordnung, geht es Ihnen gut?«

Die Peinlichkeit nahm kein Ende. »Doch, doch, alles bestens, danke«, presste er hervor, dann straffte er die Schultern und stürmte hinaus. »Einen schönen Abend noch.«

Hätte Pierre sein Fahrrad nicht so schnell von der Mauer gezogen und wieder bestiegen, er hätte vielleicht durch das gekippte Fenster gehört, wie Penelope an den Tisch der Dorfbewohner trat und in die Runde fragte, ob sie soeben etwa über Pierre geredet hätten. Und wie sie dann, nachdem die Männer am Kartentisch erstaunt schwiegen, etwas schärfer nachhakte, ob sie wüssten, dass dieser die ganze Zeit im Eingangsbereich gestanden und alles mitbekommen hatte.

Aber da Pierre wutentbrannt und gekränkt in die Pedale trat und sich auf der Fahrt quer durch die Felder schwor, den nächstbesten Job außerhalb von Sainte-Valérie anzunehmen, um den ganzen Scheiß hinter sich zu lassen, bekam er auch nicht mit, wie Luc die Schamesröte ins Gesicht stieg und er sofort aus der Bar stürmte, um ihn zu suchen. Vergeblich.

3

Die obere Etage des Hauses lag im Dunkeln. Froh, dass ihm eine nächtliche Diskussion erspart blieb, ging Pierre über die blank getretenen graublauen Fliesen mit den hübschen Ornamenten, die Charlotte unter dem Linoleumboden freigelegt hatte, in die Küche, um sich einen Wein aufzumachen.

Der Raum war aufgeräumt, blitzblank geputzt. Alles hier atmete Charlottes Wesen, ihre Akkuratesse ebenso wie ihre Leidenschaft für das Kochen. Die Rezeptbücher in den Regalen, von denen sie eines selbst geschrieben hatte, die aufgereihten Vorratsdosen, gefüllt mit Mehl, Zucker, Reis und Couscous.

Die Töpfe mit Rosmarin, Thymian und Basilikum, die sie zusätzlich zu denen im Kräutergarten in einer Nische am Fenster zog. Der geflochtene Knoblauchzopf.

Pierre hatte neue Küchenmöbel angeschafft, doch den alten gusseisernen Herd hatte sie gerettet. Sie liebte es, darauf zu kochen, das Klicken beim Einschalten, das sanfte Zischen der Gasflamme, wenn sie erglomm. Eigentlich war dieser Raum von Beginn an von ihr erfüllt gewesen, lange bevor er überhaupt wusste, dass sie eines Tages zu ihm ziehen würde.

Pierre seufzte. Er hasste es, wenn sie stritten. Charlotte war seine große Liebe, mit ihr wollte er alt werden. Für alles andere würde sich eine Lösung finden.

Sein Blick fiel auf den Esstisch, in dessen Mitte die Post der letzten Tage lag, die er stets beiseitegeschoben und im ganzen Haus verteilt hatte. Eine deutliche Mahnung, sich endlich darum zu kümmern.

Pierre setzte sich und begann, die Briefe aufzureißen. Eine Rechnung der Wasserwerke, eine Mahnung vom Stromanbieter, ein Schreiben des *Pôle emploi* mit der Bitte, sich bei einem Geldtransportunternehmen aus Mazan zu melden, das einen Fahrer suchte. Pierre schob es weit von sich, bis es samt Umschlag vom Tisch auf den Boden segelte.

Ein weiterer Brief enthielt keinen Absender. Sein Name war in Druckbuchstaben geschrieben, es sah nicht aus wie eine Rechnung. Pierre nahm das Messer und schlitzte ihn auf.

Der Umschlag enthielt zwei Seiten. Neugierig hielt Pierre das erste Blatt hoch und las.

Im Oktober des Jahres 1874 erschien der stigmatisierten Nonne Bernadette das Bild der Gottesmutter in einer alten Steineiche; sie gab ihr sieben Botschaften. Diese schickte die Nonne per Brief an Papst Leo XIII., der ihn samt Inhalt in den Gemäuern des Vatikans verbarg. Zu Beginn dieses Jahres entdeckte ein Ordensbruder sie in den Gewölben der Vatikanbibliothek. Er sah, dass sich die Weissagungen erfüllt hatten, bis auf die letzten drei.
Dieser Brief enthält eine Abschrift der verbliebenen Prophezeiungen. Schicke zehn Kopien davon weiter, und du bleibst verschont. Wenn nicht, könntest du das nächste Opfer sein.

Was für ein Blödsinn, dachte Pierre. Ein schlechter Scherz! Er drehte den Umschlag um und betrachtete seinen Namen. Die Schrift kam ihm bekannt vor, aber er konnte sich nicht erinnern, von wem sie stammen mochte.

Der Poststempel zeigte das Wappen von Sainte-Valérie. Machten sich die Dorfbewohner jetzt auch noch per Brief über ihn lustig? Verärgert knüllte Pierre das Blatt zusammen, dann hielt er inne und entfaltete es wieder. Der zweite Text war in mittelalterlich wirkender Schrift verfasst, er konnte sich kaum vorstellen, dass jemand dafür einen derart großen Aufwand trieb. Zudem kannte er niemanden, der so schreiben konnte.

Pierre beugte sich über den Text und las.

Copia oder Abschrift der Prophezeiung vom 4. Oktober 1874

Und als es wieder dunkel um mich wurde, sah ich einen Engel herniederfahren vom Himmel. In der Hand hielt er ein Feuerschwert, das Funken sprühte, und wen es berührte, den durchfuhr der Blitz. Die in Gott waren, wurden verschont, drei Sünder aber wurden schwarz, damit der Teufel sie erkannte und mit sich in die Hölle nahm.
Und eine Stimme sprach zu mir:

1. *Siehe, wie gut und erfreulich ist es, wenn Brüder beieinander wohnen. Vereint durch das Gesetz der Geburt, verbunden durch die Gemeinschaft des Glaubens, gleich in der Gleichheit des Leidens, stets glorreich im alleinigen Gott.*
2. *Ich habe für dich bei Christus, dem Herrn, gebetet, und er hat dir all deine Sünden vergeben. Nur wegen Handauflegung wirst du dich zu verantworten haben.*
3. *Denn nicht Schafe oder Rinder brachte er dar, sondern opferte doppelt sich selber, und auch damit war er nicht zufrieden, sondern wollte noch den ganzen Erdkreis zum Opfer bringen, da er wie auf Flügeln über Land und Meer fuhr.*

Wehe, Ihr Sünder, denn Eure Verfehlungen blieben IHM nicht verborgen. Also seid bereit, wenn der Tag des Gerichts gekommen ist.

Mit einem Kopfschütteln zerriss Pierre den Brief und warf die Schnipsel in den Mülleimer. Dann hob er das Schreiben der Arbeitsvermittlung vom Boden auf, legte es zu den Rechnungen auf den Küchentisch und löschte das Licht.

Es war nicht gut, sich so gehen zu lassen. Ab morgen würde er sich um alles kümmern, das nahm er sich fest vor. Er musste sich einen Job suchen, endlich wieder Geld verdienen, wenn er nicht ins Bodenlose stürzen wollte.

Irgendetwas wird mir schon einfallen, dachte er, während er versuchte, seinem Gesicht einen Ausdruck von Zuversicht zu verleihen. Er musste es für sich tun – und für Charlotte.

Pierre erklomm die Stufen ins Obergeschoss und schob die Tür zum Schlafzimmer auf. Es war leer. Er ging weiter zu Charlottes Arbeitszimmer, in dem es ein Schlafsofa gab, was sie zur Bedingung gemacht hatte, als sie zu ihm zog. Für den Fall, dass sie sich heftig stritten oder einer von ihnen das Bedürfnis nach weniger Nähe hatte. Dieser Moment war nun also gekommen.

Er zog die Tür auf.

Charlotte lag mit dem Rücken zu ihm da, eingerollt wie eine Katze, das lockige braune Haar umrahmte ihren Kopf. Ihre Atemzüge gingen gleichmäßig. Zu gleichmäßig. So, als hätte sie ihn erwartet und als wolle sie nicht, dass er es bemerkte. Sie war sauer, und er konnte es sogar verstehen.

Ihren Wunsch nach einer Familie hatte er nie ernst genommen, er hatte es verdrängt und darauf gehofft, dass es sich von selbst erledigte, wenn er nicht darauf einging. Es war nicht fair, das musste er zugeben, er war zu sehr mit sich selbst beschäftigt, um zu bemerken, wie sehr die Situation auch sie belastete.

Pierre trat näher und setzte sich auf den Rand des provisorischen Bettes. Suchte nach Worten der Entschuldigung, doch was immer er in seinem Kopf formulierte, klang albern und hilflos.

Vorsichtig strich er ihr über den Rücken, fuhr die weichen Rundungen ihres Körpers nach. Spürte, wie sie sich verspannte. Pierre atmete aus, unterdrückte das aufsteigende Verlangen, sich zu ihr zu legen, sie zu berühren, zu küssen, sich zu versöhnen. Ihr zu sagen, wie sehr er sie liebte und dass es momentan nicht leicht mit ihm sei.

Vor seinem inneren Auge tauchte das Bild ihrer letzten gemeinsamen Nacht auf. Sie hatten sich ans Ufer des Baches auf eine Decke ins Gras gesetzt, so wie damals, als sie das erste Mal auf dem Grundstück picknickten. Er hatte ihr eine Freude machen wollen und Sandwiches vorbereitet. Belegt mit *poulet rôti* vom Markt, Salat, Gurken, Tomaten und einer Sauce aus Mayonnaise, Knoblauch und pürierter Grillpaprika, von der er zuvor die Haut abgezogen hatte. Er hatte das Rezept in einem ihrer Kochbücher entdeckt, die sie im Küchenregal aufbewahrte. Die Zubereitung klang einfach, er konnte dabei nichts falsch machen.

Und so saßen sie beisammen und sahen in die untergehende Sonne, aßen die Sandwiches und zum Nachtisch *tarte aux truffes*, die er noch im Eisfach gefunden und aufgetaut hatte. Seine Lieblingstarte, die nach Konfekt schmeckte, nach sahniger Karamellcreme und einem Hauch Orangenzesten. Es war ein warmer Sommerabend gewesen, nicht so heiß und stickig wie die vergangenen. Sie tranken Rosé und redeten, bis der Himmel sein abendliches Blauviolett annahm und die ersten Sterne am Firmament funkelten. Unvermittelt beugte Charlotte sich vor und küsste ihm einen schokoladigen Rest vom Mundwinkel. Küsste einfach weiter, obwohl keine Schokolade mehr da war. Sie hatten sich ins Gras fallen lassen, kichernd wie zwei Teenager, und sich dann zum Plätschern des Baches geliebt.

Pierre sog die Luft ein, weil er das Gefühl hatte, an der Wucht der Erinnerung ersticken zu müssen. Wie lange war das her – zwei, drei Wochen?

»Charlotte …«, flüsterte er. Sein Herz raste. Er schmiegte sich an sie und legte eine Hand auf ihren Bauch, fuhr von dort langsam abwärts.

Ihre Verspannung nahm zu, und Pierre hielt mitten in der Bewegung inne. Sie würde ihn abweisen. Und das war mehr, als er in diesem Moment ertrug.

Vorsichtig drückte er ihr einen Kuss aufs Haar und schlich hinaus, ging nach unten in die Küche und zog einen Rotwein aus einer der in die Mauer eingelassenen Tonröhren. Er öffnete die Flasche, nahm ein Glas aus dem Küchenschrank und setzte sich auf das Sofa im Wohnzimmer, wo er – im Licht des Mondes, der silbrige Strahlen durch das Fenster warf – das erste Glas in einem Zug leerte.

Er fühlte sich so nutzlos. Die Suspendierung hatte ihn in eine Tiefe gezogen, die er an sich nicht kannte. Und er wusste nicht, wie er diesen Zustand beenden sollte.

4

Ein lautes Knattern weckte Pierre aus dem Schlaf, kurz darauf ein scharfes metallisches Geräusch. Hundertfach dröhnte es in seinem Kopf, als wolle ihn jemand mit einem Meißel öffnen.

»Verdammt!« Er richtete sich langsam auf und rieb sich den schmerzenden Kopf. Vor ihm, auf dem Couchtisch stand ein umgekipptes Glas, daneben zwei leere Flaschen Rotwein. Er hatte sich eine weitere geholt, um die inneren Dämonen zu vertreiben, nun wüteten sie umso heftiger.

Es war bereits hell draußen, die Armbanduhr zeigte halb acht, eine Unzeit für jemanden, der keinen Grund hatte, früh aufzustehen.

Mürrisch erhob er sich und sah aus dem Fenster. Dort hinten, wo der alte Weinberg lag, hing eine Staubwolke in der Luft.

»Martin wird doch wohl nicht …«

Pierre konnte sich dunkel daran erinnern, dass der Sommelier ihm ein paar Tage vor Vertragsbeginn abgerungen hatte, am Mittwoch wollte er mit der Arbeit beginnen, und das war heute. Aber wer konnte denn damit rechnen, dass er das auch in die Tat umsetzte, noch dazu so früh am Morgen!

Kein Provenzale, den er kannte, würde bei einem solch langwierigen Projekt bereits am ersten Tag mit den Maschinen anrücken. Aber Martin Cazadieu stammte ja auch aus der Bretagne, da tickten die Uhren offenbar anders. Seine Genauigkeit hatte ihm den Job des Chefsommeliers im Luxushotel

Domaine des Grès eingebracht, dessen Inhaber ein höchst penibler Schweizer war. Bis Cazadieu im vergangenen Sommer gekündigt hatte, um sich mit einer Weinhandlung samt Weinschule selbstständig zu machen.

Pierre eilte in die Küche und erfrischte sein Gesicht mit eiskaltem Wasser, dann stürmte er nach draußen, als sein Handy klingelte. Eine Telefonnummer aus der Gegend.

»Ja?«, fragte er unwirsch.

»Monsieur Durand, hier spricht Elaine Nogué vom *Pôle emploi*. Wir haben Ihnen vorige Woche eine Anfrage aus Mazan zukommen lassen, und Sie haben sich noch nicht darauf gemeldet.«

»Mazan ist zu weit weg«, winkte Pierre ab, ohne sein Tempo zu drosseln. »Das kommt nicht infrage. Außerdem war das nur die Stelle eines Fahrers. Das liegt weit unter meiner Qualifikation. Wie ich bereits bei unserem Termin gesagt habe, kommen nur ein gleichwertig bezahlter Beruf infrage und eine Arbeitsstelle, die gut erreichbar ist.«

»Ich bitte Sie, Monsieur, Sie sind nicht in der Situation, Bedingungen zu stellen. Ein suspendierter Beamter bekommt die Angebote nicht gerade hinterhergeworfen.«

»Sie scherzen. Haben Sie sich meine Akte nicht angesehen? Ich habe einen Abschluss, der weit über dem eines *Policiers* liegt. Ich habe im Kommissariat von Paris gearbeitet und hätte im vergangenen Jahr *Commissaire* in Cavaillon werden können, der Präfekt hätte mich mit Handkuss genommen.«

»Ich weiß, Sie haben es bereits erwähnt. Angeblich haben Sie einem jüngeren Kollegen mit Familie den Vortritt gelassen, was für mich allerdings nur schwer nachprüfbar ist. Es würde helfen, wenn wir vom Büro des Präfekten eine Bestätigung bekämen, dann …« Sie hielt inne. »Was ist denn das für ein furchtbarer Lärm bei Ihnen?«

»Bauarbeiten«, sagte Pierre ausweichend, während er die Brücke überquerte und die zypressengesäumte Straße in Richtung des ehemaligen Weinberges entlanglief. Die Luft war bereits warm, es würde wieder ein heißer Tag werden.

»Es klingt wie ein Presslufthammer, der über eine Kreidetafel schleift.« Ihr Widerwille war deutlich zu vernehmen, tapfer fuhr sie fort, kämpfte mit erhobener Stimme um Gehör. »Na, schön, wir hätten hier noch das Gesuch eines Sicherheitsdienstes. Die Nachfrage nach Mitarbeitern ist nach den vielen Einbrüchen in der Gegend merklich gestiegen.«

»Nein, das ist nichts für mich«, antwortete Pierre mit nur mühsam aufrechterhaltener Freundlichkeit. Am liebsten hätte er beide Hände auf die Ohren gepresst, aber er musste das Telefonat zu Ende führen, er war abhängig von ihrem Wohlwollen, da durfte er nichts riskieren.

»Ah«, fuhr die Frau fort, »ich sehe gerade, dass für die Apfelernte Helfer gesucht werden. Die Plantage liegt ganz in Ihrer Nähe, an der *Route de Robion*, kurz hinter Taillades.«

»Madame, Sie machen Witze!«, brüllte er gegen das Kreischen und Wummern an, das inzwischen ein nahezu unerträgliches Ausmaß angenommen hatte, sodass es ihm die Nackenhaare aufstellte.

»Das ist eine gute, ehrliche Arbeit, für die man sich nicht schämen muss«, brüllte die Dame zurück. »Saisonkräfte werden händeringend gesucht, Sie helfen damit verzweifelten Landwirten.«

»Das mag sein, Madame, aber wie der Name impliziert, bin ich dann nur eine Saison beschäftigt. Ich suche etwas Langfristiges. Und nicht nur einen Job, wegen dem mir im Zweifel die Unterstützung gekürzt wird, denn das wird passieren, sobald die Ernte eingefahren ist.«

»Nun gut«, kam es gedehnt, aber nicht minder laut. »Saisonarbeit passt tatsächlich nicht zu Ihrem Profil. Aber Ihre Weigerung, sich bei dem Geldtransportunternehmen in Mazan vorzustellen, ist notiert. Das Gleiche gilt für den Sicherheitsdienst.«

Der Lärm erstarb. Es war auf einmal so still, dass Pierre erschrak, als ein lautes Seufzen durch den Hörer drang.

»Sie müssen nachweisen, dass Sie aktiv suchen, ansonsten verlieren Sie Ihren Anspruch auf Unterstützung. Das wissen Sie.«

»Ja, und ich gelobe, mich zu bessern. Wenn Sie mich nun bitte entschuldigen würden …« Pierre legte auf. Dabei sah er, dass gestern Abend noch ein Anruf eingegangen war. Luc hatte um zwanzig nach zehn versucht, ihn zu erreichen. Da war er bereits auf dem Rückweg zum Hof gewesen, wütend und traurig zugleich. Pierre schob das Telefon in die Hosentasche. Was auch immer sein ehemaliger Assistent ihm hatte sagen wollen, es war offenbar nicht wichtig genug, um eine Nachricht zu hinterlassen.

Inzwischen war Pierre am Feldrand angekommen, wo zwei Männer standen – der eine muskulös und braun gebrannt, mit freiem Oberkörper und kurzen, beuteligen Jeans, der andere groß und leicht korpulent, in heller Leinenhose und Hemd. Sie sahen gestikulierend zu einem Traktor hinüber, der mit erhobener Metallschaufel vor dichtem Buschwerk zum Stehen gekommen war. Noch immer hing eine beträchtliche Staubwolke in der Luft, die sich nur allmählich senkte.

»Was war das denn für ein Krach?«, rief Pierre ohne jede Begrüßung.

Die beiden Männer drehten sich zu ihm um, der größere grinste breit. »*Bonjour, mon ami!*«, rief er aus und kam ihm entgegen.

»Martin?«

Fast hätte Pierre ihn nicht erkannt. Der Sommelier hatte seine Löwenmähne zu einem Zopf zusammengebunden und trug einen Hut mit schmaler Krempe. Er sah gut aus, irgendwie erholt.

»Du liebe Güte, Pierre, du siehst ja grauenhaft aus. Bist du krank, geht es dir nicht gut?«

»Du hast mich geweckt.« Pierre rieb sich die Stirn, noch immer pulsierte es hinter seinen Augen, der Schmerz zog sich wie eine Klammer bis zum Hinterkopf. »Martin, das geht so nicht, das halte ich nicht aus!«

»Kauf dir Ohrstöpsel, die wirken Wunder.« Cazadieu hob zwei violette Pfropfen in die Höhe und schob sie mit einem entwaffnenden Lächeln zurück in die Tasche seiner Leinenhose. »Es tut mir leid, Pierre, aber das Entfernen der Feldsteine ist gar nicht so einfach. Und dann der alte Eisendraht … Wenn der erst draußen ist, wird der Geräuschpegel erträglicher, versprochen.«

»Und wie lange soll das dauern?«

Cazadieu nahm den Hut vom Kopf und tupfte sich mit einem Tuch den Schweiß von der Stirn. Dann blies er die Luft durch die Backen. »Das brachliegende Feld ist eine enorme Herausforderung, da wurde seit mindestens einem Jahrzehnt nichts mehr gemacht. Wir werden das ganze Buschwerk und die alten Triebe rausholen und häckseln, dann die Pfähle und Anker. Bevor wir die Setzlinge einbringen, muss die Erde gelockert und der Boden gelüftet werden. Das ist eine Menge Arbeit. Und die Maschinen sind nicht die allerneuesten.«

»Dann richtest du dich eben erst einmal im Lager beim Stall ein und beginnst im Herbst mit der Rodung. Bis dahin habe ich wieder einen Job, und du kannst so viel Lärm machen, wie du willst.«

»Im Herbst?« Fassungslosigkeit breitete sich auf Cazadieus Gesicht aus. »Da verliere ich ja eine ganze Saison!«

»Das tust du doch sowieso. Neue Rebstöcke werden für gewöhnlich zwischen April und Mai ausgebracht, jetzt ist es bereits Ende Juni.«

»Die Weinbauern, die ihre Setzlinge in diesem Jahr früh gepflanzt haben, kämpfen wegen des heftigen Mairegens alle mit Pilzerkrankungen.« Cazadieu schüttelte den Kopf. »Nein, das passt schon. Gut vorbereitete Pflanzen kann man auch nach den Eisheiligen in den Boden bringen.«

Pierre hob abwehrend die Hände auf der Suche nach weiteren Argumenten. Er würde es nicht ertragen, jeden Morgen so geweckt zu werden. »Hast du nicht die furchtbaren Bilder in der Zeitung gesehen, von den vertrockneten Reben? Die Hitze sei eine ernsthafte Gefahr für den Weinbau, genau das haben sie geschrieben.«

»Ach was«, winkte Cazadieu ab. »In der Presse klingt es wie die Apokalypse, und, ja, das Wetter spielt verrückt. Aber die Fotos haben sie vermutlich irgendwo bei Roussillon aufgenommen, dort gibt es einen Bauern, der seine Reben aus Geiz nicht vernünftig wässert. Ansonsten frischgrüne Pflanzen, wohin man auch sieht. Die Brunnen sind gut gefüllt nach dem Regen, das reicht eine Weile.«

»Fragt sich nur, wie lange.«

»Wir werden die Wärme noch vermissen, Pierre. Spätestens, wenn das Wetter umschlägt und wir nur noch bewölkte Tage haben, erzählen alle vom herrlichen Sommerwetter und davon, dass man ohne Jacke rausgehen konnte, ohne zu frieren.« Er sah auf seine Armbanduhr. »War's das? Ich muss nämlich dringend los.« Damit gab er dem Arbeiter einen Wink, woraufhin der in Richtung des Traktors stiefelte.

Pierre stand der Mund offen. Das konnte doch wohl nicht

wahr sein! Bretone hin oder her – in puncto Dickköpfigkeit konnte Martin Cazadieu es mit jedem der Bewohner von Sainte-Valérie aufnehmen.

»Nein, Martin!«, rief er, bebend vor Wut. All die Demütigungen der letzten Tage brachen aus ihm heraus. Es reichte. Er war doch nicht der dorfeigene Prügelknabe! »Schluss damit. Ich will nicht einen Mucks mehr von diesem schleifenden und kreischenden Monstrum hören.«

Verblüfft stützte Cazadieu die Hände in die Hüften. »*Ah bon*? Und warum nicht?«

»Weil ich mir Gedanken um meine berufliche Zukunft machen und weitreichende Entscheidungen treffen muss, und dabei brauche ich absolute Ruhe. Unser Vertrag gilt ab Juli. Bis dahin sind nur geräuschlose Tätigkeiten erlaubt.«

»Das kannst du mir nicht antun.« In einer theatralischen Geste warf Cazadieu die Arme in die Höhe. »Wenn ich nicht sofort mit der Rodung anfange, bin ich ruiniert.«

»Das ist Unsinn, und das weißt du auch.« Damit drehte sich Pierre um und marschierte zurück Richtung Hof.

Er kam nur wenige Meter weit. Cazadieu war ihm gefolgt und packte ihn am Arm. »Warte. Ich habe die perfekte Lösung. Für dich und für mich.«

Pierre blieb stehen. Der Sommelier strahlte ihn an, als hätte er gerade einen Jahrhundertwein entkorkt. »Und die wäre?«

»Hast du schon mal ein Hausboot gesteuert?«

»Ja, aber das ist ewig her.«

»Das verlernt man nicht, es ist wie beim Fahrradfahren.«

»Was hat das mit unserem Problem zu tun?«

»Ganz einfach. Du willst doch eigentlich nur in Ruhe nachdenken, oder? Ich besitze ein Hausboot, es liegt in Saint-Gilles, in der Camargue. Ich habe einem guten Kunden aus Béziers versprochen, es ihm für eine Tour zur Verfügung zu stellen. Aber heute Morgen hat sich der Mann, der es überführen sollte, krankgemeldet, und einem Fremden will ich es nur ungern überlassen, gerade jetzt, wo ich es hergerichtet habe. Allein der Gedanke, dass sich irgendein dahergelaufener Tölpel durch die Betten wühlt …« Er schüttelte sich. »Nein, unmöglich! Ich selbst habe leider keine Zeit, aber du, du kannst mir helfen.«

Pierre rieb sich über das stoppelige Kinn. »Ich soll ein Hausboot nach Béziers bringen?«

»*Exactement*. So eine Fahrt ist enorm meditativ, genau das Richtige, um das Leben neu zu sortieren. Gleichzeitig kommst du raus, siehst andere Orte. Die Route führt durch wildschöne Sumpflandschaften, an Reisfeldern vorbei und endlosen Sandstränden. Und du durchquerst den *Étang de Thau*. Dort gibt es Austernbänke und ganz wunderbare Miesmuscheln, die *mytilus galloprovincialis*. Die sind viel größer und fleischiger als die aus dem Mittelmeer. Und erst der Geschmack …« Er küsste seine Fingerspitzen. »Die Reise wird dir gefallen, Pierre. Na, los, sag schon ja!«

»Béziers …« Die Aussicht, all das hier zurückzulassen und über die Kanäle zu schippern, gefiel ihm. »Wie lange braucht man von Saint Gilles dorthin?«

»Die Fahrtzeit beträgt nicht ganz zwanzig Stunden, auf vier oder fünf Tage verteilt. Jetzt ist Donnerstag, wenn du heute losfährst, bist du spätestens Montagabend zurück. Bis dahin haben wir den Berg sicher gerodet. Na, was sagst du?«

Pierre stellte sich vor, wie er ganz gemächlich den *Canal du Rhône à Sète* entlangschipperte – quer durch die Camargue – und schließlich am *Étang de Thau* haltmachte, in Bouzigues oder Mèze. Dort würde er einen Tag pausieren. Er hatte schon viel von dieser Lagune gehört. Es hieß, die Nähe des Meeres mache die Menschen dort ausgeglichener, entspannter. Er würde durch die Fischerdörfer bummeln, Austern schlürfen, an einem der weiten Strände barfuß durch den Sand laufen und die Meeresbrise auf dem Gesicht spüren.

»Das ist eine großartige Idee«, entfuhr es ihm, erfüllt von plötzlichem Tatendrang. »Aber wie komme ich dorthin? Ich habe kein Auto.«

»Du könntest die Buslinie 17 nehmen, die vor dem Stadttor hält, bis nach Cavaillon. Und von dort mit dem Zug über Miramas nach Arles. Und dann … dann …« Cazadieu überlegte, sah schließlich auf seine Uhr. »Das dauert ewig. Weißt du, was? Ich fahre dich hin. Gleich habe ich einen wichtigen Termin, aber um elf kann ich dich abholen. Passt das?«

»Elf klingt perfekt.«

Pierre lächelte. Er würde fortgehen und alles, was ihn bedrückte, zurücklassen. Er würde jeden Stein seines Herzens umdrehen und prüfen, ob er zu schwer war, um ihn zu tragen. Die großen würde er einfach abschütteln. Und zu dem, was übrig blieb, zurückkehren. Am Ende der Reise würde er endlich wissen, wohin sein beruflicher Weg ihn führte, dessen war er sich sicher.

Und Charlotte … Nun ja, über sie nachzudenken, hatte er momentan keine Kraft mehr.

5

Als Pierre um Punkt elf frisch geduscht und mit gepackter Reisetasche vor die Haustür trat, waren seine Kopfschmerzen verschwunden. Und damit kehrten auch seine Lebensgeister zurück.

Er hatte Charlotte in der *Épicerie* angerufen, um ihr von seinem Vorhaben zu erzählen. Aber niemand nahm ab. Was ihm im Grunde ganz recht war. Er wusste, dass sie ihn in seinem Vorhaben bestärken würde, doch er spürte auch einen Groll in sich, den er am Telefon nicht würde verbergen können. Charlottes nächtliche Abweisung brannte noch immer in ihm, und er erinnerte sich an die Worte, mit denen sie ihren Lebensentwurf skizziert hatte. Hausmann sollte er werden und auf die Kinder aufpassen, während sie das Geld verdiente.

Unvorstellbar! Wenn das ihre Auffassung von einem gemeinsamen Leben war, dann hatten sie ein ernsthaftes Problem.

Also hatte er ihr ein paar Zeilen geschrieben und auf den Küchentisch gelegt, die neutral gehalten waren und ihm Zeit verschafften, über ihre Beziehung nachzudenken.

Ma douce,
ich fahre mit Martins Hausboot nach Béziers, um ihm aus einer Verlegenheit zu helfen. Ich bin sicher, du wirst es verstehen. Spätestens am Montag bin ich zurück.
Bisou,
Pierre

Er ging noch einmal zu den Ziegen, die Carbonne bereits am Morgen versorgt und ins Freigehege geführt hatte. Sie standen eng beieinander inmitten der eingezäunten Wiese – zwischen dem Kletterpark aus Baumstämmen und Feldsteinen – und schlugen mit den Stummelschwänzen nach lästigen Fliegen. Als er das Gatter öffnete, hob Cosima den Kopf, lief ihm fröhlich meckernd entgegen und begann, geradezu zärtlich an seinen Fingern zu knabbern. Lachend hockte Pierre sich zu ihr und strich der Ziege mit plötzlicher Wehmut über den Kopf. Er dachte, dass es sich wie ein Abschied anfühlte. Und ja, natürlich war es auch einer. Aber nicht für immer, auch wenn es ihm in diesem Moment so vorkam.

Er hatte auf einmal den Gedanken, dass diese Fahrt ihn verändern würde. Und dass er als ein anderer zurückkommen würde. Es erschreckte ihn, denn alles, was er wollte, war, dass es wieder so wäre wie vorher. Als die Beziehung zu Charlotte noch unverkrampfter und Arnaud Rozier noch Bürgermeister gewesen war.

Vom Hof erklang ein Hupen.

Pierre schluckte schwer, presste das Gesicht in Cosimas borstiges Fell und ging, nachdem er sich innerlich gesammelt und sein Haar mit beiden Händen glatt gestrichen hatte, dem Wagen entgegen.

Wenig später brausten sie in Cazadieus Mini Countryman die kurvige Straße hinab ins Tal, sodass das mit bunten Strasssteinen besetzte Kreuz am Rückspiegel kräftig hin und her schwang. Im Radio lief Jazzmusik, und der Sommelier drehte den Regler auf. Dabei summte er laut in einem vollen Bass, der jedem Kirchenchor zur Ehre gereicht hätte.

Pierre betrachtete ihn von der Seite. Erst jetzt bemerkte er, dass Cazadieus Wangen von einem zarten Rot überzogen waren. Und war da nicht auch dieser besondere Glanz in seinen Augen, den man gewöhnlich bei Frischverliebten sah?

»Es war wohl ein angenehmer Termin, was?«

»Und ob. Ich habe mich gerade mit jemandem getroffen, der mir sehr gut gefällt, nicht nur beruflich. Ich glaube, es könnte etwas daraus werden.«

»Ein Kunde?«

»Ein Lieferant. Ihm ist aufgefallen, dass ich in letzter Zeit verstärkt Ware aus seinem Weingut an Spitzenrestaurants vermittele. Deshalb wollte er sich mit einem Frühstück bei mir bedanken. Rate mal, wo.« Er machte eine bedeutungsvolle Pause und fuhr fort, ohne die Antwort abzuwarten: »Auf der Terrasse des *La Bastide de Gordes*.«

Pierre stieß einen Pfiff aus. Das Restaurant des Hotels, das sich an die Stadtmauer von Gordes schmiegte, gehörte mit dem Panoramablick zu den exquisitesten des Luberon. »Du musst ihm einiges wert sein.«

Cazadieu warf Pierre einen Blick zu und grinste vielsagend, dann konzentrierte er sich wieder auf die Straße.

Eine halbe Stunde später hatten sie die *Autoroute du Soleil* erreicht.

Das Radioprogramm hatte inzwischen zu einer Infosendung gewechselt, in der die Studiogäste über die hohen Temperaturen sprachen, die gleich mehreren Departements einen Hitzerekord bescherten. In Arles sollte es am morgigen Freitag sogar fünfundvierzig Grad werden. Ein Landwirt erzählte von den verheerenden Auswirkungen auf die Ernte, und man besprach die Notwendigkeit einer großflächigen Aufforstung, um mithilfe der Bäume das CO_2 aus der Luft zu binden.

Pierre warf dem Sommelier einen vielsagenden Seitenblick zu, woraufhin dieser auf die Tasten mit den eingespeicherten Sendern tippte.

»Ich kann es nicht mehr hören«, stöhnte Cazadieu. »Ich meine, das ist wirklich schlimm, aber seit Tagen reden die über nichts anderes. Als ob der Weltuntergang unmittelbar bevorstünde!«

Pierre warf einen Blick auf die Temperaturanzeige. Während im Inneren das Gebläse der Klimaanlage für eine angenehme Kühle sorgte, herrschten außerhalb des Wagens bereits achtunddreißig Grad. Natürlich wäre es übertrieben, gleich die Apokalypse heraufzubeschwören, aber die angekündigten fünfundvierzig Grad waren ein deutlicher Sprung nach oben, den man wohl kaum ignorieren konnte.

»Die Reben halten das schon aus«, beharrte Cazadieu, der Pierres Blick bemerkt hatte. »Es gibt immer wieder Spitzen sowohl im unteren als auch im oberen Bereich. Erinnerst du dich noch an den Sommer 2003? Der August war brütend heiß, doch das hat dem Wein nicht geschadet, ganz im Gegenteil. Das Ergebnis hat die Erwartungen sogar noch weit übertroffen. Ein erstklassiger Jahrgang, das Mostgewicht war überragend. Zugegeben, die Mengen waren geringer als sonst, aber der höhere Preis hat das locker wettgemacht. Der *1er Grand Cru Classé* vom *Château Haut-Brion* beispielsweise ist unter fünfhundert Euro kaum noch zu haben.«

»Das waren aber keine Setzlinge.«

»Ist alles eine Frage der Pflege.«

»Bei den Menschen etwa auch?«

»Na, klar. Wozu gibt es denn Klimaanlagen.«

Pierre sah ihn irritiert an. »Klimaanlagen? Am 14. August 2003 war es so heiß, dass vierzig zumeist ältere Menschen auf den Straßen von Paris leblos zusammengebrochen sind. Innerhalb einer Woche ist die Zahl der Toten auf zweitausend gestiegen. Am Ende des Monats gab es so viele Hitzeopfer, dass die Kältekammern der Bestattungsinstitute überfüllt waren und sie nicht nur ein großes Kühllager vor der Stadt umfunktionieren mussten, sondern auch Kühlzelte in den Vororten aufstellen ließen, um die vielen Leichen aufzunehmen.«

Cazadieu wirkte betroffen. »Ich hatte ja keine Ahnung …«

Der Sommelier setzte einen herzerwärmenden Hundeblick auf, und obwohl Pierre ihn noch vor wenigen Sekunden am liebsten geschüttelt hätte, musste er nun schmunzeln.

Während sie in Schneckentempo unter Warnschildern hindurchfuhren, die eine Geschwindigkeitsreduzierung von zwanzig Prozent einforderten, suchte Cazadieu nach weiterer Jazzmusik und drückte eine Sendertaste nach der anderen.

»Die Polizei bittet die Bevölkerung um Mithilfe«, verkündete ein Radiosprecher gerade. »Wer gestern Abend zwischen acht und neun Uhr in der Nähe des *Étang de Vaccarès* war und etwas Auffälliges bemerkt hat, möge sich bitte bei der nächsten Polizeidienststelle melden.«

»Lass das mal an«, bat Pierre, bevor der Sommelier den nächsten Knopf drücken konnte, »ich will das hören.« Er drehte die Lautstärke hoch.

»Worum es geht und was genau passiert ist, weiß unsere Reporterin vor Ort. Sandra, was kannst du uns zu den Vorgängen sagen?«

»Die Leiche ist gestern Abend am Ufer des Sees gefunden worden«, begann die Angesprochene. Es rauschte ein wenig in der Leitung, und im Hintergrund waren Verkehrslärm und aufgeregte Rufe zu hören. »Nahe der *Route de Méjanes*, einer unbefestigten Straße, die am *Étang* entlang aus Saintes-Maries-de-la-Mer in Richtung der *Route Départementale 37* führt.«

»Die Polizei spricht von Mord.«

»So ist es. Es handelt sich um einen Mann aus der Gruppe der *gens du voyage*«, berichtete die Reporterin, »die gestern

Abend aus Le Thor im Vaucluse in der Camargue eingetroffen sind. Die Todesursache ist noch nicht bekannt, aber es ist durchgesickert, dass der Täter das Gesicht der Leiche schwarz angesprüht hat. Ich stehe gerade an der südlichen Stadtmauer von Aigues-Mortes, wo die Wohnwagen der Reisenden parken. Ihre Ankunft hat für viel Aufsehen gesorgt. Dieser Bereich ist kein ausgewiesener Stellplatz, sondern von touristischer Bedeutung. Anwohner und Geschäftsleute sind besorgt.«

»Zugegebenermaßen zeugt es von großer Chuzpe, sich direkt vor eines der meistfotografierten Bauwerke zu stellen.«

»So sehen es auch die Demonstranten. Die Stimmung ist aufgeheizt, es sind inzwischen mehrere Polizeieinheiten vor Ort, um einen Zusammenstoß zu verhindern.«

»Könnte dieser mit dem Mord nicht bereits geschehen sein?«

»Die Behörden möchten sich zum Tatmotiv noch nicht äußern. Aber es sieht mir ganz danach aus. Einige der Demonstranten halten Plakate mit Sprüchen hoch, die den Hass offenbaren, mit dem manche Anwohner den *gens du voyage* begegnen. Ich kann nur hoffen, dass die Lage nicht eskaliert. Der Bürgermeister von Aigues-Mortes ist gerade vor Ort und hat der Karawane einen Lagerplatz vor den Toren der Stadt angeboten. Er hat die Bevölkerung aufgerufen, ruhig zu bleiben, die beiden Vorfälle nicht miteinander zu vermengen und der Polizei bei der Aufklärung zu helfen.«

»Sie haben es vernommen, liebe Hörer«, sagte der Moderator und wechselte von Besorgnis zu fröhlichem Singsang. »Ihr Engagement ist gefragt. Wer von Ihnen war am gestrigen Abend am nordwestlichen Ufer des *Étang de Vaccarès*? Wir bleiben für Sie dran. Und nun das Wetter. «

Pierre beugte sich vor und schaltete das Radio aus.

»Ein geschwärztes Gesicht …«, entfuhr es Cazadieu mit

einem Kopfschütteln. Er war blass geworden. »*Putain!* Dann ist es also wahr.«

Pierre sah ihn neugierig an. »Was ist wahr?«

»Die Zeit des Gerichts ist gekommen.«

Pierre lachte auf. »Hast du etwa auch so einen Kettenbrief erhalten?«

»Ja, wie vermutlich Hunderte andere ebenfalls.« Der Sommelier sah stur geradeaus und neigte den Kopf, sodass ihm der Hut ein wenig tiefer ins Gesicht rutschte.

»Sag mal«, meinte Pierre, seinem Bauchgefühl folgend, »du hast nicht zufällig eine Kopie an mich geschickt?«

»Wie kommst du denn darauf?« Theatralisch riss Cazadieu die Augen auf, ohne den Blick von der Straße zu nehmen.

»Weil du nicht nachgefragt hast.«

»Wie, nicht nachgefragt?«

»Na ja, normalerweise hättest du mich fragen müssen: ›Was, du auch?‹ Stattdessen hast du es nur relativiert, dass du einer von Hunderten bist.«

Cazadieu warf ihm einen kurzen Seitenblick zu. »Das ist eine seltsame Herleitung, Pierre, vor Gericht hätte das keinen Bestand.«

»Eine Schriftprobe schon. Und, hast du?«

»Na schön, ja. Was hätte ich denn machen sollen? Meinst du, ich habe Lust, zum Opfer göttlicher Rachsucht zu werden?«

»Das ist doch Unsinn. Jemand macht sich einen Scherz daraus, den Leuten einen Schrecken einzujagen. Wenn du diesen Schmierkram hier verbreitest, hilfst du ihm nur dabei. Weißt du eigentlich, wie schnell das geht? Wenn jeder, der diesen Brief erhält, ihn zehnmal kopiert und weiterschickt, erreicht die Botschaft schon bei fünf Durchgängen hunderttausend Personen. Der nächste Versand bringt die absurde Zahl von einer Million Empfänger.«

Cazadieu tippte mit dem Finger an das Kreuz am Rückspiegel, sodass die in der Sonne reflektierenden Strasssteine den Fahrzeughimmel in ein bunt tanzendes Sternenzelt verwandelten. »Und wenn es doch wahr ist?«, fragte er mit belegter Stimme. »Es gibt viele Weissagungen, die eingetroffen sind. Woher willst du wissen, dass diese hier nicht echt ist?«

»Hast du dir den Text durchgelesen?« Pierre kramte in seinem Gedächtnis. »Denn nicht die Schafe oder Rinder brachte er dar, sondern sich selbst. Was soll uns das sagen, hm? Eine Weissagung klingt anders.«

»Sondern opferte doppelt sich selber«, korrigierte Cazadieu.

»Auch nicht besser.« Pierre rollte mit den Augen. Himmel, der Mann kannte den Text auswendig! »Wem hast du noch eine Kopie geschickt?«

»Unserer neugierigen Madame Duprais, Madame Poncet, Philippe von der *Bar du Sud* …«

Pierre stöhnte auf. »Also dem halben Dorf.«

Der Sommelier nickte und fuhr auf einmal zusammen. »Jetzt weiß ich auch, warum sich Jules heute Morgen krankgemeldet hat. Er hat sich ganz komisch benommen und einen wehleidigen Ton angeschlagen, so als müsse er mir beweisen, wie schlecht es ihm geht. *Er* war es, der die Kopie an mich geschickt hat. Und nun, nachdem der Mord passiert ist, glaubt er an den nahenden Weltuntergang und hat Angst, das Haus zu verlassen.« Cazadieus Augen weiteten sich. »Vielleicht war es ja doch ein Blitzschlag. Und die Polizei denkt, es wäre Mord, weil das Gesicht des Toten dabei schwarz geworden ist.«

»Das kannst du doch nicht ernsthaft glauben!« Pierre grinste. Derartige Spekulationen kannte er ansonsten nur von Luc. »Eher hat jemand die Angst, die der Brief bei den Leuten hervorruft, für seine Zwecke missbraucht. Ja, genau, so wird es gewesen sein.«

Er hatte es mit Nachdruck gesagt, um den Sommelier nicht noch mehr zu beunruhigen. Denn natürlich gab es noch eine andere Möglichkeit: Sollten der Verfasser des Kettenbriefes und der Mörder ein und dieselbe Person sein, so war zu befürchten, dass es bei einem Toten nicht bleiben würde.

6

Beim *Pont de Tarascon-Beaucaire* hatten sie die Rhône überquert und erreichten nun die Camargue über den westlichen Teil, der zur Region *Occitanie* gehörte. Die letzten Kilometer fuhren sie auf schnurgerader Straße an Reihen frisch gepflanzter Birken vorbei, an Pappeln, die wie Soldaten vor Feldern und Wiesen wachten, und gelegentlich an einem Gehöft. Es war das erste Mal, dass Pierre die Camargue durchquerte, und noch erinnerte nichts an das, was er von Bildern und Erzählungen kannte, die ein Naturparadies versprachen, mit wildschönen Landschaften, Flussläufen und Sümpfen und den weitläufigsten Sandstränden Südfrankreichs.

Sie erreichten Saint-Gilles um Viertel nach zwölf. Flache Häuser mit gedrungenen Dächern und verschnörkelten Balkongeländern säumten die Straße zum Hafen, hier und dort stand eine Palme. Sie kamen an verwilderten Gärten vorbei, an Häusern mit verriegelten Fensterläden, an einer Gruppe Platanen, die in regelmäßigen Abständen aus den betonierten Wegen ragten. Trostlos war es hier, fand Pierre, als sie das *Café de la Gare* passierten, vor dem Männer auf roten Plastikstühlen und Barhockern um bunt bemalte Fässer saßen und den vorbeifließenden Verkehr beobachteten. Als hätte dieser Ort an irgendeinem Punkt innegehalten und dann den Anschluss verpasst.

Vor der Brücke, die über einen schmalen Kanal führte, lenkte Cazadieu den Wagen nach rechts und fuhr über eine Rampe direkt an den Kai. Pierre sah an ihm vorbei aus dem

Fenster und betrachtete die Boote, eine zusammengewürfelte Mischung aus Jollen und Kähnen, alt und neu. Er war neugierig, welches Hausboot das des Sommeliers war. Vor einem sichtlich ramponierten Exemplar hielten sie an.

Sollte das etwa sein Zuhause für die nächsten Tage sein? Er würde mehr mit Reparaturen beschäftigt sein denn mit Fahren – und das war keine besonders gute Idee. Wenn es um technisches oder handwerkliches Geschick ging, besaß er zwei linke Hände. Als er damals beschlossen hatte, sein Bauernhaus selbst zu renovieren, weil ihm die Handwerker zeitweilig abhandengekommen waren, hatte er bei dem Versuch, die Tapeten abzuziehen, ein Stück der Wand eingerissen.

Pierre reckte den Kopf in Richtung des Bootes. Quer über die gesamte Länge bis zum Fahnenmast war eine Leine gespannt, an der bunte Wäsche trocknete. Dann entdeckte er ein Paar, das auf Klappstühlen im Schatten des Vordaches saß, und atmete auf.

»So, da wären wir.« Cazadieu öffnete die Fahrertür und schälte sich aus dem für ihn viel zu kleinen Wagen. »Verdammt, ist das heiß!«

Die starre Hitze schlug Pierre entgegen, als er ausstieg, es war windstill.

»Schau mal, was ich dir mitgebracht habe.« Cazadieu, der vor dem geöffneten Kofferraum stand, zeigte auf zwei Weinkartons. »Einer davon ist für dich, als Dank für die Überführung. Ein Rosé aus Châteauneuf-du-Pape. Da staunst du, was? Dort gibt es nicht nur Rotweine, sondern auch intensiv beerige Rosés, das ist mal was anderes als die Plörre, die man sonst so kennt. Damit machst du es dir am Abend gemütlich, ja? Den anderen Karton hat der Kunde bestellt.« Er wartete, bis Pierre seine Reisetasche und einen Karton angehoben hatte, hievte den zweiten hoch und marschierte voran.

»Das ist ja eine klassische *péniche!*«, rief Pierre überrascht aus, als Cazadieu vor einem lang gestreckten Boot mit hoher Führerkabine stehen blieb.

»Schön, nicht wahr?«

»Vor allem groß.« Mindestens drei Meter breit und neun Meter lang, schätzte Pierre, wenn nicht noch mehr.

»Ja, ein herrliches Refugium. Mein Vater hat sie mir vermacht. Sie war ein wenig in die Jahre gekommen und renovierungsbedürftig, aber Anfang des Jahres habe ich es endlich geschafft, sie quer durch Frankreich zu fahren und hier von Jules und seinem Team rundum erneuern zu lassen. Wenn ich Rentner bin, was hoffentlich noch eine Weile dauert, werde ich die Hälfte des Jahres auf dem Boot verbringen und über die Kanäle schippern. Und einfach dort bleiben, wo es mir gefällt. Das, mein Lieber, ist die absolute Freiheit!«

Pierre betrachtete das Hausboot eingehend. Dunkler Rumpf, weiß gestrichene Kante, glänzend braune Bohlen auf dem Oberdeck. Ein dickes Tau und Gummiwürste gegen Kollisionen, die man, wie er sich vage erinnerte, Fender nannte. Der Steuerstand sah aus, als sei er neu aufgesetzt worden. Große Fenster und eine verglaste Schiebetür, durch die eine Küche mit Gasherd zu sehen war, davor eine Essecke mit einer Bank und drei gepolsterten Stühlen.

»Pierre?« Eine weibliche Stimme ließ ihn herumfahren. Der Ruf war aus einem offenen Jeep gekommen, aus dem eine wohlgerundete Frau mit zurückgebundenem, dickem schwarzbraunem Haar und einem Puppengesicht stieg. Sie trug Sneakers, eine Jeans zur geknoteten Hemdbluse und kam Pierre mit einem strahlenden Lächeln entgegen. »Tatsächlich, du bist es! Seit wann trägst du einen Bart? Ich hätte dich beinahe nicht erkannt.«

»Kalia? Was machst du denn hier?«

Sie gaben sich drei Wangenküsschen.

»Ich bin wieder in die Nähe meiner Familie gezogen, nachdem Bernard und ich uns getrennt haben.«

»Ihr seid getrennt? Das tut mir leid.«

»Kein Problem. Wir haben einfach nicht zusammengepasst.«

»Und, wie geht es dir jetzt?«

»Ach, ganz gut.« Sie lächelte, und ihre braunen Augen funkelten. »Ich bin von Menschen umgeben, die mich mögen, und verdiene mein eigenes Geld. Momentan arbeite ich als Reiseführerin und zeige Touristen meine Heimat. Gerade komme ich von der Abteikirche, in deren Überresten das Grab des heiligen Ägidius liegt. Sie ist eine Etappe der *Via Tolosana* auf dem Weg nach Santiago de Compostela. Und du? Wohnst du noch immer in Paris?«

»Nein, aber das ist eine lange Geschichte.« Ein Räuspern ließ ihn innehalten. Er stellte die Weinkiste auf dem Boden ab und machte eine Handbewegung in Richtung des Sommeliers. »Darf ich vorstellen? Martin Cazadieu, ein guter Freund von mir. Er leiht mir sein Hausboot für die nächsten Tage.« Nun zeigte er auf Kalia. »Martin, das ist Kalia Guiraud.«

»*Bonjour.*« Cazadieu, der noch immer die Weinkiste in den Händen hielt, nickte knapp. »Kannst du das freudige Wiedersehen kurz mal verschieben? Ich muss weiter.«

»Ich auch«, sagte Kalia. »Aber vielleicht sehen wir uns ja ein anderes Mal?« Sie eilte zum Jeep und kam kurz darauf mit einem Flyer wieder. »Hier, falls du eine Reiseführerin brauchst.«

Pierre warf einen Blick auf die Karte, auf der schneeweiße Camargue-Pferde an einem menschenleeren Strand zu sehen waren, und verabschiedete sich mit weiteren drei Wangenküsschen.

»Ich melde mich. Vielleicht finden wir ja Zeit für ein Abendessen.«

»Würde mich freuen!«

Damit ging sie zurück zu ihrem Wagen und startete den Motor.

»Eine alte Freundin also«, meinte Cazadieu mit einem vielsagenden Zwinkern. »Sie ist hübsch. Wart ihr mal zusammen?«

»Nein. Ihr Mann Bernard und ich waren an der Polizeiakademie im selben Jahrgang und haben uns auch später regelmäßig gesehen, obwohl wir unterschiedliche Wege gegangen sind.«

»Sie ist eine *gitane*, nicht wahr?«

Pierre nickte.

»Aus welcher Gruppe?«

»Ihre Familie entstammt dem katalonischen Zweig.«

»Ich meine, gehört sie zu den *roms* oder den *manouches*?«

»Du verwechselst das. Die *gitans* sind eine eigene Gemeinschaft. Sie stammen aus dem spanischen Raum, während man annimmt, dass die anderen beiden vom indischen Subkontinent aus nach Ost- und Westeuropa eingewandert sind.«

Pierre sah Kalia nach, bis der Jeep hinter einer Kurve aus seinem Blickfeld verschwand. Er fragte sich, was zwischen den beiden wohl vorgefallen war. Bernard und Kalia waren ein schönes Paar gewesen, deren innige Liebe zueinander zu spüren war. Ebenso wie der Respekt und die Wertschätzung für den anderen. Obwohl beides so manches Mal auf die Probe gestellt worden war.

Kalia war stolz auf ihre Herkunft. Ebenso Bernard, der nur lachte, wenn sich mal wieder jemand wunderte, dass er »so eine« geheiratet hatte.

»Meine Frau ist der warmherzigste Mensch, den man sich

vorstellen kann«, meinte er dann, »du solltest dir ein Beispiel an ihr nehmen.«

»Pierre, was ist, kommst du?« Der Sommelier war inzwischen an Bord geklettert und balancierte die Weinkiste im Arm, während er mit der freien Hand den Schlüssel ins Schloss steckte. »Es funktioniert nicht!«, rief Cazadieu und ruckelte den Schlüssel nach rechts. »Das Schloss klemmt.«

Pierre trat zu ihm und drückte die Klinke herunter. Die Tür sprang auf. »*Et voilà!*«

»Nanu«, Cazadieu schüttelte verwundert den Kopf. »Hat Jules' Frau etwa vergessen abzuschließen?«

Mit gerunzelter Stirn betrat er den lichtdurchfluteten Steuerstand, Pierre folgte ihm. Die Sonne hatte aus dem Inneren einen Glutofen gemacht, es war stickig und heiß, und es roch nach Lack.

»Ich hoffe, das Boot hat eine Klimaanlage …«

»Nein, leider nicht.« Cazadieu stellte den Weinkarton neben der Steuerzentrale auf den Boden und riss die Fenster auf. »Wenn die Sonne nicht mehr so knallt, kannst du einen Teil des Daches öffnen«, sagte er und zeigte auf einen Knopf seitlich des Steuerstandes. »Das fühlt sich an wie in einem Cabrio.« Dann öffnete er den Kühlschrank. Er war gefüllt mit Wurst, Käse, einem Glas Makrelenrillette, Butter und Milch. Und einer Flasche Rosé, der so hell war, dass er bei Cazadieu glatt als Plörre durchgehen würde.

»Herrlich«, entfuhr es Pierre, der unvermittelt bemerkte, dass er Hunger hatte. »Kannst du hellsehen?«

»Ich kenne dich doch. Und weil ich weiß, dass man dir mit gutem Essen eine Freude machen kann, habe ich Jules' Frau gebeten, die Vorräte aufzufüllen. Du sollst es ja gut haben, *n'est-ce pas*? Frisches Brot und Wasser findest du im Hochschrank, du kannst dich bei allem bedienen.« Cazadieus

Gesicht glänzte, der Schweiß rann ihm Stirn und Wangen hinab. Er kramte nach einem Taschentuch, tupfte sich über die Haut und zog dann einen Zettel aus seiner Hemdtasche. »Hier ist die Telefonnummer des Kunden, dem du das Boot bringen sollst. Ruf ihn an, sobald du abschätzen kannst, wann du ankommst. Er wird dich zum Bahnhof bringen. Ich hole dich dann in Avignon wieder ab.« Er wandte sich der schmalen Stiege zu, die in den Bauch des Bootes führte. »So, jetzt zeige ich dir noch den Salon.«

Es klingelte. Cazadieu sah auf sein Mobiltelefon und nahm ab.

»Ja, was gibt's? Jetzt schon? *Mon Dieu*, ich dachte, er kommt erst um drei. Na schön, zeig ihm so lange die Lieferung. Nein, besser geh mit ihm essen, ich bin schon unterwegs.« Er legte auf. »Entschuldige bitte, aber ich muss sofort los.«

»Moment, nicht so schnell.« Pierre betrachtete den altmodischen Steuerstand, die vielen Knöpfe und Hebel, ehe er nach vorne sah, wo sich der schlanke Vorbau über mehrere Meter zog. »Dieser Kahn ist viel zu groß für eine Person, den kann ich niemals alleine lenken. Geschweige denn, damit irgendwo anlegen.«

»Ich weiß, eigentlich hätte Jules' Sohn mithelfen sollen, aber der …«

»Ist ebenfalls krank?«

Cazadieu nickte entschuldigend.

»Das ist nicht dein Ernst.« Pierre verschränkte die Arme vor der Brust. »Du willst wohl, dass ich das Ding zu Schrott fahre!«

»Du schaffst das schon, davon bin ich fest überzeugt. Auf dem Weg sind keine Schleusen, und das Boot fährt quasi von alleine. Ich habe ein Bugstrahlruder einbauen lassen, damit lässt es sich kinderleicht manövrieren.«

»Und beim Anlegen soll ich mich wohl zweiteilen, hm?«

»Im Hafen findet sich immer eine helfende Hand, der man das Seil zuwerfen kann. Und wenn du mal nicht weiterweißt, dann konsultierst du das Handbuch in der Schublade dort hinten. Jules hat das Boot vollgetankt, das sollte bis Béziers reichen. Der Frischwassertank ist ebenfalls voll, das sind knapp tausend Liter, den kannst du per Schlauch an den Häfen nachfüllen.« Cazadieu hob die Brauen. »Es gibt auch eine 220-Volt-Steckdose an Bord, falls du dich, so Gott will, dazu entschließen solltest, deinen Bart zu entfernen. Die kannst du aber nur benutzen, wenn du mit dem Verlängerungskabel Strom vom Landanschluss ziehst, was ich dir, wenn du meine Meinung hören willst, empfehlen würde, bevor du ablegst.«

Pierre strich sich über das stoppelige Kinn. »So schlimm?«

»Na ja, ich würde sagen, hart an der Grenze zum Neandertaler, aber das muss jeder selbst wissen.« Er grinste. »Ach, sei so lieb und zieh das Bett ab, bevor du von Bord gehst. Im Schrank findest du einen Wäschesack, den stellst du einfach für den Reinigungsdienst in den Flur, die machen kurz sauber, bevor es weitergeht.« Er warf einen Blick auf seine Armbanduhr. »Tut mir leid, aber ich muss jetzt wirklich los. Danke, Pierre. Du weißt gar nicht, wie sehr du mir hilfst!« Cazadieu zog ihn mit einer beherzten Geste an sich und drückte ihm einen nassen Kuss auf die Wange. »*Bisou, mon ami*, und viel Erfolg.«

7

Mit einem Seufzer setzte Pierre sich auf den erhöhten Sitz und umfasste das überdimensionale Steuerrad. Das Boot war lang, er musste aufpassen, wenn er beim Ablegen nicht mit dem Heck gegen die Kaimauer schlagen wollte.

Er sollte sich besser das Handbuch zu Gemüte führen, bevor er ablegte. Doch zuallererst würde er das ganze Boot inspizieren und sein Gepäck in die Kajüte bringen.

Er schulterte die Reisetasche. Dann duckte er sich links vom Steuerstand unter dem niedrigen Türrahmen durch und stieg die knarzenden Stufen hinab in den Bootsrumpf. Der mit lasierten Holzbohlen ausgelegte Boden verlieh dem Inneren den Charme alter Segelboote. Der Geruch nach frischem Lack war hier am intensivsten, doch er widerstand dem Impuls, sämtliche Luken aufzureißen und Luft hereinzulassen, die sicher noch drückender war als die hier unten. Er musste bis zum Abend warten, wenn es draußen ein wenig abkühlte.

Der Salon, wie Cazadieu es genannt hatte, war ein zum Wohnzimmer umgestalteter länglicher Raum. Die Einrichtung war neu, und doch wirkte sie altmodisch, wie die eines englischen Grafen. Ein Sofa mit bordeauxrot gestreiftem Seidenbezug stand neben einem grünen Ledersessel, der noch nicht einmal eine Falte aufwies, keine Flecken, keinen Abrieb. Rechter Hand ein Bücherregal aus glänzend dunklem Holz. Es war leer, bis auf einen Sammelband mit farblich zum Sofa passendem Buchrücken, der offenbar zu Dekorationszwecken angeschafft worden war. Und vor den Fensterluken hingen bunt-florale Raffrollos.

Pierre schmunzelte. Ja, alles entsprach Martin Cazadieu. Er hatte sich hier ein Refugium geschaffen, das hervorragend zu ihm passte.

Neugierig setzte er die Besichtigung fort. Ein enger Gang, links ein Bad, an dessen Türhaken ein blauer Seidenmantel hing, der über und über mit Sternen bedruckt war. Darüber ein Dandyhut aus Bast. Auf der Ablage oberhalb des Waschbeckens war eine Kollektion mit Kirschblüten bedruckte Fläschchen aufgereiht, in denen sich Duschgel, Shampoo und Körperlotion befanden. Und Rasierwasser.

Pierre stellte sich vor den Spiegel und runzelte die Stirn. Neandertaler! Es war eher männlich. Urtümlich. Er strich sich über den Bart, der an manchen Stellen grau geworden war. Nun, er musste zugeben, dass er schon mal besser ausgesehen hatte, aber er war nicht hier, um sich in feinster Manier der Welt zu präsentieren, sondern um ein Hausboot seinem Zielhafen entgegenzusteuern.

Abrupt wandte Pierre sich um und ging weiter zu den schmalen Türen, hinter denen sich die drei Schlafkojen befinden mussten.

Eine davon war angelehnt, sicher ein Zeichen, dass er hier übernachten sollte. Er trat ins Innere und schrak zurück. Lang ausgestreckt auf dem Bett lag ein rotwangiger junger Mann mit hellbraunen Locken, der mit weit aufgerissenen Augen hochfuhr und stöhnend wieder in die Kissen sank.

»Was machen Sie hier?«, rief Pierre aus.

Der Mann wirkte verwahrlost. Er trug ein verschmutztes T-Shirt und eine Cargohose, in deren rechtem Bein ein Riss klaffte. Ein Obdachloser, mutmaßte er, oder ein Drogenabhängiger. Das hatte ihm gerade noch gefehlt! Rasch sah er sich nach einem Gegenstand um, mit dem er seiner Frage Nachdruck verleihen konnte. Er machte einen Schritt rückwärts in den Gang, wo er einen Feuerlöscher gesehen hatte, und riss ihn aus der Halterung, bevor er wieder in die Schlafkabine stürmte.

»Na, los, reden Sie schon. Was haben Sie hier zu suchen?«

Der junge Mann hob die Hände schützend vor den Kopf. »Es war nicht abgeschlossen.« Er atmete schwer. »Ich bin kein Einbrecher, mir ging es nicht gut, ich habe nach einem Ort gesucht, an dem ich mich ausruhen kann. Tun Sie mir nichts, bitte, ich verschwinde ja schon.«

Langsam richtete er sich auf. Das Rot des Gesichtes vertiefte sich, die Haare klebten ihm am Kopf. Erst jetzt sah Pierre, dass die Beine von Mückenstichen übersät waren. Lange, blutige Striemen zogen sich über die Haut, als habe er sich durch eine Dornenhecke gedrängt oder über scharfkantigen Stein. Er sah elend aus. Gestrandet. Dehydriert.

Pierre ließ den Feuerlöscher sinken. »Ich hole Ihnen einen Schluck Wasser.«

Der Fremde nickte dankbar und stellte die Füße auf den Boden. Mühsam erhob er sich. »Ja, ich habe schrecklichen Durst …« Dann sackten ihm die Beine weg, und er stürzte zu Boden.

Mit wenigen Schritten war Pierre bei ihm. Er hob ihn zurück auf das Bett, positionierte Kopf und Nacken auf dem Kissen und holte eine Flasche Wasser und einen Lappen, den er im Bad mit eiskaltem Wasser benetzte.

Der junge Mann trank gierig und legte sich mit einem Seufzer zurück in die Kissen, presste den Stoff auf die Stirn. Dann schnellte er abrupt wieder hoch, drehte den Kopf zur Seite und erbrach sich auf den Holzboden.

»Verdammte Sch…« Pierre blies die Luft durch die Backen. Damit war das Boot wohl endgültig eingeweiht.

Er betrachtete den ungebetenen Gast, der sich nun mit schmerzverzerrtem Gesicht den Kopf hielt. Offenbar hatte er einen Sonnenstich, er musste einen Notarzt rufen, im schlimmsten Fall entwickelte sich ein Hirnödem mit Todesfolge. Pierre holte sein Smartphone hervor und tippte die Eins und die Fünf ein, die Nummer des *Service d'assistance médicale d'urgence*.

»Was machen Sie da?«

»Ich hole ärztliche Hilfe.«

»Nein, ich bitte Sie, lassen Sie das. Ich mache auch alles wieder sauber.« Schwerfällig rollte sich der Fremde vom Bett, kniete sich auf den Boden und begann, das Malheur mit dem Waschlappen aufzuwischen.

»Hören Sie auf damit«, befahl Pierre, »und legen Sie sich wieder hin.«

Der junge Mann reckte abwehrend einen Arm. »Es ist schon viel besser. Ganz bestimmt. Lassen Sie mich das beseitigen, dann haue ich auch wieder ab.« Er erhob sich, wankte mit dem Lappen in Richtung des Waschraumes, wobei er eine Spur aus Tropfen hinterließ. Kurz darauf war das Rauschen von Wasser zu hören. »Haben Sie irgendwo einen Wischmopp?«

Pierre verdrehte die Augen. »Ich sehe mal nach. Sie legen sich jetzt wieder hin, bevor Sie hier noch mehr anrichten.«

Er schritt den Gang ab und fand an dessen Ende den Schrank mit den Putzutensilien. Der junge Mann war inzwischen wieder in der Kajüte verschwunden. Pierre hörte das Geräusch des über den Boden gleitenden Lappens und füllte den Eimer mit Wasser und Putzmittel, bevor er den Raum wieder betrat.

Sein Blick fiel auf einen Rucksack, der in der Ecke auf dem Boden lag. Der Reißverschluss war nur halb zugezogen, aus der Öffnung ragte eine Kamera, eine Nikon mit einem teuer aussehenden Teleobjektiv.

»Sie sind Fotograf?«

»Ornithologe. Angehender Ornithologe, genauer gesagt. Ich stehe kurz vor dem Abschluss. Die Fotos biete ich über eine Online-Bildagentur zum Verkauf an, damit finanziere ich mein Studium.« Der junge Mann nahm ihm Wischmopp und Eimer mit dankbarem Lächeln ab, tauchte den Mopp ins Wasser und begann, den Boden zu wischen. »Ich glaube, ich habe die Hitze unterschätzt. Ich habe noch nie einen Hut gebraucht, nicht ein einziges Mal in all den Jahren, und nun haben wir das Dilemma.«

»Wo waren Sie denn?«

»Im Sumpfgebiet.« Er lächelte gequält. Noch immer wirkte er etwas wacklig auf den Beinen. Mit jeder Wischbewegung verteilte er das Malheur mehr, als dass er es beseitigte.

»Geben Sie das endlich her«, bellte Pierre und nahm ihm die Putzutensilien aus der Hand. »Das ist ja nicht mit anzusehen. Und waschen Sie sich die Hände, aber mit Seife.«

Mit gerümpfter Nase machte er sich ans Werk, während sich sein ungebetener Gast ins Bad verzog, sich schließlich wieder auf das Bett setzte und sich mit seinen schlanken, beinahe weiblich anmutenden Fingern die nackten Unterschenkel kratzte.

Wenn mir das jemand vorausgesagt hätte, dachte Pierre, während er das Wasser in der Toilette entsorgte und frisches in den Eimer füllte, ich hätte ihn für verrückt erklärt.

»So etwas hat noch nie jemand für mich getan«, flüsterte der Ornithologe, als Pierre sich nach einer Weile – und nach gründlichem Händewaschen – wieder zu ihm gesellte. Seine Augen hatten einen verdächtigen Schimmer, und er schniefte, bevor er weiterredete. »Im Ernst, Sie sind ein guter Mensch.«

»Ich habe das nicht für Sie getan, sondern für den Besitzer des Bootes«, entgegnete Pierre trocken, obwohl er zugeben musste, dass er von diesem Gefühlsausbruch gerührt war. Er griff nach einem Kleenex in der Packung neben dem Bett und reichte es ihm. »Woher kommen Sie?«

»Aus …« Der junge Mann putzte sich die Nase. »Aus Lyon.«

Die Antwort war zögerlich gekommen. Pierre war sicher, dass er log. »Schön, aus Lyon also. Und Ihr Name ist …«

»Louis. Louis Bergerac.«

Pierre konnte ein Grinsen nicht unterdrücken. Da hatte wohl jemand zu viele Romane gelesen.

Auch Louis grinste, aber er bemühte sich, es hinter dem Kleenex zu verbergen. »Und Sie?«

»Pierre … Einfach nur Pierre.«

»Und was machen Sie so, Pierre? Ich meine, beruflich.«

»Ich habe einen alten Bauernhof gekauft, mit brachliegendem Land, das ich nun verpachte.«

Louis riss die Augen auf. »Oh. Da müssen Sie aber viel Land haben, damit Sie davon leben können.«

»Ich kann nicht davon leben. Sonst wäre ich nicht hier.« Wieder musste Pierre lächeln. Aus einem unerfindlichen Grund war ihm dieser Louis oder wie er auch heißen mochte, sympathisch. Der Ornithologe mit den zerkratzten Beinen und den aufgerissenen Cargoshorts löste einen Beschützerinstinkt in ihm aus, der ihn überraschte. »Hören Sie, Louis, das Boot gehört einem Freund. Ich würde ja gerne weiter mit Ihnen plaudern, aber ich muss es innerhalb von wenigen Tagen nach Béziers bringen. Also, wenn es Ihnen wirklich wieder besser geht …« Er machte eine Handbewegung in Richtung des Ganges.

Sofort fiel ein Schatten über Louis' Gesicht. Er folgte der Bewegung mit den Augen, und obwohl er bereits saß, begannen seine Knie zu zittern.

»Ich … Kann ich nicht mitkommen?«

»Mitkommen?«

»Ja. Das Boot ist doch viel zu groß für einen alleine, ich kann Ihnen helfen.«

Das Zittern wurde heftiger. Pierre hatte das Gefühl, als würde er ein Kind alleine in einen dunklen Wald schicken, in dem es vor Monstern nur so wimmelte.

»Wovor haben Sie Angst?«

»Ich habe keine Angst«, stieß Louis hervor und wischte sich mit dem Taschentuch den Rotz von der Nase. »Ich will nur meine Arbeit nicht fortsetzen, solange es so heiß ist, und da dachte ich, ich könnte die Zeit überbrücken und Ihnen zur Hand gehen.«

Pierre wiegte den Kopf. Er hatte es sich erholsam vorgestellt, fern jeglicher Gesellschaft über die Kanäle zu schippern. Einfach nur den Gedanken nachhängen, mit niemandem reden. Machen, wonach ihm der Sinn stand, ohne Rücksicht auf Mitreisende. Andererseits konnte er ohne fremde Hilfe nicht einfach irgendwo auf der Strecke ankern und inmitten der Natur übernachten, er würde immer einen Hafen ansteuern müssen, damit ihm jemand half, das Tau festzumachen.

»Können Sie denn mit einem solchen Boot umgehen?«

»Natürlich!« In Louis' Augen glomm Hoffnung. »Ich habe so was schon öfter gesteuert. Bei uns in Ber… ich meine … in Lyon, da gibt es Dutzende solcher Hausboote. Man wächst als Kind quasi damit auf.«

»Na, schön. Sie bleiben so lange, bis Sie sich vollständig erholt haben. Aber dann werfe ich Sie von Bord. Und Sie werden, ohne zu murren, gehen, ist das klar?«

»Das heißt, ich darf mitfahren?« Seine Augen strahlten.

»Ja.«

»Danke. Was soll ich tun? Ich schrubbe Ihnen das ganze Boot, wenn Sie wollen.«

»Fürs Erste reicht es, wenn Sie sich wieder hinlegen und ausruhen.«

»Jawoll, Sir!« Mit sichtlicher Erleichterung ließ sich Louis in die Kissen sinken. »Sie wissen gar nicht, wie dankbar ich Ihnen bin«, murmelte er, dann faltete er die Hände vor der Brust und schloss die Augen.

Pierres Blick wanderte zu Louis' Rucksack. Wenn der junge Mann eingeschlafen war, würde er nachsehen, wen er wirklich hier an Bord zu Gast hatte. Erst dann würde er ablegen. Sicher war sicher.

8

Es dauerte nur wenige Sekunden, bis Louis' Atemzüge gleichmäßiger wurden und er schließlich geräuschvoll zu schnarchen begann. Das Gesicht angestrengt, mit zuckenden Mundwinkeln. Es war ein Leichtes, den Rucksack unbemerkt aus der Kabine zu befördern, und Pierre stellte ihn auf dem Esstisch im oberen Bereich ab, um nach Hinweisen auf den ungebetenen Gast zu suchen.

In der vorderen Tasche fand er einen Schlüssel, der an einem Stück Treibholz befestigt war. *Camping le Clos du Rhône* war darauf eingebrannt. Pierre notierte sich den Namen und zog dann das Portemonnaie hervor.

Darin befanden sich dreißig Euro in kleinen Scheinen und ein Personalausweis. Louis hieß in Wahrheit Emil Allombert, er war einundzwanzig Jahre alt. Der Ausweis war ausgestellt von der Präfektur Bergerac. Womit sich wieder bewahrheitete, dass sich Menschen bei der spontanen Suche nach einem falschen Namen an Dingen orientierten, die ihnen vertraut waren.

Pierre machte von beiden Seiten ein Foto. Dann schaltete er die Profikamera ein in der Hoffnung, eine Antwort auf die Frage zu bekommen, was den jungen Mann derart verängstigt hatte, dass er sich hier auf dem Hausboot verbarg. Denn dass er nicht auf der Suche nach einem Unterschlupf gewesen war, sondern nach einem Versteck, dessen war Pierre sich inzwischen sicher.

Mit der Hand schirmte er die Kamera vor dem grellen Tageslicht ab und beugte sich tief über das Display. Die Aufnahmen zeigten einen See. Eine sumpfige Landschaft mit Flamingos und Wasservögeln, deren Namen er nicht kannte. Einen aus dem Schilf stoßenden Silberreiher in faszinierender Nahaufnahme. Weiße Vögel mit gleichmäßigen schwarzen Flecken und krummen Schnäbeln vor der Kulisse der untergehenden Sonne. Bilder, die Louis' – wie er ihn weiterhin nennen würde – Aussage untermauerten. Sogar den Sturz konnte man erahnen, den Schwindel angesichts der sengenden Sonne. Die letzten Bilder waren verschwommen, ein buntes Rauschen, so, als seien sie im Fallen entstanden. Fest verbackener Sand war zu sehen, vermischt mit Schlickgras. Ein paar Sträucher vor rot glühendem Himmel. Dann tiefe Schwärze. Pierre überprüfte das Datum und die Uhrzeit. Die Aufnahmen waren gestern Abend gemacht worden, die letzte um acht Uhr einundvierzig.

Pierre merkte auf. War der Tote aus dem Radio nicht an einem der Seen gefunden worden? Wie hieß der noch gleich … *Étang de Vaccarès*?

Noch einmal blätterte er die Fotos durch bis zum vermeintlichen Sturz. Einige Bilder zeigten ein im Wasser liegendes Baumgerippe, auf dessen Ästen Kraniche saßen, die am Ende der Serie in den Himmel stiegen, als hätte sie etwas aufgeschreckt. Er zoomte heran. Am linken Bildrand war ein Schatten zu sehen, als betrete ein Spaziergänger die Szenerie.

War Louis Zeuge eines Verbrechens geworden? Oder war er sogar selbst im Visier des Täters gewesen?

Pierre beschirmte das Display wieder mit einer Hand und fotografierte die Bilder mit seinem Mobiltelefon ab, dann legte er alles zurück in den Rucksack und stellte diesen an den ursprünglichen Platz zurück. Der junge Mann schlief noch immer tief und fest, die Stirn in Falten gelegt.

Leise stieg Pierre hinauf zum Steuerstand und dachte nach.

Er brauchte dringend nähere Informationen. Wenn er den Zeugen eines Mordes an Bord hatte, dann sollte er es baldmöglichst wissen.

Ahnte der Täter, dass jemand ihn gesehen hatte? War er Louis womöglich bis hierher gefolgt?

Pierre sah sich um, ob irgendeine auffällige Gestalt am Kai entlangschlich und nach dem jungen Mann suchte. Aber außer den Besitzern des benachbarten Bootes und einer Gruppe Jugendlicher, die sich auf ihren Skatebords über die Unebenheiten der Straße stürzten, war niemand in der Nähe.

Er nahm das Telefon und wollte aus alter Gewohnheit die Durchwahl seines ehemaligen Assistenten wählen, hielt dann aber inne. Luc hatte gestern Nacht noch versucht, ihn zu erreichen. Hatte er das plötzliche Bedürfnis verspürt, seinem triefenden Mitleid Ausdruck zu verleihen? Sicher hatte Penelope erzählt, dass er dem Gespräch in der *Bar du Sud* unfreiwillig gelauscht hatte. Pierre dachte an den gestrigen Abend, und mit einem Mal war auch die Scham wieder da. Warum hatte Luc ihn nicht vor den anderen verteidigt? Schönen Dank auch!

Brummelnd wählte Pierre die Nummer der *mairie* in der Hoffnung, Gisèle würde abheben und nicht eine der Praktikantinnen, die Marechal inzwischen eingestellt hatte. Die Empfangsdame war das eigentliche Ohr des Dorfes, diskret und bestens vernetzt. Ihre Kontakte reichten in sämtliche Behörden der Region, sie konnte ihm sicher weiterhelfen.

»Bürgermeisteramt von Sainte-Valérie«, erklang ihre Stimme. »Sie rufen außerhalb unserer Öffnungszeiten an, die da wären …«

Merde, nur der Anrufbeantworter. Pierre stieß die Luft aus und legte auf. Natürlich, über Mittag war das Bürgermeisteramt geschlossen. Er suchte nach einer anderen Durchwahl. Manchmal blieb Gisèle in der Pause in der *mairie*, um in Ruhe weiterzuarbeiten. Er fand die Nummer in seinen Kontaktdaten und drückte die Wähltaste.

»*Bonjour*, Gisèle am Apparat.«

Erleichtert atmete er aus. »Gisèle, *bonjour*!«

»Monsieur Durand! Wie schön, Sie zu hören. Sie sprechen so leise. Wie geht es Ihnen? Sind Sie erkältet?«

»Nein, aber ich möchte nicht, dass jemand unser Gespräch mithört.«

»Ich soll Sie zum Bürgermeister durchstellen, nicht wahr? Sie haben Glück, er ist bereits am Platz.« Gisèle verfiel jetzt ebenfalls in ein Flüstern. »Dann haben Sie sich also doch entschieden, gegen die Suspendierung anzugehen? Ich kann Ihnen gar nicht sagen, wie sehr mich das erleichtert. Wir alle vermissen Sie sehr. Falls er sich querstellt, brauchen Sie nur ein Wort zu sagen. Ich rede mit ihm.«

Pierre musste heftig schlucken. »Nein, nicht nötig, das Thema ist durch.« Es klang bitter. Und tatsächlich verspürte Pierre einen Stich in der Brust. Er hatte seine Arbeit geliebt, musste er zugeben, aber er hatte genügend Fantasie, sich vorzustellen, wie wenig davon unter Maurice Marechal übrig bliebe.

»Aber warum rufen Sie dann an?«

»Ich möchte Sie um einen Gefallen bitten. Wenn Sie mir versprechen, es vorerst für sich zu behalten.«

»Nun machen Sie mich aber neugierig. Was kann ich denn für Sie tun?«

»Ich habe einen jungen Mann aufgegabelt, dem offenbar etwas zugestoßen ist. Er hat mir einen falschen Namen genannt. Und nun möchte ich, dass Sie ihn kurz überprüfen.«

»Einen falschen Namen?«, wiederholte Gisèle spitz, und Pierre stellte sich vor, wie sie ihre goldumrandete Brille zurechtrückte. »Wo haben Sie ihn denn … aufgegabelt?«

»In Saint-Gilles. Ich überführe gerade Martin Cazadieus

Hausboot nach Béziers, und er hat sich …« Pierre überlegte, wie er sein Anliegen am besten formulieren sollte. »Ich will nur wissen, ob etwas gegen ihn vorliegt. Ob er von den Behörden gesucht wird. Und ob man ihn bereits in seiner Unterkunft vermisst, im *Camping le Clos du Rhône*. Wenn Sie außerdem bitte für mich herausfinden könnten, wo genau dieser Mord stattgefunden hat, von dem die Medien heute berichten. An welcher Stelle des *Étang de Vaccarès* genau.«

»Der Mord?« Ein leiser Aufschrei drang durch den Hörer, und als sie fortfuhr, klang Gisèle ehrlich empört. »Sie meinen, dass dieser Mann, den ich überprüfen soll, etwas damit zu tun hat? Dann bin ich die falsche Ansprechpartnerin. Sie sollten besser gleich die Polizei rufen, und zwar rasch.«

»Nein, Sie missverstehen mich. Ich halte ihn nicht für den Mörder, sondern für einen Zeugen. Aber so etwas kann ernsthafte Konsequenzen nach sich ziehen, deshalb will ich sichergehen, bevor ich etwas in die Wege leite.« Von unten drang das Knarren von Dielen herauf. Pierre beugte sich vor, spähte über die Stufen zum Gang und sah, wie Louis sich in den Waschraum schleppte. »Bitte«, flüsterte er eindringlich. »Tun Sie, worum ich Sie gebeten habe.« Er gab den Namen und die Nummer des Ausweises durch. »Rufen Sie mich zurück, wenn Sie mehr wissen. Es eilt.« Damit legte er auf.

Als Louis die Treppe heraufkam, das Gesicht etwas weniger gerötet als zuvor, saß Pierre am Esstisch und studierte die Betriebsanleitung des Bootes.

»Drehen Sie den Zündschlüssel nach rechts in Position zwei«, las er leise vor und tat konzentriert. »Nach einer Vorglühzeit von etwa fünfzehn Sekunden drehen Sie ihn weiter auf Position drei, bis der Motor startet«

»Wir liegen ja immer noch im Hafen«, maulte der junge

Mann und spähte über die Brüstung. »Wollten Sie nicht längst losfahren?«

»Ja, das werde ich auch.« Pierre ließ das Heft sinken. »Aber bevor ich den Kahn gegen die nächste Brücke setze, schaue ich mir das hier besser noch mal an.«

»Wenn Sie wollen, steuere ich Ihnen das Ding raus«, sagte Louis, dann verzog er das Gesicht. »Ich meine, ich kann Ihnen von hier aus Anweisungen geben, damit Sie es schaffen.«

Nachdenklich betrachtete Pierre den jungen Mann, der offenbar nicht nur dazu entschlossen war, in Deckung zu bleiben, sondern auch so schnell wie möglich von hier zu verschwinden. Es war inzwischen nach zwei, wenn er noch einen Platz am Anleger von Aigues-Mortes bekommen wollte, musste er sich beeilen.

»Gut«, sagte er mit Blick auf dessen verwahrlostes Äußeres. »Während ich das hier zu Ende lese, gehen Sie unter die Dusche. Danach legen wir ab.«

»Haben Sie was Frisches zum Anziehen für mich?«

Pierre betrachtete die spindeldürre Gestalt. Seine Hosen würden an Louis herunterrutschen, noch bevor er den ersten Schritt getan hätte.

»Waschen Sie Ihre Sachen unter der Dusche aus und hängen Sie sie über die Abtrennung«, brummte er. »Bis sie trocken sind, können Sie den Morgenmantel nehmen, der an der Badezimmertür hängt.«

Der Anruf kam, als aus dem Schiffsbauch das Prasseln des Wassers zu hören war.

»Ihr Louis«, sagte Gisèle ohne Einleitung, »oder besser Emil … der wird nicht gesucht. Er war auch noch nie straffällig. Und offenbar gibt es niemanden, der ihn vermisst.«

»Auch nicht auf dem Campingplatz?«

»Nein. Der Platz liegt westlich von Saintes-Maries-de-la-Mer, direkt am Strand. Wie man mir sagte, ist er sehr groß, und die Gäste kommen und gehen, wie sie wollen. Da fällt es nicht weiter auf, wenn jemand seine Unterkunft nicht nutzt. Aber ich konnte herausfinden, dass er sich bis zum Sonntag in einer Ein-Zimmer-Hütte eingemietet hat. «

»Was ist mit dem Tatort?«

»Laut Polizeibericht liegt er am Strandabschnitt nahe der *Route de Méjanes*, auf Höhe eines Restaurants, das seit vergangenem Winter geschlossen hat.«

»Gisèle ....« Pierre hielt inne, lauschte auf das Prasseln, das aufgehört hatte, gleich darauf aber wieder einsetzte. »Können Sie mit Google Maps umgehen?«

»Ich ... ich denke, ja«, sagte die Empfangsdame unsicher.

»Gut. Geben Sie die Adresse ein.«

Pierre lauschte dem Klackern der Tastatur. Er hoffte inständig, sie möge sich auf der Seite zurechtfinden. Die hagere Empfangsdame war einer der altmodischsten Menschen, die er kannte. Sie verabscheute moderne Technik und zeigte sich jeglichen Neuerungen gegenüber ablehnend. In seiner Anfangszeit als *Chef de police municipale* war Gisèle sehr spröde gewesen, war dann aber rasch aufgetaut. Bei dem Gedanken, wie oft sie ihm schon geholfen hatte, an wertvolle Informationen zu kommen, musste Pierre lächeln. Sie war vertrauenswürdig und verschwiegen, ganz im Gegensatz zur neugierigen Madame Duprais, die jede Unterhaltung zum Bestandteil des Dorftratsches machte.

»Geschafft«, sagte Gisèle jetzt. »Die Karte liegt vor mir auf dem Bildschirm. Und nun?«

»Sehen Sie das gelbe Männchen unten rechts?«

»Ja.«

»Gehen Sie mit dem Cursor drauf, das ist dieser Pfeil, der

sich über den Bildschirm bewegt. Halten Sie nun die rechte Maustaste gedrückt und ziehen Sie das Männchen auf den Weg. Was sehen Sie, wenn Sie es zum See hindrehen?«

»Es funktioniert nicht.«

»Versuchen Sie es noch einmal.«

»Es wackelt in der Luft, aber wenn ich loslasse, rutscht es zurück an seinen Platz.«

»Wenn Sie es noch einmal rüberziehen, sehen Sie auf dem Weg eine blaue Markierung?«

»Nein. Weiter oberhalb auf der Straße, ja. Aber nicht dort.«

»*Zut!*« Das bedeutete, dass der Kamerawagen des Online-Kartendienstes an der Stelle keine Aufnahmen gemacht hatte.

Gisèle atmete hörbar ein. »Aber da ist eine Markierung bei dem verlassenen Restaurant. Warten Sie, ich klicke mal darauf … Offenbar existiert noch eine Website.«

»Gut gemacht«, lobte Pierre. »Sehen Sie nach, ob es Fotos von der Aussicht gibt. Dort oder unter den Bewertungen neben dem Eintrag. Ich brauche dringend Bilder von dem See. Was sehen Sie?«

»Bäume, dahinter ein Strand. Flamingos, wirklich viele Flamingos, und Enten. Pfähle im Wasser, ein schmaler Strand. Der Sand sieht eigenartig aus. Irgendwie klumpig.«

»Weiter. Sagen Sie mir, ob etwas auf dem See ist.«

»Nein. Ah, doch, da ist ein Boot. Es ist blau mit rotem Rand. Aber es liegt am Strand vertäut.«

Pierre stieß einen Fluch aus. Das Prasseln des Wassers hatte aufgehört. Er stieß die Tür auf und kletterte von Bord. Das war wichtig, er musste sich konzentrieren.

»Und noch etwas«, rief Gisèle aus, »ich sehe ein aus dem Wasser ragendes Baumgerippe.«

Pierre spürte, dass sein Herzschlag sich beschleunigte. »Beschreiben Sie es«, wisperte er.

»Es ist hell, die Rinde größtenteils abgefallen. Einige Äste ragen in die Höhe. Die beiden größeren haben Gabelungen.«

Das war das Baumgerippe vom Foto. Louis war dort gewesen. Offenbar war er vom *Étang de Vaccarès* bis hierher gelaufen, um seinem Verfolger zu entkommen, quer durch die Sumpflandschaft. Was die Striemen erklärte und die vielen Mückenstiche. Vielleicht suchte der Mörder nun nach ihm. Er musste losfahren, bevor man Louis hier fand.

Rasch überschlug Pierre seine Möglichkeiten. Der See befand sich auf der provenzalischen Seite der Camargue, die Zuständigkeit für diesen Fall lag folglich dort.

»Rufen Sie im Kommissariat von Arles an. Berichten Sie, dass ich einen Mann an Bord habe, der möglicherweise unfreiwillig Zeuge des Mordes am *Étang de Vaccarès* wurde. Ich werde jetzt mit ihm in Richtung Süden fahren.« Er gab eine Beschreibung des Bootes durch. »Der nächste Liegeplatz ist in Gallician. Die Beamten haben etwa zweieinhalb Stunden Zeit zu beratschlagen, was zu tun ist, ohne meinen Begleiter in Gefahr zu bringen.«

Er legte auf und kletterte zurück an Bord.

»Wer war das?«, fragte Louis, der nach Kirschblüten duftend in dem viel zu großen Morgenmantel auf der Treppe zwischen Schiffsbauch und Oberdeck stand. Er sah aus wie ein Kind, und Pierre spürte, wie sich jäh väterliche Gefühle emporschlichen.

»Eine Freundin. So, und nun lass uns endlich losfahren, es ist höchste Zeit!«

Pierre lächelte. In seinem Inneren pulsierte eine Energie, wie er sie seit Wochen nicht mehr gespürt hatte. Er war wieder da! Im Grunde war er niemals fort gewesen. Nur vorübergehend vergraben.

9

»… eins, null, zwei, fünf, acht.« Gisèle hatte den Telefonhörer zwischen Ohr und Kinn eingeklemmt und hielt die Notiz mit der Nummer der *Carte nationale d'identité* dicht vor ihre Augen, als es an die Tür der *mairie* klopfte. Ein Blick auf die Uhr sagte ihr, dass es bis zur nachmittäglichen Öffnungszeit noch fünfundzwanzig Minuten waren, also ignorierte sie auch das zweite Klopfen und fuhr fort, dem freundlichen *Brigardier* am anderen Ende der Leitung die Sachlage zu erklären.

»Ja, genau. In Gallician. Monsieur Durand wird dort mit dem Mann an Bord anlegen. Er erwartet Ihren Anruf mit weiteren Anweisungen.«

»Danke für die Information, Madame, die Beamten der Mordkommission werden sich direkt mit ihm in Verbindung setzen.«

Nachdem sie aufgelegt hatte und das Klopfen von einem flehenden Rufen begleitet wurde, setzte Gisèle ihre Lesebrille ab und ging zu Tür.

»Wer ist da?«, rief sie durch das Holz.

»Hier ist Luc. Ist der Bürgermeister im Büro?«

»Ja, aber es ist noch Mittagspause.«

»Ich weiß, aber um drei muss ich wieder in der Wache sein. Kann ich ihn sprechen?«

Maurice Marechal hasste nichts mehr, als in seiner Pause gestört zu werden, aber da Gisèle nicht unhöflich sein wollte, schob sie den Riegel beiseite und öffnete die Eingangstür einen Spalt breit.

Vor ihr stand der junge Mann aus der Polizeiwache, dem sie seit Monsieur Durands Suspendierung immer schon frühmorgens begegnete. Bemüht, sich den Herausforderungen zu stellen. Seine Wangen waren gerötet, das Gesicht wirkte sehr ernst.

Gisèle begrüßte ihn mit einem freundlichen Nicken. Sie mochte Luc, auch wenn er manchmal vor Übereifer über das Ziel hinausschoss. »Ich darf Sie leider nicht vor drei zum Bürgermeister lassen, und da hat er auch gleich einen Termin. Kann ich Ihnen vielleicht weiterhelfen?«

»Können Sie nicht eine Ausnahme machen? Ich habe ein Anliegen. Ein sehr dringendes. Es geht um die Suspendierung von Pierre … Ich meine, er hat nichts getan, was eine solche Reaktion rechtfertigt.«

»Sie wollen ihn verteidigen?« Gisèle lächelte. »Das ist sehr ehrenwert von Ihnen. Aber meinen Sie nicht, er kann für sich selbst eintreten?«

»Nein, das kann er nicht«, entfuhr es Luc, dann schien er zu bemerken, dass er vielleicht etwas zu weit vorgeprescht war, und er räusperte sich. »Ich habe nachgerechnet. Die Widerspruchsfrist läuft kommenden Montag ab, und wenn Pierre sie verstreichen lässt, kann er niemals wieder Polizist werden. Und das wäre unfair.«

»Haben Sie Ihr Vorgehen denn mit ihm besprochen?«

»Ja, das heißt, wir haben es versucht. Penelope und ich haben angeboten, ihm zur Seite zu stehen, gleich nachdem der Bürgermeister die Suspendierung ausgesprochen hatte. Wir wollten sogar dem Gerücht nachgehen, dass Marechal selbst die fingierte Korruptionsanzeige gegen seinen Vorgänger lanciert hat, um ihn aus dem Amt zu kicken. Damit hätte man ihn unter Druck setzen können. Aber Pierre hat abgelehnt. Er stand unter Schock. Das liegt an dem enormen Konflikt, in dem er steckt, das ist mir gestern Abend klar geworden. Sehen Sie, wenn er Widerspruch einlegt, dann bekommt er vielleicht seinen Job zurück, aber Marechal lässt ihn die Drecksarbeit machen, aus Rache. Und Pierre hasst nichts mehr als Bürokram. Also habe ich mir gedacht, dass es jemand anders für ihn machen muss, bevor er nie, nie wieder …«

»Moment mal«, unterbrach ihn Gisèle. »Sprechen Sie etwa von der Anzeige wegen angeblicher Ausstellung von Rechnungen ohne Gegenleistung, deretwegen Arnaud Rozier die Strafverfolgungsbehörde am Hals hatte?«

»Ja, genau die.«

Gisèle sog die Luft ein. Im vergangenen November hatte ein anonymer Hinweis die Polizeiaktion ausgelöst, bei der mehrere Beamten mit quietschenden Reifen vor der *mairie* gehalten hatten und ins Gebäude gestürmt waren, als handle es sich um die Festsetzung eines Schwerverbrechers.

Sie griff sich an die Brust und spürte ihr Herz klopfen, das sich bei der Erinnerung an diesen Moment beschleunigte. Der Mechaniker Stephane Poncet, der damals zufällig in der Gegend gewesen war, hatte Fotos von den Beamten gemacht, die Akten und Computer aus der *mairie* geschafft hatten, und sie dann einer Zeitung zugespielt, deren Redaktion dieser Farce mit der Schlagzeile *Bürgermeister unter Korruptionsverdacht!* die Krone aufgesetzt hatte.

Eine Peinlichkeit sondergleichen, die ihr noch immer die Schamesröte ins Gesicht trieb, obwohl man am Ende nichts gefunden hatte, was diese Aktion rechtfertigte.

Gisèle erinnerte sich noch genau, wie empört sie darüber gewesen war. Nicht nur wegen Arnaud Rozier, dem sie das Ganze – trotz seines Hanges zum großen Auftritt und seiner

Anfälligkeit für Schmeicheleien – nicht zutraute, sondern weil es einen Angriff auf ihre Autorität darstellte. Sämtliche Vorgänge gingen früher oder später über ihren Schreibtisch, weshalb Korruption in diesem kleinen Bürgermeisteramt nur dann möglich war, wenn sie ihrer Aufgabe nicht korrekt nachkäme.

Gisèle hatte versucht, die Scham zu verdrängen, und sich später immer wieder gefragt, wer wohl zu einer solchen Gemeinheit fähig wäre. Aber dass ausgerechnet *Monsieur le maire* Marechal die Sache ins Rollen gebracht hatte, darauf wäre sie nie gekommen. Er war stets sehr freundlich und wohlwollend, nahm die bürokratischen Mühlen ernst und fügte einige hinzu, um die Arbeit einzuhegen und für alle transparent zu gestalten.

»Was wissen Sie darüber?«, fragte Gisèle und musste tief durchatmen, damit sich ihre Stimme nicht überschlug.

»Madame Duprais hat ein Gespräch zwischen Marechal und seiner Frau belauscht, in der sie so etwas andeuteten. Aber es ist leider nicht mehr als eine Aussage.«

»Nun, ja«, überlegte Gisèle, enttäuscht über die Banalität der Beweisführung, »ich denke, das kann man nicht ernst nehmen. Madame Duprais war empört, dass *Monsieur le maire* Marechal dem alten Uhrmacher eine Strafe aufbrummen wollte, weil er seinen selbst gemachten Ziegenkäse ohne Lizenz verkauft hat.«

Sie legte eine Hand an die Tür und wollte sie wieder zuziehen, doch Luc drückte mit der Hand gegen das Holz.

»Sie müssen mich zu ihm lassen«, sagte er hastig. »Ich muss was wiedergutmachen.«

»Nanu, ist etwas passiert?«

Luc nickte heftig. »Gestern hat Penelope Pierre in der Tür der *Bar du Sud* stehen sehen, während drinnen die Dorfbewohner über ihn geredet haben. Unschöne Sachen haben sie gesagt, und ich habe ihn noch nicht einmal verteidigt!« Luc senkte den Kopf. »Penelope hat erzählt, wie er sich das Ganze angehört hat, mit hängenden Schultern, und er ist wieder fortgegangen, statt hineinzustürmen und den Leuten die Meinung zu geigen, wie es sonst seine Art ist.« Er schüttelte den Kopf und sah Gisèle wieder an. »Wir haben ihn verletzt. Allein gelassen. Vor den Kopf gestoßen. Uns allen ist das unheimlich peinlich. Und nun …«

»Nun möchten Sie Gerechtigkeit einkehren lassen?«

»Ja. Pierre ist doch mein Freund. Ich will, dass es ihm wieder gut geht und dass alles so wird wie früher.«

»Ich glaube nicht, dass das etwas bringt«, entgegnete Gisèle.

»Warum nicht?«

»Weil bereits einige Personen genau das versucht haben, aber Monsieur Durand es nicht will.«

Luc hob empört die Brauen. »Das kann ich mir nicht vorstellen.«

»Oh doch. Im Gemeinderat hat es eine heftige Diskussion gegeben, obwohl personelle Entscheidungen eigentlich Sache des Bürgermeisters sind. Unser pensionierter Rechtsanwalt François Pistou gab zu bedenken, dass die Suspendierung arbeitsrechtlich nicht haltbar sei. Einige Ratsmitglieder haben *Monsieur le maire* Marechal daraufhin gedroht, künftige Entscheidungen zu blockieren, wenn er seinen Entschluss nicht rückgängig macht. Am Ende haben sie sich darauf geeinigt, Monsieur Durand zu einer außerordentlichen Sitzung einzuladen, um ihm die Gelegenheit zu geben, sich zu den Vorwürfen zu äußern. Das kann ich bezeugen, ich habe das Protokoll geschrieben und den Brief an ihn aufgesetzt. Aber er ist nicht zum anberaumten Termin erschienen. *Et voilà*, das war's dann.«

Luc riss die Augen auf. »Es gab einen Anhörungstermin?«

»Ja. Monsieur Durand hätte Stellung beziehen können. Er hat weder ab- noch zugesagt, daraus haben die Gemeinderatsmitglieder geschlossen, dass er kein Interesse mehr an der Position hat, und ihren Widerstand aufgegeben.«

»Hat ihn jemand gefragt, warum er sich so verhält?«

Die Empfangsdame hob die Schultern. »Ehrlich gesagt habe ich mich auch gewundert, es aber respektiert. Offenbar ist es sein fester Entschluss, nicht dagegen vorzugehen. Weder persönlich noch schriftlich.«

»Na dann …« Der junge *policier* senkte die Schultern. »Ich hatte gehofft … Aber da kann man wohl nichts machen.«

Gisèle lächelte. »Es war sehr anständig von Ihnen«, sagte sie. »Sie sollten Monsieur Durand anrufen und ihm Ihre Unterstützung persönlich zusichern. Es wird ihn gewiss freuen.«

Damit schloss sie die Tür und ging zurück zum Empfangstresen, wo sie das Warten auf das Ende der Mittagspause mit einer Partie Patience verkürzen wollte.

Doch es wollte ihr nicht gelingen, sich zu konzentrieren. Nachdenklich schob Gisèle die Karten von links nach rechts.

Lucs Worte gingen ihr nicht aus dem Kopf. Hatte Marechal wirklich gelogen, um Rozier aus dem Amt zu kicken? Was, wenn Madame Duprais die Wahrheit sagte? Wäre es ihm zuzutrauen?

Gisèle lehnte sich so heftig in ihrem Stuhl zurück, dass er knarzte.

In all den Jahren, in denen sie hier arbeitete, hatte sie viele Bürgermeister ein und aus gehen sehen. Manche waren klug, andere polterten herum, einige wie Arnaud Rozier ließen sich dazu hinreißen, sich angesichts der Erhabenheit des Postens selbst zu erheben. Aber immer hatten sie sich des Amtes würdig erwiesen. Auch *Monsieur le maire* Marechal schien sich seiner Aufgabe bewusst zu sein. Seit er hier war, hatte er einige wichtige Projekte angestoßen, um das Dorf attraktiver für Familien zu machen. Und es sah ganz danach aus, als habe er damit Erfolg.

Doch wenn Lucs Vermutung stimmte, und der Bürgermeister dafür gesorgt hatte, dass Arnaud Rozier freiwillig aus dem Amt schied, dann konnte man das nicht einfach so stehen lassen.

Mechanisch räumte sie die Karten zusammen. Dann widmete sie sich der Kiste, die der Postbeamte am späten Vormittag am Empfang abgestellt hatte, und begann den Inhalt zu sortieren. Ein himmelblauer Umschlag fiel ihr ins Auge, adressiert an das Bürgermeisteramt von Sainte-Valérie, ohne Abteilung oder Ansprechpartner. Sie griff nach dem Brieföffner und schlitzte ihn auf, holte zwei beschriebene Seiten hervor. Der Text war offenbar mehrfach kopiert worden.

Mit wachsender Unruhe flogen ihre Augen über die Zeilen, bis zum letzten Satz, der sie erstarren ließ.

Wehe, ihr Sünder, denn eure Verfehlungen blieben IHM nicht verborgen. Also seid bereit, wenn der Tag des Gerichts gekommen ist.

Gisèle wartete, bis sich ihr Herzschlag wieder beruhigt hatte. Diese Worte sollten einer gewissen Bernadette durchgegeben worden sein … Sie kannte nur eine Nonne mit dem Namen, und zwar die heilige Bernadette von Lourdes. Ihr war die Gottesmutter erschienen, damit sie eine Quelle freilegte, deren Wasser heilkräftig sei.

Sie wusste, dass man solche Briefe ignorieren sollte, es war ja allzu offensichtlich, dass es sich um eine Fälschung handelte. Sie ging häufig genug in die Kirche, um zu wissen, dass die Gottesmutter niemals einen Text gutheißen würde, der die Drohung enthielt, Menschen zu töten, nur weil sie ihre Botschaft nicht verbreiten wollten.

Und dennoch konnte Gisèle nicht verhindern, dass ihre Kehle plötzlich trocken war und sie heftig schlucken musste, um die Furcht hinunterzuwürgen, die sich dort festkrallen wollte.

Hastig faltete sie den Brief zusammen und steckte ihn mit spitzen Fingern zurück in den Umschlag.

Eine Weile starrte sie ihn an, überlegte, wo sie ihren Rosenkranz abgelegt hatte. Ob er noch in der Wäschekommode lag, in der Schachtel mit dem aufgeprägten Kreuz? Sie beschloss, gleich am Abend nachzusehen, und schob den Umschlag mit einem Seufzen weit von sich. Dabei fiel ihr Blick auf den Postausgangskorb, in dem die Schreiben aufbewahrt wurden, die das Amt verließen, und der nun leer war. Der Briefträger hatte sie wie üblich am Vormittag mitgenommen, als er die Post brachte.

Ein plötzlicher Gedanke schlich sich in ihr Bewusstsein, und sie folgte ihm, froh über die Ablenkung.

Das Schreiben an Pierre Durand wegen der außerordentlichen Anhörung hatte sie noch am selben Abend aufgesetzt, nachdem der Gemeinderat dies in der Sitzung beschlossen hatte. Am nächsten Morgen war der Postausgangskorb leer gewesen. Das war jetzt gut vier Wochen her, aber sie konnte sich noch genau daran erinnern, da es sie für einen kurzen Moment irritiert hatte. Aber dann hatte sie angenommen, jemand anderes hätte den Brief auf dem Nachhauseweg mitgenommen und in den Postkasten an der Außenmauer des Bürgermeisters geworfen, der bereits morgens um acht Uhr dreißig geleert wurde.

Was, wenn Monsieur Durand dieses Schreiben nie erhalten hatte?

Sie sah auf den altmodischen Kalender, den sie noch immer dem digitalen vorzog, und hob ihre Lesebrille an. Am Nachmittag waren die Termine dicht gedrängt, doch kurz vor Feierabend war eine Lücke. Diese würde sie nutzen, um den Verdacht auszuräumen. Oder um ihn zu bestätigen.

10

Pierre fluchte laut. Die *péniche* aus dem Anlegeplatz hinauszubugsieren war schwerer als gedacht. Die Steuerung war gewöhnungsbedürftig. Auf seine Lenkversuche reagierte das Boot mit Verzögerung. Immer, wenn er glaubte, es in die richtige Position gebracht zu haben, schwenkte der Bug nach. Auf jede allzu hektische Gegenbewegung folgte heftiges Schlingern, zweimal war er der Kaimauer gefährlich nahe gekommen. Dabei hatte er das Boot mit der Wäscheleine so hart touchiert, dass der Mann sich von seinem Klappstuhl erhoben und ihn wüst beschimpft hatte.

»Keine Sorge«, bemerkte Louis von der Treppe aus, während er mit beiden Händen das Geländer umkrallte, als wolle er es nie wieder loslassen. »Die Fender haben das gut abgefedert.«

»Schön, dann können Sie sich ja wieder entspannen.«

Es hatte gereizt geklungen, obwohl sich Pierre mehr über sich selbst ärgerte als über den Kommentar des angehenden Ornithologen.

In einer raschen Bewegung wischte Pierre sich den Schweiß von der Stirn. Was für eine blöde Idee, das Hausboot zu übernehmen! Gegen den Lärm der Rodungsarbeiten hätten schließlich auch Ohrstöpsel geholfen. Und am Abend hätte er wieder seine Ruhe gehabt. Pierre sehnte sich nach der Esche am Ufer des Baches, nach dem abendlichen Rosé im Schatten.

Dann endlich, nach ewig scheinenden Minuten, gelang es ihm.

»Heureka!«, kam es von unten, und es klang derart erleichtert, als hätten sie eine Mondlandung vollbracht.

Pierre presste die Lippen aufeinander. Konzentriert steuerte er die *péniche* durch den schmalen Kanal, der an manchen Stellen durch am Ufer wachsendes Buschwerk derart verengt war, dass er seine Zweifel hatte, ob das Boot überhaupt hindurchpasste. Mit um das Steuerrad gekrampften Fingern navigierte er es schnurgeradeaus, immer etwas zu mittig und in der Hoffnung, dass der Gegenverkehr ausbleiben würde.

Kaum, dass sie die erste Kurve genommen hatten, ließ Louis das Geländer los und erklomm den Steuerstand.

»Ist das schön«, entfuhr es ihm, und er zeigte in Richtung der Reisfelder, die ihren Weg in saftigem Grün begleiteten. »Das muss ich unbedingt ablichten.«

»Tun Sie's nicht«, hielt Pierre ihn zurück. Es fehlte noch, dass der junge Mann mit der Kamera an Deck herumturnte und sie womöglich in einem unaufmerksamen Moment mitsamt dem Beweismaterial im Wasser versenkte. »Bleiben Sie lieber unauffällig und beobachten Sie die Straße, ob uns jemand folgt.«

»Sie meinen …« Der Kopf des jungen Mannes flog herum. Seine Augen fixierten das Ufer, als habe er gerade erst erkannt, dass von dort Gefahr drohen konnte. »Glauben Sie wirklich, wir werden verfolgt?«

»Ich weiß es nicht. Aber mir scheint, Sie laufen vor etwas davon.«

»Ich? Nein, wie kommen Sie denn darauf?« Louis lachte unbeholfen.

»Hören Sie auf, mich zu verschaukeln. Man sieht es Ihnen an. Sie wirken nervös wie ein junges Kätzchen. Sie haben sich ja bis eben noch nicht einmal getraut, den Treppenaufgang zu verlassen.«

Louis biss sich auf die Lippen. »Sie haben recht. Aber ich weiß nicht, wovor.« Er starrte auf einen fernen Punkt in den Feldern. »Ich kann mich nicht mehr daran erinnern …«

»Versuchen Sie es. Sie waren irgendwo dort draußen und haben Vögel beobachtet.«

»Ja.« Louis stand regungslos da, wie erstarrt. Den Blick noch immer in die Ferne gerichtet.

»Sie waren nicht zufällig …« Pierre sah ihn unverwandt an, »am *Étang de Vaccarès*?«

Der junge Mann fuhr herum. Eine Träne rollte ihm über die Wange, eine weitere folgte. »Warum fragen Sie?«

»Weil dort gestern Nacht eine männliche Leiche gefunden wurde.«

»Woher wissen Sie das?«

»Es kam in den Nachrichten.«

Louis atmete tief durch, wischte sich mit dem Handrücken die Tränen ab. »Denken Sie, ich habe etwas gesehen?«

»Möglich«, antwortete Pierre ruhig, während er versuchte, die Mimik seines Gegenübers zu lesen. Er wirkte tatsächlich überrascht. Ein Sonnenstich konnte durchaus einen Gedächtnisverlust hervorrufen. Zudem neigte das menschliche Gehirn manchmal dazu, ein derartiges Trauma zu verdrängen. »Sie sind vollkommen zerkratzt und zerstochen. Ich nehme nicht an, dass Sie auf der Landstraße nach Saint-Gilles gelaufen sind, sondern querfeldein. Wie lange sind Sie herumgeirrt? Die ganze Nacht? Sie werden Angst gehabt haben, waren von Panik getrieben. Der Weg über die Straßen war zu gefährlich, also haben Sie sich durchs Unterholz geschlagen und die Sümpfe durchquert, die seit der großen Hitze an vielen Stellen passierbar waren.«

Louis sah an sich hinab und fuhr mit der Hand über einen Mückenstich, der inzwischen zu einer veritablen Beule herangewachsen war.

»Es sieht ganz danach aus«, nickte er. »Aber ich kann mich nicht mehr erinnern, was ich gesehen habe.« Er wandte den Blick in Richtung des Ufers. »Da ist so eine … eine Dunkelheit. Es ist alles weg.«

»Vielleicht hilft Ihnen Ihr Handy bei der Erinnerung?«, schlug Pierre vor. »Möglicherweise haben Sie eine Route eingegeben. Oder mit jemandem telefoniert.«

Louis schrak zusammen. Er eilte hinab ins Bootsinnere und kam wenige Minuten später mit blassem Gesicht zurück. In der Hand hielt er seine Kamera.

»Es ist weg.«

»Sind Sie sicher?«

»Ja, ich habe alles abgesucht. Meinen Rucksack, das Bett. Sogar den Boden. Ich bewahre mein Telefon immer in der Tasche meiner Cargoshorts auf, sie ist offenbar aufgerissen. Ich muss es irgendwo verloren haben. Aber …« Er hob die Kamera an, als sähe er sie zum ersten Mal. »Sie haben vollkommen recht, ich war am See.«

»Hören Sie, Louis, das Beste wäre, wenn Sie sich bei der Polizei melden.«

Der junge Mann ließ die Kamera sinken und schüttelte den Kopf. »Und dann? Ich will nicht, dass man mich mit dem Mord in Verbindung bringt. Nachher denken sie noch, ich sei der Täter!«

»Unsinn. Man braucht Sie als Zeuge.«

Louis entfuhr ein nervöses Lachen. »Mein Kopf ist voller Watte. Und selbst wenn ich etwas wüsste, was bringt es schon?«

»Sie könnten helfen, den Täter zu fassen und weitere Morde zu verhindern. Es ist Ihre verdammte Pflicht.«

»Man kann doch niemanden zu einer Aussage zwingen, oder?« Noch ein Kopfschütteln, dieses Mal heftiger. Seine ganze Haltung drückte Ablehnung aus, nein, mehr noch: Panik. »Ausgeschlossen, nicht mit mir«.

Pierre ging darauf lieber nicht ein. Was brachte es, den jungen Ornithologen darüber aufzuklären, dass man einen Zeugen sehr wohl zu einer Aussage zwingen konnte, notfalls mit Beugehaft? Seine Angst vor einer Befragung schien größer zu sein als die Vernunft. Jeglicher Druck konnte ihn darin bestärken, die Geschichte vom Gedächtnisverlust beizubehalten, selbst wenn er die Erinnerung wiedererlangte. Die Leiche am *Étang de Vaccarès* hatte laut Radiobericht ein schwarz angesprühtes Gesicht. Sollten die Kettenbriefe tatsächlich vom Mörder stammen, dann bedeutete Louis' Schweigen für die nächsten Auserwählten den sicheren Tod.

Also warf Pierre stattdessen ein anderes Argument in die Waagschale, um ihn zur Mitarbeit zu überzeugen.

»Was, wenn der Täter Sie bereits kennt? Die Beamten könnten Sie schützen.«

»Mich schützen?« Louis' Stimme war mit einem Mal brüchig, sein Brustkorb bebte. »Denken Sie, die *flics* haben die Macht, einen vor allem zu bewahren? In jedem Moment, an jedem Ort? Sie wissen, dass sie das nicht können. Nicht einmal mit einer neuen Identität. Sie werden mir einen anderen Namen geben, einen neuen Beruf. Ich werde meine Freunde nie wiedersehen. Und wofür das alles? Um eine Tat zu bezeugen, an die ich mich nicht mehr erinnern kann?« Er begann hemmungslos zu schluchzen. Krümmte dabei den Körper und schlug die Hände vors Gesicht. »Ich will mein altes Leben nicht verlieren«, wimmerte er, während die Tränen von seiner Nasenspitze tropften.

Pierre hätte den jungen Mann gerne in den Arm genommen und ihn getröstet, aber er traute sich nicht, das Steuerrad loszulassen.

»Nun mal halblang«, sagte er beruhigend. »In der Praxis ist die Gefahr mit der Verhaftung des Täters vorbei. Niemand spricht davon, Ihr Leben auseinanderzureißen.«

Louis schwieg, aber seine Schultern bebten.

Pierre schüttelte den Kopf. Was, verdammt noch mal, war am *Étang des Vaccarès* passiert, dass der Junge derart die Nerven verlor? »Hier sind Sie auch nicht viel sicherer«, murmelte er.

»Doch, das bin ich.« Louis hob den Blick, darin ein stummes Flehen. »Es weiß doch niemand, dass ich hier bin. Und solange Sie es niemandem verraten, wird mir nichts geschehen.« Er fixierte Pierre, die Augen weit aufgerissen. »Sie verraten mich doch nicht, oder? Ich werde Ihnen auch ganz bestimmt nicht zur Last fallen. Und in Béziers sind Sie mich los.«

Pierre wurde warm. Wie konnte er ihm das zusichern? Gisèle hatte seine Anwesenheit sicher längst gemeldet. Seine Aussage konnte entscheidend dazu beitragen, das Leben anderer zu retten. Nur was, wenn er sich wirklich nicht erinnern konnte?

»Keine Polizei«, wiederholte Louis, »bitte!«

Der junge Mann sah elend aus, als habe ihm die Diskussion jegliche Energie genommen. Das sonnenverbrannte Gesicht war vom Weinen noch röter geworden, verquollen.

»Ich werde darüber nachdenken«, antwortete Pierre zögernd. »Aber was auch immer geschieht … ich verspreche, Sie nicht im Stich zu lassen. So, und nun sollten Sie sich besser einen kalten Umschlag machen.« Pierre zeigte mit dem Kopf in Richtung der Küchenzeile. »Sehen Sie mal im Kühlschrank nach, ob Sie Eiswürfel finden oder ein Kühlkissen. Und legen Sie sich hin, ich passe gut auf Sie auf.«

Louis nickte zögerlich und verzog sich schließlich mit einem Kühlpad in den Essbereich, wo er sich auf die Sitzbank fallen ließ und hinter dem sicheren Glasfenster in Richtung Ufer starrte.

Als Pierre sich nach einigen Minuten zu ihm umdrehte, hatte er sich der Länge nach ausgestreckt, das Kühlpad auf der Stirn, und schlief.

Pierre konzentrierte sich wieder auf den Kanal. Mit zunehmendem Geschick wich er den Anlegestegen aus, an denen kleine Boote schaukelten, und nickte einer Gruppe Radfahrer zu, die ihn auf dem Weg zwischen Bewässerungsgraben und Kanal überholten und dabei fröhlich winkten.

Er war so konzentriert, dass er das Brummen des Telefons nicht bemerkte, dessen Ton er leise gestellt hatte, damit Louis nicht gestört wurde. Und als er wenig später sah, dass Luc erneut versucht hatte, ihn anzurufen, dachte er, dass sein ehemaliger Assistent ihm den Buckel herunterrutschen sollte. Und dass Luc ruhig merken durfte, wie enttäuscht er war.

11

Nach einer Stunde mündete der Wasserlauf in den breiteren *Canal du Rhône à Sète,* und zum ersten Mal spürte Pierre so etwas wie Entspannung. Die Reise mit dem Hausboot begann ihm zu gefallen. Ein Gefühl der Freiheit und Unabhängigkeit durchströmte ihn, und er dachte, wie schön es doch wäre, alleine und unbeschwert durch die Kanäle zu schippern, den ganzen Weg bis zum *Étang de Thau* und zu den sagenhaften Austernbänken von Bouzigues.

Wenn, ja wenn da nicht dieser junge Mann an Bord wäre …

Die *péniche* glitt durch das spiegelglatte Wasser, das mal von bräunlichem Grün, mal blassgrau war. Linker Hand tauchte ein See auf, der in der Reflexion der Sonnenstrahlen funkelte, als berge er Tausende Brillanten. Ein Blick auf die Karte, die Pierre in dem Fach fand, in dem auch die Betriebsanleitung gelegen hatte, sagte ihm, dass sie gerade den *Étang de Scamandre* passierten, einen der vielen Küstenseen der Deltalandschaft.

Die Camargue war riesig, wie er beim Betrachten der Karte feststellte. Sie bestand aus der *Petite Camargue,* die auf der okzitanischen Seite lag und die sie gerade durchfuhren, und dem *Parc naturel régional de Camargue,* der zur Provence gehörte. Der Tatort befand sich am Rand eines ausgewiesenen Naturschutzgebietes, das nur aus dem *Étang de Vaccarès* bestand und einem südlich davon liegenden Landstück bis zum Meer.

Mit dem Finger fuhr Pierre über die Wege zwischen Tatort

und Saint-Gilles. Die Entfernung schätzte er auf etwa zwanzig Kilometer. Louis musste stundenlang unterwegs gewesen sein. Das Hausboot war erst am Morgen aufgesperrt worden. Wo hatte er die Nacht verbracht? Und warum ausgerechnet Saint-Gilles? Hatte er kopflos gehandelt, geschwächt von der Sonne und seiner Furcht? Oder gab es einen bestimmten Grund dafür?

»Brauchen Sie Hilfe beim Navigieren?«, fragte eine Stimme hinter ihm, und Pierre erschrak, weil er nicht bemerkt hatte, dass der junge Mann aufgestanden und zu ihm getreten war. Er wirkte ausgeruht, wenngleich er noch ein wenig verquollen war. Jetzt tippte er mit dem Zeigefinger auf die Karte. »Ich glaube, wir sind in etwa hier.«

»Ich weiß«, sagte Pierre. Überrascht, wie schnell sich Louis zu orientieren wusste. »Ich habe gerade den See dort drüben bewundert. Und mich gefragt, ob er wohl aus Süß- oder Salzwasser besteht.«

»Beides. Die *étangs* sind durchmischt vom jahrhundertealten Kampf zwischen Meer und Rhône, der schon oft für heftige Überschwemmungen gesorgt hat. Aber inzwischen sind sie einigermaßen eingehegt. Mit Kanalsystemen, Pumpen, Entwässerungsbecken und Dämmen.«

»Und wer würde gewinnen, wenn der Mensch nicht eingreift?«

»Das Meer. Ohne die Reisfelder, die regelmäßig bewässert werden, wäre die Camargue längst eine Salzwüste. Kein Lebewesen, keine Pflanze hätte je eine Chance.«

Erstaunt sah Pierre über die von einem Netz aus Kanälen durchzogenen Felder, über das flache Sumpfland, aus dem vereinzelte Bäume mit knorrigen Zweigen ragten. Die Camargue, eine wilde Naturlandschaft, war in Wahrheit ein von Menschenhand kontrolliertes System.

»Woher wissen Sie das alles?«

»Ist Teil des Studiums. Immerhin geht es hier um die bedeutendste Vogellandschaft Frankreichs mit rund vierhundert verschiedenen Arten.«

»Wo studieren Sie eigentlich?«

»In Bordeaux.« Es kam wie aus der Pistole geschossen. »Eigentlich studiere ich Biologie. Ornithologie ist nur ein Nebenfach, aber ich will meine Doktorarbeit über seltene Vögel der Camargue schreiben.«

Pierre warf Louis einen nachdenklichen Blick zu. Der junge Mann war aufgeblüht wie aus dem Nichts. Es war ihm anzumerken, wie sehr er seine künftige Arbeit liebte. Sie schien Louis' Lebensinhalt zu sein, sein Motor. So, wie zu ermitteln und knifflige Fälle zu lösen der seine gewesen war.

Pierre atmete tief durch und verdrängte die trüben Gedanken, konzentrierte sich stattdessen wieder auf Louis, der inzwischen ins Freie getreten war und sich den Fahrtwind um die Nase wehen ließ.

»Was macht man eigentlich als Ornithologe? Außer Vögel beobachten.«

»Die Population dokumentieren und deren Reaktionen auf Veränderungen der Umwelt«, antwortete der junge Mann durch das geöffnete Fenster. »Nach meiner Promotion möchte ich eine Forschungsstelle in einem wissenschaftlichen Institut annehmen. In der *Station Biologique de la Tour du Valat* beispielsweise oder in der *Société nationale de protection de la nature.*« Louis' Wangen begannen wieder zu glühen, dieses Mal aus Begeisterung. »Vergangenen Herbst habe ich an der Beringungsstation der Vogelwarte hospitiert und Zugvögel gekennzeichnet.«

»Und, hat sie sich verändert? Ich meine die Vogelpopulation.«

»Und ob. Wussten Sie, dass wir im europäischen Raum innerhalb von etwa zweihundert Jahren achtzig Prozent des Bestandes verloren haben? Dagegen steuern wir hier in der Camargue an. Den hiesigen Vögeln geht es besser als in Gebieten mit intensiver landwirtschaftlicher Nutzung, dennoch haben wir einen leichten Rückgang verzeichnet.«

»Trotz der Schutzgebiete?«

»Ja. Das liegt an der zunehmenden Verdrängung der Landmassen mit den Schilf- und Sumpfgebieten durch das Meer. Die Wissenschaftler vom *Tour du Valat* erfassen die Küstenveränderungen im Mittelmeerraum mithilfe der europäischen Sentinel-Satelliten und der NASA-Raumsonde Lancert. Dort ist eindeutig zu erkennen, dass die Küstenlinie der Camargue in den vergangenen dreißig Jahren um zweihundert Meter ins Landesinnere gewandert ist. Außerdem beobachtet man eine Zunahme südlicher Brutvögel und eine Abwanderung etablierter Arten in nördlichere Gefilde. Die Rohrdommel beispielsweise gehört schon zu den bedrohten Arten.«

»War nicht auch der Flamingo mal bedroht?«, erinnerte sich Pierre.

»Das war in den Siebzigern. Dem WWF ist es mithilfe von Schlammnestern gelungen gegenzusteuern, wir haben hier die ersten künstlichen Nistinseln der Welt. Die werden gut angenommen, zusätzlich zu den von den Vögeln selbst gebauten natürlich. Heute gibt es wieder um die fünfundfünfzigtausend Flamingos.«

Wie auf Stichwort stiegen einige der Vögel auf, blassrosa im Schein der glühenden Sonne. Gebannt verfolgte Pierre ihren Flug, den kräftigen Flügelschlag, das elegante Gleiten.

»Sie sind heller, als ich gedacht habe«, murmelte er.

»Das hängt damit zusammen, welche Nahrung sie aufnehmen«, erklärte Louis. »Die Farbe kommt nämlich von Organismen, die Farbpigmente produzieren und in Umgebungen mit hoher Salzkonzentration leben. Bei den Salinen vermehren sie sich am schnellsten. Daher auch das rosarote Wasser.«

»Aha«, sagte Pierre. Es war interessant, dem jungen Mann zuzuhören, man konnte fast vergessen, in welcher Notlage er sich befand.

»Die Organismen«, fuhr Louis fort, »werden von Krebsen gefressen und die wiederum von den Flamingos, mitsamt den Farbpigmenten.«

Pierre nickte. Er dachte an einen Besuch im *Jardin des Plantes,* dem zoologischen Garten an der *Rive Gauche* in Paris. Dort waren die Flamingos von intensivem Korallenrot gewesen. »Und im Zoo?«

»Da gibt man Farbstoffe ins Futter.«

So einfach war das also.

»Achtung, Sie müssen lenken!«

Pierre schrak auf, und als er sah, wie nah sie dem rechten Ufer waren, korrigierte er den Kurs ein wenig zu heftig. Gerade als er das Schlingern wieder im Griff hatte, klingelte sein Mobiltelefon.

»Ja?«, brummte er hinein.

»Mein Name ist Inspektor Théo Imbert von der Mordkommission Arles«, stellte sich der Anrufer vor. »Spreche ich mit Pierre Durand?«

»Ja, einen Moment bitte.« Pierre bat Louis, das Steuer zu übernehmen, und kletterte über das Deck bis zum Bug.

»So, jetzt können wir ungestört reden«, sagte er und hielt die rechte Hand schützend seitlich an den Mund.

»Meinen Sie, der Junge kommt mit dem Boot alleine klar?«

»Woher wissen Sie, dass er es steuert?«

»Wir haben Sie gut im Blick«, sagte der Mann, woraufhin Pierre sich überrascht umsah.

Die Radfahrer, die ihm vorhin so fröhlich zugewinkt hatten, saßen in etwa zweihundert Metern Entfernung im Gras. Einer von ihnen, ein Mann mit raspelkurzem Haar und rot gemustertem Westernhemd, hielt ein Telefon ans Ohr und sah scheinbar unbeteiligt zu Boden.

»Sie nähern sich jetzt Gallician. Bitte fahren Sie unter der Brücke hindurch und steuern sie die Anlegestelle an. Die Hafenmeisterei hat Ihnen Liegeplatz elf zugewiesen. Es werden zwei Polizisten an Bord kommen, um den Zeugen zu vernehmen.«

»Geht es nicht noch eine Nummer auffälliger?«, brummelte Pierre. Das Gefühl, den jungen Mann verraten zu haben, schlug über ihm zusammen wie eine Welle.

»Keine Sorge, es wird kein Polizeifahrzeug zu sehen sein, die Beamten sind in Zivil. Sagen Sie dem Zeugen, es hätten sich unerwartet Freunde angekündigt. Alles andere klären die Beamten, sobald sie an Bord sind.«

»Das funktioniert so nicht.«

»Und warum nicht?«

»Louis … ich meine, Emil hat offenbar infolge eines Sonnenstichs sämtliche Erinnerungen an den Abend verloren.«

»Woher wollen Sie das wissen?«

»Er hat es mir erzählt.«

»Sie haben mit ihm darüber geredet?« Der Kopf des Mannes schnellte hoch. »Was ist in Sie gefahren? Das ist Sache der Strafverfolgungsbehörden.«

»Die Strafverfolgungsbehörden wüssten ohne mich gar nicht, dass dieser Zeuge existiert«, entgegnete Pierre schroff. »Wenn er überhaupt etwas gesehen hat. Bislang wissen wir ja nur, dass er in der Nähe des Tatortes war.«

»Ob er uns als Zeuge dienen kann oder nicht, sollten Sie besser uns überlassen«, bemerkte Imbert bissig und zog ein Taschentuch aus der Hose, mit dem er sich über Stirn und

Nacken wischte. »Halten Sie in Gallician, dann sehen wir weiter.«

Pierre legte auf und starrte auf den Kanal. In einiger Entfernung war bereits die Brücke zu sehen, in weniger als zehn Minuten hatten sie den kleinen Hafen erreicht. Er kam sich schäbig vor. Louis vertraute ihm. Und nun war er dabei, den jungen Mann in eine Lage zu bringen, die er hatte vermeiden wollen. Er konnte nur hoffen, dass die Beamten in Gallician behutsamer mit der Situation umgingen als dieser Inspektor Imbert.

Pierre drehte sich zu Louis um, der sich inzwischen Cazadieus Dandy-Hut aufgesetzt hatte und ihm zuwinkte. Zusammen mit dem sternenbedruckten Morgenmantel sah er aus wie ein Zauberer, der einem Fantasyfilm entstiegen war, bereit, sein Publikum mit einem Kartentrick zu beeindrucken.

»War das wieder Ihre Freundin?«, rief er Pierre zu, als er sich dem Steuerstand näherte.

»Ja.«

»Sie muss Sie sehr lieben. So oft, wie die bei Ihnen anruft.«

»Und wie.« Pierre stellte sich neben ihn, um das Ruder wieder zu übernehmen.

»Ich bin gut getarnt«, sagte Louis lachend. »Wenn Sie wollen, fahre ich bis Aigues-Mortes.«

»Wir legen in Gallician an.«

»Warum denn das?«

»Ja, warum eigentlich?«, flüsterte Pierre mit Blick auf die nahende Kaimauer, an der zwei Männer in bunt bedruckten Hemden standen und ihnen so heftig zuwinkten, dass die Frauen auf dem mit Blumengirlanden geschmückten Nachbarboot ihre Sektgläser abstellten und die Köpfe reckten, um zu sehen, wem die Begrüßung wohl galt.

Unauffällig war anders.

Stümper, dachte Pierre. »Sie haben recht, Louis. Fahren Sie weiter. Und geben Sie ordentlich Gas.«

Mit einer Geschwindigkeit von etwa sechs Knoten rauschte die *péniche* an der Marina vorbei, sodass das blumengeschmückte Hausboot ins Schaukeln geriet und die Frauen erschrocken aufkreischten. Die beiden Männer riefen etwas Unverständliches. Liefen, als sie erkannten, dass das Boot nicht anlegen würde, ein Stück neben ihnen her, bis sie langsam zurückfielen.

»Was wollten die denn?«, rief Louis, auf dessen Miene ein Anflug von Panik erschien.

»Keine Ahnung«, antwortete Pierre lakonisch und betrachtete den flatternden Sternenumhang. »Vielleicht dachten sie, wir seien zwei Weise aus dem Morgenland?«

Sein Telefon klingelte. Er hob entschuldigend die Schultern und ging in Richtung Bug, bevor er sich meldete.

»Sagen Sie, sind Sie besoffen?«, brüllte Imbert. Er schien kurz davor, die Nerven zu verlieren.

»Nein. Nur vernünftig.«

»Vernünftig? Sie drehen sofort um und legen an, wie besprochen.«

»Das werde ich nicht tun. Nicht, bevor Sie Ihren winkenden Affen sagen, wie man sich unauffällig einem verängstigten Zeugen nähert.«

»Jetzt hören Sie mir mal zu«, brüllte der Inspektor weiter. »Wenn Sie nicht sofort tun, was ich Ihnen sage, dann verpasse ich Ihnen eine Anzeige wegen Amtsbehinderung.«

»Nein, Sie hören mir jetzt zu«, entgegnete Pierre. Äußerlich ruhig, obwohl sein Innerstes vor Wut bebte. »Ich will, dass Sie verdammt noch mal eines begreifen: Dieser Mann hat womöglich etwas gesehen, das ihm Angst macht. So große Angst, dass sich sein Gehirn weigert, sich daran zu erinnern. Es wird sich ganz bestimmt nicht öffnen lassen, wenn Sie mit der Brechstange anrücken. Ich will, dass Sie behutsam vorgehen. Deshalb werde ich nur jemanden an Bord lassen, der in der Lage ist, auf die Sorgen und Nöte des Zeugen einzugehen.« Damit legte er auf und ging wieder nach vorne.

»Ärger?«, fragte Louis amüsiert.

Pierre schmunzelte. Sein Begleiter musste ja denken, dass diese Freundin langsam anstrengend wurde.

»Nur ein bisschen. Aber das regelt sich.«

12

»Ja, bitte?«

Gisèle strich ihren Rock glatt und drückte die Klinke herunter. Sie hatte die *mairie* pünktlich um siebzehn Uhr geschlossen und die anderen Damen zu dem Schreiben an Pierre Durand befragt, bevor diese eine nach der anderen das Gebäude verlassen hatten. Keine von ihnen hatte den Postausgangskorb hinter dem Empfangstisch angerührt. Außer, um etwas hineinzulegen.

»Warum sollten wir das tun?«, hatte Maribelle, eine hübsche Rothaarige, erstaunt ausgerufen. »Auf die paar Stunden kommt es doch nicht an, *n'est-ce pas*? Das Schreiben wäre so oder so erst am nächsten Tag eingetroffen.«

Da hatte sie recht. Was also, wenn jemand den Brief entwendet hatte? Wenn er gar nicht abgeschickt worden war und Monsieur Durand nichts von der Möglichkeit zur Erklärung erfahren hatte, die ihm die Gemeinderatsmitglieder eingeräumt hatten?

Gisèle hatte ihr Haar gerichtet und war in den ersten Stock geeilt, wo sich das Zimmer des Bürgermeisters befand. Nicht ohne den Kettenbrief mitzunehmen, der ihr einen Vorwand liefern würde, falls ihr beim Betreten des Büros Zweifel an ihrem Vorhaben kämen.

Monsieur le maire Maurice Marechal saß hinter dem Schreibtisch, die Hände verschränkt auf der Tischplatte, und lächelte sie aufmunternd an.

»Na, Gisèle, gibt es noch etwas Dringendes?«

Sie nickte, plötzlich gehemmt.

Er war ein attraktiver Mann, anders konnte man es nicht sagen. Der Achtunddreißigjährige mit dem kurzen aschblonden Haar besaß etwas zu weit auseinanderliegende Augen, eine römisch anmutende Nase und markante, nicht allzu breite Lippen. Er war stets tadellos gekleidet und trug gut sitzende Anzüge, denen er durch einen gepflegten Dreitagebart einen lässigen Anstrich gab. Und er war immer höflich, trotz zeitweiliger Strenge ein gerechter Arbeitgeber. Zumindest hatte Gisèle das bislang so empfunden.

Die Bewohner von Sainte-Valérie mochten ihn, vor allem die Frauen. Madame Orset beispielsweise, die Besitzerin des Blumenladens, ließ es sich nicht nehmen, den wöchentlich wechselnden Strauß für Marechals Besprechungstisch persönlich vorbeizubringen. Oder die Friseurin Madame Farigoule, die bei seinem Anblick errötete wie ein Teenager.

Sie hatte es mit ihrer Schwärmerei besonders weit getrieben. In den ersten Wochen hatte sich Madame Farigoule immer wieder Termine geben lassen, um wegen Nichtigkeiten bei ihm vorzusprechen, bis der Bürgermeister seine Empfangsdame gebeten hatte, sämtliche Anfragen umzuleiten und Madame Farigoule nur noch in dringenden Notfällen zu ihm vorzulassen. Der Marder, der sich allabendlich in den Lavendelbeeten vor ihrem Salon wälzte, gehörte nicht dazu, hatte Gisèle entschieden und sie energisch abgewimmelt.

Seitdem hatten die Besuche aufgehört. Aber ab und an sah Gisèle Madame Farigoule vor ihrem Salon stehen, das Haar besonders hübsch zurechtgemacht, darauf wartend, dass der Bürgermeister auf dem Weg nach Hause an ihr vorbeiging, um ihm einen schönen Abend zu wünschen.

»Nun?« Marechal warf einen Blick auf seine Armbanduhr.

»Es ist …«, antwortete Gisèle zögernd. Sie wusste nicht so recht, wie sie beginnen sollte. Und ob sie überhaupt beginnen sollte. Alles, was sie sich zurechtgelegt hatte, schien auf einmal unpassend, all ihre Zweifel an Marechals Rechtschaffenheit schmolzen bei seinem Lächeln zu einem Häuflein Nichts zusammen. Sie hielt den Umschlag hoch, froh, ihn mitgenommen zu haben. »Heute Vormittag ist ein anonymes Schreiben eingetroffen, ein Kettenbrief. Ich weiß, dass man so etwas keine Beachtung schenken darf, aber ich dachte, Sie sollten es sich einmal ansehen.«

Marechal beugte sich interessiert vor und nahm den himmelblauen Umschlag entgegen.

»Nun, ja«, sagte er, nachdem er den Text gelesen hatte, »es klingt tatsächlich bedrohlich, aber meine liebe Gisèle, Sie werden doch nicht glauben, was dort steht?«

»Ich nicht«, sagte sie hastig. »Aber vielleicht einige der älteren Dorfbewohner?«

»Was wollen Sie dagegen tun? Einen Aushang machen, um vor der Verbreitung dieses Unsinns zu warnen?«

»Das wäre eine gute Idee«, sagte sie und versuchte, ihrer Stimme Festigkeit zu verleihen. »So ließe sich eine weitere Ausbreitung verhindern.«

»Gab es denn bereits Nachfragen dazu? Besorgte Bürger?«

»Das nicht, aber es gibt eine Menge abergläubischer Personen in Sainte-Valérie, deren Sicherheitsgefühl dadurch gewiss beeinträchtigt wird.« Ja, das war eine gute Überleitung, dachte sie und setzte eine ernste Miene auf. »Erst recht, da Monsieur Durand nicht mehr im Einsatz und die *police municipale* kläglich unterbesetzt ist …«

»Das wird sich bald ändern«, winkte Marechal ab. »Morgen stellt sich jemand vor, der für den frei gewordenen Posten infrage kommt. Nicht mehr lange, und die Gemeindepolizei wird wieder vollzählig sein. Und was den Kettenbrief angeht«, der Bürgermeister gab ihr das Schreiben zurück, »das besprechen Sie am besten mit *Monsieur le curé*. Er wird das Thema sicher gerne in seiner nächsten Predigt einbauen.« Marechal schob einen Stapel Papiere zusammen und griff nach seiner Aktentasche. »War es das?«

Der Brief in Gisèles Händen zitterte. Nein, das war es noch nicht, aber er hatte sie mit dem potenziellen Nachfolger überrascht, bevor sie ihm die entscheidende Frage stellen konnte. Was für einen Sinn hatte es jetzt noch, in der Vergangenheit zu stochern?

»Ich denke, ja.«

»Dann wünsche ich Ihnen einen schönen Feierabend.«

»Danke, den wünsche ich Ihnen auch.«

Es ändert ohnehin nichts, dachte Gisèle und drehte sich um. Auf dem Weg zur Tür erkannte sie plötzlich eine Parallele, die ihr vorher nicht aufgefallen war. Auch der ehemalige Bürgermeister Arnaud Rozier hatte keine Möglichkeit erhalten, sich zu rehabilitieren, obwohl man ihm die angebliche Korruption nicht hatte nachweisen können. Er war in Pension gegangen, weil er erkannt hatte, dass ihm – obwohl schuldlos – diese Episode ewig anhängen würde. Ebenso wie Monsieur Durand auf ewig der wegen Amtsmissbrauchs suspendierte Polizist sein würde, ohne je die Gelegenheit genutzt zu haben, diesen Vorwurf geradezurücken.

Gisèle, die bereits die Hand auf der Türklinke hatte, hielt inne. Wenn sie jetzt nichts sagte, war die vielleicht letzte Chance auf Monsieur Durands Ehrenrettung vertan. Sie fasste sich ein Herz und wandte sich noch einmal um.

Marechal, der sich inzwischen von seinem Platz erhoben hatte, die Aktentasche in der Hand, sah sie erstaunt an.

»Haben Sie etwas vergessen?«

»Ja. Eine Sache noch. Es geht um das Schreiben an Pierre Durand. Haben Sie es persönlich in den Briefkasten geworfen?«

»Von welchem Schreiben sprechen Sie?«

»Das mit dem Anhörungstermin vor dem Gemeinderat.«

Ein überraschtes Lachen. »Warum hätte ich das tun sollen?«

»Weil es am nächsten Morgen aus dem Postausgangskorb verschwunden war.«

»Verschwunden?« Marechal schüttelte den Kopf. »Das ist jetzt gut vier Wochen her. Bestimmt spielt Ihnen Ihre Erinnerung einen Streich.«

»Natürlich.«

Hatte der Bürgermeister kurz zusammengezuckt? Sicher war sie sich nicht, aber die Saat des Zweifels war gelegt. Hätte er nicht überrascht sein müssen? Nachfragen, ob sie einen Zusammenhang mit Monsieur Durands Nichterscheinen sah?

Gisèle beschloss, den Faden weiterzuverfolgen. Sie würde gleich in die *L'Épicerie provençale* gehen und sich etwas zum Abendessen kaufen. Dabei könnte sie mit Charlotte Berg über den Brief reden. Sie wusste bestimmt, ob er den Adressaten je erreicht hatte.

In diesem Moment klingelte das Telefon. Jemand hatte die direkte Durchwahl gewählt, und am Gesicht des Bürgermeisters war abzulesen, dass es jemand war, dessen Anruf er unbedingt entgegennehmen wollte. Er wedelte mit der Hand und wartete, bis sie das Büro verlassen und die Tür hinter sich zugezogen hatte.

»*Monsieur le préfet!*«, hörte Gisèle ihn erfreut ausrufen,

Neugierig presste sie ein Ohr an das Holz. Aber außer ein paar Satzfetzen, wie »Warum das denn?« und »Kommt gar nicht infrage« und schließlich »Auf Ihre Verantwortung« konnte sie leider nichts verstehen.

13

Etwa drei Kilometer vor Aigues-Mortes beschloss Pierre, anzuhalten und den Rückruf der Ermittler abzuwarten.

Er hatte das Steuer wieder übernommen und manövrierte das Boot unter das schützende Blätterdach einer Pappel. Dann ließ er den Anker hinab und prüfte mit auf der Kette gelegter Hand, ob er am Grund festmachte.

»Warum halten wir eigentlich?«, fragte Louis leicht nervös, während er verfolgte, wie Pierre wieder in den Steuerstand ging und den Motor ausstellte.

»Ich habe Hunger, Sie etwa nicht?«

Es war noch nicht einmal gelogen. Während der Ereignisse der letzten Stunden hatte Pierre vollkommen vergessen, an seinen Magen zu denken, weshalb ihn der Hunger nun schier übermannte.

»Schon«, bestätigte Louis und betrachtete seinen Bauch, als könne er es selbst nicht glauben. »Noch vor Gallician hätte ich schwören können, dass ich keinen Bissen herunterbekomme.«

»Und jetzt?«

»Ich könnte ein ganzes Reisfeld verschlingen.«

»Ein Reisfeld?« Pierre lachte. »Sind Sie Veganer?«

»Nein. Ein Ovo-Lacto-Pesco-Vegetarier.«

Pierre kletterte wieder an Bord. »Ein … was?«

»Das bedeutet, dass ich auf Fleisch verzichte, aber Eier, Milch und Fisch esse.«

»Und warum nur kein Fleisch?«

»Das hat etwas mit der Umwelt zu tun. Wussten Sie, dass die Fleischindustrie fast fünfzehn Prozent des CO_2-Ausstoßes verantwortet? Eine Person, die Fleisch weglässt, verursacht sechzig Prozent weniger Emissionen.«

»Sie vergessen diejenigen unter den Vegetariern, die ihre Avocados, Kiwis, Äpfel und Heidelbeeren um die halbe Erde fliegen lassen«, entgegnete Pierre, obwohl er wusste, dass Louis im Grunde recht hatte. Aber ganz so schwarz und weiß, wie oft behauptetet wurde, war es eben doch nicht.

Sie setzten sich an den Esstisch und aßen unter freiem Himmel. Durch das geöffnete Schiebedach drangen winzige Lichtpunkte, die über die Teller tanzten.

Während Louis sich ein Stück Käse in den Mund steckte, machte sich Pierre über eine *saucisson de taureau* her, eine würzige Stiersalami aus der Region, die ihren aromatischen Duft bereits verströmte, bevor er sie in dicke Scheiben schnitt. Dazu aßen sie Weintrauben und tunkten Weißbrot in eine cremige *aïoli*. Und weil der Hunger danach noch immer nicht gestillt war, öffnete Pierre auch das Glas mit dem Makrelenrillette, das mit Zitronenzesten gewürzt war, was ihm so gut schmeckte, dass er den Rest mit einem Stück Brot auswischte.

Sie aßen schweigend, tranken dazu den *Gris de Gris* aus dem Kühlschrank. Einen Rosé aus hellen Rotweintrauben, der ohne Maischegärung gekeltert wurde.

Das zweite Glas leerte Pierre im Stehen an Deck, während er das Ufer aufmerksam nach weiteren Polizisten absuchte, die als Fahrradtouristen verkleidet durch die Gegend fuhren. Aber die Wege seitlich des Kanals waren leer. Niemand schien es auch nur in Erwägung ziehen, sich bei der noch immer glühenden Hitze aus dem Schatten zu wagen.

Der erwartete Anruf kam um zwanzig nach sechs.

»*Bonjour*, Monsieur Durand, mein Name ist Paul Bartissol, leitender Ermittler vom Kommissariat in Arles.«

Die Stimme war von einem sonoren Bass, und Pierre stellte sich unwillkürlich einen Mann mit beachtlichem Körperumfang vor. »*Bonjour.*«

»Ich habe gerade mit Monsieur Fardoux telefoniert und soll Sie herzlich von ihm grüßen.«

Pierre, der sich gerade den letzten Tropfen aus dem Glas genehmigt hatte, hätte sich beinahe daran verschluckt. Er kannte nur einen Mann mit diesem Namen.

»*Monsieur le préfet* Fardoux aus Avignon?«

»Genau der.«

Pierre erinnerte sich gerne an den Präfekten. Ein Mann, groß wie ein Schrank und mit dem weichen Gesicht eines Kindes. Er hatte ihn mit Wertschätzung behandelt, im Gegensatz zum Generalsekretär und Koordinator für polizeiliche Belange, der ihm stets mit der Herablassung eines Höhergestellten begegnet war.

»Und worum ging es in dem Telefonat?«

»Um Sie und Ihre Rolle in diesem unsäglichen Spiel.« Bartissol wartete einen Moment, als wolle er dem nun folgenden Satz mehr Gewicht verleihen. »*Monsieur le préfet* erzählte mir, dass Sie sich als Nachfolger des in Pension gegangenen *Commissaires* von Cavaillon beworben und im Auswahlverfahren gegen sämtliche Mitbewerber, bis auf einen, gegen den Sie antreten mussten, durchgesetzt haben. Und dass Sie diesem am Ende den Vortritt gelassen haben, weil Sie den Posten als *Chef de police municipale* in Sainte-Valérie vorzogen. Das finde ich bemerkenswert, aber im Nachhinein war es vielleicht ein Fehler. Sie sind suspendiert worden, nicht wahr?«

Pierre verspürte einen Stich in der Magengrube. Damals hatte er sich für den Posten als Dorfpolizist entschieden in dem Gefühl, das Richtige zu tun. Die Bewohner von Sainte-Valérie hatten ihn in seiner Entscheidung bestärkt. Und heute? Von der Welle der Zuneigung, die ihn damals getragen hatte, schien kaum noch etwas übrig zu sein. Und er vermochte nicht zu sagen, was diese Veränderung ausgelöst hatte.

»Sie sind gut informiert«, antwortete er heiser.

»Mehr noch. Sie haben mein volles Mitgefühl. *Monsieur le préfet* sagte, eine Abmahnung hätte in Ihrem Fall vollkommen ausgereicht.«

Pierre merkte auf. »Das hat er gesagt?«

»Genau das waren seine Worte. Er meinte, Sie seien nicht gerade bekannt für Ihre Teamfähigkeit, aber man dürfe Ihre Erfahrung und Ihren Spürsinn nicht unterschätzen. Es sei geradezu ein Glücksfall, dass der einzige Zeuge dieses Mordfalles ausgerechnet Ihnen in die Arme läuft. Und er hat mir dringend empfohlen, Sie in das Team aufzunehmen.«

»Ich bin kein Beamter mehr, schon vergessen?«

»Sie sind es wieder. Der Präfekt hat sich bei Ihrem Bürgermeister eingesetzt, wie heißt er noch gleich?«

Pierre blieb das Herz stehen. »Maurice Marechal.«

»Genau. Und er hat erwirkt, dass die Suspendierung in eine disziplinarische Maßnahme umgewandelt wurde.«

»Das ist nicht Ihr Ernst«, flüsterte Pierre. Ihm war plötzlich schwindlig, und er musste sich festhalten, damit er das Gleichgewicht behielt. Nun war er genau dort, wo er nicht sein wollte.

»Doch. Ihr Bürgermeister wird es Ihnen sicher zeitnah bestätigen. Für uns ist nur wichtig, dass Sie dabei sind. *Monsieur le préfet* Fardoux hat sich mit dem Ermittlungsrichter besprochen. Und dieser hat zugestimmt, Sie ins Team aufzunehmen.«

»Aber was hat die Präfektur von Avignon mit der Sache zu tun?«

»Der Fall beschäftigt inzwischen ganze drei *Départements*, aber da der *Étang de Vaccarès* zur Gemeinde Saintes-Maries-de-la-Mer gehört und somit ins *Département Bouches-du-Rhône*, obliegt die Leitung dem Kommissariat Arles und damit mir. Nun, was sagen Sie, sind Sie dabei?«

Es war eine unerwartete Wendung. Pierre schwankte zwischen Freude und Zweifel, es bedeutete, dass er am Ende den täglichen Kampf gegen einen Bürgermeister auszufechten hatte, den er nicht ausstehen konnte.

Er blies die Luft durch die Backen. Der Präfekt hatte es sicher gut gemeint, aber hätte er das nicht zuerst mit ihm besprechen können? Wie stand er denn nun da? Als jemand, der die Hilfe des obersten Repräsentanten des *Départements* benötigte, weil er selber nicht genügend Mumm hatte, für seine Rechte einzustehen. Die Bewohner von Sainte-Valérie würden ihn auslachen, wenn er zurückkam, zu Recht.

Aber wenn er ablehnte, was würde dann aus Louis?

»Ihren Worten entnehme ich, dass es mehr ist als ein einfacher Mordfall?«, fragte Pierre ausweichend.

»Ganz genau. Der Mann, der gestern Abend ermordet wurde, war ein verdeckter Ermittler. Er reiste seit einigen Monaten mit einer Gruppe *gens du voyage*, unter denen sich auch ein Brüderpaar befand, das die wechselnden Standorte zu ausgedehnten Raubzügen nutzte. Dabei brachen sie alles auf, was sie finden konnten: leer stehende Zweitwohnsitze, Campingbusse, Autos.«

»Ja, davon habe ich gehört. Sie haben auch im Vaucluse ihr Unwesen getrieben.«

»So ist es. Bis heute können wir ihnen nichts nachweisen, wir haben nur die Aussage unseres Ermittlers. Ihm ist es vor wenigen Tagen gelungen, die beiden bei der Sicherung ihrer Beute zu ertappen. Er wollte uns das Versteck nennen, doch dazu ist es nicht mehr gekommen.«

Pierre nickte. »Sie glauben also, seine Tarnung ist aufgeflogen?«

»Davon gehen wir aus. Die beiden Brüder waren nicht sonderlich überrascht über die Vorwürfe. Sie beteuern ihre Unschuld, aber sie waren zum Tatzeitpunkt nicht im Camp und haben auch kein Alibi, außer dem, das sie sich gegenseitig gaben. Ein angeblicher Spaziergang am Flussufer, bei dem niemand sie gesehen hat.«

»Wie ist der Ermittler eigentlich zu Tode gekommen?«

»Das ist noch nicht abschließend geklärt. Das Opfer trägt mehrere Brandwunden auf der Brust. Der Gerichtsmediziner geht davon aus, dass sie von einer Elektroimpulswaffe stammen.«

»Einem Taser?« Pierre war überrascht. Deren Ausgabe unterlag strengen Kontrollen, niemand kam einfach so an ein Gerät. Zudem galten die Stromstöße bei vorwiegend gesunden Menschen als nicht tödlich. »Wurde denn eines der Geräte entwendet?«

»Nein. Es handelt sich um ein nicht registriertes Exemplar. Es gibt weder Datenaufzeichnungen noch einen Konfettiregen.«

Pierre nickte. Bei den polizeilich zugelassenen Tasern wurde jede Benutzung verschlüsselt aufgezeichnet und an das zuständige polizeitechnische Institut übermittelt. Zudem wurden gemeinsam mit den Elektroden Identifikationsplättchen abgeschossen, die sich um den Schützen verteilten und so Rückschlüsse auf die Einsatzsituation ermöglichten.

»Also ein manipuliertes Gerät?«

Es war das erste Mal, dass er Derartiges hörte. Solche Elektroimpulswaffen galten gemeinhin als nicht manipulierbar. Die Herstellung unterlag höchster Geheimhaltung, es gab keine öffentlich zugänglichen Bauanleitungen, nicht einmal im Darknet.

»Es könnte sich um eine jener Waffen handeln, die ganz zu Beginn in den USA hergestellt wurden und bei denen man die Voltstärke noch bis in den tödlichen Bereich hochdrehen konnte.« Der *Commissaire* seufzte. »Die Durchsuchung des Wohnwagens der beiden Brüder hat nichts ergeben, dennoch haben wir einen Haftbefehl wegen Flucht- und Verdunkelungsgefahr beantragt. Aber selbst wenn der Ermittlungsrichter dem zustimmt, fehlen uns noch immer die Beweise, um sie wegen der Raubzüge festzusetzen, geschweige denn wegen Mordes. Das Einzige, was wir derzeit haben, ist Ihr Zeuge.«

»Und wenn er gar nichts gesehen hat?«

Bartissol schnalzte mit der Zunge. »Gestern Abend um einundzwanzig Uhr dreiundzwanzig ist bei der Notrufzentrale ein Hilferuf eingegangen, mit dem die Tat angezeigt wurde. Wir gehen davon aus, dass es sich bei dem anonymen Anrufer um den Mann handelt, der bei Ihnen an Bord ist. Daher möchte ich Sie kurz bitten, ihn anhand der Stimme zu identifizieren.«

»Ich werde es gerne versuchen.«

»Gut. Dann spiele ich Ihnen jetzt die Aufzeichnung vor. Sind Sie bereit?«

Pierre drehte sich zu Louis um, der offenbar wieder ins Innere des Bootes verschwunden war, und presste das Telefon fest ans Ohr. »Kann losgehen.«

Ein metallisches Klacken erklang, und eine Beamtin des polizeilichen Notrufes war zu hören. Bevor sie ihre Ansage zu Ende bringen konnte, fiel ihr eine sich überschlagende männliche Stimme ins Wort.

»Hilfe, zu Hilfe!«

»Nennen Sie mir bitte Ihren Namen, den Standort und den Grund Ihres Notrufes.«

»Es … ein Mann ist ermordet worden, er …« Die Stimme

klang hell, panisch. Der Anrufer rang hörbar nach Luft und setzte noch einmal an. »Er liegt am *Étang de Vaccarès* auf Höhe eines verlassenen Restaurants.«

»Sind Sie sicher, dass er tot ist?«

»Tausendprozentig.«

»Ihr Name?«

»Ich …« Der Anrufer hielt inne, schwieg dann.

»Waren Sie Zeuge der Tat?«

»Ja.« In der Ferne kreischte ein Vogel, es war ein Rascheln zu vernehmen, dann ein dumpfes Geräusch, ein leiser Aufschrei.

»*Monsieur*, sind Sie noch dran?«

»Ich bin da.«

Das Rascheln wurde lauter, begleitet von regelmäßigem Keuchen, als schlage sich jemand durchs Dickicht.

»Was haben Sie gesehen?«

»Eine … eine Person … oder … ein Tier.«

»Können Sie das genauer beschreiben?

Der Mann stockte, als versuche er, sich an die Einzelheiten zu erinnern. Er atmete schwer. »Es war schrecklich …«

»Was genau haben Sie gesehen?« Stille. »Hallo? Hören Sie mich?«

»Ja.«

»Sind Sie in Gefahr?«, fragte die Beamtin mühsam beherrscht. »Wir kommen zu Ihnen. Wo genau befinden Sie sich jetzt?«

An dieser Stelle wurde das Gespräch unterbrochen.

»Und?«, drang die Stimme des *Commissaires* an Pierres Ohr. »Haben Sie ihn erkannt? Ist das der Mann auf Ihrem Boot?«

Pierre nickte, tief ergriffen von der Not, die diese Aufzeichnung durchdrungen hatte. Dann fiel ihm auf, dass Bartissol dies ja nicht sehen konnte, und er fügte hinzu: »Das ist er.« Ja, es war Louis, unverkennbar. Pierre spürte, wie eine Gänsehaut seinen Körper überzog. Und mit ihr ein unbestimmtes Gefühl der Bedrohung. »Ist sein Leben in Gefahr?«

»Ich glaube nicht. Die Kollegen konnten seine Flucht ein Stück durch die Sumpflandschaften nachvollziehen, bis sich seine Spur verlor. Aber es gibt keine weitere, die darauf hinweist, dass er verfolgt wurde. Dennoch ist es gut möglich, dass der Mörder nichts von seiner Existenz weiß. Der Zeuge hielt sich eine Zeit lang hinter einem Busch verborgen, etwa acht Meter vom Tatgeschehen entfernt. Laut der Spurensicherung weisen die Abdrücke sogar darauf hin, dass er gelegen hat.«

»Er ist hingefallen«, korrigierte Pierre. »Er behauptet, er sei ohnmächtig geworden wegen eines Sonnenstichs. Aber er kann sich genauso gut vor etwas erschrocken haben.«

»Das passt zu den Erkenntnissen der Spurensicherung«, antwortete Bartissol nachdenklich. »Die Kollegen haben bis auf die Abdrücke des Zeugen und denen des Opfers keine weiteren gefunden. Der Täter selbst hat keinen Fuß auf den Strand gesetzt, jedenfalls keinen richtigen.«

»Keinen richtigen? Was soll das heißen?«

»Das erzähle ich Ihnen besser von Angesicht zu Angesicht. Das heißt, wenn Sie mitmachen.«

»Ich bin dabei«, entfuhr es Pierre. Das Telefonat erschütterte ihn. Nein, er konnte nicht länger Zaungast bleiben, er wollte mithelfen, den Täter zu fassen, und dafür sorgen, dass Louis nichts mehr zu befürchten hatte. Pierre ballte die linke Hand zur Faust. Am Ende würde er auch den Kampf gegen den Bürgermeister aufnehmen.

»Gut. Wir haben die *Capitainerie* in Aigues-Mortes bereits in Ihrem Namen angerufen und Ihnen ein hübsches Plätzchen an der Stadtmauer besorgt, es ist Liegeplatz neununddreißig. Von dort gehen Sie den Kai entlang in Richtung Stadttor. Nehmen Sie die *Porte de la Gardette* und folgen Sie der Straße bis zur *Place Saint-Louis*. Am Ende des Platzes, ganz hinten rechts, ist das *Restaurant des Voyageurs*. Dort finden Sie uns.«

»Aber ich kann Louis unmöglich alleine lassen.«

»Louis?«

»So nennt er sich.«

Der *Commissaire* lachte. »Es ist für alles gesorgt. Wir haben einen Beamten eingeteilt, der das Hausboot in Ihrer Abwesenheit unauffällig bewachen wird.«

»So unauffällig wie die Herrschaften in Gallician?«

»Keine Sorge. Sie werden ihn nicht bemerken.«

»In Ordnung. Dann schenke ich Louis jetzt besser reinen Wein ein.«

»Er weiß noch gar nicht, dass Sie ein *flic* sind?«

»Nein.«

»Besser, es bleibt dabei. Er scheint Ihnen zu vertrauen, und ich möchte nicht, dass sich das ändert. Sie haben vollkommen recht, es wäre fahrlässig, ihn zu befragen, bevor er sein Gedächtnis zurückerlangt hat. Aber wenn es so weit ist, werden Sie da sein.«

14

Louis' verängstigte Tonbandstimme hallte lange in Pierre nach. Er sehnte sich danach, mit jemandem darüber zu reden, Charlotte hatte immer ein offenes Ohr für derartige Dinge, aber er scheute davor zurück, sie anzurufen.

Pierre sah auf die Wege seitlich des Ufers, auf denen nun immer häufiger Autos zu sehen waren und Radfahrer mit Strohhüten und Caps, die an Weinfeldern vorbeisausten.

Er war einfach aufgebrochen, ohne sich persönlich von Charlotte zu verabschieden. Natürlich, er hatte seine Gründe gehabt. Aber sollte er ihr nicht zumindest von seiner Wiedereinstellung erzählen? Wenn sie es von den dörflichen Buschtrommeln erfuhr, wäre sie verletzt.

»Übernimmst du kurz das Steuer?«, fragte er Louis.

Dieser grinste breit. »Die Liebe muss echt groß sein. Lerne ich sie irgendwann einmal kennen?«

»Bestimmt.« Damit kletterte Pierre nach vorne zum Bug und setzte sich auf die Stufe zwischen Wohnraumdecke und Oberdeck, die Augen in Fahrtrichtung.

Er atmete tief durch und drückte auf die Kurzwahltaste, legte aber auf, bevor der Anruf durchging. Er fühlte sich außerstande, so zu tun, als sei alles in Ordnung. Und was sollte er auch sagen? *Hallo,* ma douce, *mir geht es gut. Ach, übrigens, ich bin wieder eingestellt.*

Pierre schüttelte den Kopf. Dann rief er seine Mails ab. Und tatsächlich hatte er eine Nachricht von Marechal, der ihm in sachlichem Ton mitteilte, dass er Pierre aufgrund seiner langjährigen Dienstzugehörigkeit eine zweite Chance geben und die Suspendierung aufheben wolle. Stattdessen werde er einen Eintrag in die Personalakte vornehmen, der jegliche Beförderung ausschloss.

Er runzelte die Stirn. Der Bürgermeister hatte einen Weg gefunden, sein Gesicht zu wahren. Das sah ihm ähnlich. Nun denn, ihm sollte es recht sein.

Wieder starrte er auf sein Telefon. Er dachte an Luc und daran, dass auch er informiert werden sollte. Mechanisch wählte er die Nummer der Wache.

»*Police municipale* Sainte-Valérie, Luc Chevallier am Apparat, was kann ich für Sie tun?«

Pierre musste wider Willen schmunzeln. Wenn Luc einen Blick aufs Display geworfen hätte, wüsste er, wer dran war. Es hatte sich nichts geändert. Ihm wurde warm ums Herz.

»Ich bin es.«

»Pierre!« Luc schrie es beinahe. »Du bist es wirklich! Wie schön, deine Stimme zu hören. Geht es dir gut?«

»Ja, danke, ich wollte …«

»Ich muss mich bei dir entschuldigen«, fiel Luc ihm ins Wort. »Penelope hat mir erzählt, dass du das Gespräch in der Bar mitbekommen hast. Das tut mir wahnsinnig leid, wirklich. Ich meine, wofür sind Freunde denn da? Um einem in der Not beizustehen. Stattdessen dieses furchtbare Getratsche und Gemeckere. Du kannst dir nicht vorstellen, wie Penelope uns die Ohren lang gezogen hat. Du hättest die anderen sehen sollen, die waren richtig betreten. Bis auf Oudard vielleicht, der weiter darauf beharrte, dass du ein Weich…«

»Schon gut. Ich war wohl auch ziemlich unausstehlich, nicht wahr?«

»Nun ja, ähm, die Situation war sicher nicht einfach für

dich. Du warst auf jeden Fall schon mal dynamischer, und die Sache mit der Suspendierung …«

»Das ist ja nun vorbei«, unterbrach ihn Pierre. Er hatte keine Lust, sich seine Verfehlungen erneut unter die Nase reiben zu lassen. »Es gibt eine Neuigkeit, die ich dir mitteilen möchte.« Er machte eine kurze Pause. »Ich bin wieder an Bord.«

»Wirklich?« Es klang beinahe erschrocken. »Das ist großartig. Wie hast du das denn geschafft? Ich habe gerade noch mit Gisèle …«

»Ich habe es nicht selbst geschafft«, gab Pierre zu, und er musste sich eingestehen, dass es ihn ziemlich wurmte. »Ich habe auch gerade erst davon erfahren. Der Präfekt hat sich eingemischt. Er ist zwar dem Bürgermeister gegenüber nicht weisungsbefugt, aber es ist ihm offenbar gelungen, ihn zu überzeugen.«

Luc lachte aufgedreht. »Ist doch egal, warum, Hauptsache, du bist wieder da. Ich freue mich riesig. Dann sehen wir dich also morgen?«

»Nein. Es kann noch ein Weilchen dauern. Ich bin zurzeit in der Camargue. Der Grund, warum sich der Präfekt eingemischt hat, sind Mordermittlungen, in die ich zufällig hineingeraten bin.«

»Sag nicht, dass du in dem Fall mit den Kettenbriefen mitmischst?«

»Du hast schon davon gehört?«

»Das ganze Dorf redet über nichts anderes. Du sagst Bescheid, wenn du Hilfe brauchst, ja? Ich bin zu allem bereit. Du musst nur anrufen.«

Nachdem Pierre das Gespräch beendet hatte und sich wieder erheben wollte, hielt er inne. Setzte sich wieder. Er durfte nicht länger vor seinen Problemen davonlaufen. Und das galt nicht nur für sein Verhältnis mit Marechal, sondern auch für Charlotte. Er musste mit ihr reden.

»Hallo, *ma douce*«, sagte er leise, als sie sich meldete.

»Pierre, wo steckst du?«

»Kurz vor Aigues-Mortes.«

»Du hast mir nicht erzählt, dass du fortfährst. Ich habe es gerade eben von Gisèle erfahren.«

Ihre Stimme klang aufgebracht. Nein, enttäuscht war wohl die passendere Bezeichnung.

»Hat sie es dir erzählt?«

»Was soll sie mir denn erzählt haben? Dass du einfach so verschwunden bist, ohne dich zu verabschieden?«

Sie war wütend, das war überdeutlich. Pierre wechselte in einen unaufgeregten Bariton. »Du bist noch im Laden, nicht wahr? Sonst hättest du den Zettel gefunden, den ich dir auf den Küchentisch gelegt habe.«

»Und was steht auf diesem Zettel?«

»Dass Martin Cazadieu mich um einen Gefallen gebeten hat und dass ich für ihn ein Hausboot nach Béziers überführe.«

»Du hättest mich in der *Épicerie* anrufen können.«

»Habe ich«, entgegnete er, »aber es ist niemand rangegangen. Du kannst es gerne überprüfen. Es war gegen zehn.«

»Und warum hast du es nicht später noch mal versucht? Du hättest mir auch eine SMS schicken können. Dann käme ich mir jetzt nicht so blöd vor, weil andere Personen wissen, wo mein Freund abgeblieben ist, und ich nicht.«

»Du liebe Güte, Charlotte, du machst aus einer Mücke einen Elefanten! Mir fällt seit Wochen die Decke auf den Kopf. Und da kam mir Martins Angebot gerade recht. Seit ich unterwegs bin, geht es mir viel besser. Ich habe endlich eine Aufgabe.«

»Als ob das der wahre Grund wäre«, entgegnete sie bitter. »Du hast das Angebot angenommen«, weil es dir eine Gelegenheit gibt, vor der Konfrontation zu fliehen. Sowohl vor der beruflichen als auch vor der privaten. Aber du kannst nicht ewig davonlaufen, es holt dich ein, wenn du dich nicht mit den Dingen auseinandersetzt.«

Jetzt war er ebenfalls verärgert. »Was meinst du, warum ich dich gerade anrufe, hm? Zumindest die berufliche Sache ist inzwischen gelöst. Und ich dachte, ich erzähle es dir, bevor du es von anderen erfährst. Bist du jetzt zufrieden?«

»Nanu?« Charlotte klang irritiert. »Was ist denn passiert?«

»Ich dachte, du hast mit Gisèle gesprochen.«

»Sie hat mich nur gefragt, ob du jemals von der *mairie* einen Brief erhalten hast, in dem sie dich zu einer Sondersitzung des Gemeinderats eingeladen haben.«

Jetzt war es an ihm, irritiert zu sein. »Eine Sondersitzung? Warum denn das?«

»Sie wollten dir wohl die Gelegenheit geben, die Situation zu erklären. Die Ratsmitglieder waren mehrheitlich gegen deine Suspendierung.«

»Ich habe nie so ein Schreiben erhalten. Aber selbst, wenn: Es existiert kein Vetorecht des Gemeinderats gegen die Personalentscheidungen des Bürgermeisters.«

»Gisèle meinte, sie hätten sich unter Androhung einer Blockadehaltung bei anderen Themen für deine Wiedereinstellung eingesetzt.«

»Wirklich?« Pierre lächelte. Die Dorfgemeinschaft stand also doch hinter ihm. Die ganze Zeit hatte er geglaubt, die Bewohner hätten sich gegen ihn gewandt, er sei ihnen egal. Er hatte sich geirrt. Erst Lucs Entschuldigung und nun das. Es änderte alles. »Sicher ist das Schreiben auf dem Postweg verloren gegangen.«

»Wärst du der Einladung denn gefolgt?«

»Natürlich! Es wäre ein Leichtes gewesen, die Ratsmitglieder von der Maßlosigkeit der Reaktion zu überzeugen.«

»Ich weiß. Aber die anderen glauben nun, es wäre dir egal.«

Pierre dachte noch einmal an die Szene in der Bar. Plötzlich verstand er, warum Roland Germain, der auch im Gemeinderat saß, annahm, ihn interessiere das Dorfleben nicht mehr. Pierre schluckte. Er war selbst schuld, er hatte sich zurückgezogen und in Selbstmitleid gesuhlt. Sie mussten annehmen, dass er ihr Angebot ignorierte, weil es ihm nicht mehr wichtig war. Mit einem Mal war alles ganz anders. Und nur, weil er seinen Blickwinkel geändert hatte.

»Ich werde alles erklären«, sagte er, »sobald ich zurück bin. Die Situation ist jetzt eine andere, die Suspendierung ist aufgehoben.«

»Das ist ja großartig!« Charlotte lachte befreit. »Hast du mit Marechal gesprochen?«

»Nein, der Präfekt hat sich eingemischt, ich werde hier gebraucht. Ein Mord ist geschehen, und ich bin irgendwie da reingerutscht. Aber das ist eine lange Geschichte, die erzähle ich dir morgen.«

Er beendete das Gespräch und lächelte. Ja, die Situation war nun eine andere. Jetzt wäre er auch wieder in der Lage, eine Familie zu ernähren. Wenn er es denn wollte. Noch war er sich dessen nicht sicher, aber er ahnte, dass er die Antwort nicht allzu lange aufschieben durfte.

Vor ihm tauchten die ersten Häuser von Aigues-Mortes auf, dazu mehrere bewohnte Lastkähne, zweimal so lang wie die *péniche*. Pierre stand auf und ging zum Heck, wo die Fahrerkabine lag. Es war an der Zeit, das Steuer zu übernehmen.

Er fuhr sich über den Bart. Und sich endlich wieder zu rasieren.

15

Aigues-Mortes, so hatte es ihm Louis erzählt, als sie das große Hafenbecken durchquerten, war eine Festungsstadt aus dem dreizehnten Jahrhundert. Gerade fuhren sie am Wehrturm, der *Tour Constance*, vorbei, der während der Hugenottenkriege als Gefängnis für aufständische Protestanten diente und dessen Spitze wie ein mahnender Finger in den Himmel ragte.

»Platz neununddreißig, hier ist es«, rief Pierre aus, als er die einzig verbliebene Lücke zwischen den Booten entdeckte, doch Louis war schon wieder im unteren Deck verschwunden und kauerte auf der ersten Treppenstufe.

Der Liegeplatz bot einen wundervollen Blick über den Kanal. Gegenüber lagen hübsche kleine Häuser mit gelben und roséfarbenen Fassaden, vor denen die Boote längsseitig ankerten. In südlicher Richtung glitt das Wasser in einem breiten, trägen Strom durch eine Schneise aus Schilf.

»Wie weit sind wir von der Stadt entfernt?«, fragte Louis aus dem Off.

»Etwa ein-, zweihundert Meter.«

»Sehen Sie die Saline?« Louis fuchtelte mit der Hand in Richtung Meer.

Pierre folgte der Bewegung, doch es war nichts zu erkennen, außer der langen steinernen Stadtmauer mit den in regelmäßigen Abständen eingelassenen Türmen. Und einer dicht gewachsenen Oleanderhecke, die den Kai von der Straße abschirmte und den Blick versperrte.

»Nein. Ist das wichtig?«

»Eigentlich nicht«, kam es von unten. Dann verschwand Louis' Kopf aus dem Sichtfeld, und er tauchte auch nicht wieder auf, als Pierre das Boot mithilfe eines herbeigeeilten Bootsmannes festmachte und von Bord sprang.

Während Pierre das Stromkabel anschloss, um die 220-Volt-Steckdose zu aktivieren, sah er sich unauffällig nach der Person um, die der *Commissaire* zum Schutz des Zeugen postiert hatte. Aber er konnte niemanden ausmachen, der infrage kam.

Auf einer Bank saß eine ältere Dame, die Nase tief in einen historischen Roman gesteckt. Und aus Richtung der Brücke, die den Ort mit der gegenüberliegenden Uferseite verband, kam ein junges Paar, das ganz offenbar mit eigenen Problemen zu kämpfen hatte. Die Frau schlenderte lustlos über den Kai, während der Mann unentwegt Aufnahmen von den Booten machte und nicht bemerkte, dass sie mehr und mehr zurückfiel. Daneben gab es einige Menschen, die ihr Abendessen an Deck einnahmen oder das Gesicht in die Abendsonne hielten.

Die beiden Mittdreißiger auf dem Nachbarboot waren es sicher nicht, ein solcher Aufwand wäre unverhältnismäßig, das würde niemand genehmigen. Der Mann mit freiem Oberkörper und Jeans hatte ihm beim Anlegen geholfen, indem er das Tau entgegennahm und an den Pollern befestigte, während die strohblond gefärbte Frau in knappen Shorts und ebenso knappem Oberteil das Ganze kritisch begutachtete und ihm dann, als das Boot an seinem Platz zum Liegen gekommen war, mit freudestrahlender Miene den erhobenen Daumen entgegenreckte.

»*Salut*«, rief sie ihm zu. »Sind Sie ganz alleine?«

»Nein, mein Sohn ist mit an Bord«, erwiderte Pierre, »aber er hat einen Sonnenstich und braucht Ruhe.«

»Der Ärmste.« Sie tippte auf ihren breitkrempigen Strohhut. »Den hier sollte man bei den Temperaturen nie vergessen. Haben Sie schon gehört? Morgen sollen es fünfundvierzig Grad werden. Ich hoffe, Sie besitzen eine Klimaanlage?«

»Nein, nur einen Ventilator.«

»Dann rate ich Ihnen, heute Nacht sämtliche Fenster aufzureißen und den Ventilator einzuschalten. Sonst gehen Sie ein. In der ganzen Anlage gibt es nicht einen Zentimeter Schatten.«

Pierre bedankte sich für den Tipp und kletterte wieder an Bord. Louis erwartete ihn an der obersten Treppenstufe mit in die Hüfte gestützten Händen.

»Wer war das?«, flüsterte er.

»Unsere neuen Nachbarn.«

»Was sollte das mit dem Sohn?«

»Weil ich auch mal rauswill. Ich bin schon wieder hungrig und würde uns gerne etwas Warmes zu essen besorgen. Da ist es wenig hilfreich, wenn die beiden die Polizei rufen, weil sie jemanden unter Deck herumturnen sehen.«

Louis dachte nach, dann nickte er. »Gut, aber dann sollten wir uns ab jetzt duzen. Sonst ist es zu auffällig.« Er schob die rechte Hand vor, ließ sie aber sofort wieder fallen, sodass sie wie plötzlich erschlafft neben seinem Körper hing. »Ich bin Louis.«

»Pierre.«

»Vater und Sohn also …«

Louis lachte verschämt, während sie sich ansahen, als wären sie sich gerade erst begegnet, und Pierre stimmte ein.

»Vater und Sohn.«

Abrupt fuhr Louis' Hand nach oben, und er kratzte sich am Kopf.

»Können Sie … ich meine, kannst du mir etwas zum Anziehen besorgen? Ich habe ein bisschen Geld dabei, aber viel ist es nicht …«

»Sollen wir nicht lieber deine Sachen aus dem Hotel holen?«

»Du willst, dass ich mich dort blicken lasse? Ausgeschlossen. Was, wenn der Täter mir auflauert?«

»Ich kann es auch tun«, sagte Pierre. »Ich meine, deine Sachen holen. Wo liegt das Hotel denn?«

Louis machte eine wegwerfende Handbewegung. »Ach, irgendwo … in Tarascon. Das ist viel zu weit weg. Bestimmt vierzig Kilometer.«

»Tarascon …« Pierre seufzte. Louis' Vertrauen war in der Kürze der Zeit nicht gerade gewachsen. Oder er hatte doch etwas zu verbergen. »Wie bist du überhaupt von dort zum *Étang de Vaccarès* gekommen?«

»Ich …« Louis schürzte die Lippen. »Ich kann mich nicht mehr daran erinnern.«

Das war eine glatte Lüge ebenso wie die Sache mit dem Hotel. Pierre erwog kurz, Louis aufzuklären und ihm zu erzählen, dass er einen Blick in seinen Rucksack geworfen hatte, um sich zu vergewissern, keinen Straftäter zu verstecken. Und dass er von dem Campingplatz bei Saintes-Maries-de-la-Mer wusste. Aber dann überlegte er es sich anders. Der Zeitpunkt, an dem man sich die Wahrheit quasi im Vorübergehen hätte zurufen können, war vorbei. Sie war zu etwas Monströsem angewachsen, etwas Unaussprechlichem. Zudem hatte er dem *Commissaire* und damit auch dem Präfekten sein Wort gegeben, nichts zu tun, was das Vertrauen des Zeugen erschütterte. Er hatte keine andere Wahl, als mitzuspielen.

»Na schön, ich bringe dir etwas aus dem Ort mit. Was brauchst du denn?«

»Ein oder zwei Oberteile, eine kurze Hose und etwas Unterwäsche.« Louis legte den Kopf schräg, dann grinste er.

»Und falls du irgendwo Haarfarbe bekommst, dann schwarz, am besten tiefschwarz.«

»Der Täter hat dich also doch gesehen?«

Der junge Mann zuckte zusammen. Unmerklich nur, aber Pierre hatte es deutlich wahrgenommen.

»Keine Ahnung. Sicher ist sicher.«

Das Zirpen und Kreischen Dutzender Mauersegler begleitete Pierre auf seinem Weg an gläsernen Ausflugsbooten und den blechernen Klängen eines Karussells vorbei in Richtung Haupttor.

Während er den Kai entlangging, stellte er fest, dass die Oleanderhecke den Lärm der zwischen Kanal und Stadtmauer entlangführenden Straße nur notdürftig abhielt. Ein Lärm, der von einem vorbeirauschenden Zug um ein Vielfaches übertönt wurde. Er hatte gedacht, dass es keine Steigerung geben mochte, um nun festzustellen, dass das Geschrei der Vögel fast noch enervierender war.

Doch kaum hatte er die *Porte de la Gardette* durchschritten, war alles vergessen. Aigues-Mortes war eine ausgesprochen hübsche Stadt, aus hellem Kalkstein gebaut, der ihr ein ganz besonderes Strahlen verlieh.

Pierre rieb sich über das Kinn, das so glatt war wie seit Wochen nicht mehr. Es fühlte sich gut an, und dieses Gefühl übertrug sich auf seine Laune, die sich beim Anblick der pittoresken Gassen sogar noch steigerte.

Vor ihm lagen bunte Läden, die Kunsthandwerk, Souvenirs und regionale Lebensmittel feilboten, von süßen Backwaren und Salzmischungen hin zu den verschiedensten Sorten Camargue-Reis in Weiß, Rot und Schwarz. Auf beiden Seiten der Hauptgasse lagen Eiscafés, die sich mit ihren ausladenden Theken gegenseitig übertrumpften. Pierre musste sich schwer zusammenreißen, um nicht stehen zu bleiben und sich in der überbordenden Auswahl – Feigenhonig, Melone mit Basilikum, gesalzene Schokolade oder Zitronentarte – zu verlieren.

Vor einem Geschäft waren Drehständer mit Hemden aufgereiht, Pierre erkannte die bunten Muster, die auch die als Fahrradtouristen getarnten Beamten getragen hatten. Daneben ein Ständer mit T-Shirts und Hosen. Die Preise waren angemessen. Mit Blick auf die Öffnungszeiten entschied er, Louis rasch ein paar Sachen zu kaufen, bevor er zum Treffpunkt ging. Zeitlich machte es keinen großen Unterschied. Wenn er sich beeilte, war das eine Sache von fünf Minuten.

Pierre suchte ein unauffälliges Hemd heraus. Schwarz, mit kleinen weißen Camargue-Ankern und Hufeisen an den Ärmelaufschlägen. Dazu ein grau gestreiftes T-Shirt, eine beigefarbene Bermudahose und einen Dreierpack Boxershorts im Ausverkauf.

Kurz darauf betrat er das bis an die Decke mit Waren vollgestopfte Geschäft. Die Frau hinter der Kasse beachtete ihn gar nicht, so vertieft war sie in ihr Gespräch mit einem kleinen, stämmigen Mann, der sich in einem schwarzen Hemd vor dem Spiegel drehte.

»Nehmen Sie doch gleich drei davon, dann gibt es zwanzig Prozent Rabatt.«

»Bis ich die aufgetragen habe, sind wir alle längst nicht mehr da«, kam es lakonisch zurück.

»Sagen Sie nicht, dass Sie diesen Schmierkram glauben.«

Der Mann hielt in der Bewegung inne. »Na ja, vielleicht nicht wortwörtlich, aber dass es so langsam zu Ende geht mit uns, ist ja wohl offensichtlich.«

»Jedes Mal, wenn es eine Krise gibt, zitieren die Leute irgendwelche angeblichen Propheten«, echauffierte sich die Verkäuferin und stützte beide Hände auf die Theke. »Wenn man denen glauben soll, droht die Apokalypse schon seit Menschengedenken. Allein die vielen Interpretationen von Nostradamus. Immer ist es der wahre Untergang, und dieses Mal passiert er wirklich. Und nachher sagen sie, sie hätten sich bloß verrechnet, und kommen mit einem neuen Datum um die Ecke. Dabei war dieser Nostradamus ein Hochstapler und Schaumschläger sondergleichen. Ich wette, er lacht sich krumm und schief, weil er sich mit seinen Prophezeiungen den größten Witz des Jahrtausends ausgedacht hat.«

»Mag sein. Aber er ist schließlich nicht der Einzige, der das Weltenende ankündigte. Das steht schon in der Bibel. Und ich kenne keine Zeit, in der wir näher am Abgrund standen als heute.« Der Mann warf seine kurzen Arme in die Höhe. »Gucken Sie sich unsere Welt doch mal an. Klimakatastrophen, Kriege, Unruhen, resistente Erreger. Die Zeichen sind überdeutlich. Entweder werden wir allesamt überflutet oder weggebombt oder von unkontrollierbaren Seuchen dahingerafft.«

Pierre, der sich gerade hatte bemerkbar machen wollen, hielt inne. Die beiden unterhielten sich ganz offenkundig über die Kettenbriefe.

Die Verkäuferin machte eine abwehrende Bewegung. »Ach was. Ich kann das Ganze nicht mehr hören. Asteroiden rasen auf die Erde zu, Magnetpole vertauschen sich, entfesselte Vulkane verwandeln unseren Planeten in eine Flammenhölle. Und nun also werden die armen Sünder bestraft. Erinnern Sie sich noch an das Jahr 2012? Die Welt drohte unterzugehen, pünktlich am einundzwanzigsten Dezember, und auch damals redeten alle von einer göttlichen Vorsehung. Das war vielleicht eine Show.« Sie lachte glucksend. »Die Gläubigen pilgerten geschlossen zum *Pic de Bugarach*, weil von dem angeblich magischen Berg ein Ufo zur Rettung einiger Auserwählter starten sollte.« Sie zuckte mit den Schultern. »Mein Cousin lebt dort, der war vielleicht wütend. Der *pic* gilt seit Jahrhunderten als Schutzberg, nur hat das früher kaum jemanden interessiert. Und plötzlich überrennen diese Verrückten mit ihren Ufo-Geschichten das Dorf, als sei der Teufel hinter ihnen her.«

»Sie verstehen mich noch immer nicht«, widersprach der Mann und öffnete mit wütendem Blick die Knöpfe des Hemdes, bis sein dichtes Brusthaar hervorquoll. »Es geht hier nicht um irgendwelche Ufo-Geschichten, sondern um die Apokalypse, wie sie in der Offenbarung angekündigt wird.« Er zog das Hemd aus, woraufhin er mit nacktem Oberkörper im Laden stand, und warf es mit einem Schnaufen auf einen Stapel T-Shirts. »Es ist an der Zeit, sich vorzubereiten. Denken Sie daran. Wenn sich die Prophezeiung erfüllt hat, ist es vielleicht zu spät.«

»Monsieur, Sie wollen zahlen?«

Pierre schrak zusammen. Die Verkäuferin hatte offenbar beschlossen, den Kunden zu ignorieren, und winkte ihn zu sich. Er trat vor, legte die Sachen für Louis auf den Tresen und stand kurz darauf mit einer grellbunten Tüte vor dem Laden. Ließ den nahenden Weltuntergang im Dunkel des Bekleidungsgeschäftes zurück und eilte weiter. Gespannt, welche Hintergründe der *Commissaire* ihm gleich offenbaren würde.

16

Als Pierre die *Place Saint-Louis* erreichte, schlug eine Turmuhr halb acht. In der Mitte des Platzes, neben einer imposanten Statue des Königs Ludwig IX., saß ein Akkordeonspieler auf einem Klappstuhl und gab einen italienischen Gassenhauer zum Besten.

Auf dem gesamten Platz waren Tische und Stühle aufgestellt, überdacht von überdimensionalen Schirmen, auf denen die Namen der Lokale und die jeweiligen Spezialitäten des Hauses zu lesen waren: *coquillages*, *poissons frais*, *pizza-salades*. Dazu der unvermeidliche Hinweis an eilige Touristen: *l'express*, das schnelle Menü, das die Geschwindigkeit, mit der es serviert wurde, meist einer gut funktionierenden Mikrowelle verdankte.

Pierre reckte sich und folgte, als er den Namen des Treffpunktes erblickte, dem Weg, der rechts an den Tischreihen entlangführte.

Auch das *Restaurant des Voyageurs* hatte eine überdachte Terrasse. Pierre scannte durch die mäßig gefüllten Reihen, auf deren Tische unschön gehäufte Salate, bedeckt mit gebratenen Speckwürfeln, und eher lieblos arrangierte Gerichte standen, konnte aber niemanden ausmachen, der auf ihn wartete. Er ging weiter, bis er vor dem Gebäude stand. Es war ein Steinhaus mit dunkel gerahmten Fenstern, von roten Markisen beschirmt und mit Blumen dekoriert. Es sah hübsch aus, fand Pierre, wie überhaupt der ganze Ort, der zwar sichtlich vom

Tourismus lebte, aber seinen mittelalterlichen Charme nicht verloren hatte.

Sein Blick fiel auf den abgetrennten Bereich direkt vor dem Restaurant. Die dort aufgestellten Tische waren leer. Bis auf einen, an dem eine Gruppe von vier Männern und einer Frau in Alltagskleidung saßen, in ein reges Gespräch vertieft. Ein Mann mit raspelkurzem Haar und rot gemustertem Westernhemd saß mit dem Rücken zu ihm, und Pierre erkannte Inspektor Imbert, der ihn kurz vor Gallician angerufen hatte. Er ging auf die Gruppe zu.

»*Bonjour*«, stellte er sich vor. »Ich bin Pierre Durand.«

Das Gespräch verstummte. Vier Augenpaare sahen ihm mit einem Ausdruck größter Gleichgültigkeit entgegen. Nur ein Mann mit kurzem Lockenkopf in Jeans und weißem Polohemd erhob sich und rang sich ein Lächeln ab. Das musste der *Commissaire* sein. Er war nicht halb so korpulent, wie Pierre ihn sich aufgrund der volltönenden Stimme vorgestellt hatte.

»Freut mich«, sagte er und streckte ihm die Hand entgegen. »Ich bin Paul Bartissol. Ich habe mich schon gefragt, wo Sie so lange bleiben. Waren Sie noch shoppen?«

Pierre knüllte die Tüte zusammen. »Ist nur ein Mitbringsel.«

Der *Commissaire* hatte einen kräftigen Händedruck. Er war ein großer Mann mit schmalen Augen und einem von Lachfalten durchzogenen Gesicht. Pierre schätzte ihn auf Anfang fünfzig.

Bartissol stellte ihm nacheinander die anderen vor: *Inspectrice* Froissant – eine Frau mit klaren Gesichtszügen und einem modischen Pixie-Haarschnitt – sowie Inspektor Imbert, der ihn mit unverhohlener Feindseligkeit bedachte, und auf der anderen Seite des Tisches *Capitaine* Vidal von der Gendarmerie in Aigues-Mortes und *Lieutenant* Reynaud von der Gendarmerie in Saintes-Maries-de-la-Mer.

»Monsieur Durand«, sagte der *Commissaire* und legte eine Hand auf Pierres Schulter, »wird uns mit seiner Expertise bei den Ermittlungen unterstützten.«

Pierre nickte den andern zu und setzte sich auf den freien Stuhl neben dem *Lieutenant*.

»Schön«, sagte Froissant, ohne ihn weiter zu beachten. »Nun, da wir endlich vollständig sind, fasse ich noch einmal den Lagebericht zusammen. Als Erstes haben wir die beiden wegen Diebstahls angeklagten Brüder, deren Beute noch immer verschwunden ist.« Sie sah auf ein Blatt Papier, auf dem sie sich offenbar Stichpunkte gemacht hatte. »Jo und Fabien Fouade, dreißig und zweiunddreißig Jahre alt. Sie sind auch im Mordfall dringend tatverdächtig, denn ohne unseren verdeckten Ermittler gibt es keinen Belastungszeugen für die Taten. Ich habe gerade mit der Staatsanwaltschaft telefoniert. Der Ermittlungsrichter hat unserem Antrag stattgegeben, weil die beiden keinen festen Wohnsitz haben und die Fluchtgefahr groß ist. Aber er will, dass wir ihm bis morgen Abend Beweise vorlegen, sonst hebt er den Haftbefehl wieder auf.«

»Was hat den denn geritten?«, empörte sich *Lieutenant* Reynaud. »Das ist viel zu kurz, das schaffen wir nie!«

»Das war bestimmt der Neue«, sagte Bartissol. »Nun, dann müssen wir uns eben beeilen. Konzentrieren wir uns zunächst einmal auf die Raubzüge. Vielleicht bringt uns die Zeugenbefragung ja weiter. Wer ist da dran?«

»*Lieutenant* Sanchez von der Gendarmerie in Aigues-Mortes«, erklärte Froissant. »Er leitet die Befragung der Campbewohner, aber bislang mauern sie, niemand will etwas zu den Brüdern Fouade sagen.«

»So ist es doch immer«, feixte Imbert. »Das kennt man ja schon. Die halten zusammen wie Pech und Schwefel.«

»Und der Mord?«, fragte Pierre, um zum eigentlichen Thema

zurückzukommen. Er wollte Louis nicht länger als nötig allein auf dem Boot lassen. »Gibt es außer der Vermutung, dass die beiden Brüder die Zeugenaussage des verdeckten Ermittlers verhindern wollten, irgendwelche Hinweise darauf, dass sie in der Nähe des Tatortes waren?«

Der Inspektor beugte sich vor, die Hände auf die Oberschenkel gestützt, und fixierte ihn. »Was glauben Sie? Dass die beiden eine Visitenkarte hinterlassen haben?« Die anderen lachten, und Imbert grinste breit, bevor er fortfuhr. »Zum Tatzeitpunkt stand das Camp gerade mal zwei Stunden auf der südlichen Wiese vor der Stadt. Für einige Touristen war es die Attraktion schlechthin, es gab jede Menge Gaffer. Die paar Beamten der *police municipale*, die eilig zusammengerufen wurden, kann man an einer Hand abzählen. Da fällt der eine oder andere Bewohner nicht auf, der es verlässt.« Imbert bleckte die Zähne. »Das sind Profis, die wissen genau, was sie tun. Wenn wir Hinweise hätten, wären wir längst dran.«

Pierre spürte, wie ihm eine wütende Hitze ins Gesicht stieg, und er mühte sich, den gehässigen Tonfall des Kollegen zu ignorieren.

»Wie lange braucht man von Aigues-Mortes bis zum *Étang de Vaccarès*?«

»Mit dem Auto etwa vierzig Minuten.«

»Dann haben Ihrer Theorie nach die Brüder Fouade und Ihr verdeckter Ermittler den unerlaubten Aufstellplatz direkt nach der Ankunft in Richtung des Sees verlassen. Nur warum? Es muss doch einen Grund geben, wieso Ihr Ermittler den weiten Weg gefahren ist, oder etwa nicht? Wollte er dort jemanden treffen? Für ein Gespräch mit den Brüdern hätte er in Aigues-Mortes bleiben können. Es muss also mindestens eine weitere Person beteiligt sein.«

Achselzuckendes Schweigen.

Pierre sah in die Runde. »Hat er Ihnen denn nicht mitgeteilt, was er am See wollte? Gab es etwa keine Auswertung der letzten Telefongespräche?«

»Doch, aber die führt zu nichts«, entgegnete *Commissaire* Bartissol. »Sein letzter Anruf galt Inspektor Imbert. Der war zu dem Zeitpunkt leider nicht erreichbar, ein anderer Einsatz. Das ist dumm gelaufen, aber nicht zu ändern.«

»Wir wissen nicht, warum er das Camp verlassen hat«, antwortete die Inspektorin kühl. »Noch sind wir dabei, mögliche Motive zu überprüfen. Ein denkbarer Auslöser wären die Konflikte, die regelmäßig eskalieren, sobald eine größere Zahl von Wohnwagen unerlaubt auf öffentlichen Plätzen hält. Nicht einmal eine halbe Stunde, nachdem die Karawane eingetroffen war, tauchte ein Video in den sozialen Netzwerken auf. Ein hier ansässiger Mann hat es hochgeladen, der dazu aufrief, sämtliche *gens du voyage* aus der Stadt zu jagen. Sein Name ist Enzo Cassara. Er gehört zu einer Gruppe *roms*, die hier sesshaft geworden sind und sich an Gesetz und Ordnung halten. Er sagte in dem Video, er habe genug davon, sich immer wieder erklären zu müssen. Er selbst kämpfe seit Jahren gegen Diskriminierung und Hass, aber die Menschen würden nicht aufhören, ihn in dieselbe Schublade zu stecken wie dieses Pack … das waren seine Worte … das die Kriminalitätsrate erhöhe und eine Spur der Verwüstung hinter sich herziehe.«

Pierre hob die Brauen. »Eine Spur der Verwüstung?«

»Haben Sie jemals einen solchen Lagerplatz gesehen?«, fragte Imbert. »Der sieht am Ende aus wie eine Müllhalde. Sie glauben gar nicht, was dort alles herumliegt. Sogar Fäkalien. Vor allem bei Roma-Camps, das sind die Schlimmsten.«

Verärgert schüttelte Pierre den Kopf. Er lehnte es ab, auf diese Weise eine ganze Gruppe zu stigmatisieren – auch wenn er wusste, was der Kollege meinte. Damals in Paris hatte er oft genug verwahrloste Lager gesehen, zumeist am Stadtrand. Dort herrschten schreckliche Armut und eine Hoffnungslosigkeit, die mit den Händen zu greifen war. Manche Familien wohnten in Zelten und ausrangierten Wohnwagen oder zimmerten sich behelfsmäßige Hütten aus Spanplatten und alten Bauteilen, weil es nichts gab, was ihnen dauerhaft blieb. Wenn sie wieder einmal vertrieben wurden, okkupierten sie einfach fremde Grundstücke, was für die Anwohner nicht selten zur Zerreißprobe wurde.

Andererseits wusste er auch von den Problemen dieser Familien, einen Platz zu finden, an dem sie eine Zeit lang bleiben konnten, ohne angefeindet zu werden. An schulische Bildung war unter diesen Umständen nicht zu denken, geschweige denn an eine geregelte Arbeit. So schob man diese Leute hin und her, ohne soziales Konzept und ohne jede Hilfe, und verschärfte den Ton, wenn einer von ihnen straffällig wurde.

»Meine Frage«, sagte Pierre ruhig, »galt der Aussage des Mannes aus dem Video, diesem Enzo Cassara. *Gens du voyage* ist ja ein weiter Begriff und im Grunde nur die amtliche Bezeichnung für Reisende ohne festen Wohnsitz, ungeachtet ihrer ethnischen, sozialen und wirtschaftlichen Umstände. Hier werden einfach alle in einen Topf geworfen. Daher noch einmal: Gehört dieses Camp, um das es geht, zu jenen, deren Bewohner eine Spur der Verwüstung hinter sich herziehen?«

»Nicht im Grad der Vermüllung«, gab Imbert zu, »in Sachen Kriminalität dagegen schon. Der Schaden beläuft sich auf über dreihunderttausend Euro!«

»Die Kriminalität geht aber nur von den beiden Brüdern aus«, korrigierte ihn Froissant. »Die übrigen Bewohner des Camps leben gesetzestreu. Es ist eine evangelikale Missionsgemeinschaft, die sich strikt an die Gebote der Bibel hält. Sie nennen sich *Mission de la Lumière*.«

»Nur weil man diesen Leuten nichts nachweisen kann, heißt es noch lange nicht, dass sie nichts tun«, beharrte Imbert. »Und was heißt schon gesetzestreu? Allein die Besetzung von Sportplätzen und Gemeindewiesen ist illegal, von den entstandenen Kosten mal ganz abgesehen. Und mir wäre nicht bekannt, dass die Bibel die Annexion fremden Eigentums erlaubt.«

Capitaine Vidal nickte. »Unser Bürgermeister war außer sich, als die *gens du voyage* ihr Lager einfach vor der Stadtmauer aufschlugen. Sie schaffen Fakten und zwingen uns so dazu, ihnen einen Platz zuzuweisen. Das Gesetz vom 5. Juli 2000 schreibt uns vor, ausreichend Stellplätze für sie zu schaffen, aber wir konnten in Aigues-Mortes bislang nur zwanzig bereitstellen, das reicht vorne und hinten nicht. In Le Grau-du-Roi sind es weitere zwanzig sowie sechzig Plätze für durchreisende Gruppen größeren Umfanges. Die sind aber gerade von einer Karawane *roms* besetzt, die sich vorher angemeldet haben und bis kommenden Sonntag bleiben. Die Stadtverwaltung hat der Missionsgemeinschaft nun eine Wiese außerhalb der Stadt zugewiesen, die in Gemeindebesitz ist. Die *mairie* hat dort Müllcontainer aufstellen lassen, ebenso sanitäre Anlagen. Glücklicherweise ist die Evakuierung rasch verlaufen, die Campbewohner haben sich kooperativ gezeigt.«

»Ich kann es nicht mehr hören.« Imbert schnalzte mit der Zunge. »Jedes Mal, wenn diese Karawanen hier einfallen, herrscht Ausnahmezustand. Die Fläche vor der Stadtmauer ist in einem erbärmlichen Zustand, sie haben einfach die Pflöcke niedergerissen, die ein Befahren verhindern sollten. Und die Frage nach den herumliegenden Fäkalien erübrigt sich wohl auch bei so vielen Menschen. Ich bin gespannt, wann die ersten Anzeigen wegen aufgebrochener Autos und Wohnwagen eingehen.«

»Du weißt nicht, was du da redest«, entgegnete die junge

Inspektorin, und ihr Gesicht zeigte zum ersten Mal eine lebhafte Mimik. »Es gibt mindestens genauso viele Kleinkriminelle aus den Reihen der Franzosen.«

»Ach, tatsächlich? Haben sie dir auf den Fortbildungen etwa auch schon das Gehirn gewaschen? Was ist mit all den bettelnden Kindern, die einem das Portemonnaie aus der Hosentasche ziehen, mit den Messerstechereien? Es sollte dir nicht entgangen sein, dass unsere Kollegen auf den Polizeidienststellen kaum noch mit dem Aufnehmen der Anzeigen hinterherkommen, wenn diese Leute vor Ort sind. Hätte man Sarkozy doch nur machen lassen, dann wäre das kriminelle Pack längst abgeschoben, und wir hätten unsere Ruhe.«

»Schluss jetzt!«, fuhr Bartissol dazwischen. »Es reicht.«

Sofort wurde es ruhig. Imbert verschränkte die Arme und lehnte sich zurück. So ein selbstgerechter Idiot, dachte Pierre, sie würden gewiss keine Freunde werden.

»Wir ermitteln in alle Richtungen«, fuhr der *Commissaire* fort. »Gerade zu Beginn ist es wichtig, jeder Spur nachzugehen. Das Video nehmen wir sehr ernst. Der Mann, der es ins Netz gestellt hat, wird überprüft, ebenso die Brüder Fouade. Dazu werten wir die Meldungen aus, die nach dem Aufruf im Radio eingegangen waren. Danach sehen wir weiter.«

»Hat es denn welche gegeben?«

»Bisher leider nur Spaßvögel.«

»Ihr Mann«, wiederholte Pierre, »ist an einen einsamen See gefahren, um dort seinen Mörder zu treffen. Gibt es vor Ort Spuren, die darauf schließen lassen, dass es eine herbeigeführte Begegnung war oder eine zufällige? Was ist mit Fußabdrücken?«

Wieder antwortete die junge Inspektorin: »Wir haben Spuren unseres Mannes, der sein Mofa auf dem Platz vor dem verlassenen Restaurant geparkt hat und von der Straße aus geradewegs zum Ufersaum gegangen ist, wo man ihn aufgefunden hat. Andere stammen von dem Zeugen, der sich in etwa acht Metern Entfernung aufhielt. Hier sind die meisten zu sehen. Des Weiteren ältere Abdrücke von Spaziergängern.«

»Standen noch weitere Fahrzeuge auf dem Parkplatz?«

»Ein Fahrrad, das aus einem Verleih in Saintes-Maries-de-la-Mer stammt und, wie wir inzwischen herausgefunden haben, von jenem Emil Allombert gemietet worden ist, der sich Ihrer Aussage nach jetzt Louis nennt.«

Pierre nickte. Zwei Spuren am Seeufer. Ein schrecklicher Verdacht hing in der Luft. Laut der Inspektorin hatte sich der Zeuge in etwa acht Metern Entfernung zum Tatort aufgehalten. Für eine Elektroimpulswaffe mit Projektilen war dies eine leicht zu überwindende Distanz.

»Sonst keine weiteren Hinweise?«, hakte er noch einmal nach.

»Nichts, außer …« *Inspectrice* Froissant sah den *Commissaire* fragend an, und dieser nickte ihr zu. »Außer diesen … seltsamen Hufabdrücken.«

»Hufabdrücke?«, fragte Pierre. »Von einem Pferd?«

»Nein.« Bartissol sah ihn ernst an. »Von einem Tier, das wir nicht kennen. Sie sehen aus wie die eines Wildschweines. Eines, das auf zwei Beinen geht.«

Pierre erschauerte. Sofort hatte er Louis' Stimme wieder im Ohr, wie er der Beamtin des Notrufes voller Panik den Mord meldete. Hatte er nicht von einem Tier gesprochen?

»Das müssen Sie mir genauer erklären.«

»Die Spurensicherung hat im Sand neben dem Opfer und auf einer Landbrücke zwischen den Sümpfen seltsame Abdrücke gefunden. Sie haben einen *gardian* zurate gezogen, der tagsüber die Stiere eines angrenzenden Grundstücks versorgt. Aber auch er konnte sich nicht erinnern, jemals eine solche Spur gesehen zu haben. Der Abdruck zeigt einen Spalt wie bei einem Paarhufer, nur ist er deutlich dünner und länger als üblich. Der Tiefe des Abdrucks im Sand zufolge war das … nun ja, das Tier mindestens hundert Kilo schwer.«

»Ein zweibeiniges Tier«, wiederholte Pierre, und er spürte plötzlich einen seltsamen Druck in der Magengegend.

Der *Commissaire* sah ihn ernst an. »Ich ahne, was Sie denken. Das geschwärzte Gesicht, eine Art Blitz, der tötet. Das Tier. Es klingt ganz nach der Prophezeiung in dem Kettenbrief, und ich warne Sie eindrücklich, diese Informationen weiterzugeben. Die Menschen sind abergläubisch, sie werden in Panik verfallen, und das gilt es zu vermeiden. Hier war ein Mensch am Werk, der genau dies erreichen möchte.«

»Die Hufabdrücke«, ergänzte Froissant, »könnte der Täter zurechtgeschnitzt oder geformt und unter die Schuhe geschnallt haben, um die Warnung perfekt zu inszenieren.«

Pierre wandte sich an Bartissol. »Haben Sie zufällig ein Exemplar des Kettenbriefes da?«

Bartissol zog zwei zerknitterte Seiten hervor. »Hier, Sie können den Zettel gerne behalten, wir haben Dutzende Kopien davon gemacht.«

Pierre strich das Blatt glatt und las die drei Weissagungen laut vor:

1. *Siehe, wie gut und erfreulich ist es, wenn Brüder beieinander wohnen, vereint durch das Gesetz der Geburt, verbunden durch die Gemeinschaft des Glaubens, gleich in der Gleichheit des Leidens, stets glorreich im alleinigen Gott.*
2. *Ich habe für dich bei Christus, dem Herrn, gebetet, und er hat dir all deine Sünden vergeben. Nur wegen Handauflegung wirst du dich zu verantworten haben.*

3. Denn nicht Schafe oder Rinder brachte er dar, sondern opferte doppelt sich selber, und auch damit war er nicht zufrieden, sondern wollte noch den ganzen Erdkreis zum Opfer bringen, da er wie auf Flügeln über Land und Meer fuhr.

Er hob den Blick. »Das klingt eher wie ein Rätsel. Haben Sie schon eine Idee, was wohl damit gemeint ist?«

»Es könnte«, antwortete Bartissol, »politisch motiviert sein. So wie bei den Prophezeiungen der Marie Thé, die seit Jahren im Netz kursieren. «

Inspektor Imbert runzelte die Stirn. »Die Prophezeiungen der … wer?«

»Marie Thé«, lachte der *Commissaire*. »Das sind Verschwörungstheorien vom Feinsten! Zurzeit werden sie gerne von den Gelbwesten verbreitet, und zwar ziemlich erfolgreich. Die Prophezeiungen richten sich gegen die Politik. Sie verkünden, dass nach der ersten Revolution im achtzehnten Jahrhundert eine zweite, größere Revolution kommt, gerichtet gegen einen Mann, der in Frankreich unter dem Deckmantel eines Beschützers des Volkes auferstehen und sich als despotisch erweisen wird. Er soll mit eiserner Faust regieren, bestimmte Gesellschaftsschichten bevorzugen und die anderen unterwerfen.«

»Das wird im Netz verbreitet?«, staunte Pierre.

»Ja. Es heißt: ›Der Wind der Revolte wird zu einem verschlingenden Feuer werden und Frankreich wird in Feuer und Blut sein.‹ Dies richtet sich momentan gegen Präsident Macron. Dieselbe Prophezeiung hat man übrigens Jahre zuvor auch gegen Sarkozy verwendet und danach gegen Hollande. Es ist stets von einer angeblichen Diktatur der Kälte die Rede, und man unterstellt dem jeweiligen Präsidenten satanische

Ideologien.« Bartissol schnaubte verärgert. »Das treibt viele Menschen an. Sie wollen die Prophezeiung erfüllen. Koste es, was es wolle.«

»Weiß man denn«, fragte Imbert, »wer dahintersteckt?«

Dieses Mal antwortet Froissant. »Ich habe mir mal die Mühe gemacht, das herauszufinden. Ich dachte, vielleicht entdecke ich ja Parallelen, die uns in unserem Fall weiterhelfen.«

»Und?« Der *Commissaire* beugte sich interessiert vor.

»Die Herkunft bleibt ganz bewusst vage. Im Jahr 2005 tauchte der erste Eintrag auf, versehen mit dem Hinweis auf einen Blog, den es nicht mehr gibt. Die Vision wird vorangetrieben von einer Frau, die behauptet, Gott spreche zu ihr. Sie sieht sich dazu berufen, Frankreich zu erwecken, und ihre angeblichen Visionen werden fleißig von Leuten geteilt, die die Unterstützung Gottes im Kampf gegen die Mächtigen gut gebrauchen können. Der mahnende Mensch wird zu Gott. Wenn Sie sich die Blogs ansehen, die von den Prophezeiungen der Marie Thé handeln, dann stellen Sie fest, dass sie alle aufeinander verweisen. Dabei ist die nach außen repräsentierte Grundhaltung trotz des Aufrufs zur Revolution durchweg christlich. Sprich, hier legitimieren sich Personen im Namen Christi und bezeichnen das Ganze als Verteidigung der Menschlichkeit, schrecken aber nicht vor Gewalt zurück. Es geschieht ja im Namen Gottes. ›Gott verlangt, es für ihn zu tun.‹ Und am Ende der Aufrufe sprechen sie ihren Mitstreitern stets Segenswünsche aus.«

Bartissol lachte überrascht auf. »Das ist ja wie bei den Kreuzzügen.«

Die Inspektorin lächelte bitter. »Es ist ein Kreuzzug. Nur im modernen Gewand. Der Antichrist selbst nennt sich Stellvertreter Gottes. Man erkennt es spätestens an der Art, wie sie ihre Gegner verbal in den Boden stampfen oder ihnen mit göttlicher Vernichtung drohen. Daran ist dann nichts Christliches mehr. Sie lieben die Zerstörung. Was man bei besagter Dame, der angeblichen Prophetin, gut erkennen kann. Die Naturgewalten betrachtet sie als eine Strafe Gottes, um Sünder zu vernichten. In ihren Augen war auch der Hurrikan Katrina eine solche, weil die Stadt New Orleans einen Festumzug von Homosexuellen plante.«

Pierre schüttelte den Kopf. »Ein strafender Gott also, kein liebender.«

»So ist es«, antwortete Froissant. »Vertreten von einem Blog, in dem es von Verleumdungen und Beleidigungen gegen Kritiker nur so wimmelt.«

»Können Sie denn ausschließen«, fragte der *Commissaire*, »dass die Kettenbriefe ebenfalls von dieser Dame stammen?«

Froissant nickte. »Ja, allerdings. Beide sprechen zwar vom Weltgericht. Aber der Sprachduktus ist ein anderer. Die Weissagungen des Kettenbriefes sind viel zu schwammig, als dass man ihnen eine Lehre entnehmen könnte. Zudem wäre diese Dame sicher die Erste, die davon in ihrem Blog berichten würde, damit sich die Botschaft entsprechend verbreitet.«

»Apropos.« Pierre tippte mit dem Finger auf den Kettenbrief. »Dieses Schreiben ist offenbar gar nicht darauf ausgelegt, über das Internet verbreitet zu werden. Das lässt darauf schließen, dass Personen angesprochen werden sollen, die man im Web nicht erreicht. Hat denn schon jemand versucht, der Spur der Briefe zu ihrer ersten Aussendung zu folgen?«

»Wie stellen Sie sich das vor?«, warf Froissant ein. »Niemand geht zur Polizei, nur weil er so etwas hier erhält. Sicher ist nur, dass sich die ersten Kopien innerhalb der Camargue verbreitet haben. Inzwischen kursieren die Kettenbriefe bereits in Paris und der Normandie. Was bei einer vorgegebenen Verteilungszeit von achtundvierzig Stunden nicht verwunderlich ist. Eine ideale Verwischungstaktik! Es ist nur eine Frage der Zeit, bis ganz Frankreich davon überschwemmt ist.« Sie zog die Brauen zusammen, und auf ihrer jugendlich glatten Stirn erschien eine Falte. »Wollen Sie etwa sämtliche Empfänger dazu aufrufen, den Eingangszeitpunkt zu melden? Selbst wenn wir die Aktion auf die Camargue begrenzen und davon ausgehen, dass alle Beteiligten die Briefe samt Umschlag mit Poststempel aufbewahrt haben, selbst wenn die Menschen unserem Aufruf folgen, haben wir nicht genügend Leute, um Hunderte, vielleicht Tausende Briefe nach Datum und Eingangsort zu sortieren.«

»Sie hat recht«, stimmte Bartissol zu und sah Pierre fest an. »Das führt zu nichts. Das Einzige, was uns jetzt weiterhilft, ist die Aussage des Zeugen. Und es ist Ihre Aufgabe, ihn zum Reden zu bringen.«

Pierre ließ sich im Stuhl zurücksinken. Es sprach einiges dafür, dass Louis nicht nur Zeuge war.

Vater und Sohn … Er schluckte. Der junge Ornithologe war als Täter nicht auszuschließen. Er musste aufpassen, dass er sich von seinen persönlichen Gefühlen nicht einwickeln ließ.

»Gibt es«, fragte er, »irgendwelche Schnittmengen zwischen dem Zeugen und dem Ermordeten? Diesem … Wie war noch mal der Name Ihres Ermittlers?«

»Ninio Plano«, antwortete *Capitaine* Vidal. »So hieß er bei den *gens du voyage*. Sein richtiger Name lautete Mateo Espinas.«

Pierre angelte nach einem Kassenbon, der unter einem Glas des unbesetzten Nachbartisches klemmte und schrieb sich beide Namen auf.

»Warum machen Sie das?« Imbert schnellte vor und legte einen Finger auf den Bon. »Sie sind kein Ermittler.«

Bartissol bedachte ihn mit einem scharfen Blick. »Ist er wohl. Ich habe es dir doch vorhin erzählt.«

»Er wird informiert, ja, aber alles andere …«

Ein weiterer Blick brachte Imbert zum Schweigen. Zögernd nahm er den Finger vom Bon.

Pierre steckte den Zettel in die Hosentasche und tat so, als habe er das kurze Geplänkel nicht mitbekommen. »Hat Mateo Espinas Familie?«, fuhr er mit gespielter Unbekümmertheit fort.

»Er ist alleinstehend«, antwortete Froissant.

»Niemand, der um ihn trauert?«

»Nein.«

»Das ist komisch, oder nicht? Wie alt war er? Dreißig, vierzig? Da hat man doch Eltern und Freunde.«

Am Tisch herrschte eisiges Schweigen. Pierre sah von einem zum anderen. Selbst Bartissol schien nicht antworten zu wollen und beschäftigte sich stattdessen mit einem Blütenblatt, das von einem der Balkonkästen über ihnen auf den Tisch gesegelt war.

»Wo liegt eigentlich das Camp zurzeit?«, fuhr Pierre trotzig fort.

Imbert starrte ihn an. »Sie wollen die doch nicht etwa besuchen?«

»Warum denn nicht? Je mehr Beamte sich mit der Sache beschäftigen, desto eher kommen wir ans Ziel.«

»Sie sind nur ein Gemeindepolizist.«

»Umso besser.« Pierre lächelte. Er war es gewohnt, dass Kollegen ihm herablassend begegneten. »Eine der herausragenden Eigenschaften der *police municipale* ist es, dass wir einen besonders guten Draht zu den Menschen haben.«

Es war, als hätte Pierre mit seinen Nachfragen einen Punkt berührt, der unter Verschluss bleiben sollte. Irgendeine Information, die den verdeckten Ermittler betraf, sollte den inneren Kreis des Teams nicht verlassen. Einen Kreis, dem er offensichtlich nicht angehörte. Die Erkenntnis schmerzte. Schon wieder, dachte Pierre, er hatte es so satt.

Er war hier, weil der Präfekt es so wollte. Für die Ermittler dagegen war er ein Klotz am Bein, den sie nur einbanden, damit er kooperierte und ihnen einen aussagebereiten Zeugen lieferte.

»Meine Herren, haben Sie gewählt?« Wie aus dem Nichts stand ein Kellner neben dem Tisch.

Die Runde widmete sich nun der laminierten Speisekarte, die auf einer einzigen Seite das ganze Menü enthielt, und einer nach dem anderen gab seine Bestellung auf.

Pierre lehnte sich zurück, froh um die Unterbrechung. Er hatte keine Kraft mehr, ständig gegen die Beschränkungen anzuarbeiten, die das Schicksal sich offenbar für ihn ausgedacht hatte. Er war müde nach all den Kämpfen, die er in der Vergangenheit ausgefochten hatte. Das Ringen um Augenhöhe, die Anerkennung seiner Person. Natürlich hätte er den Fehdehandschuh aufnehmen, Inspektor Imbert in die Schranken weisen, ihm zeigen können, wer hier den Präfekten als Rückendeckung hatte. Aber er war kein Ellenbogenspieler, er war es noch nie gewesen. Aggressiv-männliche Dominanzrituale waren ihm fremd. Das war schon damals in Paris so gewesen, und so war es auch jetzt.

»Und Sie, Monsieur?«

Pierre warf einen bedauernden Blick auf die Karte. Die *moules marinières à la crème* sahen aus, als hätte der Koch sie mit einer vorgefertigten Sauce übergossen. Aber er hätte gerne die *parillada de poisson* probiert, nach Rauch und Knoblauch duftende Meeresfrüchte vom Grill, die eine Kellnerin gerade an ihnen vorbei zur Terrasse balancierte. Oder, er schluckte heftig, das *gardiane de taureau avec son riz*, ein Gulasch aus Stierfleisch mit Reis aus der Camargue, das – soweit er beim Blick auf einen der anderen Tische erkennen konnte – wunderbar zart zu sein schien.

Doch er schüttelte nur den Kopf. Faltete die kopierten Seiten des Kettenbriefes zusammen und schob sie in die bunte Tüte.

»Ich denke«, sagte Pierre und stand auf, »es ist besser, wenn ich jetzt gehe.«

»Warten Sie.« Auch Bartissol erhob sich. »Ich begleite Sie ein Stück.«

Sie gingen schweigend, bis Pierre am Ausgabetresen eines Restaurants stehen blieb und eine Portion *paëlla camarguaise* mit weißem und rotem Reis, Crevetten, Hühnerfleisch und Stierwurst aus der Region sowie eine weitere Portion nur mit Meeresfrüchten zum Mitnehmen bestellte.

»Sie dürfen es den Kollegen nicht übel nehmen«, sagte der *Commissaire*. »Es sind keine schlechten Menschen. Sie haben nur ein Problem, wenn ihnen von oben jemand ins Team gedrückt wird.«

Pierre sah dem Mann am Tresen zu, der die *paëlla* mit einer großen Kelle umschichtete und in eine Pappschachtel füllte, bevor er eine weitere entfaltete. »Das kann ich sogar verstehen«, sagte er. »Aber dieser Anzug ist mir ein paar Nummern zu groß. Normalerweise bin ich derjenige, der nebenherlaufen muss. Sei es, weil ich nicht zuständig bin, oder weil man mich als einfachen Dorfpolizisten nicht ernst nimmt. Aber wegen Bevorzugung …« Er warf Bartissol einen mürrischen Blick zu. »So etwas ist mir noch nie passiert.«

»Tut mir leid.« Der *Commissaire* streckte ihm die Hand entgegen. »Friede?«

Pierre zahlte und nahm die Tüte mit dem Essen entgegen. »Was für ein Frieden soll das sein? Ich schlage ein und bin raus?«

Er ging einfach weiter und überquerte den Platz, der sich inzwischen merklich gefüllt hatte. Es war, als hätten die Menschen nur darauf gewartet, dass die Luft endlich erträglich geworden war. Und tatsächlich bemerkte Pierre, dass er zum ersten Mal an diesem Tag so etwas wie Frische verspürte.

»Nein«, sagte Bartissol, der ihn rasch eingeholt hatte. »Ich bin ganz bei Ihnen. Aber vielleicht finden wir eine Aufgabe, mit der wir Sie integrieren können, ohne dass mein Team das Gefühl bekommt, Sie wollten sich von außen einmischen.«

Pierre blieb stehen und sah ihn überrascht an. »Bedeutet das etwa, dass Sie mir Rückendeckung geben?«

Bartissol nickte. »Wenn die Verantwortlichen wollen, dass Sie dabei sind, werde ich mir ganz gewiss nicht die Gelegenheit entgehen lassen, mich bei denen einzuschleimen.«

»Ist nicht Ihr Ernst.«

»Sie haben recht.« Der *Commissaire* lächelte. »Ich tue es, weil wir zu wenig Leute haben. Es muss eine schwerwiegende Sünde sein, wegen der jemand drei Menschen umbringen möchte. Und ich fürchte, es bleibt uns nicht mehr allzu viel Zeit, um das Motiv herauszufinden. Ich bin also auf jeden Mann angewiesen. Wir müssen uns nur irgendwie abstimmen. Also: Wo kann ich Sie am besten einsetzen?«

Pierre überlegte, doch er war unvorbereitet und wollte jetzt nicht das Erstbeste sagen, das ihm einfiel. Sollte er etwas Wichtiges übersehen haben, ließe es sich nachher nicht mehr rückgängig machen.

»Lassen Sie mich darüber nachdenken. Morgen früh haben Sie die Antwort.«

»So machen wir es.« Wieder hielt er Pierre die Hand hin. »Was ist nun, Frieden?«

»Sie sind mir noch eine Antwort schuldig: Wo liegt das Camp der *Mission de la Lumière* jetzt?«

»In den alten Gärten oberhalb des Kanals von *Bourgidou*. Aber an denen ist bereits ein Team von uns dran.«

»Es geht mir gar nicht um die offiziellen Ermittlungen, sondern darum, mir einen Eindruck zu verschaffen. Ich möchte verstehen, wie die Bewohner des Camps denken.«

»Halten Sie das für wichtig?«

»Immerhin ist es ein christlicher Text.«

»Ich weiß, aber mal unter uns: In puncto Gewalt sind die Evangelikalen die ungefährlichsten Anhänger einer Religion, die man sich vorstellen kann. Abgesehen von den kriminellen Brüdern, die sich irgendwie in die Gemeinschaft eingeschlichen haben, glaube ich nicht, dass der Mord auf das Konto dieser Leute geht.«

Pierre sah ihn erstaunt an. »Sagten Sie nicht, man müsse alles in Betracht ziehen und dürfe nichts ausschließen?«

»Na schön«, seufzte der *Commissaire*. »Aber agieren Sie unauffällig, verstanden? Nicht offiziell. Sonst bekomme ich am Ende noch Ärger mit meinem Team.« Er lachte, als sei es ein Scherz, aber sein Blick besagte, dass es ihm ernst war.

»Einverstanden.« Pierre lächelte. Diesmal schlug er ein. »Frieden.«

Damit verabschiedeten sie sich und gingen entgegengesetzte Wege.

Pierre war bereits in die Gasse eingetaucht, die in Richtung des Stadttores führte, als ihm noch etwas einfiel.

»Warten Sie!« Mit wenigen Schritten war er wieder beim *Commissaire*. »Mein Zeuge … Sie sagten, er wird überwacht? Von wem?«

Bartissol lächelte verschmitzt. »Ich dachte, Sie seien längst darauf gekommen. Aber ich gebe Ihnen einen kleinen Hinweis. Sie sind zu zweit.«

»Das Paar auf dem Nachbarboot«, entfuhr es Pierre. »Stimmt's?«

»*Exactement*! Ich wünsche Ihnen eine gute Nacht, Herr Kollege. Es ist mir ein Vergnügen, mit Ihnen zusammenzuarbeiten.«

17

Verwundert schüttelte Pierre den Kopf, während er der *Grande Rue Jean Jaurès* folgte, auf der die Geschäfte Schaufenster und Türen inzwischen verriegelt hatten.

Ein Hausboot samt zwei Beamten wegen eines Zeugen! Gut, manche Kommissariate leisteten sich dicke Autos oder gar einen Lastwagen, um eine perfekte Tarnung zu gewährleisten. Aber doch nicht wegen einer einzelnen Person. Nicht dass Louis' Leben nicht schützenswert wäre, er selbst hätte dem jungen Mann am liebsten einen Panzer vors Boot gestellt. Aber Behörden tickten nun mal anders, jeder Cent musste beantragt werden und wurde vorher zehnmal umgedreht. Und auch das Personal war knapp, das hatte der *Commissaire* ja soeben bestätigt. Zu seiner Zeit hätte das sicher keiner genehmigt.

Doch kaum dass Pierre die *Porte de la Gardette* durchschritten hatte und vor den Mauern der Stadt stehen blieb, war ihm klar, warum die Kollegen diesen Aufwand betrieben. Es war keineswegs, weil sie Louis als Hauptzeugen beschützen wollten, sondern weil sie ihn für den Mörder hielten.

Er selbst hatte den Gedanken vorhin gestreift, aber sofort wieder fallen lassen. Im Gegensatz zu *Commissaire* Bartissol.

Vater und Sohn …

Nähe macht blind, so lautete eine der ersten Lektionen auf der Polizeihochschule. Je näher man dem Bösen kam, desto weniger nahm man es wahr. Übermäßige Empathie verhinderte, dass Frauen gewalttätige Männer anzeigten. Dass Verbrecher ihre gerechte Strafe bekamen, sobald der Richter von ihrer schlimmen Kindheit erfuhr. Das Fremde wurde Teil des Selbst, aus der Anteilnahme erwuchs Hilfsbereitschaft, die sämtliche Alarmsignale und Konsequenzen ausblendete. Bis zuletzt.

Pierre stützte die Hände in die Hüften und sah in den Himmel, an dem die Vögel kreischend ihre Runden zogen.

Louis war der Einzige, der – abgesehen von dem eigenartigen Tier – Spuren am Tatort hinterlassen hatte. Er hätte Espinas zum See bestellen und ihn aus der Entfernung mit der manipulierten Elektroimpulswaffe zu Fall bringen können. Die Flucht war womöglich nur vorgetäuscht, und vielleicht hatte er den Notruf ja nur abgesetzt, um den Verdacht von sich abzulenken?

Nur warum hätte er das tun sollen? Er hätte genauso gut unbemerkt verschwinden können. Oder war er bei der Tat von jemandem gestört worden?

Und die vielen Fotos von den Vögeln?

Louis musste das Ganze gut vorbereitet haben. Aber es würde passen. Die Kettenbriefe zeigten, dass der Täter ausgefeilte Dramaturgien liebte. In diesem Fall wäre der eindringliche Notruf eine schauspielerische Meisterleistung gewesen. Bislang hatte Pierre bei Louis von diesem Talent nichts bemerkt, aber auch mangelnde Schauspielkunst ließ sich vortäuschen. Die Sache mit dem Hotel beispielsweise, der falsche Name. Die vielen Pausen, das offensichtliche Überlegen, als er sich um eine Antwort drückte.

Plötzlich war Pierre auch klar, warum die Beamten nicht wollten, dass er eine Schnittmenge zwischen Louis und Espinas suchte. Sie hatten Sorge, dass er nicht neutral war. Dass er Ermittlerwissen an den möglichen Täter weitergab.

Pierre fuhr sich mit beiden Händen durchs Haar. Blickte

weiter nach oben, durch das Rostrot des Abendhimmels bis zu den ersten Sternen, deren Funkeln sich langsam intensivierte. Bald würde die Dunkelheit hereinbrechen, in der ihr ferner Glanz vollends zur Entfaltung kam.

Was, wenn alle sich irrten?

Das Gespräch im Bekleidungsgeschäft kam ihm in den Sinn. Die Warnung des Kunden an die Verkäuferin, sich vorzubereiten, damit sie gewappnet war, wenn das Ende kam.

Die Weissagungen waren uneindeutig, luden dazu ein, Dinge hineinzuinterpretieren. Deutungsmöglichkeiten gab es viele. Wenn man sich die Diskussionen ansah, die zurzeit die Medienlandschaft und Stammtische beherrschten, so existierten Sünder unterschiedlichster Couleur, die man lautstark benannte und an den Pranger stellte in der Hoffnung auf öffentliche Steinigung.

Pierre wandte den Blick ab und sah zum mahnenden Finger der *Tour de Constance.*

Oder gab es etwa einen Code, versteckt hinter dem religiösen Furor, den nur die Angesprochenen verstanden? Eine theologische Feinheit? Womöglich entstammte der Text einer religiösen Schrift, einer alten Geschichte, die innerhalb einer bestimmten Gruppe weitererzählt worden war.

Er schüttelte den Kopf und sah wieder zum Kanal, auf dem ein Ausflugsboot vorbeiglitt und die Boote am Kai sanft zum Schaukeln brachte.

Wenn der Verfasser des Kettenbriefes zugleich der Mörder war, dann durfte er nicht länger warten und über irgendwelche Bedeutungen rätseln. Bevor es ein weiteres Opfer gab, sollte er besser jemanden fragen, der sich damit auskannte.

Pierre rieb sich das Kinn, lächelte dann.

Er würde Eric Truchon anrufen, seinen ehemaligen Kollegen aus Paris, mit dem er auch nach seinem Fortgang weiterhin befreundet war. Eric zählte zu den Kunstspezialisten des Kommissariats. Mehr als einmal hatte er den Raub von Altarbildern, liturgischen Gefäßen und Monstranzen aufgeklärt, sicher kannte der ausgewiesene Experte jemanden, der ihm weiterhelfen konnte.

Er suchte die Nummer in seinem Mobiltelefon, drückte auf die Wahltaste.

»Pierre?« kam es sofort. Eric hatte wohl seinen Namen auf dem Display gesehen. »Wie schön, dass du anrufst. Bist du in Paris?«

Erics Stimme war kräftig und warm, und Pierre spürte eine tiefe Freude, ihn zu hören.

»Nein, in der Camargue. Ich brauche deine Hilfe.«

»Erzähl!«

Mit wenigen Worten schilderte Pierre den Fall und kam rasch auf den Grund seines Anrufes zu sprechen.

»Gut möglich, dass sich jemand einen schlechten Scherz erlaubt, aber vielleicht sind im Text Botschaften verborgen, die es zu entschlüsseln gilt, um weitere Morde zu verhindern.«

»Du benötigst also einen Theologen oder einen Historiker mit Fachgebiet Theologie.«

»So ist es.«

»Mir fällt da spontan jemand Geeignetes ein, doch der ist seit drei Jahren im Ruhestand und seitdem ständig auf Reisen. Ich weiß nicht, ob ich ihn so schnell erreiche. Sein Name ist Thiebaud Nguyen. Er hat am Institut für mittelalterliche Geschichte gelehrt und kennt sich mit kirchlichen Schriften bis zur heutigen Zeit bestens aus. An der Sorbonne haben sie ihn ehrfurchtsvoll *Grand Maître* genannt. Schick mir Fotos von den Texten, ich will sehen, was ich tun kann.«

Pierre tat wie geheißen und ging dann weiter am Kai entlang, an dem die ersten Boote erleuchtet waren.

Bis der Kontakt hergestellt war, konnte viel Zeit vergehen. Zeit, die er nicht hatte. Doch es gab noch einen weiteren Weg, auch wenn die Kollegen es als unsinnig bezeichnet hatten. Pierre beschloss, der Spur der Kettenbriefe bis zu ihrem Anfang zu folgen. Dabei brauchte er die Hilfe von jemandem, der einen Zugang zu den hier Lebenden hatte.

Pierre griff in seine Gesäßtasche und zog die Karte hervor, die ihm die Ex-Frau seines ehemaligen Kommilitonen vorhin in Saint-Gilles in die Hand gedrückt hatte.

Er wählte die Nummer, sie nahm beim dritten Klingeln ab.

»Kalia? Ich bin es, Pierre.«

»Schön, dich zu hören. Ich hatte gehofft, dass du dich meldest.«

»Ich brauche deine Hilfe.«

»Meine Hilfe?« Aus ihrer Stimme sprach Verwunderung. »Du willst mich als Reiseführerin buchen?«

»Nicht ganz.« Pierre schilderte ihr sein Anliegen, wobei er sich zunächst auf die Frage nach dem Ursprung der Kettenbriefe beschränkte und dabei einige ermittlungsrelevante Fakten ausließ. »Ich kann den Text abfotografieren und ihn dir rüberschicken«, schloss er.

»Machst du Witze? Ich habe diesen Mist bereits fünfmal erhalten. Es scheint, als wären alle meine Freunde und Verwandten damit beschäftigt, ihre Kopien zu verteilen. Als wollten sie einen vergifteten Kelch weiterreichen, um ihn dann jedes Mal aufs Neue zu befüllen.« Sie lachte. »Aber du fragst sicher nicht aus reinem Interesse. Du machst gar keinen Urlaub in der Camargue, du ermittelst, habe ich recht?«

»Nur am Rande«, wich Pierre aus. Er konnte ihr nichts vormachen, das war schon früher so. »Ich habe allen Grund zu der Annahme, dass es sich um eine ernsthafte Warnung handelt. Und dass der Tote am *Étang de Vaccarès* eines der angekündigten Opfer ist. Wenn ich mit meiner Schlussfolgerung richtigliege, werden bald zwei weitere Menschen sterben.«

»*Mon Dieu*, das ist keine gute Nachricht. Und was kann ich dabei tun?«

»Hast du eine Idee, wem dieser Brief gilt? Kannst du dir vorstellen, wer hier als Sünder gemeint ist?«

»Nein. Ich kenne ja noch nicht mal den Namen des ersten Opfers. Er ist nirgends erwähnt.«

»Er heißt Mateo Espinas. Aber das behältst du bitte für dich, in Ordnung?«

Sie sog hörbar die Luft ein. »Ja, klar. Verdammt!«

»Du kennst ihn?«

»Es könnte natürlich jemand anders mit demselben Namen sein. Der Mateo, den ich meine, stammt aus Le Grau-du-Roi ebenso wie ich.«

Das wäre allerdings ungewöhnlich. Ein verdeckter Ermittler, der das Risiko einging, seiner Heimat so nahe zu kommen, dass seine Tarnung aufflog. Vielleicht war ihm ja genau das zum Verhängnis geworden. Pierre dachte nach. Um herauszufinden, ob es sich um denselben Mann handelte, müsste er Bartissol um ein Foto bitten, doch er bezweifelte, dass der *Commissaire* diesem Wunsch nachkommen würde.

Pierre beschloss, Kalia eine weitere Scheibe der Wahrheit zu reichen.

»Der Mateo Espinas, den ich meine, war Polizist.«

»Lass mich raten: Er hat verdeckt ermittelt.« Sie klang plötzlich erschöpft.

»Woher weißt du das?«

»Er hat es angedeutet. Ich war nach meiner Rückkehr aus Paris mit einigen Freunden essen. Er hat sich spontan dazugesetzt, wir hatten uns ja lange nicht gesehen.«

»Ihr kanntet euch also gut?«

»Wir sind in derselben Straße aufgewachsen. So etwas verbindet.« Sie lachte leise. »Wir haben ihn immer den Spanier genannt, weil seine Familie von dort ausgewandert ist. Er war kein *gitano*, wie wir die dortigen *gitans* nennen, aber er hat sich oft mit meinen Brüdern und ihren Freunden herumgetrieben. Er hat nie einen Zugang zu den Franzosen gefunden. Im Grunde war er einer von uns.«

»Und was hat er noch so erzählt?«

»Dass ihn hier nichts mehr hält, seit sein Sohn gestorben ist. Er wollte sich eine neue Identität suchen, um der Trauer in seinem Leben zu entfliehen und auf andere Gedanken zu kommen.«

»Das ist ja schrecklich.« Es gab nichts Schlimmeres im Leben, als das eigene Kind zu verlieren. »War es ein Unfall?«

»Nein, Alejandro war unheilbar krank, er war gerade einmal acht Jahre alt. Das muss vor drei Jahren gewesen sein. Mateo hat mir erzählt, dass seine Frau Minette und er sich getrennt haben, ich hatte das Gefühl, er suchte ein wenig Halt.«

»Habt ihr euch danach noch einmal getroffen, Espinas und du?«

»Nein, Gott bewahre! Ich denke, er hatte durchaus Interesse, aber es hätte mich zurück in mein altes Leben katapultiert. Mein ganz altes Leben. Mateo war ein waschechter Macho, der eine gefügige Frau suchte, deren Leben sich allein darum dreht, den Mann an ihrer Seite zu umsorgen. Für so etwas hätte ich mit Anfang zwanzig nicht nach Paris fliehen müssen.«

»Ich dachte, du seist der Liebe wegen nach Paris gegangen?«, fragte Pierre verwundert.

»Ja, auch. Aber eigentlich war es eine sogenannte Fluchtehe. Meine Familie ist sehr traditionell. Mein Vater war nicht glücklich mit meiner Wahl und hätte die Heirat gerne verhindert.«

»Aber warum? Bernard ist doch ein anständiger Kerl, und ihr wart sehr glücklich.«

»Er ist ein *payo*.«

»Ein … was?«

»Ein *payo*.« Sie lachte. »Die Mehrzahl heißt *payou*. So nennen wir *gitans* euch Franzosen.«

»Franzosen! Ihr seid doch selber welche«, antwortete Pierre mit gespieltem Schmollen. Bei den *roms* hießen alle Nichtzugehörigen *gadje*. Aber *payou* hatte er noch nie gehört. »Und was bedeutet das?«

»Bauern.«

Pierre schnalzte mit der Zunge. »Was gibt es denn gegen uns einzuwenden?«

»Aus Sicht der *gitans* seid ihr nur darauf aus, unsere Strukturen aufzubrechen und einen schädlichen Einfluss auf die jungen Mädchen zu haben.«

»Glaubst du das auch?«

»Ach, manchmal schon.« Kalia wurde wieder ernst und wechselte das Thema. »Der arme Mateo. Nun ist er also tot …« Sie seufzte und klang auf einmal sehr mitgenommen.

»Hat er Verwandte, die um ihn trauern?«

»Seine Eltern sind schon vor Jahren gestorben. Noch vor seinem Sohn. Er hatte niemanden mehr, keiner wusste, wo er hin ist. Nicht einmal Mayron, einer seiner ältesten Freunde.« Kalia stockte. »Es hieß doch, der Mann, der ermordet wurde, sei einer von den *gens du voyage*. Hat er etwa bei den Missionaren gelebt?«

»Ja.«

»Ich habe heute Mittag gesehen, wie sie den Ort verlassen haben. Eine ewig lange Karawane. Ich hatte gerade eine Jeeptour und wollte meine Gäste vor dem Stadttor abholen, aber ich bin nicht durchgekommen. Sie haben den ganzen Kreisverkehr blockiert. Es hat ewig gedauert, bis alle Wohnwagen vorbeigezogen waren. Und du glaubst ja nicht, dass die freiwillig auch nur einen anderen Wagen durchgelassen haben. Hätte die *police municipale* nicht durchgegriffen, hätte ich nach einer Stunde immer noch dagestanden.«

»Das ist jetzt aber kein christlicher Zug.«

»Diese Leute gehören zur Pfingstgemeinde, einer streng gläubigen Gemeinschaft mit einer ordentlichen Portion Selbstbewusstsein. Es muss ein Kraftakt für Mateo gewesen sein, sich ihnen anzuschließen. Er hat sich sonst nicht so gerne untergeordnet. Sie werden von ihm verlangt haben, dass er konvertiert, um mit ihnen reisen zu dürfen. Dabei war er ein gläubiger Katholik.«

Pierre nickte. »Die Pfingstler sind eine Untergruppe der Evangelikalen, richtig?«

»Ja, genau«, bestätigte Kalia. »Als evangelikal bezeichnet man die unterschiedlichsten Strömungen konservativer und bibeltreuer Christen. Die Pfingstkirche gehört zur sogenannten charismatischen Bewegung, die die Geistestaufe in den Vordergrund stellt und eine tiefe ekstatische Vereinigung mit Gott sucht. Ihre Gemeinden schießen in und um die Camargue gerade wie Pilze aus dem Boden. Es gibt welche in Aigues-Mortes, Tarascon, Bellegarde, Nîmes, Saint-Gilles, Port-Saint-Louis-du-Rhône, Vauvert und in Arles. Sowohl die der *Église Évangélique Tzigane* – einer Pfingstbewegung, der vorwiegend *roms* und *manouches* angehören – als auch die *Assemblée de Dieu* mit mehrheitlich *gitans*. Außerdem gibt es noch einige freie Gemeinden, ich habe den Überblick längst verloren. Allein in Alès, einer Stadt mit nicht einmal vierzigtausend Einwohnern, gibt es neun verschiedene evangelikale Gemeinden.«

»Das ist eine ganze Menge.«

»Es ist nur der Anfang. Meine Cousine Sylvie hat mir erzählt, dass es in Marseille bereits sechsunddreißig evangelikale Gemeinden gibt, darunter sogar eine Dependance der amerikanischen *Hillsong Church*. Der überwiegende Teil davon gehört der Pfingstbewegung an.«

Pierre war überrascht. »Sie müssen den Menschen etwas bieten, das die anderen nicht mehr vermögen.«

»Kann sein. Einige meiner konvertierten Cousinen sind begeistert und haben schon mehrfach versucht, mich zu einem Besuch zu ermuntern. ›Du wirst sehen‹, haben sie gesagt, ›die Gemeinschaft ist was Besonderes. Sie nehmen dich ernst, auch als Frau.‹ Das wäre tatsächlich ein guter Grund ihnen beizutreten!« Kalia lachte. »Ich bin sogar einige Male mitgegangen, aber für mich ist das nichts.«

Pierre wandte den Blick auf die andere Seite des Flusses, doch er nahm weder die pittoresken Häuser noch die vielen Hausboote wahr, deren Lichter sich funkelnd im Wasser spiegelten. Es war ein plötzlicher Gedanke, der seine Aufmerksamkeit band, ihn elektrisierte.

»Sag mal … kennst du dich aus mit dem Glauben der Pfingstler?«

»Ich denke, schon.«

»Wie stehen sie zum Weltende?«

»Sie glauben fest an eine bevorstehende Apokalypse. Sie sind der Überzeugung, der Antichrist befinde sich bereits unter uns, und der letzte Kampf der Guten gegen die Bösen stehe unmittelbar bevor. Alles, was in der Bibel steht, wird wörtlich genommen. Interpretationen oder eine geschichtskritische Hinterfragung gibt es nicht.«

Pierre straffte die Schultern. Er dachte an den Text der ersten Weissagung.

Siehe, wie gut und erfreulich ist es, wenn Brüder beieinander wohnen, vereint durch das Gesetz der Geburt, verbunden durch die Gemeinschaft des Glaubens, gleich in der Gleichheit des Leidens, stets glorreich im alleinigen Gott.

Was, wenn Espinas' Tarnung gar nicht aufgeflogen war, sondern wenn sie zu der Überzeugung gekommen waren, er wolle sich von der Gemeinschaft lösen?

»Was geschieht eigentlich mit Abtrünnigen?«, fragte er.

Kalia hielt kurz inne. »Ich glaube, du missverstehst das. Das ist eine christliche Gemeinde, keine Sekte.«

»Man kann also einfach gehen, wenn man will?«

»Ja, natürlich …« Sie zögerte. »Allerdings scheinen manche Gemeinden recht autoritär zu sein. Das kommt ganz auf den Pastor an, es gibt da keinerlei Vorgaben von oben.«

Pierre atmete tief ein. Die Kettenbriefe könnten von der *Mission de la Lumière* losgeschickt worden sein. Vielleicht als Methode, um neue Schäfchen zu gewinnen. Erst schürten sie die Angst vor dem Weltuntergang, dann versprachen sie mit dem richtigen Glauben die Erlösung. In diesem Fall hätten die ersten Briefe jedoch bereits Tage vor ihrem Eintreffen in Aigues-Mortes eingesteckt worden sein müssen. Einem Ort, der auf ihrer Reiseroute lag.

Er stieß die Luft aus.

Das Team hatte ihn ausgelacht, als er anregte, dem Ursprung der Briefe nachzugehen. Aber es könnte Licht in die Sache bringen, daher musste er es zumindest versuchen.

»Kannst du für mich herausfinden, an welchem Tag die ersten Briefe eingegangen sind? Und von wo aus sie verschickt wurden?«

»Du meinst, es gibt da einen Zusammenhang?« Sie stockte. »Aber gut, du hast recht. Ich werde sehen, was sich in Erfahrung bringen lässt. Morgen Vormittag habe ich eine Reisegruppe. Danach rufe ich dich an.«

18

»Louis?« Pierre sah sich um. Der Salon war leer. »Louis, wo steckst du denn?«

Verdammt, wo war er nur? Er warf einen Blick in die Schlafkabine des jungen Mannes. Der Rucksack war noch da. Dann erinnerte er sich an die Worte des *Commissaire.*

Er hastete die Treppe hinauf in den Steuerstand, als ein helles Lachen vom Nachbarboot zu ihm herüberdrang. Es war Louis, unverkennbar. Andere stimmten ein.

Pierre ging an Deck. Er hatte den jungen Mann noch nie so ausgelassen lachen hören.

»Louis, bist du da?«

Ein blond gefärbter Schopf erschien in der Luke. »Ihr Sohn ist hier bei uns«, rief die Frau ihm zu. »Ihm war so heiß, und wir haben eine Klimaanlage.«

»Wie kommt es, dass mich das nicht verwundert«, murmelte Pierre leise und fügte laut hinzu: »Sagen Sie ihm, dass er rüberkommen soll. Ich habe ihm etwas zu essen mitgebracht.« Damit verschwand er durch die Glastür und ging in die Küche.

Louis betrat den Raum, als Pierre gerade Teller, Besteck und Gläser auf dem Tisch verteilt hatte. Das Haar verstrubbelt, die Wangen leicht gerötet. Er trug noch immer Cazadieus seidenen Morgenmantel, der ihm viel zu weit und über die rechte Schulter gerutscht war.

»Die sind richtig nett, unsere Nachbarn«, sagte er und schob sich auf seinen Platz auf der Sitzbank. »Wusstest du, dass sie denselben Weg haben wie wir?«

»Ach, wirklich?«, sagte Pierre nur und füllte die *paëlla* mit den Meeresfrüchten in eine Schale.

»Wann fahren wir denn weiter?«

»Morgen vielleicht.«

»Und wo halten wir als Nächstes an?«

Pierre zuckte mit den Schultern. »In Le Grau-du-Roi.« Der Ort bot eine gute Gelegenheit, sich dort mit Kalias Hilfe ein wenig mit Espinas' Vergangenheit zu beschäftigen.

Louis quetschte sich wieder durch den engen Spalt zwischen Tisch und Sitzbank. »Das muss ich den beiden gleich erzählen.«

»Warte! Das entscheiden wir morgen, in Ordnung? Ich will mir vorher noch etwas ansehen.«

Der junge Mann ließ sich mit einem Maulen zurückfallen, was Pierre verärgerte.

»Was ist denn los mit dir, du bist ja plötzlich so vertrauensvoll zu Fremden.« Pierre schob die Schale in die Mikrowelle und stellte die Zeit ein.

»Als ob du mich kennen würdest. Du bist nicht mein Vater, schon vergessen?«

»Nein, aber du hast mich um Hilfe gebeten, et *voilà* … ich passe nur auf, dass dir nichts geschieht.«

Louis verdrehte die Augen. »Von den beiden habe ich nichts zu befürchten. Das ist ein Lehrerpaar aus Montpellier. Die haben nichts mit dieser Sache zu schaffen, wovor sollte ich also Angst haben?«

Pierre lehnte sich gegen den Küchenschrank und sah ihn aufmerksam an. Der junge Ornithologe hatte die Arme verschränkt und funkelte ihn an wie ein bockiges Kind.

Die beiden Beamten hatten offenbar ganze Arbeit geleistet.

Nicht nur, dass sie versuchten, Louis' Vertrauen zu gewinnen, sie sorgten auch dafür, dass er sich von ihm abnabelte. Gut, ihm sollte es recht sein. Je früher die Kollegen die Verantwortung übernahmen, desto freier konnte er sich bewegen und – wenn alles gut lief – seine Reise endlich allein fortsetzen. Dennoch musste er zugeben, dass es ihn wurmte. Und dass er nun selbst bockig war. Dabei sollte zumindest einer von ihnen einen kühlen Kopf behalten.

Er lächelte, und Louis lächelte zurück. Ein schriller Ton zeigte das Ende des Garvorgangs an. Pierre nahm die Schüssel aus der Mikrowelle und stellte sie auf den Tisch. Dann füllte er eine weitere Schale mit der *paëlla camarguaise* und schaltete das Gerät wieder ein.

»Darf ich schon anfangen?«, fragte Louis. »Ich habe einen Mordshunger.«

»Na, klar.«

Pierre sah zu, wie Louis sich einen randvollen Löffel mit *paëlla* in den Mund schob und ihn beim Kauen kaum zubekam. Er dachte, dass die Kollegen unrecht hatten, wenn sie in ihm einen Mörder sahen. Der Junge war so unschuldig und rein wie ein frisch gebadetes Baby.

»Worüber habt ihr denn so geredet?««, fragte er Louis, als auch die zweite Portion fertig war.

»Ach, über dieses und jenes. Ich habe ihnen nicht gesagt, dass ich Ornithologe bin, wenn es das ist, was du meinst. Wir haben uns über das Wetter unterhalten und über die vielen Mücken.« Er kicherte und legte die Hand auf seine nackte Schulter, rieb über die aufgekratzten Bläschen. »Ist ja nicht zu übersehen, dass ich bei den Sümpfen war. Sie haben mir sogar eine Salbe gegen den Juckreiz gegeben.«

»Und aus lauter Dankbarkeit hast du ihnen vom *Étang de Vaccarès* erzählt, was?«

»Nein. Ich habe behauptet, wir hätten einen Ausflug in den Vogelpark gemacht. Das war doch okay, oder?«

»Natürlich.« Pierre setzte sich ihm gegenüber an den Tisch und tauchte den Löffel in das Reisgericht.

Die beiden Beamten hatten also den vergangenen Tag abfragt und dabei feststellen müssen, dass Louis keinerlei Gedächtnislücken besaß – oder zumindest nicht darum verlegen war, sie fantasievoll zu füllen. Er führte den Löffel zum Mund, das Essen war noch zu heiß. Pierre pustete vorsichtig und ließ den Löffel wieder sinken.

Louis seufzte. »Nein, ist es nicht, ich sehe es dir an, dass es nicht okay ist. Aber mir ist langweilig, Pierre. Ich weiß nicht, was ich mit meiner Zeit anfangen soll. Überhaupt«, seine Stimme klang belegt, »habe ich keine Ahnung, wie es weitergeht.«

»Ich weiß es auch nicht, Louis. Na komm, lass uns erst einmal essen. Möchtest du auch einen Châteauneuf-du-Pape?«

»Du meinst den pinkfarbenen Wein, den du vorhin in den Kühlschrank gestellt hast?«

»Genau den.«

»Na klar.«

Sie aßen schweigend. Im Hintergrund hob und senkte sich der Gesang der Zikaden. Ab und an hörte man von der Straße, die zwischen Oleanderhecke und Stadtmauer verlief, das Rauschen eines vorbeibrausenden Autos.

Pierre konzentrierte sich ganz auf die *paëlla camarguaise*. Sie schmeckte fast wie eine spanische. Nur waren in dieser hier nicht nur Muscheln, Crevetten und Hähnchenstücke, sondern auch einige Scheiben der aromatischen *saucisson de taureau*. Überhaupt war ihm aufgefallen, dass die Gerichte in der Gegend einen deutlichen spanischen Einfluss hatten, obwohl zwischen Aigues-Mortes und der Grenze noch gut zweihundert Kilometer lagen. Auf den Tischen der Restaurants hatte er auch Tapas gesehen: Schalen mit gebratener Chorizo, Kartoffeln mit *aïoli*, Gambasspieße in ölig-scharfer Sauce und gegrillte Tintenfische. Ob es an der Vielzahl der hier sesshaft gewordenen spanischstämmigen *gitans* lag, deren Kultur inzwischen fest mit der Region verwoben war?

Er leckte sich mit der Zunge über die Lippen. Der Safran in Verbindung mit der Wurst und den Crevetten schmeckte großartig. Dazu das zarte Hühnerfleisch, das sich ganz leicht mit der Gabel zerteilen ließ. Und da war noch etwas, das dem Gericht eine ganz besondere Würze gab.

Pierre nahm einen Schluck Rosé, ließ ihn eine Weile durch den Gaumen rollen und spürte die sanfte Rauheit provenzalischer Kräuter, die Erdbeer- und Himbeeraromen, bevor er ihn trank. Erkannte ein mineralisch-salziges Aroma, das an Quitten erinnerte. Pierre stellte das Glas ab und betrachtete das intensive Pink des Weines. Cazadieu hatte recht, es war ein ganz besonderer Tropfen, viel massiver als ein normaler Rosé. Und perfekt für ein Gericht, das Fleisch und Meeresfrüchte so harmonisch miteinander verband.

Er schob noch eine Gabel in den Mund. Kaute langsam, darauf konzentriert, die Note herauszuschmecken, die ihm aufgefallen war und die der *paëlla* diesen ganz besonderen Geschmack verlieh. Es lag an den … er kaute noch einmal … an den sonnengetrockneten Tomaten. Ja, das war es. Sie waren noch immer weich, aber besaßen eine Intensität, die frische Früchte nicht hatten. Er trank einen Schluck Rosé, dann spießte er eine Crevette auf.

Köstlich!

Er bemerkte, dass Louis ihn ansah. Der Junge hatte die Gabel abgelegt, der Wein war unberührt.

»Es tut mir leid«, sagte er.

»Was tut dir leid?«

»Na, du kümmerst dich so wunderbar um mich, und ich rede davon, wie großartig unsere Nachbarn sind.«

Überrascht richtete sich Pierre auf. Das hatte er nicht erwartet. »Ist schon in Ordnung, du kannst schließlich tun und lassen, was du willst, du bist alt genug, das zu entscheiden. Es ist ja richtig, ich bin nicht dein Vater.«

»Ich wünschte, du wärst es.«

Pierre legte die Gabel ab. Ein Kloß bildete sich in seinem Hals, und er hatte Mühe, ihn herunterzuschlucken. Sein Blick fiel auf die Tüte, die er auf dem Stuhl neben sich abgelegt hatte. Im Bemühen, die Rührung zu vertreiben, die plötzliche Intensität der Situation, reichte er sie seinem Gegenüber.

»Hier, ich hab dir was zum Anziehen besorgt.«

Louis strahlte, als er die Tüte öffnete. Dann stutzte er und zog die kopierten Seiten hervor.

»Ist das auch für mich?«

»Nein!« Pierre nahm sie ihm aus der Hand. »Entschuldige bitte. Das ist bloß Schmierkram. Probierst du die Sachen mal an? Wenn sie nicht passen, tausche ich sie gleich morgen um.«

Als Pierre um Mitternacht die Glastür beim Steuerstand fest verriegelte und Louis eine gute Nacht wünschte, dachte er, dass durchaus etwas dran war an Charlottes Wunsch nach einer Familie. Und dass es ihm vielleicht doch gefallen könnte, Vater zu sein.

19

Gisèle hatte die Augen bereits geöffnet, bevor der Tag erwachte. Als die Sonne um zehn Minuten vor sechs ihr erstes Licht durch die Vorhänge schickte, stand sie auf und machte sich einen Kaffee. Während sie ihn trank, strich sie über den Brief, den sie mit nach Hause genommen hatte, und las ihn noch einmal durch.

Wehe, ihr Sünder, denn eure Verfehlungen blieben IHM nicht verborgen. Also seid bereit, wenn der Tag des Gerichts gekommen ist.

Gisèle schauderte. Die Weissagung machte ihr Angst. War das Ende der Welt tatsächlich nur noch einen Wimpernschlag entfernt? Auch wenn sie kein abergläubischer Mensch war, so gab es doch genügend Anzeichen, dass die Welt aus den Fugen geriet. Überall Katastrophen, Kriege, Hass. Selbst in ihrem schönen Frankreich gingen die Menschen auf die Straße, um Denkmäler anzuzünden und Geschäfte zu plündern. Und dann die vielen Angriffe auf Kirchen. Es war wohl das, was sie am meisten erschütterte.

Drei Kirchen, hatte sie neulich gelesen, wurden täglich Opfer von Vandalismus. Die *Église Saint-Jacques* in Grenoble hatte ebenso gebrannt wie die Pariser *Saint-Sulpice* im sechsten Arrondissement. Nicht immer war es Brandstiftung. Bei *Notre-Dame* in Paris hatte vermutlich ein Kurzschluss das

Feuer entfacht, das den gesamten Dachstuhl zerstörte und die historischen Mauern durch die Hitze, den Rauch und das Löschwasser schwer beschädigt zurückließ.

Aber was war mit dem aufgebrochenen Tabernakel, dem verwüsteten Chorraum in Dijon, den in ein Kreuz aus Exkrementen gedrückten Hostien in Nîmes? Mit den Einschusslöchern an Kirchenfenstern, den beschädigten Marienstatuen und Kreuzen, den obszönen Schmierereien? Ja, selbst die Zahl des Teufels prangte an einem Altar. Der enthauptete Christus auf dem Hochaltar von Saint-Gilles-Croix-de-Vie hatte in der Öffentlichkeit kaum mehr als ein entsetztes Raunen ausgelöst. Früher hätte sich niemand so etwas getraut, es herrschten ein natürlicher Respekt und die Furcht vor der Strafe Gottes.

All das hatte nachgelassen – und niemand schien sich ernsthaft daran zu stören. In ihr entstand ein Gefühl der Haltlosigkeit in einer Zeit, in der es sie nach Halt verlangte.

Als sie dem Bürgermeister von der möglichen Furcht der Dorfbewohner erzählt hatte, da hatte sie in Wahrheit sich selbst gemeint. *Monsieur le maire* Marechal hatte recht gehabt. Das Beste wäre es, dieses Thema mit dem Pfarrer zu besprechen. Er hatte sicher die richtige Antwort und würde ihr etwas mit auf den Weg geben, das sie beruhigte.

Es war kurz nach sieben, als Gisèle die Haustür verschloss und auf den *Chemin des Liserons* trat. Sie atmete tief ein. Die Luft war bereits warm, aber noch trug sie die Sanftheit des Morgens mit sich.

Sainte-Valérie war menschenleer. In wenigen Minuten würden die ersten Lieferanten in ihren Kleinlaster über das Pflaster rumpeln und Gemüsekisten, Fleisch und Fisch zu den Restaurants und Bistros bringen. Madame Orset war sicher schon auf dem Rückweg vom Blumengroßmarkt in Carpentras, um ihre Ware zum Geschäft in der *Rue du Porteil* zu fahren, bevor die Straße für den Lieferverkehr gesperrt war.

Als Gisèle in die *Rue du Pontis* bog, sah sie Charlotte, die gerade vom Fahrrad stieg und es vor ihrer *Épicerie* abstellte. Sie trug ein helles, mit Blumen bedrucktes Kleid und hatte die kastanienbraunen Locken zu einem Zopf zurückgebunden. Sie sah sehr mädchenhaft aus, fand Gisèle, und dennoch hatte sie die Ausstrahlung einer Frau, die wusste, was sie wollte. Von Charlotte ging eine Energie aus, um die Gisèle sie beneidete. Sie selbst war, seit sie die Weissagung gelesen hatte, durchdrungen von einer bleiernen Schwere. Jeder Schritt war mühsam, und obwohl sie gerade mal sechzig Jahre alt war, fühlte sie sich wie eine Greisin.

Gisèle blieb stehen. Die Kirche war vielleicht noch gar nicht geöffnet, daher beschloss sie, einen kleinen Umweg zu machen, und folgte der Straße bis zur *Épicerie*.

»*Bonjour*, Charlotte«, sagte sie.

Die Angesprochene hob den Kopf, und von ihrem Lächeln ging ein Strahlen aus, das Gisèles Herz erwärmte.

»*Bonjour*, Gisèle. Ist das nicht ein herrlicher Morgen?«

»Noch, Mademoiselle Berg, noch. Im Radio haben sie davor gewarnt, sich ab dem Vormittag ohne Kopfbedeckung draußen aufzuhalten. Und man solle viel trinken.«

Charlotte griff in den Korb auf dem Gepäckträger und hob eine Wasserflasche an. »*Voilà*, es ist für alles gesorgt.« Sie lächelte. »Gut, dass ich Sie treffe, ich hatte ohnehin vor, Sie aufzusuchen. Es geht um das Schreiben, das Sie neulich erwähnt haben. Die Einladung zur außerordentlichen Gemeinderatssitzung an Pierre.«

»Und?« Gisèle spürte, wie sich eine aufgeregte Röte auf ihre Wangen legte.

»Ich habe gestern noch mit Pierre telefoniert und ihn

gefragt, ob er es jemals erhalten hat. Aber er meinte, es sei nie angekommen.«

»Tatsächlich?« Die Röte verstärkte sich.

»Vielleicht ist es irgendwo hängen geblieben. Pierre sagte, er wäre der Einladung gerne nachgekommen. Aber nun ist es ja egal, nicht wahr? Die Suspendierung ist endlich aufgehoben.«

»Tatsächlich?«, antwortete Gisèle. Dann erinnerte sie sich an das Telefonat des Bürgermeisters mit dem Präfekten, von dem sie kaum mehr als ein paar Satzfetzen verstanden hatte. »Dann hat *Monsieur le préfet* Fardoux unseren Bürgermeister wohl überzeugt.«

»So ist es. Das ist eine große Erleichterung für uns alle.«

Sie verabschiedeten sich, und Gisèle ging weiter die Gasse hinauf bis zur *Église Saint-Michel.*

Pierre Durand war also wieder im Amt. Dennoch wollte sich die Freude darüber nicht in ihr ausbreiten. Am Ende blieb das Misstrauen. Der Brief sei nie angekommen, hatte Charlotte erzählt. Hatte der Bürgermeister diese Aussprache tatsächlich verhindern wollen? Hatte er sein Amt missbraucht, um seine eigenen Interessen zu verfolgen? Mit Vehemenz drückte sie die Empörung hinunter.

Sicher war alles nur ein riesengroßes Missverständnis. Am Ende zählte das Ergebnis. Jetzt, da Monsieur Durand bald seinen alten Posten wiederaufnehmen würde, war alles gut.

Sie würde sich nun um die Belange der Dorfgemeinschaft kümmern und mit *Monsieur le curé* François Reneuve reden, um ihrer Sorge über die Weissagungen Ausdruck zu verleihen.

Die *Église Saint-Michel* war ein imposanter Bau, dessen Turmspitze sich über die rostbraunen Dächer der umliegenden Häuser erhob, so als würde sie – so kam es Gisèle vor – sich emporrecken, um über das Dorf zu wachen.

Aufrecht ging sie die Stufen zum Portal hinauf und drückte den Griff hinunter. Es war offen, und sie trat ein.

Im Inneren war es angenehm kühl. Das Gemäuer aus dickem Stein sperrte die Hitze der vergangenen Tage aus.

Die Kirche war leer. Bei den Messen war es kaum anders. Gisèle dachte, es war einige Jahre her, dass sie das Gotteshaus voll erlebt hatte. Außer an den Festtagen, wo sich die Menschen sogar in den Gängen und auf den Stufen zur Empore drängten. Ansonsten kamen kaum mehr als zehn, zwölf Personen, vorwiegend ältere Menschen. Und ab und zu der Bürgermeister mit seiner Familie.

Abgesehen natürlich von den Touristen. Doch die zählten nicht. Für sie war die Kirche bloß ein Ort zum Staunen und Fotografieren. Manch einer mochte die alten Fresken und die ikonische Malerei bewundern oder eine Kerze anzünden, um der Verstorbenen zu gedenken. Aber die wenigsten standen sonntags in der Früh auf, um der Messe zu lauschen, die bereits um neun Uhr begann. Viel zu früh für die Gäste, deren Lachen noch bis weit in die Nacht über das Pflaster schallte.

Ja, es hatte sich einiges geändert in den vergangenen Jahrzehnten. Und wenn sie es genau bedachte, dann war es kein Wunder, dass sich niemand öffentlich erhob, um die mutwillige Zerstörung der Kirchen zu beklagen. Es war ja kaum noch jemand da, der sich ihnen verbunden fühlte.

Gisèle tauchte die Finger in das Weihwasserbecken an der Wand neben dem Eingang und bekreuzigte sich, bevor sie durch die Reihen ging. Kurz vor dem Altar machte sie einen tiefen Knicks und schlug noch einmal ein Kreuz vor ihrer Brust. Dann ging sie weiter in Richtung Sakristei, aus der schleifende Geräusche drangen.

»*Monsieur le curé*? Sind Sie da?«

Ein Hüsteln erklang, dann Schritte. François Reneuve trat

in den Chorraum, er trug eine schwarze Soutane, zusammengehalten von einer seidenen Schärpe. Er sah gut aus, weise und erhaben, obwohl er höchstens Anfang fünfzig war. Er war jemand, der sein Amt ernst nahm, selbst in seiner Freizeit, wo er stets eine schwarze Hose samt Collarhemd mit weißem Kragen trug.

Auch das war heutzutage nicht mehr selbstverständlich. Gisèle hatte schon erlebt, dass Pfarrer im Alltag schlecht sitzende Pullover anzogen und sich einen Kreuzanstecker an die Brust hefteten, um sich als Geistliche zu erkennen zu geben. Offenbar wollten sie sich modern und weltoffen präsentieren. Sie seufzte unhörbar. Die modernen Zeiten waren nichts für sie, das musste sie zugeben, und es kam immer häufiger vor, dass sie sich wie ein Fossil fühlte, das einer längst vergangenen Epoche entstammte.

»Meine liebe Gisèle. Wie schön, Sie hier zu sehen!« François Reneuve nahm ihre Rechte in beide Hände und umschloss sie warm.

»Ich habe ein Anliegen«, flüsterte sie, plötzlich befangen. Sie entzog ihm ihre Hand, nahm den Umschlag aus der Tasche und reichte ihn dem Pfarrer. »Der Bürgermeister sagte, Sie möchten sich den Text einmal ansehen. Einige Gemeindemitglieder sind sicher beunruhigt.«

Er warf ihr einen erstaunten Blick zu, dann zog er die Seiten heraus. Seine Augen glitten über das Papier, er wiegte den Kopf und ließ die Blätter schließlich sinken.

»Woher haben Sie das?«

»Es handelt sich um eine Weissagung, die zurzeit als Kettenbrief in Umlauf ist. Sagen Sie, ist sie … echt? Ist mit der stigmatisierten Nonne Bernadette, von der sie stammen soll, die heilige Bernadette Soubirous von Lourdes gemeint?«

»Nein, das ist keine ihrer Voraussagen. Sie enthalten zwar

auch Prophezeiungen, die sich bereits erfüllt haben, und eine davon erzählt sogar vom Ende der Welt, wie wir sie kennen. Von einer fürchterlichen Schlacht, auf die ein neues Zeitalter des Glaubens folgt, ein Jahrhundert des Friedens und der Freude.«

Gisèle nickte eifrig. »Ja, ich kenne ihre Weissagungen, aber kann es sein, dass diese hier bisher unentdeckt war? Oder existiert noch eine andere Bernadette, die auch Marienerscheinungen hatte?«

»Nein, ganz sicher nicht. Der Text entstammt auch nicht der Bibel, bis auf den Beginn der ersten Prophezeiung. Im Psalm 133 steht wörtlich: *›Siehe, wie schön und wie lieblich ist es, wenn Brüder beieinander wohnen‹*. Das gilt sowohl für leibliche Geschwister als auch für die geistliche Gemeinschaft der Gläubigen. Es geht um die Einheit, die Vermeidung von Spaltung und Hass.«

»Und der restliche Teil?«

Er hob noch einmal den Brief an und schüttelte schließlich den Kopf. »Das da bezieht sich meines Erachtens auf die Offenbarung des Johannes. Doch es gibt kaum ein Buch der Bibel, das so häufig missverstanden wurde wie dieses. So auch hier.« Er tippte auf das Papier. »Der ganze Inhalt handelt nur von der Dunkelheit und vergisst dabei das Licht, das am Ende steht.«

Gisèle schöpfte Hoffnung »Sie glauben also, es handle sich nur um eine Interpretation.«

»Ja, aber dabei ist dem Verfasser einiges durcheinandergeraten.« Der Pfarrer lächelte sanft. »Viele Menschen machen sich ihren eigenen Reim auf das Buch des Johannes und missbrauchen Gottes Wort für ihre Zwecke. Wie viele haben sich schon darum bemüht, die Zeilen ihren eigenen Wahrnehmungen entsprechend zu interpretieren, selbst innerhalb der katholischen

Kirche! Auch das Internet ist voll mit solchen Auslegungen, es ist eine Schande, wie sehr das Ganze verzerrt wird. Manch einer versteigt sich sogar darauf, die Kirche als angebliche Hure Babylons zu enttarnen, weil er sie auf die Skandale reduziert und damit alle ehrbaren, das Wort Gottes lebenden, das Licht verkündenden Diener mit den wenigen Sündern gleichsetzt.« Er hob seufzend die Schultern. »Ich gebe zu, die starken Bilder und Gleichnisse, mit deren Hilfe Johannes die Ankündigung eines Weltgerichtes beschreibt, laden dazu ein. Aber sie dient nicht der Warnung vor einer düsteren Zukunft oder gar dem Ende der Welt, sondern beschreibt einen Zustand. Die Offenbarungen des Johannes waren ein Schreiben an die christlichen Gemeinden, verfasst gegen Ende des ersten Jahrhunderts, zum Trost und zur Hoffnung. Es waren dunkle, bedrohliche Zeiten, in denen die Christen verfolgt wurden. Eine gottlose Welt, in der man die Gläubigen abschlachtete, den Tieren zum Fraß vorwarf oder sie als Fackeln verbrannte. Zur Belustigung des Mobs.«

Gisèle stieß einen spitzen Schrei aus und schlug die Hände vor den Mund. »Das ist ja schrecklich!«

»Oh ja. Auch heute werden christliche Gemeinden wieder bedroht, vor allem in islamischen Ländern, zunehmend auch in China.«

Gisèle nickte eifrig. »Ich habe darüber gelesen. Mehr als zweihundert Millionen Christen weltweit werden verfolgt, und obwohl die Öffentlichkeit davon weiß, kenne ich kein einziges christlich geprägtes Land, das dagegen protestiert. Eigentlich müssten wir uns dagegen erheben. Aber alle sind wie gelähmt.«

Der Pfarrer sah sie mit väterlichem Blick an. »Das ist nicht unsere Aufgabe. Die Bibel lehrt uns Barmherzigkeit und die Feindesliebe.«

»Und was ist mit den Opfern?«

Er lächelte. »Wir sind das Lamm … und das Lamm ist das Licht und wird am Ende an Gottes Seite sitzen. Apokalypse bedeutet nämlich nichts anderes als Offenbarung, und hier ist es die Aussicht auf ein gutes Ende, auf den Sieg Gottes, eine Verheißung seiner Gerechtigkeit. Auf Schutz und Schirm der Gottesmutter, unter dem wir gerettet werden.«

Gisèle nickte, sie wusste, worauf er anspielte. Der Beginn des zwölften Kapitels war Teil der Marienfeste. »›Dann erschien ein großes Zeichen am Himmel‹«, flüsterte sie. »›Eine Frau, mit der Sonne bekleidet; der Mond war unter ihren Füßen und ein Kranz von zwölf Sternen auf seinem Haupt.‹«

François Reneuves Lächeln wurde noch sanfter. »Es ist ein schönes Bild, nicht wahr? Derer gibt es noch viel mehr, doch sie finden keinen Platz in diesem stümperhaften Text.« Er hob die Hand und schüttelte den Brief.

Gisèle folgte seiner Bewegung und mühte sich, aus den Worten des Pfarrers Trost zu ziehen. Aber sie erschienen ihr so fern, erreichten ihr Herz nicht. Hatte Gott wirklich gewollt, dass wir uns lammgleich dem schrecklichen Schicksal ausliefern, ohne jede Gegenwehr? Würden dann nicht am Ende die Guten und Sanften von den Aggressiven und Bösen ausgelöscht?

»Jemand ist zu Tode gekommen, *Monsieur le curé*«, wandte sie mit fester Stimme ein. »Man hat einen Mann aufgefunden, mit geschwärztem Gesicht.«

Der Pfarrer erstarrte. Er schlug ein Kreuz vor der Brust, bevor er wieder zu sprechen begann.

»Das ist eine Anspielung auf Kain. Die schwarze Farbe ist sein Mal. Auch dieses Detail wird gern aus dem Zusammenhang gerissen. Jemanden anzuschwärzen bedeutet heutzutage, einen Sünder zu verraten. Aber der Brudermörder wurde in Gottes Güte geschwärzt, damit seine Gegner ihn erkannten und nicht erschlugen. Dieses Zeichen ist kein Schandfleck, es ist ein Schutz gegen Blutrache.« Er reichte ihr den Brief. »Haben Sie keine Furcht, Gisèle. Derjenige, der das hier geschrieben hat, mag ein leidlich guter Dichter sein, aber er ist kein mit der Bibel vertrauter Christ. Ich bin froh, dass Sie die Prophezeiungen angesprochen haben, ich werde sie in meiner nächsten Messe erwähnen und dafür Sorge tragen, dass dieser Schmutz keine weitere Verbreitung findet.«

Gisèle trat einen Schritt zurück und ließ die Arme sinken. Sie würde diesen Brief nicht mehr anrühren.

»Ich danke Ihnen«, flüsterte sie. Damit drehte sie sich um und eilte hinaus.

Erst nachdem sie die Kirche verlassen hatte, wagte sie aufzuatmen.

Das Gespräch ließ sie aufgewühlt zurück. Sie hatte sich Erleichterung erhofft, ein gestärktes Herz. Stattdessen verspürte sie eine nie gekannte Ohnmacht.

Gisèle schüttelte sich, als könne sie sich so davon befreien. Sie beschloss, das furchtbare Gefühl der Ohnmacht einfach hierzulassen und dann weiterzugehen, ganz schnell, bevor es sie wieder einholte.

Mit jedem Schritt, den sie in Richtung der *mairie* ging, spürte sie, wie ihre alte Kraft wieder erstarkte. Nein, sie war kein Lamm. Und sie würde auch nicht darauf warten, bis die Bösen ihr Werk getan hatten. Sie würde sich aufrichten und ihm entgegentreten.

Als sie wenig später die Tür des Bürgermeisteramtes aufschloss, war sie fest entschlossen, endlich der Sache mit dem verloren gegangenen Schreiben an Pierre Durand nachzugehen. Ob es nun noch notwendig war oder nicht – es war eine Frage der Gerechtigkeit.

20

Als Pierre am Morgen vom Klingeln seines Telefons erwachte, war es bereits acht Uhr. Erschrocken setzte er die Füße auf den Boden und rieb sich die Augen. Er hatte den Wecker auf sieben gestellt, er musste ihn überhört haben.

Gestern Abend hatte er, nachdem Louis sich schlafen gelegt hatte, den Text des Kettenbriefes in den Browser seines Smartphones eingegeben in der Hoffnung, irgendeinen Hinweis auf den Urheber zu finden, irgendeine Erklärung. Doch außer dem Beginn eines Psalms war keine Übereinstimmung zu finden. Und auch die im ersten Teil des Briefes erwähnte Nonne ähnelte zwar der Beschreibung nach Bernadette von Lourdes, aber die Fakten stimmten nicht überein.

Selbst in den umfangreichen Bucharchiven, die historische Texte online veröffentlichten, hatte er die Sätze abgeglichen. Es war fast zwei Uhr gewesen, als er sich endlich ins Bett legte, ohne einen Schritt vorangekommen zu sein.

Seine ganze Hoffnung lag nun auf diesem Professor im Ruhestand, den sein ehemaliger Kollege Eric hatte kontaktieren wollen.

Mit einem Mal war er hellwach. Hatte etwa Thiebaud Nguyen soeben versucht, ihn zu erreichen?

Es klingelte von Neuem. Pierre griff nach seinem Telefon, doch auf dem Display erschien nur die Nummer der *police municipale* von Sainte-Valérie.

»Guten Morgen, Pierre«, drang Lucs Stimme durch den

Hörer. Er klang furchtbar ausgeruht. »Habe ich dich etwa geweckt?«

»Nein, schon gut. Was gibt's denn?«

»Ich glaube, ich habe das Motiv des Kettenbriefmörders gefunden.«

»Tatsächlich?«

»Ja. Ich habe mir Gedanken gemacht, was er mit dem Schreiben bezwecken will, und bin ganz früh zur Wache gefahren, um ein wenig zu recherchieren. Du wirst nicht glauben, was ich herausgefunden habe!«

Pierre streckte sich und gähnte lautlos. Er kannte derartige Ankündigungen und musste zugeben, dass er eine vage Ahnung hatte, was nun auf ihn zukam. »Ich bin … gespannt.«

»Also … Die Prophezeiung ist echt.«

»Das glaube ich nicht.«

»Doch, warte. Ich habe die Aussagen mit der Realität abgeglichen. Solche Visionärinnen können ja so manches nicht wissen, also umschreiben sie es mit den Worten ihres Jahrhunderts. Das hier ist der ultimative Countdown zur Apokalypse.«

»Du willst mir jetzt aber nicht erzählen, dass Mateo Espinas Teil dieser Vorsehung ist.«

»Chef, das ist eindeutig. Der gehört zur ersten Stufe. Pass auf.« Es raschelte, und als Luc die Stimme wieder erhob, klang sie leicht pastoral. »›*Siehe, wie gut und erfreulich ist es, wenn Brüder beieinander wohnen, vereint durch das Gesetz der Geburt, verbunden durch die Gemeinschaft des Glaubens, gleich in der Gleichheit des Leidens, stets glorreich im alleinigen Gott.*‹ Und? Fällt dir was auf?«

»Nein.«

»Espinas wollte raus, er gehörte nicht dazu, war gar nicht gläubig. Ganz im Gegenteil: Er hat sich eingeschlichen, um die Glaubensbrüder zu verraten.«

»Die beiden Brüder sind Kriminelle.«

»Ist das denn bewiesen? Wer weiß, vielleicht kommt am Ende heraus, dass Espinas das alles selbst eingefädelt hat. Bis dahin ist er für uns das Symbol für den Glaubensabfall, der die erste Stufe einläutet.«

Pierre schmunzelte. Da war er wieder, sein übereifriger Assistent. Er hatte Luc und seine bisweilen kruden Theorien bereits vermisst. »Es ist wirklich schön, dass du mir helfen willst, aber …«

»Ich weiß, du glaubst mir wieder einmal nicht. Aber erinnerst du dich an die Morde in der Haute-Provence? Da hatte ich recht, du musstest es am Ende selbst zugeben. Und ich schwöre dir, hier geht es um etwas ganz Großes!«

»Also gut, aber mach schnell, ich habe keine Zeit.«

»In Ordnung. Wo war ich stehen geblieben?«

»Beim Glaubensabfall.«

»Richtig. Also: Religion ist offenbar out, wenn man den öffentlichen Diskursen folgt. Die meisten Menschen empfinden es als rückständig, den Glauben zum Zentrum ihres Lebens zu machen. Denk nur mal an den Brand von *Notre-Dame* in Paris. Was gab es für einen Aufschrei, als die Leute Geld dafür spendeten. Als sei ein Gotteshaus, sogar eines der letzten großen Wahrzeichen des Christentums in Europa, nichts weiter als kalter Stein!« Er kicherte. »Ich meine, sie ist ja wirklich aus Stein, aber die Kathedrale ist ein Symbol für etwas Wunderbares, für Liebe und Barmherzigkeit und für die christliche Gemeinschaft. Aber die Nörgler sagten, die Kirche habe genügend Geld. Dabei ist hier in Frankreich längst der Staat für den Erhalt der Gotteshäuser zuständig, und der ist ja erwiesenermaßen ständig klamm. Und die Kirche? Die kuschte und tat nichts, um die Gläubigen gegen die Angriffe zu verteidigen.«

Pierre erinnerte sich an die unseligen Diskussionen, die in Medien und sozialen Netzwerken geführt worden waren. Als sich Hunderttausende erschrocken zeigten und ihr Erspartes spendeten, um den Wiederaufbau zu unterstützten, brach ein beispielloser Shitstorm los. Die Spender standen als mitleidslos da, denn was wäre dasselbe Geld in den Händen armer und hungernder Kinder. Er hatte die Diskussionen überrascht verfolgt, irritiert, mit welcher Härte sie geführt wurden. Als könne man Bedürftigkeiten gegeneinander ausspielen! Wer entschied eigentlich, wann Empathie richtig war und wann falsch? Es war alles eine Frage der Nähe und von Bildern. Als moralischer empfanden sich meist diejenigen, deren Bilder am eindringlichsten waren.

Er seufzte.

Empathie war gut und wichtig. Wenn sie jedoch jeden ausschloss, der anderer Meinung war, verkehrte sie sich in ihr Gegenteil. Entwickelte sich im Kern zur Intoleranz.

Und *Notre-Dame*? Die brennende Kathedrale hatte auf ihn wie ein Symbol vom Niedergang des Christentums gewirkt und die erhöhte Spendenbereitschaft wie ein Akt kollektiver Reue und Trauer.

»Wann warst du eigentlich zuletzt in der Kirche?«, fragte er Luc.

Ein abfälliges Schnauben. »Ich? Um mich geht es doch gar nicht. Apropos Kirche, die ist auch nicht gerade ein Vorbild der Heiligkeit. Diese ganzen Missbrauchsfälle und erst recht deren Vertuschung, das ist geradezu ekelhaft. Es rückt die ganzen positiven Erlebnisse, das Bemühen der Geistlichen, ihren Gemeinden ein guter Hirte zu sein, in den Hintergrund. Ich begreife einfach nicht, wie es so weit kommen konnte …«

Pierre streckte sich. Sein Assistent schweifte ab, und er musste dringend pinkeln. »Luc, komm zur Sache.«

»In Ordnung. Die zweite Nummer, das mit dem Handauflegen, kann ich bisher nicht einordnen. Wahrscheinlich wissen wir erst dann mehr, wenn es ein weiteres Opfer gibt. Aber die dritte Weissagung ist eindeutig. Es geht um den Klimawandel. Die Camargue ist davon bedroht.«

»Ich weiß.«

»Wusstest du auch, dass die Region bald komplett verschwinden wird? Es ist nur eine Frage der Zeit, bis das Wasser alles verschlingt. Simulationen zeigen, dass das Meer noch in diesem Jahrhundert Arles erreichen wird. Die Stadt, heute noch knapp vierzig Kilometer vom Meer entfernt, wird irgendwann zur Insel.«

»Ich unterbreche deine Horrorszenarien nur ungerne, aber ich kenne derlei Simulationen. Bis dahin vergehen mehrere Jahrzehnte, und in der Zwischenzeit wird man weitere Dämme bauen, die dieses Szenario verhindern und Maßnahmen zum Schutz ergreifen.«

»Das wäre ja schön, aber so einfach ist es leider nicht. Es ist bereits beschlossene Sache, in den wilden Gebieten der Camargue nicht länger gegen die Erosion der Küstenlinien anzukämpfen. Sie wollen das Land dem Wasser überlassen.«

»Das kann ich mir nicht vorstellen.«

»Ist aber so, das haben die Forscher des *Tour du Valat* selbst in einem Interview so gesagt.«

»Die bewohnten Gebiete werden doch sicher geschützt?«

»In der Theorie schon, es gibt umfangreiche Dossiers zum Erhalt der Orte, das kann man alles im Netz nachlesen, seitenweise kluge Maßnahmenkataloge. Aber die Realität sieht anders aus. Es gibt da diesen Deich vor der Küste, die *Digue à la mer*. Der ist komplett marode, das Wasser untergräbt längst das Fundament. Bei Südwind fressen sich die Wellen über das Land. Die Erosion schreitet voran, und zwar so schnell, dass man zusehen kann. Die ganze Küstenlinie bricht weg, jährlich um die vier Meter, und es ist seit Jahren geplant, den Deich zu sanieren, um wenigstens den Ort zu schützen. Aber die Kosten gehen in die Millionen, und es kommt keine Finanzierung zustande.«

»Und warum nicht?«

»Weil die Kommunen das nicht alleine stemmen können und der Etat aus den Ministerien begrenzt ist. Der ehemalige Umweltminister hat fünfzehn Millionen Euro zum Schutz der Küstenerosion im Senegal ausgegeben, statt Geld für die Camargue lockerzumachen. Das hat der Bürgermeister von Saintes-Maries-de-la-Mer erst kürzlich in einem Interview erzählt, ich habe das alles genau recherchiert.« Er stieß mit einem schnellen Atemzug die Luft aus. »Die Menschen dort sind stinksauer, sie fühlen sich mit ihrem Problem alleingelassen, während der Staat woanders den Wohltäter spielt. Es gibt einige, die sich aus diesem Grund dem rechtspopulistischen *Rassemblement National* anschließen. Das kann man überall lesen. Weißt du, was ich glaube?«

»Nein.« Der Druck auf die Blase nahm zu. Pierre stand auf und ging einige Schritte.

»Das macht einige Leute stinkwütend. Vor allem die Klimaaktivisten, die schon seit einigen Jahren Alarm schlagen. Nur dass die Politik nicht in die Puschen kommt und die Bürger glauben, mit ein paar Milliönchen werde sich das von alleine regeln. Die wollen es alle nicht wahrhaben. Wir haben zurzeit eine große Hitzewelle, ja, und was machen die Menschen? Sie ändern nichts. Sie erinnern sich an die heißen Sommer von früher und tun so, als sei dies normal. Vergessen dabei das Frühjahr, wo das Wasser die Straßen flutete und alles mitriss, was nicht niet- und nagelfest war.« Er schnaubte. »Weißt du, wie hoch in der Camargue der Anteil an Wählern ist, die bei der Europawahl für den *Rassemblement National* gestimmt haben?«

Pierre überlegte, das Telefon einfach beiseitezulegen und rasch auf die Toilette zu gehen, Luc würde es nicht einmal merken, aber er verwarf den Gedanken wieder. »Du wirst es mir sicher gleich sagen.«

»Auf der okzitanischen Seite waren es einundvierzig Prozent. Und auf der provenzalischen siebenunddreißig. Der Großteil der Wähler besteht aus Rentnern, die aus ganz Frankreich dorthin gezogen sind, aber man findet sie laut Analysen quer durch die Bevölkerung, selbst bei den *roms*, *manouches* und *gitans*, weil sie nicht möchten, dass sich ihr gewohntes Leben verändert. Aber es wird sich ändern. So viel ist sicher. Egal in welchem Bereich. Wir dürften nicht länger die Augen verschließen und so tun, als sei es eine Frage der regierenden Partei.«

»In Ordnung, ich bin ganz bei dir, aber was hat das alles mit unserem Fall zu tun?«

»Ähm, natürlich, Momentchen. Der entscheidende Hinweis liegt in der dritten Weissagung.« Im Hintergrund war das Rascheln von Papier zu hören. »*Denn nicht Schafe oder Rinder brachte er dar, sondern opferte doppelt sich selber, und auch damit war er nicht zufrieden, sondern wollte noch den ganzen Erdkreis zum Opfer bringen, da er wie auf Flügeln über Land und Meer fuhr*«, las Luc laut vor.

»Und was bedeutet das deiner Meinung nach?«

»Das ist doch ganz offensichtlich: Die Menschen opfern nicht nur Tiere, um ihr Bedürfnis nach Fleisch zu stillen, sondern auch sich selbst, weil die Tierhaltung schlecht für das Klima ist. Aber nicht nur das, sie wollen obendrein die ganze Erde mit dem Flugzeug erobern und tragen aufgrund ihres CO_2-Verbauches eine Mitschuld am Klimawandel.«

»Auf Flügeln über Land und Meer? Luc, bitte!« Pierre hielt es nicht mehr aus, er musste das Gespräch abbrechen. »Lass uns ein andermal darüber …«

»Ja, ich weiß, das klingt seltsam, aber damals kannten die Menschen noch keine Flugzeuge, und die Nonne hat das in den Worten ihrer Zeit niedergeschrieben, was ihr übermittelt wurde: … *wie auf Flügeln über Land und Meer.*« Luc atmete tief ein und aus. »Wir stehen am Rande einer schrecklichen Katastrophe, und zwar nicht irgendwo auf der Welt, an einem fernen Ort, sondern hier, direkt vor unserer Haustür.« Er machte eine dramatische Pause. »Die ganze Zeit liegt das Problem ausgebreitet vor uns, jeder kennt die Fakten, doch wir sind alle wie erstarrt. Dabei ist es unser Untergang. Dieser Brief warnt die Leute davor, die Augen weiter zu verschließen.«

Jetzt wurde es Pierre doch zu viel. »Mateo Espinas ist von Menschenhand ermordet worden. Das war keine göttliche Vorsehung. Genauso wenig ist dieser Brief eine himmlische Botschaft.«

»Bist du dir da ganz sicher?«

»Ja.« Pierre verlagerte das Gewicht von einem Bein auf das andere. »Danke, dass du dir zu dem Fall so viele Gedanken gemacht hast. Aber ich muss jetzt los.«

Er beendete das Gespräch und rannte ins Bad, das er wenig später erleichtert verließ. Das war wirklich in allerletzter Sekunde gewesen.

Ob Louis bereits aufgestanden war?

Pierre öffnete die Tür zur benachbarten Kajüte und stellte fest, dass das Bett leer war. Er wandte sich um und eilte mit großen Schritten den Gang entlang in den Salon. Eine angenehme Frische durchzog den Schiffsbauch, sämtliche Bullaugen waren weit geöffnet. Die Sonne tastete sich in einem schrägen Streifen durch eines der Fenster und erhellte das bordeauxrot gestreifte Sofa, auf dem Louis saß. Die Beine angezogen, in der Hand das Schreiben, das er gestern achtlos auf dem Küchentisch hatte liegen lassen.

»Guten Morgen«, sagte Pierre.

Louis schrak auf und sagte nichts. Pierre bemerkte, dass er zitterte. Er setzte sich zu ihm.

»Alles in Ordnung?«

Der junge Mann sah ihn verstört an und hielt ihm den Brief entgegen. »Was ist das, woher hast du das?«

»Ach, das ist nur ein Kettenbrief, der zurzeit im Umlauf ist. Nichts Wichtiges, bloß Schmiererei.«

»Das ist keine Schmiererei«, flüsterte Louis. »Ich habe das Tier gesehen.«

»Deine Erinnerung ist zurück?«

Louis nickte. Die Morgensonne warf helle Reflexe auf sein Haar, und er sah aus, als würde er darauf warten, dass jemand die Geister unter dem Bett vertrieb.

»In Ordnung.« Pierre blies die Luft durch die Backen. Er dachte an die seltsamen Hufspuren am *Étang de Vaccarès*. »Was genau hast du gesehen?«

Der junge Mann atmete tief durch, und als Pierre dachte, er beginne zu reden, presste er die Lippen wieder aufeinander.

»Keine Angst, du kannst frei sprechen, ich höre nur zu, wenn du willst.«

Louis verbarg das Gesicht in den Händen und schüttelte den Kopf.

Pierre legte ihm eine Hand auf den Arm. »Du hattest einen Sonnenstich. Gut möglich, dass du Dinge anders wahrgenommen hast, als sie waren. Dieser Brief hier, das Ganze drumherum, es klingt wie eine Inszenierung, ein Theaterstück. Ich bin davon überzeugt, dass es eine Erklärung für all das gibt, wenn man nur genau hinsieht.«

Doch Louis schwieg noch immer.

Pierre dachte nach. So kam er nicht weiter. Er musste noch einmal mit dem jungen Mann zum Tatort fahren, ihn mit seinen Erinnerungen konfrontieren, damit er sich nicht darin verlor.

Von hier bis zum See waren es nicht ganz vierzig Kilometer, und er hatte kein Auto. Kurz erwog er, Bartissol zu bitten, ihn zu begleiten, verwarf den Gedanken jedoch gleich wieder. Er beschloss, Kalia zu fragen, und hoffte, sie zu erreichen, bevor ihre Arbeit begann.

Pierre erhob sich und schloss, da immer mehr der sich rasch erwärmenden Luft ins Schiffsinnere strömte, die Bullaugen. Dann ließ er die Raffrollos hinab.

»Ich mache uns erst mal einen Kaffee«, sagte er und ging nach oben.

Pierre fand Pulverkaffee und einen Espressokocher und befüllte ihn. Während der Kaffee blubbernd über den Trichter in die Kanne stieg, wählte er Kalias Nummer.

»Könntest du bitte deiner Reisegruppe absagen und herkommen?«, flüsterte er. »Ich zahle dir auch den Ausfall.«

»Was ist denn passiert?«

»Das erkläre ich dir später. Was ist, kommst du?«

»Du musst mir nichts zahlen. Ich bitte eine Kollegin, mich zu vertreten, und bin gleich bei euch. Habt ihr schon gefrühstückt?«

21

Als Pierre Louis erzählte, dass gleich eine Freundin vorbeikommen werde, merkte der sofort auf.

»*Die* Freundin?«

Pierre lächelte nur. »Sie stammt von hier und kennt sich in der Gegend gut aus. Ich dachte, ein wenig Abwechslung wird dir guttun.«

Louis sah ihn misstrauisch an. »Du willst mit mir zum See, nicht wahr?«

»Ja«, gab Pierre zu. Er hob abwehrend die Hände, als sein Gegenüber zum Protest ansetzte. »An jenem Abend hattest du einen Sonnenstich. So etwas kann schon mal die Erinnerungen durcheinanderwirbeln. Ich möchte, dass du dir den Ort noch einmal ansiehst, bei Tageslicht.«

»Und … diese Frau?«

»Sie fährt uns hin. Du wirst sie mögen. Sie ist sehr nett, und vor allem kann sie ein Geheimnis für sich bewahren.«

Louis kaute auf seiner Unterlippe, dann nickte er. »Vielleicht hast du recht. Danke, dass du … Danke.«

Pierre erwartete Kalia am Kai. Sie hatte das Haar zu einem lockeren Knoten aufgesteckt und trug wieder Jeans, dazu eine weiße Bluse mit Spitzenborte am Halsausschnitt.

»Du hast dich ja rasiert«, rief sie ihm entgegen. »Jetzt siehst du wieder aus wie früher.«

Sie waren sofort vertraut, als läge die Zeit in Paris nicht

mehrere Jahre zurück, sondern nur wenige Wochen. Mit knappen Worten skizzierte Pierre die Situation, dann betraten sie gemeinsam das Hausboot.

Kalia hatte Baguette mitgebracht und süße *fougasse*, die noch warm war – eine Spezialität aus Aigues-Mortes, die er, wie sie betonte, unbedingt probieren müsse. Sie begrüßte Louis mit einer Herzlichkeit, die ihn sichtlich entzückte. Er bot ihr sogar den Platz neben sich auf der Bank an, was sie dankend annahm.

Nach dem Frühstück fuhren sie los. Rhythmische Gitarrenmusik begleitete sie aus den Lautsprechern, während der offene Jeep die Landstraße entlangpreschte. Vorbei an Verkaufsständen, an denen die Händler Reis und Schinken anpriesen, frisch geerntete Pfirsiche und Aprikosen. An Restaurants, die inmitten der Einsamkeit am Wegesrand auftauchten und deren Terrassen mit winzigen Sonnenschirmen aus Stroh geschützt waren. An bunt beflaggten Ranches und an Touristen, die am Straßenrand geparkt hatten und mit gezückten Kameras über die Wiesen stapften, um die hinter provisorisch wirkenden Zäunen grasenden Camargue-Pferde zu fotografieren, deren Fell nicht mehr ganz so strahlend weiß war.

Louis saß ganz am Ende der längs verlaufenden Sitzbank und verfolgte den Flug eines Purpurreihers, der aus dem Buschwerk aufstob, als sie eine der unzähligen Feuchtwiesen passierten. Er hatte das gestreifte T-Shirt und die neuen Shorts angezogen, auf dem Kopf Cazadieus Hut, und hielt den Rucksack fest umklammert.

Nach einer Weile überquerten sie die *Petit Rhône* auf einer Brücke mit grünen Eisenpfählen.

»Willkommen in der Region Provence-Alpes-Côte d'Azur«, sagte Kalia schmunzelnd, als sie den Hinweis mit dem gelb-rot-blauen Wappen passierten. Dann zeigte sie auf das nächste Schild. »Hier beginnt der *Parc naturel régional de Camargue*.«

Pierre betrachtete die Landschaft, die sich nicht im Wesentlichen von der unterschied, durch die sie soeben gefahren waren. Die Straße war von Schilfreihen gesäumt, sie fuhren an einem einsam liegenden Gehöft vorbei, auf dessen Mauer ein Stier gemalt war, an Tamariskenbüschen und Reisfeldern.

»Ich habe übrigens einige interessante Informationen zu dem Kettenbrief«, raunte Kalia Pierre unvermittelt zu, nachdem sie sich vergewissert hatte, dass Louis sich auf die vorbeiziehende Landschaft konzentrierte. »Gestern Abend habe ich die Frage nach dem Ursprung in unseren Familien-Chat gestellt. Über dreißig Frauen sind darin miteinander verbunden. Ich schrieb, dass ich das Gefühl hätte, jemand erlaube sich einen schlechten Scherz im Namen der Gottesmutter, und dass ich mich frage, von wem das wohl ausgegangen sein mochte. Sofort hat sich eine rege Diskussion entsponnen, einige boten von sich aus an, in der Nachbarschaft herumzufragen. Die Frauen waren richtig aufgekratzt und äußerten die unterschiedlichsten Vermutungen.« Sie lächelte schief, und es war ihr anzumerken, dass auch sie Spaß an solchen Spekulationen hätte, wenn der Hintergrund nicht so ernst wäre. »Ich hatte das Gefühl, einige waren regelrecht erleichtert darüber, dass jemand den Brief endlich thematisierte.«

»Und, was ist dabei herausgekommen?«

»Die ersten Briefe sind bei uns am Freitag vergangener Woche eingegangen, und zwar in Saintes-Maries-de-la-Mer, Vauvert und Le Grau-du-Roi. Die in Le Grau-du-Roi haben alle keine Briefmarke.«

Le Grau-du-Roi … Der Absender hatte offenbar das Porto sparen wollen, was dafür sprach, dass er aus dem Ort stammte. »Sind die Adressen mit der Hand geschrieben?«

»Nein, es sind bedruckte Etiketten. Das Interessante dabei ist, dass weit mehr als die geforderten zehn Kopien verteilt wurden.«

»Und sämtliche Empfänger waren Frauen?«

»Das weiß ich nicht, ich habe ja nur die Frauen in meiner Gruppe befragt, keine Männer.« Sie warf ihm einen Seitenblick zu. »Es sieht fast so aus, als hätten wir den Täter, nicht wahr?«

»Möglich, aber auf jeden Fall sind wir ein Stück näher an ihm dran.«

Wenn Kalia mit ihrer Vermutung recht hatte, dann stammten die Briefe nicht aus dem Missionarscamp. Zu dieser Zeit hatte sich die Karawane noch auf dem Weg nach Le Thor im Vaucluse befunden. Aber es war zu früh, davon auszugehen. Jedenfalls solange sie nicht sicher waren, ob es weitere Briefe gab, die früher eingetroffen waren.

»Kommst du an die Umschläge ran?«, fragte er leise. »Ich würde sie gerne erkennungsdienstlich untersuchen lassen.«

Kalia lächelte grimmig. »Ich habe im Chat schon rumgefragt, wer sie aufgehoben hat, und die Frauen gebeten, mir alles zu melden, was ihnen auffällig erscheint. Es gehen laufend Nachrichten ein, sie befragen auch ihre Freundinnen. Ich habe übrigens auch mit meiner Cousine Sylvie telefoniert, die in der Pfingstgemeinde von Vauvert ist.«

»Hat sie ebenfalls einen Brief erhalten?«

»Nein. Aber ich wollte von ihr wissen, was passieren würde, wenn sie austreten wollte. Erst sagte sie, dass sie nicht daran denke, schließlich sei sie so glücklich wie nie zuvor. Aber als ich nachhakte, meinte sie nur, das würde niemand wagen, man wisse doch, dass dann die Hölle auf einen warte.«

»Klingt nach einem psychologischen Zwang. Oder auch ein tätlicher?«

»Davon hat sie nichts gesagt. Sie meinte nur, ein jeder müsse sich im Leben entscheiden, was er wolle: den Pfad gehen, den Gott für einen bereitet hat, oder den Weg des Teufels. Man könne nicht gleichzeitig aus dem Kelch des Herrn trinken und aus dem der Dämonen. Es gebe nur Entweder-oder, keinen Mittelweg. Und eine Heerschar böser Geister, die im Namen des Teufels versuchen, einen vom rechten Pfad abzubringen. Es …« Kalia schürzte die Lippen, bevor sie weitersprach. »Es klang, als befinde sie sich in einem ständigen Kampf.«

Pierre nickte. Entweder-oder. So war das gerade in der Welt. Die Mitte schien nicht mehr existent. Nur, dass die Dämonen an beiden Enden saßen und der Kampf jenen galt, die dem propagierten und als einzig wahr empfundenen Glauben nicht folgen wollten.

22

Um zwanzig vor elf erreichten sie die Biegung in Richtung des Sees. Sie fuhren schweigend über immer schmalere Straßen. Dann befanden sie sich in dem Gebiet, von wo Louis nach Saint-Gilles geflüchtet war. Rechts von ihnen lagen offene Felder, die keinen Schutz boten, links Gräben und ein Wall aus Büschen. In diesen Tagen war der Mond abnehmend. Eine Sichel, die zwar ein wenig Licht spendete, aber zu wenig, um sich zu orientieren. Zudem schien der Mond zurzeit erst ab Mitternacht. Dazu kamen der Schwindel und das Unwohlsein. Beides war echt, dachte Pierre in Erinnerung an die erste Begegnung mit Louis, so etwas konnte man nicht vortäuschen, jedenfalls nicht so.

Er sah nach hinten. Louis hatte die Augen geschlossen. Sein Kopf lehnte an der gepolsterten Stütze und wippte bei jedem Ruckeln des Jeeps hin und her.

Als sie eine weitere Weggabelung erreichten, nahm Kalia die Unterhaltung wieder auf.

»Wir fahren gerade an einer der größten *manades* der Camargue vorbei«, erklärte sie und zeigte auf ein Plakat, das an der Mauer einer Trafostation angebracht war. »Sie hat mal Paul Ricard gehört, dem Pastiskönig, inklusive einiger der größten Reisanbaufelder Frankreichs.«

»Die Zufahrt sieht heruntergekommen aus«, bemerkte Pierre, nachdem sie das Plakat längst hinter sich gelassen hatten.

»Die ganze Anlage ist nicht mehr das, was sie zu Ricards Zeiten war. Ein Vorzeigeobjekt für den harmonischen Zweiklang zwischen Tourismus und Natur.« Sie zuckte mit den Schultern. »Aber man kann noch immer mit der Bimmelbahn eine Runde durch die Stierherden drehen, die am See grasen.«

Die Straße mündete in einen unbefestigten Weg. Kalia drosselte die Geschwindigkeit, und dennoch zogen sie eine Sandwolke hinter sich her. Sie fuhren durch ein Waldstück, das unvermittelt aufbrach und den Blick auf einen umzäunten Ausläufer der *manade* freigab, hinter dem der *Étang de Vaccarès* bereits zu erahnen war.

Die Schienen der Bimmelbahn begleiteten sie auf ihrem Weg, ebenso Hinweisschilder, die vor freilaufenden Stieren warnten und das Betreten des Geländes untersagten. Und als der See endlich vor ihnen auftauchte, sahen sie tatsächlich eine Herde Stiere im Wasser stehen. Abgeschirmt von einem Zaun, der quer über den Strand verlief und sich in der Tiefe des Wassers verlor.

»Jetzt ist es nicht mehr weit«, sagte Kalia, und Pierre drehte sich zum Heck des Wagens.

Louis hatte die Augen wieder geöffnet. Den Blick starr auf den See gewandt, saß er da.

»Alles in Ordnung?«, fragte Pierre.

Der junge Mann nickte.

Das Seeufer wurde breiter, eingefasst von windschiefen Bäumen, Seegras und phönizischem Wacholder. Kurz darauf erreichten sie den Parkplatz des verlassenen Restaurants, vor dessen Eingangstür eine dickgliedrige Kette angebracht war. Er war leer.

Pierre stieg aus. Ohne den Fahrtwind war die Luft brütend heiß. Das Atmen fiel ihm schwer, und er strich sich mit einem Stöhnen über den Kopf. Die Sonne hatte sein Haar so stark erhitzt, dass es ihn überraschte. Mit zusammengekniffenen Augen sah er nach oben in den weiten Himmel, dessen Blau wolkenlos war.

»Hier«, rief Kalia und warf Pierre einen Panamahut zu, der offenbar im Fond des Wagens gelegen hatte. »Ich brauche ihn nicht, ich bin daran gewöhnt.«

Dankbar fing er ihn auf. Der Hut war ein wenig eng, aber zur Not ging es.

Gegenüber dem Restaurant führte ein Pfad zum Ufer. Pierre konnte nirgends ein Absperrband erkennen oder einen Hinweis darauf, dass es verboten war, diesen Bereich zu betreten. Die Kollegen von der Spurensicherung hatten offensichtlich ihre Arbeit bereits beendet.

Sie ließen Louis vorgehen. Zögernd tastete er sich Schritt um Schritt den schmalen Pfad hinab. Pierre erkannte den feinen verbackenen Sand von den Fotos, der sich unter den Sohlen anfühlte wie eine von diesen Stärkemischungen in Knautschbällen und bald fest an den Schuhen klebte. Er folgte dem jungen Mann bis zum Ufer, an dessen Rand eine Schicht Wasserlinsen trieb, und dann weiter in Richtung Süden. Sie liefen etwa fünf Minuten. An einer Stelle, wo die Vogelspuren im Sand von Fußabdrücken überlagert waren, blieb Louis stehen.

»Hier war es«, sagte er und sah sich um. Seine Wangen glühten. »Hier ist es passiert.«

»Und du? Wo warst du?«

Louis drehte sich um und zeigte auf eine Buschreihe, aber er bewegte sich nicht. Der ausgestreckte Arm zitterte. Seine Mimik war wie eingefroren.

»Dort hinten.«

Pierre sah Kalia an. Sie nickte und blieb bei Louis stehen, während er selbst zu den Wacholderbüschen ging, deren nadelförmige Blätter schuppig waren wie die Haut von Reptilien. Von hier aus hatte er einen guten Blick über den See. In der Ferne dümpelte eine Kolonie Flamingos auf dem Wasser. An der Stelle, wo Louis den Abdrücken zufolge gestürzt war, ging er in die Hocke. Der sandige Uferstreifen auf der linken Seite war übersichtlich und breit. Rechts wurde er schmaler, verschwand hinter einer dicht bewachsenen Landzunge. Dort musste sich der Täter verborgen haben, bis sein Opfer nahe genug herangekommen war.

Pierre ging zu der Stelle, bis er inmitten der Sträucher stand. Und dann sah er sie: die Hufspuren, von denen Bartissol ihm erzählt hatte.

»Kalia, guck dir das mal an!«

Sie kam zu ihm herüber, hockte sich nieder und betastete mit den Fingerspitzen den eingedrückten Sand.

»Seltsam«, sagt sie nachdenklich. »So etwas habe ich noch nie gesehen. Was soll das sein?«

»Hier hat jemand offenbar versucht, eine ganz spezielle Spur zu hinterlassen.«

»Du meinst die von dem Tier, das der Kettenbrief ankündigt?« Sie schüttelte verwundert den Kopf. »Tatsächlich, du hast recht. Hier treibt jemand ein Spiel mit den Menschen.«

»Sie sollen glauben, der Teufel habe das Werk vollbracht«, bestätigte Pierre.

»Ich glaube, ganz so simpel ist es nicht. Unser Täter denkt noch einen Schritt weiter.« Kalia erhob sich und ging auf Louis zu, der sich ihnen bis auf wenige Meter genähert hatte. »Du hast ein Wesen gesehen, nicht wahr? Eine Kreuzung aus Mensch und Tier.«

Louis nickte heftig und mit glühenden Wangen. Er ging zu der Spur. Sah erst auf die Abdrücke im Boden, dann zu Kalia.

»Das war kein Mensch, das hier ist der Beweis.«

»Vielleicht hast du wirklich etwas gesehen, das bedrohlich wirkte, aber es ist nicht das, was es scheint.« Sie lachte, dieses Mal sanfter, als wolle sie ihm Mut machen. »Der Täter ist ein Mensch, und dieser Mensch stammt vermutlich hier aus der Gegend, oder er ist jemand, der sich gut mit unseren Legenden auskennt. Es gibt da eine Erzählung, die den wenigsten noch geläufig sein dürfte und die vom alten Volksglauben inspiriert ist. Es ist die Geschichte eines *gardians*, eines Viehhirten, der auf seinen Ritten den *étang* entlang auf ein Ungeheuer stößt, halb Mensch, halb Tier, das ihn zutiefst in seinem Glauben erschüttert. Das Monster gibt sich gutmütig, und der *gardian* ist hin- und hergerissen zwischen Faszination und Angst, Barmherzigkeit und Gottesfurcht. Es ist eine Geschichte über die Faszination des Bösen im Gewand des Guten, sie handelt von der Überlegung, ob es nur eine Frage der Sichtweise ist, was den wahren Kern bildet. Geschrieben wurde sie von Joseph d'Arbaud, geboren 1874. Sie heißt: ›Das Tier vom Vaccarès‹.«

Pierre erstarrte. »1874? Wurde in dem Jahr nicht auch der Text der angeblichen Weissagung durchgegeben?« Er öffnete sein Smartphone und tippte den Namen des Autors ein. »Ja, genau. Geboren am 4. Oktober 1874, das ist das exakte Datum der Prophezeiung.« Er atmete laut aus. »Dieser Kerl führt uns alle an der Nase herum!«

Louis riss die Augen auf wie ein kleines Kind, dem man den unter dem Bett hervorgezerrten Geist als zerknülltes Bettlaken präsentierte. »Dann war das Tier also nur eine Erfindung?«

Kalia nickte, und die Röte auf Louis Wangen vertiefte sich.

»Ebenso«, ergänzte Pierre, »wie der Kettenbrief die Erfindung eines Täters ist, der sich gottgleich wähnt und selbstherrlich über Leben und Tod anderer entscheidet. Jemand, der einen Menschen einfach so aus dem Leben gerissen hat.«

Er sah über den See, der still vor ihnen ausgebreitet dalag, über die wilde, schöne Landschaft. Niemand würde vermuten, dass sich hier vor wenigen Stunden ein Verbrechen ereignet hatte. Ein Mord, der ihm wie ein Theaterstück erschien, bei denen sich der Rächer auf grauenvolle Art und Weise verkleidete, um die Dramatik seines Handelns zu unterstreichen. Nur dass der Tote echt war und das Schauspiel ohne Publikum stattfand, denn der Mörder konnte ja nicht wissen, dass es einen Zeugen geben würde.

Louis' Brustkorb hob und senkte sich rasch, dann wurde er allmählich ruhiger. Während er über den See blickte, begann er langsam zu reden.

»An dem Abend habe ich mich bei den Büschen verborgen und auf die Nachtreiher gewartet, um sie auf dem Weg zu ihren Fressplätzen abzulichten. Stattdessen entdeckte ich eine Gruppe Säbelschnäbler, die immer näher kamen. Das Licht war wundervoll. Vor dem Hintergrund der untergehenden Sonne bildeten die schwarz-weiß gefleckten Vögel einen einzigartigen Kontrast. Aber dann kam aus Richtung Norden ein Mann das Ufer entlangspaziert, und sie flogen davon.«

»War er das spätere Opfer?«

»Ja. Er wirkte nervös, aber er ging aufrecht und gefasst. Ich wollte aufstehen, mich bemerkbar machen, damit er sich nicht erschreckte. Doch er hat mich gesehen, bevor ich mich rühren konnte, und riss erstaunt die Augen auf. In einer beiläufig wirkenden Geste legte er den Finger auf die Lippen und bedeutete mir, ruhig zu bleiben. Dann ging er weiter, und weil ich so ein komisches Gefühl hatte, schob ich mich tiefer in die Büsche.« Louis atmete tief ein und aus. »Das hat mir das Leben gerettet.«

»Und dann?«

»Nicht weit von meinem Versteck blieb er stehen und fixierte diesen Bereich hier.« Louis zeigte auf die bewachsene Landzunge. »Ich war irritiert, aber sein Blick war so eindrücklich, dass ich ihm Folge leistete. Es war eine eindeutige Warnung gewesen. Mit der Zeit begannen meine Beine zu brennen, und mein Kopf, der bereits seit dem Nachmittag schmerzte, dröhnte und pochte, dass mir übel wurde.«

»Er stand einfach nur dort herum?«

»Nein, er rief etwas. ›Wo bist du? Zeig dich, damit ich endlich weiß, mit wem ich es zu tun habe.‹« Louis schüttelte den Kopf. »Ich habe nicht weiter darauf geachtet, weil ich mich langsam zurückzog. Was sollte ich auch zugucken, wenn zwei Typen sich prügeln? Ich wollte einfach nur zum Hotel. Mir ging es furchtbar schlecht. Doch dann hörte ich ein furchtbares Brüllen, das in ein Rufen überging. Es klang, als würde jemand aus der Bibel rezitieren. Ich glaube, es ging darum, dass Gott ihn nicht kenne, weshalb der andere ihm nun erschien. Und als ich nachsehen wollte, wer das gerufen hatte, sah ich etwas Großes, Schweres mit Fell.«

»Kannst du es vielleicht genauer beschreiben?«

Louis schloss die Augen, und es dauerte eine Weile, bis er sie wieder öffnete. »Die Beine waren behaart, aber wenn ich recht überlege, war es vielleicht auch eine von diesen Hosen, die die *gardians* tragen, nur eben aus Fell. Jedenfalls war das Gesicht nicht zu erkennen, er trug etwas, das ich als Hörner in Erinnerung habe, als Stierkopf, aber ich bin mir nicht sicher.« Der junge Mann schüttelte den Kopf. »Ich war schon ein Stück entfernt, die Büsche waren zu dicht, und es wurde langsam dunkel. Dann muss ich ohnmächtig geworden sein. Als ich wieder zur Besinnung kam, lag der Mann auf dem Boden, als würde er schlafen. Das Gesicht tiefschwarz. Ich habe mich nicht getraut, zu ihm hinzugehen, aus Angst, der Teufel würde dann auf mich aufmerksam. Als ich mich aufrichtete, meinte ich, etwas zu hören. Es war nur ein Rascheln, trotzdem hatte ich Todesfurcht! Ich bin gelaufen, so schnell es mit meinen wackeligen Beinen ging. Querfeldein, damit niemand meiner Spur folgen konnte.« Er seufzte, schüttelte ungläubig den Kopf. »Ich dachte, dass ich verrückt geworden bin«, murmelte er, »dabei war es nur ein Mensch, der das Böse in sich trägt.« Sein Gesicht war nun wieder das des ernsthaften jungen Mannes. »Ich will euch helfen, den Mörder zu finden. Ich bin bereit, eine Aussage bei der Polizei zu machen.«

Pierre lächelte und gratulierte ihm zu diesem Entschluss. Er sah in Richtung der Landzunge. Der Mörder war unerkannt entkommen, hatte sich vielleicht die Hufe in aller Ruhe von den Füßen geschnallt und war über die staubige Straße gelaufen, auf der sämtliche Spuren längst verwischt waren. Louis' Zeugenaussage würde nichts daran ändern. Seine Erinnerungen waren zu vage, und es gab kein Detail, das die Ermittlungen vorantrieb. Aber zumindest konnte er nun besser schlafen.

Sie gingen zurück zum Jeep, Pierre einige Schritte hinter Louis und Kalia.

Das Ganze war eine grandiose Inszenierung! Hier stimmte einfach alles: die massenhaft verteilte Ankündigung des Jüngsten Gerichtes. Das Tier. Die durch die manipulierte Elektroimpulswaffe erzeugten Spuren eines Blitzes, das geschwärzte Gesicht. Der See, Mittelpunkt einer Legende, in der ein einfacher *gardian* in religiösen Zweifel geriet. Und schließlich das Datum der Prophezeiung, das mit dem Geburtstag des Autors zusammenfiel.

Wehe, ihr Sünder, denn eure Verfehlungen blieben IHM nicht verborgen. Also seid bereit, wenn der Tag des Gerichts gekommen ist.

Der Mörder verfolgte einen sehr genauen Plan, und Pierre spürte mit zunehmender Dringlichkeit, dass er diesen Text bis ins Detail durchschauen musste, wenn er weitere Morde verhindern wollte.

Pierre drehte sich noch einmal um und blickte über den See, als sein Telefon klingelte. Eine Nummer, die er nicht kannte. Er winkte den anderen, rief ihnen zu, dass er gleich nachkomme, und nahm den Anruf an.

»Bonjour«, meldete sich eine kratzige Stimme, von der Pierre nicht zu sagen mochte, ob sie zu einem Mann oder einer Frau gehörte. Im Hintergrund vernahm er das Rauschen von Wellen, die ans Ufer schlugen. »Mein Name ist Thiebaud Nguyen. Eric Truchon hat mich gebeten, Ihnen zu helfen. Ich bin zwar gerade in Deauville, aber ich habe mir das Schreiben angesehen und will Ihnen rasch meinen Eindruck schildern.«

»Sie kommen wie gerufen«, entfuhr es Pierre. »Und, was sagen Sie dazu?«

»Ich will Sie nicht enttäuschen, aber das ist nichts von tiefer Bedeutung. Religiöse Kettenbriefe gibt es ja schon immer, wenn man die sogenannten Engelsbriefe dazuzählt, die seit dem elften Jahrhundert Verbreitung fanden. Darin hat man Gott menschliches Denken und Handeln unterstellt. Er selbst schreibt einen Brief oder, wie in diesem Fall, lässt seine Botschaften über einen Empfänger in Form eines Briefes übermitteln.« Der Professor räusperte sich. »Es handelt sich in der Tat zumeist um apokalyptische Ankündigungen, die bezwecken, dass sich die Menschen gottgefälliger zeigen oder für die Verteidigung ihres Glaubens in den Krieg ziehen. Hier hat der Verfasser allerdings allerhand durcheinandergewürfelt, weshalb davon auszugehen ist, dass der Inhalt nur wenig visionär ist.«

»Ich bin mir durchaus darüber im Klaren, dass sich dahinter keine göttliche Botschaft verbirgt. Vielmehr erhoffe ich mir einen Hinweis darauf, welche Absicht hinter den Aussagen steckt. Und wer das nächste Ziel sein könnte.«

Der Professor lachte schnaufend. »Ich denke, der Verfasser

will seine Leser lediglich ein wenig auf den Arm nehmen. Ein jugendlicher Witzbold, der sich Anleihen bei Visionärinnen geholt hat, um dem Ganzen einen authentischen Anstrich zu geben, und sich nun köstlich über die entstandene Hysterie amüsiert.«

»Anleihen bei Visionärinnen?« Pierre merkte auf. Das könnte ein interessanter Hinweis sein. »Bei welchen denn?«

»Nehmen wir nur mal das Anschreiben. Die Steineiche stammt aus den Erscheinungen der Hirtenkinder von Fátima, der heiligen Bernadette Soubirous von Lourdes hingegen erschien die Gottesmutter in einer Grotte. Bernadette ließ sich zwar Jahre nach ihren Visionen zur Nonne weihen, aber sie war nicht stigmatisiert. Das könnte ein Hinweis auf die selige Anna Katharina Emmerick sein, an deren Körper angeblich die Wundmale Jesu Christi auftraten. Das alleine ist ein Paradoxon, über das man sich eigentlich nur amüsieren kann. Ausgerechnet diese beiden Visionärinnen warnen in ihren Weissagungen vor falschen Propheten, die sich am Ende der Zeit als Gottes Gesandte ausgeben.«

»Anna Katharina Emmerick oder Bernadette Soubirous«, flüsterte Pierre und suchte in Ermangelung eines Stiftes nach einem Stock, mit dem er die Namen in die Erde schrieb, um sie nach dem Telefonat abzufotografieren.

»Da stecken noch mehr Verwechslungen drin«, krächzte der Professor weiter. »Das Jahr 1874 ist nicht das der Erscheinung, die hatte Bernadette bereits 1858. Die Briefe an Papst Leo XIII. wurden schlussendlich 1997 von einem französischen Pater im Keller der Vatikansbibliothek entdeckt, nicht erst 2017, und er war auch kein Ordensbruder …«

»Danke«, kürzte Pierre den Exkurs ab. »Ich brauche vor allem Hinweise, die die Mordermittlungen unterstützen. Ich suche also eine tiefere Bedeutung hinter den drei Weissagungen, um zu verstehen, worauf der Täter abzielt. Bislang konnte ich nur einen Psalm innerhalb des ersten Textes identifizieren. Erkennen Sie zufällig weitere Bibelstellen?«

»Nein. Es klingt zwar nach einem religiösen Text, aber er ist mir nicht bekannt. Vermutlich hat der Verfasser ihn ebenfalls wild zusammengewürfelt, ohne Sinn und Verstand.«

»Das halte ich für unwahrscheinlich. Ich glaube sehr wohl, dass der Täter damit eine gewisse Absicht verfolgt.« Pierre erzählte ihm von den seltsamen Hufspuren, erwähnte die Legende des Tieres vom Vaccarès und dass das angebliche Datum der Erscheinung mit dem Geburtsjahr des Autors übereinstimmte. »Ich bin davon überzeugt, dass in diesen wirr erscheinenden Zeilen eine Botschaft steckt.«

»Hm«, erwiderte der Professor nur, dann räusperte er sich ausgiebig. »Dieses Fabelwesen vom *Étang de Vaccarès* könnte im Sinne der römischen Mythologie gemeint sein. Faunus war ein Mischwesen aus Ziegenbock und Mensch und galt als Gott der Natur.« Der Professor schnaufte. »Wenn wir uns die Versatzstücke des Textes ansehen, gibt es tatsächlich einen ähnlichen Hinweis in den Visionen der heiligen Anna Katharina Emmerick.«

»Einen Hinweis worauf?«

»Dass es einen Bezug zur aktuellen Klimadiskussion gibt, die durchaus berechtigt ist, deren Weltuntergangsszenarien jedoch geradezu religiöse Züge angenommen haben.«

Pierre stutzte. Etwas Ähnliches hatte Luc ihm auch erzählt. Sollte er mit seiner Theorie tatsächlich recht haben? »Das müssen Sie mir genauer erklären.«

»Der Faun als Gott der Natur wird zum apokalyptischen Rächer. Passend dazu die Vision der heiligen Anna Katharina Emmerick, die sogar über die Überflutung der Länder hinausgeht. Ihre Weissagungen reichen bis in die Zeit, in der die Erde der Sonne nahe kommt und die Meere wieder verdampfen.« Er lachte keckernd, als sei das Ganze ein gelungener Scherz. »Sie sehen, es bleibt uns also noch eine Weile, bevor das Ende der Welt einsetzt. Es sei denn, der Untergang kommt von einer ganz anderen Seite.«

»Und die wäre?«

»Wollen Sie meine ganz persönliche Meinung dazu hören? Ich rede von den Belastungsgrenzen der Erde, den nachlassenden Ressourcen. Wir quellen über vor Wachstum. Die Menschen vermehren sich haltlos, wahllos, zeugen immer mehr Kinder, in den Entwicklungsländern bis zu zehn oder zwölf pro Frau. Im Jahr 2050 werden wir 9,7 Milliarden Menschen ernähren müssen. Ich habe keine Zweifel, dass es der Wissenschaft gelingen wird, Nahrungsmittel in Reagenzgläsern zu produzieren, um alle schreienden, hungernden und darbenden Mäuler zu stopfen, die zu nichts anderem geboren sind als dazu, wieder zu vergehen. Sie glauben, das sei gottgewollt? Ich sage Ihnen, was gottgewollt ist: dass die Natur sich dieser schrecklichen, kopulierenden gierigen Kreatur entledigt, die sich Mensch nennt und glaubt, Gottes größtes Wunderwerk zu beherrschen. Sie wird sich drehen und wenden und die Menschheit schließlich abschütteln, um eines Tages eine neue Welt hervorzubringen, in der nur diejenigen überleben, die das Wunderwerk auch zu schätzen wissen.«

Pierre wusste nicht, ob er lachen oder staunen sollte. Erschöpft wischte er sich den Schweiß von der Stirn.

»Das war … sehr interessant«, sagte er schließlich. »Aber mir geht es im Moment gar nicht darum, die ganze Welt zu retten, sondern erst mal zwei Menschenleben.«

Der Professor schwieg einen Moment. »Verstehe«, sagte er dann. »Nun gut, ich will mir später nicht vorwerfen lassen, Ihnen nicht geholfen zu haben. Ich werde also etwas mehr Zeit auf die Entzauberung des Kettenbriefes verwenden. Allerdings bin ich gerade in der Normandie, hier ist das Wetter etwas erträglicher. Sämtliche Bibliotheken zum Thema befinden sich in Paris, und dort lässt es sich zurzeit einfach nicht aushalten. Ab Sonntag soll es etwas abkühlen, dann …«

»*Monsieur le professeur*«, brummte Pierre mit zunehmender Ungeduld. »Es liegt natürlich in Ihrem Ermessen, wie sehr Sie sich in diesem Fall engagieren. Aber es geht hier nicht um eine akademische Knobelaufgabe, sondern, wie bereits gesagt, um Menschenleben. Sollten Sie lieber die Sommerfrische am Meer genießen wollen, wäre ich Ihnen sehr dankbar, wenn Sie mir jemanden vermitteln könnten, der bereit ist, seine Bedürfnisse für den Moment unserem Fall unterzuordnen.«

»Holla!«, rief Nguyen aus. Es klang belustigt. »Sie geben wohl nicht so leicht auf. Also gut, ich fahre zurück nach Paris. Und Sie melden sich bei mir, wenn es weitere Erkenntnisse gibt, die mir bei der Recherche weiterhelfen könnten.«

23

Louis hatte darauf bestanden, seine Sachen aus der Unterkunft zu holen, bevor er seine Aussage zu Protokoll gab. »Und danach …« Er sah Pierre an. »Darf ich trotzdem weiter mit dir fahren? Ich war lange nicht mehr am *Étang de Thau*.«

»Aber sicher«, antwortete Pierre. Er mochte den jungen Mann, und es fiel ihm zunehmend schwer, die Rolle des Unbeteiligten zu spielen. Es war an der Zeit, ihm die Wahrheit zu sagen. Es musste sich nur eine passende Gelegenheit ergeben.

Louis schwang sich auf den Beifahrersitz und nannte Kalia die Adresse des Campingplatzes in Saintes-Maries-de-la-Mer. Dabei schien ihm Pierres verschmitztes Grinsen nicht weiter aufzufallen, er hatte wohl vergessen, dass er noch gestern behauptet hatte, das Hotel liege in Tarascon.

Der junge Mann war wie ausgewechselt, er lachte und scherzte, als sei eine riesige Last von ihm genommen. Während er Kalia in ein Gespräch über den Flamenco und dessen populären Vertreter verwickelte, rief Pierre im Heck des Wagens Bartissol an.

»Unser Zeuge ist bereit auszusagen«, sagte er leise.

»Wie bitte? Es ist ganz schön laut bei ihnen, so als säßen Sie in einem Cabrio.«

»Ein offener Jeep. Wir sind gerade auf dem Weg nach Saintes-Maries-de-la-Mer«, sagte Pierre. Er hob schützend die Hand vor das Telefon und wiederholte den vorigen Satz.

»Eine Aussage? Großartig. Hat er Ihnen erzählt, was er gesehen hat?«

»Ja, aber das dient eher der Rekonstruktion des Ablaufes als der Identifikation einer bestimmten Person.«

»Er hat also niemanden erkannt?«, kam es überrascht.

»Nein. Der Täter hat offenbar eine Stiermaske oder eine Kopfbedeckung mit Hörnern getragen, die sein Gesicht verdeckte. Mehr konnte der Zeuge von seinem Standort aus nicht erkennen, zudem litt er bereits an den Folgen der starken Sonnenstrahlung.«

Bartissol stöhnte auf. »*Putain!* Bringen Sie ihn trotzdem vorbei, die Gendarmerie von Saintes-Maries-de-la-Mer liegt in der *Avenue d'Arles* Nummer drei. Ich kündige sein Kommen dort an.«

»In Ordnung. Wir sind gerade auf dem Weg in seine letzte Unterkunft und holen ein paar Sachen, danach fahren wir hin.«

»Gut, wir sehen uns dann bei der Teambesprechung. Um halb sechs am selben Ort wie gestern.«

»Warten Sie, zwei Dinge noch. Der Kettenbrief… Es besteht eine Übereinstimmung zwischen dem Datum der angeblichen Prophezeiung und dem Geburtsdatum des Autors des Buches *Das Tier vom Vaccarès*. Kennen Sie das zufällig?«

»Nein.«

Pierre gab kurz wieder, was Kalia ihm erzählt hatte, und berichtete dann von dem Gespräch mit dem Professor. »Das sind bisher alles nur lose Fäden, aber vielleicht verknüpfen sie sich irgendwann. Für uns interessanter dürfte die Spur der Briefe sein, die ersten sind bereits am vergangenen Freitag eingegangen, und zwar an drei Orten in der Camargue. In Le Grau-du-Roi sind sie übrigens persönlich eingeworfen worden. Ich versuche, an eines der Schreiben zu kommen.«

»Machen Sie das. Wir sehen uns später.«

Sie erreichten Saintes-Maries-de-la-Mer um halb zwölf. Der *Camping le Clos du Rhône* lag etwas außerhalb des Ortes, dort, wo die *Petite Rhône* ins Meer mündete. Pierre und Kalia begleiteten Louis bis zu seiner Hütte und ließen ihn in Ruhe packen, während sie auf dem Weg davor auf ihn warteten.

Kalia konzentrierte sich auf ihr Mobiltelefon und scrollte durch die Nachrichten im Frauenchat. Es ging ein leichter Wind, die Luft war frischer als im Landesinneren.

Auf einmal verspürte Pierre das Bedürfnis, das Meer zu sehen, den Blick auf den endlosen Horizont zu richten, der es jedes Mal vermochte, seine Gedanken zu beruhigen und ihn in seine Mitte kommen zu lassen. Er ging zum Steinwall hinüber, der die hufeisenförmig angelegten Strandabschnitte von der Anlage trennte, und betrachtete den schier endlosen Sandstrand. Wie eine Spur feinsten Zuckers erstreckte er sich bis nach Saintes-Maries-de-la-Mer, dessen Häuser ganz klein wirkten wie aus einer Spielzeugstadt. Pierre wandte den Kopf, genoss die Weite des türkisblauen Meeres, dessen Wellen sanft ans Ufer schäumten. Lauschte ihrem sanften Rollen, dem Kreischen zweier Kinder, die sich freudig hineinstürzten.

Im Überschwang kletterte Pierre den Steinwall auf der anderen Seite hinab und lief dem Meer entgegen.

Die ganze Zeit hatte er den Briefen eine Bedeutung abringen wollen, und er spürte, dass seine Gedanken sich immer mehr verknoteten, ohne zu einem Ergebnis zu führen. Vielleicht hatte der Professor ja doch recht, und die Kettenbriefe waren nichts weiter als ein schlechter Scherz. Wer sagte denn, dass Urheber und Mörder dieselbe Person waren?

Pierre zog Socken und Schuhe aus und bohrte die nackten Zehen in den Sand, genoss die Kühle des Wassers. Die Bewegung des Meeres, das Vor und Zurück. Das Rauschen übte eine beruhigende Wirkung auf ihn aus, und er ließ los.

»Ist das herrlich«, entfuhr es ihm, als Kalia sich neben ihn stellte. »Ein Paradies.«

»Fragt sich nur, wie lange es so bleibt.«

Überrascht sah er sie an. »Woran denkst du?«

»Du hast vorhin gesagt, dass der Täter genau weiß, was er tut. In der Geschichte von Joseph d'Arbaud wird am Ende das Tier ermordet, nicht der *gardian*, der seinetwegen in religiöse Verzückung verfällt. Hier also weicht er in seinem Konzept ab. Nur warum? Ich frage mich, ob das Ganze ein Hinweis auf die aktuelle Situation der Stierhüter ist.«

»Erzähl. Was meinst du damit?«

»Nun ja, den freilaufenden Rinderherden, die von den *gardians* gehütet werden, bleibt immer weniger Raum, die Überschwemmungen der letzten Jahre haben viele Wiesen unbrauchbar gemacht. Das Meersalz hat sich in den Boden gebrannt, es tötet Bäume und Sträucher. Es steigt sogar von unten in Grundwasser und durchmischt die Rhône. Es wird immer schwerer, das Gleichgewicht zwischen Süß- und Salzwasser aufrechtzuerhalten. Alleine für die Nutzung der Reisfelder werden jährlich bis zu vierhundert Millionen Kubikmeter Flusswasser benötigt, und das fehlt auf den Weiden. Die Flächen reichen nicht mehr, um alle Stierherden zu ernähren. Man braucht mehr Heu, als man herbeischaffen kann.« Sie seufzte. »Die *gardians* haben über die Jahrhunderte gelernt, sich mit der Natur zu arrangieren, indem sie sie zügeln wie ein störrisches Pferd. Aber so langsam kommen sie an ihre Grenzen.«

»Du meinst, der Kettenbrief könnte aus den Reihen der *gardians* stammen?« Pierre schob den Hut mit zwei Fingern aus der Stirn. Dieser verdammte Brief entwickelte sich langsam zu einem Chamäleon. Egal von welcher Seite man ihn betrachtete, es gab immer neue Anhaltspunkte. »Aber was hatte Mateo Espinas damit zu tun?«

Sie zuckte mit den Schultern. »Es war nur so ein Gedanke.«

»Lass uns den ruhig zu Ende denken. Das Thema wäre also ähnlich wie beim Klimaschutz. Ein Aufruf, der Natur nicht länger ins Handwerk zu pfuschen.«

»Das sicher nicht.« Kalia schüttelte den Kopf. »Nicht jeder menschliche Eingriff ist schlecht, das wissen auch die *gardians*. Viele Städter haben ein sehr romantisches, bewahrendes Bild der Natur. Dabei kann sie echt grausam sein. Würden wir alles der Natur überlassen, gäbe es hier in der Camargue bald kein Leben mehr … keine Pflanzen, keine Tiere. In den Nationalparks, in denen sie, im Gegensatz zu den eingehegten Naturparks, sich selbst überlassen bleibt, werden Bäume von Käfern zerfressen und schwache Tiere von aggressiveren verdrängt. Am Ende überleben die Starken. Die *gardians* hingegen kultivieren die Natur. Es ist eine Kompleance, um sie zu ihrer wahren Schönheit zu entfalten. Aber man darf nie nachlassen, sonst setzt sie sich wieder durch. Am Ende gewinnt sie immer.«

Pierre seufzte. Der Professor hatte sich ähnlich geäußert, und wahrscheinlich hatten sie alle beide recht. Die Natur würde sich ihren Weg suchen, und zwar egal, wie wir Menschen uns verhielten. Ob wir mit ihr gingen oder gegen sie. Irgendwann würde sie uns abschütteln, um sich danach zu regenerieren. Alles, was wir bestimmen konnten, war, wie lange wir Teil des Ganzen sein durften. Und ob der bessere Weg jener des verzichtenden Rückschrittes war oder doch der einer fortschrittlichen, naturaffinen Technologie.

Pierre setzte sich auf einen Stein und wischte mit den Socken den Sand von den Füßen, bevor er wieder in seine Schuhe schlüpfte.

Er bezweifelte allerdings, dass all diese Überlegungen sie in dem Fall wirklich weiterführten.

Das Ganze zog immer größere Kreise, wurde unpersönlicher, verdichtete sich zu einem wabernden Nebel voll Spekulationen, die, so schien es ihm, langsam an Bodenhaftung verloren. Es fiel ihm zunehmend schwer, sich zu konzentrieren, und er hatte das Gefühl, sich zu verzetteln. Es war an der Zeit, zu dem zurückzukehren, was sie bereits hatten, zu den Tatsachen.

»Komm, Kalia, lass uns zu Louis gehen. Wir bringen ihn zur Gendarmerie, damit er dort seine Aussage macht, dann sehen wir weiter.«

Sie hatten sich wieder auf den Weg zur Hütte gemacht, als ihnen Louis entgegenstürmte.

»Da war jemand drin«, keuchte er sichtlich aufgelöst. »Er hat meine Speicherkarten geklaut.«

Sie folgten ihm, eilten zwischen Holzhäusern und Gruppenzelten hindurch zu der Hütte, über deren überdachte Veranda sie ins Innere gelangten.

»Nichts anfassen«, ermahnte Pierre, als sie eintraten. Direkt neben dem Eingang befand sich eine Küche mit Sitzecke, dahinter ein Raum, der fast vollständig von einem Bett ausgefüllt wurde, das mit einer pink-weißen Blumendecke bezogen war. »Es sieht unberührt aus«, bemerkte er.

»Ja, aber die Speicherkarten sind weg.« Louis zeigte auf einen Küchenoberschrank. »Dort waren sie, ich weiß es genau. Ich habe sie in einer Tasse aufbewahrt.«

»Waren das Originale?«

»Kopien. Ich nehme nur ungern meinen Laptop mit, das ist mir zu gefährlich. Und ich habe keine Kamera, die Bilder per Datentransfer überträgt. Also arbeite ich mit zwei Slots und kopiere die Bilder von einer Karte auf die andere. Wenn mal etwas mit der Kamera ist, habe ich wenigstens noch die Fotos.«

»Was war denn darauf zu sehen?«

»Sand, Dünen, Vögel, Häuser. Atmosphärische Bilder, mit denen sich gutes Geld verdienen lässt.«

»Und sonst ist nichts weggekommen?«

»Nein. Nicht einmal das Geld, das ich in einer anderen Tasse aufbewahrt habe.«

Pierre stöhnte. Das bedeutete, dass der Täter von dem Zeugen wusste. Was hatte er auf den Karten zu finden gehofft? Dachte er, der junge Mann habe Aufnahmen von der Tat gemacht? Der Mörder war verkleidet gewesen, es gab nichts, was seine Identität verriet. Doch wenn es so war, dann gab es etwas anderes, das Louis gesehen hatte, etwas, das den Täter womöglich enttarnte, ohne dass der junge Mann sich dessen bewusst war.

Was gleich zur nächsten Frage führte: Woher wusste der Täter von dem Zeugen, und wie hatte er ihn gefunden?

Gab es etwa einen Maulwurf bei der Polizei?

Die Beamten hatten das Fahrrad identifiziert und über den Verleih Louis' richtigen Namen herausgefunden. Es wäre für sie ein Leichtes gewesen, auch die Unterkunft ausfindig zu machen.

Unwillkürlich musste Pierre an Inspektor Imbert denken. Der letzte Anruf von Mateo Espinas hatte ihm gegolten. Sie hatten angenommen, er wollte dem Kollegen von der Verabredung am Seeufer erzählen. Was, wenn Imbert bereits davon wusste? Wenn er selbst die Verabredung war?

Der *Commissaire* hatte gesagt, Espinas sei den Brüdern bis zu dem Ort gefolgt, an dem die Beute versteckt war, habe diesen aber noch nicht preisgeben können. Es war unwahrscheinlich. Ein Anruf hätte genügt, um die Brüder hochgehen zu lassen. Was hatte ihn daran gehindert? Oder hatte er Inspektor Imbert davon erzählt, und der wollte sich selbst bereichern und den Mitwisser Espinas beseitigen?

Es war nur ein Gedanke, den er mit der Realität abgleichen musste. Laut Bartissol war Imbert zu der Zeit, als Espinas ermordet worden war, bei einem Einsatz gewesen. Aber vielleicht hatte er ja einen Komplizen?

»Ihr wartet hier!«, rief Pierre den beiden zu. »Ich bin gleich wieder da.«

Er trat ins Freie und ging ein Stück, bis er außer Hörweite war. Dann wählte er die Nummer von Bartissol.

»Ja?« Der *Commissaire* klang gehetzt.

»Wer aus dem Team weiß, dass Louis im *Camping le Clos du Rhône* wohnt?«

»Alle. Es war Teil der ersten Ermittlungen, bevor wir erfahren haben, dass er sich bei Ihnen auf dem Boot befindet. Warum fragen Sie?«

»Aus seiner Hütte sind Speicherkarten entwendet worden. Haben Sie davon gewusst?«

»Nein. Aber das ist jetzt nebensächlich. Es gibt eine weitere Leiche, eine Frau. Ihr Gesicht wurde ebenfalls geschwärzt.«

24

Protokoll des Rates der Gemeinde Sainte-Valérie. Außerordentliche Sitzung am 12. Juni um 19:00 Uhr im Sitzungssaal des Bürgermeisteramtes an der Place du Village unter dem Vorsitz von Bürgermeister Monsieur Maurice Marechal. Anwesend sind: Maître François Pistou, Monsieur Roland Germain, Madame Marianne Levy …

Gisèle ließ den Finger über die Zeilen wandern und hielt inne, als sie gefunden hatte, was sie suchte.

»Punkt eins der Sitzung, Anhörung von Monsieur Pierre Durand«, las sie lautlos. »Der Geladene ist …« Sie hob die Hand an den Mund. Das durfte ja wohl nicht wahr sein.

»Meine liebe Gisèle, Sie werden doch nicht Ihre Mittagspause mit Arbeit verbringen wollen, wenn draußen so schönes Wetter ist.«

Sie schrak hoch. Vor ihr stand der Bürgermeister und schenkte ihr ein gewinnendes Lächeln. Richtig flott sah er aus mit dem gelben Poloshirt und der hellen Leinenhose, wie der Sommer höchstpersönlich.

»Ach«, sagte sie leicht atemlos und ließ die Lesebrille sinken, »ich bin gerne hier, draußen ist es viel zu heiß.«

Dabei versuchte sie, das vor ihr liegende Protokoll rasch mit einem leeren Blatt Papier zuzudecken, damit er nicht sah, was sie gerade mit größtem Interesse gelesen hatte.

Kaum dass die anderen Mitarbeiterinnen die *mairie* verlassen hatten, war Gisèle in den Archivraum gegangen, in dem die Protokolle lagerten. Dort hatte sie den Ordner des vergangenen Monats herausgesucht. Der Bürgermeister hatte ihr an jenem Abend freigegeben. Sie hatte sich gefreut und war zu einer Freundin nach Bonnieux gefahren. An ihrer Stelle hatte Maribelle die Gemeinderatssitzung protokolliert. Und nun musste sie zu ihrem Entsetzen feststellen, dass Marechal dies mit Vorsatz getan hatte.

»Sie sollten«, unterbrach Marechal ihre Gedanken, »etwas essen gehen, sonst fallen Sie mir noch vom Fleisch. Warten Sie …« Er griff in seine Hosentasche, förderte einen Schein und einige Münzen zutage. »Hier, gönnen Sie sich etwas Leckeres. Sie haben es sich verdient.«

Gisèle hob abwehrend die Hände. »Oh nein, das kann ich nicht annehmen.« Hatte der Bürgermeister ihr Schnüffeln bemerkt?

»Doch, das können Sie. Sie sind immer so fleißig und anständig. Ich möchte, dass es Ihnen gut geht. Um Himmels willen, nun zieren Sie sich nicht so. Sie tun mir damit einen Gefallen.«

Sie setzte zu einer weiteren Erwiderung an, wusste aber, dass es zwecklos war. Marechal würde so lange vor ihrem Schreibtisch verharren, bis sie seiner Aufforderung Folge leistete. Gisèle warf einen Blick auf das Protokoll, das unter dem jungfräulichen Blatt vollständig verborgen lag.

Vielleicht hatte er ja gar nicht mitbekommen, welche Lektüre sie derart schockiert hatte. Außerdem war sie tatsächlich hungrig. Normalerweise bereitete sie morgens immer etwas für die Mittagspause vor, aber heute hatte sie es vor lauter Sorge um den Inhalt des Kettenbriefes vergessen.

Mit einem Seufzen hielt sie die Hand auf, und er zählte das Geld hinein. Siebzehn Euro.

Marechal schmunzelte. »Davon können Sie sich etwas Anständiges kaufen.«

»Danke, *Monsieur le maire*«, flüsterte sie, obwohl es ihr

furchtbar peinlich war. Sie schob das Geld in die Rocktasche. Dann schlug sie die Akte zu, ließ sie wie nebenbei in eine Schublade gleiten und verschloss diese mit dem Schlüssel an ihrem Bund. Sie würde sich beim Essen beeilen und sich später darum kümmern, wenn sie wieder unbeobachtet war. »Soll ich Ihnen etwas mitbringen?«

»Nein, nein. Lassen Sie es sich schmecken.«

Die Glocke bimmelte fröhlich, als Gisèle die Tür zur *L'Épicerie provençale* öffnete. Mit einem Lächeln tauchte sie in die wohlige Atmosphäre ein, die Charlotte mit einer Mischung aus provenzalischem Interieur und modernen Elementen erschaffen hatte. Helle Regale, in denen eingeweckte Speisen, Tapenaden und Brotaufstriche standen. Hinter der Theke türkisblaue Fliesen und darüber ovale Pendelleuchten, die abends ein warmes Licht verströmten.

Gisèle stellte sich in die Schlange. Es waren noch sieben Personen vor ihr. Sie erkannte die töpfernden Schwestern Emélie und Brigitte Bousquet und winkte ihnen zu. Dann warf sie einen Blick auf die Schiefertafel, die sich oberhalb der Fliesen über die ganze Wand erstreckte und auf der die Tagesgerichte in hübsch geschwungener Schrift standen.

Es roch herrlich nach Braten, Thymian und Karamell. Jedes Mal, wenn sie Charlottes Laden betrat, lief ihr das Wasser im Munde zusammen. So auch jetzt. Die Auswahl war beachtlich. Fleisch-, Fisch- und Gemüsegerichte, die man kurz aufwärmen oder kalt verzehren konnte, außerdem salzige Häppchen und süße Leckereien.

Je weiter sie in der Schlange vorrückte, desto unsicherer wurde Gisèle. Sie schwankte zwischen der deftigen *broufade*, einem Rinderschmorgericht mit süßen Zwiebeln, Sardellen und Kapern, zu dem die *panisses* aus Kichererbsenmehl sicher hervorragend passten, und den mit Frischkäse und Kräutern gefüllten *cannellonis à la brousse*. Oder sollte sie doch lieber die gebratenen Sardinen nehmen, die zusammengerollt und mit gedünstetem Spinat, Kräutern und einer Prise Muskat gefüllt in einer Tonschale lagen?

Als Gisèle an der Reihe war, wurde sie rot, weil sie sich noch immer nicht entschieden hatte. Sie wusste, dass Isabelle Poncet, eine der beiden Töchter des örtlichen Mechanikers, viel Geduld mit unentschlossenen Kundinnen hatte, aber die Wartenden hinter ihr wurden unruhig. Also zeigte sie mit schwankendem Finger auf die Vitrine, ging schließlich nach ihrem Appetit und hielt vor einem orangefarbenen Keramiktopf in der Bewegung inne.

»Ich hätte gerne ein Stück von der *poularde* in Salzkruste, geht das?«

»Gerne. Keule oder Brust?«

»Keule bitte. Und etwas Gemüse.«

»Dazu passen die überbackenen *tomates à la provençale* oder *salade de poivrons et tomates*.«

Gisèle entschloss sich für den ölig-glänzenden Salat aus gegrillter und abgezogener Paprika mit entsalzenen Tomaten. Den liebte sie besonders. »Eine mittelgroße Schale davon bitte.«

Charlotte kam aus der Küche, eine Tarte in der Hand, die orangegelb schimmerte. »Bonjour, Gisèle. Sie machen Mittagspause?«

»Ganz genau. Was ist denn das Leckeres?«

»*Tarte frangipane aux abricots*. Möchten Sie vielleicht ein Stück? Sie kommt gerade frisch aus dem Ofen.«

Gisèle verfolgte Charlottes schwungvolle Bewegung, mit der sie die Platte in die Vitrine stellte. Sie liebte die Kombination aus Mandelcreme und süßen Aprikosen, und bei der Vorstellung, davon zu probieren, musste sie heftig schlucken. »Ja, unbedingt. Die hat meine Urgroßmutter auch immer gemacht.

Geben Sie mir gleich drei Stück.« Dann hatte sie auch an den nächsten Tagen noch etwas davon.

Isabelle wog das Gemüse und die Putenkeule ab, füllte die Tartestücke in eine flache Pappschachtel und reichte Gisèle schließlich eine Papiertüte über die Theke.

»Das macht dann einundzwanzig Euro.«

Gisèle biss sich auf die Unterlippe. Der Preis war angemessen, aber es war mehr, als sie dabeihatte. Es war nie gut, mit leerem Magen etwas zu essen zu kaufen.

»Ich …« Sie wurde noch röter. »Ich habe leider nur siebzehn Euro dabei«, sagte sie leise.

»Das macht nichts«, lachte Charlotte, »wir schreiben den Betrag einfach an. Und wenn Sie wieder einmal in der Nähe sind, begleichen Sie ihn.«

Gisèle überlegte. Es war ihr unangenehm. Noch nie hatte sie etwas anschreiben lassen. Da sie jedoch auch nicht darauf bestehen konnte, dass Isabelle das leckere Essen wieder in die Schalen in der Vitrine füllte, schüttelte sie den Kopf.

»Stellen Sie es bitte beiseite. Ich hole nur rasch mein Portemonnaie, ich bin gleich zurück.«

Sie lief hinaus, eilte das Steinpflaster der *Rue de Portail* hinauf in Richtung der *Place du Village*, bis sie völlig erschöpft vor der *mairie* zu stehen kam und um Atem rang. Dann schob sie den Schlüssel ins Schloss und öffnete die Tür, zog sie sofort wieder leise hinter sich zu.

Im Inneren war es angenehm kühl. Gisèle ging zu ihrem Platz am Empfang und holte die Handtasche hervor, die sie in einem Schränkchen verstaut hatte. Sie entnahm ihr ein Taschentuch, tupfte sich den Schweiß vom Gesicht und wollte sich gerade wieder auf den Weg machen, als sie ein kräftiges Männerlachen hörte, auf das ein anderes folgte.

Verwundert runzelte sie die Stirn. Der Bürgermeister hatte

Besuch. Ihr fiel ein, dass er gestern davon gesprochen hatte, dass sich jemand für den Posten des *Chef de police municipale* vorstellen wolle, aber sie hatte es vergessen, weil es nirgends vermerkt war. Oder hatte sie es nur überlesen?

Sie schlug den Kalender auf, in den sie alle Termine eintrug, auch die privaten, und fuhr mit dem Finger über die Zeilen des heutigen Tages.

Freitag, der 28. Juni. Ja, ganz genau. Aber da stand nichts.

Sicher war der Besuch spontan, dachte sie. Doch dann erinnerte sie sich, wie eindringlich der Bürgermeister versucht hatte, sie zur Mittagspause zu überreden, wie er sie geradezu hinausgedrängt hatte. Er hatte sich sogar dazu hinreißen lassen, ihr Geld in die Hand zu drücken!

Die Schamesröte stieg ihr ins Gesicht.

Dieser Besuch war ihm offenbar wichtig. So wichtig, dass er sie nicht dabeihaben wollte. Genau wie bei dem Protokoll von neulich …

Sie dachte nach. Ob der Lautsprecher nach dem Diktat heute Morgen noch immer auf Empfang geschaltet war?

Langsam setzte sie sich auf den Stuhl. Dann tippte sie ein paar Zahlen auf der altmodischen Telefonanlage und drückte den Lautsprecherknopf.

Sie lächelte, als sich der Empfangsraum mit den Stimmen zweier Männer füllte. Es ging doch nichts über die Möglichkeiten analoger Technik!

Sie drehte den Regler so weit herunter, bis sie die beiden eben noch verstehen konnte.

»Überlass das nur mir«, sagte Marechal. »Er ist leicht zu durchschauen. Auf seiner Gefühlsklaviatur kann man ganze Dramen spielen.«

Gisèle beugte sich vor. Von wem sprach der Bürgermeister gerade?

»Ich verlasse mich da voll und ganz auf dich«, sagte eine tiefe Männerstimme. »Ich habe meine Kündigung schon losgeschickt. Wenn dieser Durand jetzt weitermacht, stehe ich vor dem Nichts.«

»Keine Sorge. Versprochen ist versprochen. Ich konnte doch nicht damit rechnen, dass sich auf einmal der Präfekt einmischt.«

»Du hättest seine Bitte ablehnen können.«

»Unsinn, das wäre viel zu auffällig gewesen. Lass mich nur machen. Ich habe da schon eine Idee …«

Die Stimmen wurden zum Flüstern, und so sehr Gisèle sich auch vorbeugte, es waren nur noch Wortfetzen zu verstehen.

»Genial!«, rief der Fremde schließlich aus. »So machen wir es. Ich kann es kaum erwarten.«

Ein Geräusch wie von einem Schulterklopfen, dann Schritte und das Klackern von Schuhen auf dem Parkett.

Hastig unterbrach Gisèle die Verbindung und ging in die Hocke. Sie kroch tief unter ihren Schreibtisch, den Kopf gegen die Knie gepresst.

Die Schritte waren nun ganz nahe, kamen direkt vor dem Empfangstisch zum Stehen. Gisèle dachte, dass man ihr Herzklopfen hören müsse, und gab sich größte Mühe, ruhig weiterzuatmen.

»Ich freu mich wahnsinnig, dich bald im Team zu haben«, sagte Marechal. »Wir beide werden Sainte-Valérie rocken.«

»Ganz bestimmt. Adieu, *mon ami*. Bis bald.«

Gisèle hätte zu gerne gesehen, von wem sich der Bürgermeister da verabschiedete. Aber sie traute sich nicht mal zu blinzeln. Reglos blieb sie unter dem Tisch sitzen, bis die Tür des Bürgermeisteramts zuschlug und auch Marechals Schritte im Aufgang zum ersten Stock verhallten.

Stöhnend kam sie aus ihrem Versteck. Mit zitternden Fingern suchte sie den Büroschlüssel und öffnete die Schublade. Die Akte war noch da. Aber sie sah ein, dass sie nicht alleine weitermachen durfte. Der Zeitpunkt war gekommen, an dem sie Hilfe brauchte.

25

Die Adresse, die Bartissol ihm genannt hatte, lag im nördlichen Teil von Saintes-Maries-de-la-Mer.

Pierre hatte Kalia zur Seite genommen und sie gebeten, ihn in der Nähe des Tatortes abzusetzen und den Jungen danach zur Gendarmerie zu begleiten. Er habe etwas zu erledigen, erklärte er Louis zum Abschied, und ging los, bevor dieser genauer nachfragen konnte.

Er sah den Tatort schon von Weitem. Vor dem zweistöckigen Mehrfamilienhaus mit Pultdach und braunen Fensterläden parkten mehrere Wagen. Pierre erkannte den weißen Transporter der *police technique et scientifique*. Vor dem Rundbogen des Eingangs stand ein Beamter der Gendarmerie und hielt ihn auf.

In Ermangelung eines Polizeiausweises zeigte Pierre seine *carte nationale d'identité* vor und bat den Mann, der ihn noch immer nicht durchlassen wollte, *Commissaire* Bartissol zu holen.

»Es ist mein Versäumnis«, sagte der zur Begrüßung und ging die Stufen voran in den ersten Stock. »Ich hätte dem Kollegen sagen müssen, dass Sie vorbeikommen.« Er reichte Pierre einen weißen Schutzanzug und Schuhüberzieher und wartete, bis er beides übergestreift hatte, dann betraten sie die Wohnung.

Es roch muffig, als hätte seit Tagen niemand gelüftet. Pierre folgte dem *Commissaire* durch den dunklen Flur.

»Es gibt hier nur zwei Räume«, erklärte Bartissol. »Außer dem Schlafzimmer, das gerade gescannt wird, noch eine Wohnküche, in der auch ein Sofa steht. Hier entlang. Achtung, nicht stolpern.« Er wies auf die Beine eines Strahlers, der einen Raum mit verschlossenen Fensterläden ausleuchtete.

Pierre stieg darüber hinweg und warf einen Blick in den Küchenbereich. Es war ein schlichter Raum, geradezu karg. Eine beigefarbene Küchenzeile, von deren Oberschränken die Farbe abblätterte. Ein kleiner Esstisch und ein Sofa, das auf einen Fernseher ausgerichtet war. Keine Bücher.

Aus dem anderen Raum trat gerade der Kollege von der Kriminaltechnik und verstaute seinen Laserscanner in einem Koffer auf dem Fliesenboden.

»Ihr könnt jetzt reingehen«, sagte er. »Aber vorsichtig, wir haben noch keine Spuren genommen. Und auf gar keinen Fall die Fenster öffnen.«

Das Schlafzimmer war ebenso schlicht möbliert wie die Wohnküche. An der Wand hingen Marienbilder und ein großes silbernes Kreuz.

Der Lichtkegel des Strahlers war auf das Bett gerichtet, in dem eine dunkelhaarige Frau lag, Sie war vollständig angezogen, die Hände über dem Oberteil ihres roten Kleides gefaltet. Selbst ihre Schuhe hatte sie noch an. Trotz der schwarzen Farbe, die sich wie eine Lackschicht über das Gesicht gelegt hatte, schätzte Pierre ihr Alter auf etwa sechzig.

»Ihr Name ist Josiane Simon«, berichtete Bartissol. »Sie ist alleinstehend und hat eine erwachsene Tochter. Die Nachbarn beschreiben sie als unauffällig. Die Stromstöße trafen sie direkt über dem Herzen. Wenn wir davon ausgehen, dass sie sich mit den Schuhen nicht zum Schlafen aufs Bett gelegt hat, muss sie ihrem Mörder vorher in die Augen geblickt haben.«

»Es wirkt, als hätte sie sich innerlich darauf vorbereitet«, bemerkte Pierre und wies mit dem Kopf zum Nachttisch. Darauf eine Bibel und eine Kerze, die noch immer glomm. Davor lag ausgebreitet die zweite Seite des Kettenbriefs mit den Weissagungen. »Es sieht nicht gerade nach einem Kampf aus. Eher wie eine stille Übereinkunft.«

»Seltsam, dass Sie das sagen, aber den Eindruck habe ich auch. Die Szene hat etwas Friedliches.«

Bartissol atmete tief durch, als müsse er sich zwingen, den Blick abzuwenden, dann trat er in den Flur, in dem nun auch *Inspectrice* Froissant und Inspektor Imbert standen, die offenbar gerade erst eingetroffen waren. Auch sie trugen Schutzanzüge.

»Hübscher Hut«, bemerkte Imbert, als er Pierre erblickte. »Meine Freundin hat auch so einen.«

Pierre entfuhr ein Knurren. »Dann hat sie einen hervorragenden Geschmack.«

»Ah, gut, dass ihr da seid«, sagte der *Commissaire* und tat, als habe er das Geplänkel nicht mitbekommen. »Ich möchte, dass ihr euch einen ersten Überblick verschafft und mir dann sagt, was für Gedanken euch dabei kommen.«

Pierre und Bartissol blieben im Flur stehen, bis die Kollegen ihren Rundgang beendet hatten.

»Das Schloss ist unberührt«, bemerkte Imbert. »Sie muss ihrem Mörder die Tür geöffnet haben, obwohl es einen Spion gibt. Offenbar hat sie ihn gekannt.«

»Wer hat sie eigentlich gefunden?«, fragte Pierre.

»Ihre Tochter«, antwortete Bartissol. »Der Inhaber des Lebensmittelgeschäftes, in dem sie arbeitet, hat sie alarmiert, nachdem Madame Simon heute Morgen nicht zur Arbeit erschienen ist. Die Tochter hat einen Wohnungsschlüssel. Froissant war gerade bei ihr.«

Pierre runzelte die Stirn. »Der Händler hat sich Sorgen gemacht nach nur wenigen Stunden Abwesenheit?«

»Ja«, antwortete Froissant, »ebenso wie die Tochter, die alles stehen und liegen gelassen hat, um nach ihr zu sehen. Sie sagte, ihre Mutter habe sich schon seit Tagen eigenartig benommen.«

»Inwiefern?«

»Sie hat damit begonnen, ihre Angelegenheiten zu ordnen. Sie sagte, dass sie gesündigt habe und dass sie nun ihre verdiente Strafe erhalte.«

Bartissol hob die Brauen. »Sie hat also tatsächlich geahnt, dass sie das nächste Opfer sein würde. Hat sie ihrer Tochter auch erzählt, warum?«

»Nein«, erwiderte die Inspektorin. »Davon abgesehen hat niemand sie ernst genommen. Madame Simon war für Nahestehende offenbar alles andere als eine Sünderin. Neben der Arbeit im Lebensmittelgeschäft organisierte sie Reisen auf den Spuren der heiligen Maria Magdalena. Ihre Tochter sagte, dass sie ihr ganzes Leben darauf ausgerichtet hatte, dem Schöpfer am Ende aufrecht gegenübertreten zu können.«

»Hast du«, fragte Bartissol, »auch mit dem Händler gesprochen?«

»Nein, Reynaud ist gerade bei ihm.«

Pierre hob den Kopf. »Er soll ihn fragen, ob Madame Simon das Buch ›Das Tier vom Vaccarès‹ besessen oder zumindest mal darüber gesprochen hat.«

Froissant sah ihn überrascht an. »Was ist das?«

»Eine alte Geschichte.« Pierre erzählte von den Erinnerungen, die Louis an dem Abend gehabt hatte. Von dem Mann mit dem Stierkopf und den eigenartigen Übereinstimmungen mit der Legende.

»Der Junge hat also gezwitschert.« Imbert schmunzelte. »Und? Hat er den Täter identifiziert?«

»Leider nein. Das Gesicht war verdeckt.«

»Schade«, sagte Imbert, und es hatte einen so eigenartigen Beiklang, dass Pierre sich im Geiste eine Notiz machte.

Ein breitschultriger Mann kam herein. »Wenn Sie jetzt bitte alle die Wohnung verlassen könnten? Wir wollen mit der Tatortsicherung fortfahren.«

»Einen Moment noch«, sagte Pierre, denn ihm war gerade etwas eingefallen. Er ging noch einmal in den Raum, in dem die Tote lag, und ließ den Blick über den Boden schweifen. Wenn ihn seine Ahnung nicht trog, dann würde er hier etwas ganz Bestimmtes finden. Vor dem Bett hockte er sich hin. Nichts. Oder lag es nur an dem Schatten des Bettgestells?

»Kann mir mal jemand leuchten, bitte?«

Bartissol bewegte den Strahler. Und da, tatsächlich: Auf den Fliesen waren Abdrücke zu sehen. Ränder aus feinem verbackenem Sand, als hätte hier jemand gestanden, der vorher über den Ufersaum des *Étang de Vaccarès* gelaufen war. Es handelte sich um dieselben schmalen Hufe, die sie bereits am See gesehen hatten.

Das Ermittlerteam sammelte sich draußen vor dem Wohngebäude. Pierre atmete die heiße Juniluft ein und sah über die Häuserzeile, ohne sie wirklich wahrzunehmen, die Arme vor der Brust verschränkt.

Der Anblick der Leiche hatte ihm zugesetzt. Die schwarze Farbe auf dem gefasst wirkenden Gesicht. Noch nie hatte er das Bild des Todes gut ertragen können, es zählte schon zu seiner Zeit als *Commissaire* zu den unangenehmeren Dingen, denen er gerne aus dem Weg ging. Viel eindrücklicher als der Anblick war jedoch die Stimmung gewesen, die den Raum beherrschte. Es war eine tiefe Schwere in ihm, eine Traurigkeit, die Pierre stark berührte.

Warum hatte diese Frau sterben müssen?

Eines zumindest war deutlich geworden. Die Annahme, dass es dem Täter um die Verbreitung einer politischen Botschaft ging, konnten sie getrost vom Tisch wischen.

Diesmal gab es ganz offensichtlich eine Täter-Opfer-Beziehung. Josiane Simon hatte ihren Mörder erwartet. Die Art, wie sie auf dem Bett gelegen hatte, dazu die Bibel, die glimmende Kerze und die Weissagung, ließen ihn vermuten, dass sie mit dem Entschluss des Mörders auf eine seltsame Art einverstanden gewesen war. Er war gekommen, um sie für eine Sünde zu bestrafen, die sie offenbar auch selbst als solche empfand.

Pierre wandte sich an Bartissol und teilte ihm seine Gedanken mit.

»Was, glauben Sie«, fragte er, »hat diese Frau in ihrem Leben getan, das den Tod rechtfertigt?«

Bartissol hob die Schultern. »Unseren bisherigen Erkenntnissen zufolge war sie eine fleißige, grundanständige und gottesfürchtige Person.«

»Manche Menschen, die sich besonders religiös geben, wollen damit etwas wiedergutmachen. Ich wüsste nur zu gerne, ob das schon immer so war oder ob es in ihrem Leben einen Bruch gab.«

»Ich spreche noch einmal mit der Tochter«, sagte Froissant. »Sie war recht zugänglich trotz der schlimmen Nachricht. Vielleicht kann sie uns auch sagen, ob sich ihre Mutter mit dem Handauflegen beschäftigt hat. So, wie in der zweiten Weissagung angekündigt.«

»Vielleicht«, ergänzte Pierre, »hat sie irgendetwas erwähnt, das uns die Weissagung erklärt. Ich frage mich, woher Madame Simon wissen konnte, dass sie gemeint war. Dieser Text enthält offenbar Botschaften, die die Opfer auf ihr Ende vorbereiten.«

»Wieso das jetzt?«, fragte Imbert irritiert. »Ich komme langsam nicht mehr mit.«

Pierre strich sich über die Stirn, versuchte, seine Gedanken zu sortieren, die ungefiltert auf ihn einprasselten. »Also«, sagte er, »die Verbreitung des Kettenbriefes beginnt in der Camargue. Er ist darauf ausgelegt, innerhalb kürzester Zeit möglichst viele Menschen zu erreichen, die abergläubisch genug sind, ihn zu kopieren und weiter zu verteilen. Zuerst dachte ich, der Verfasser wolle seine Botschaft rasch unters Volk bringen. Aber es gibt keine richtige Botschaft, dazu ist der Text viel zu uneindeutig, weshalb die meisten Leute, die ihn lesen, sich ihren eigenen Reim darauf machen.«

Bartissol nickte. »Sie glauben also, dieser Brief war von Beginn an nur für drei Menschen bestimmt.«

»Genau. Offenbar wollte der Mörder seinen Opfern die Zeit geben, über ihre Sünden nachzudenken und sich vorzubereiten. Der Verfasser verlangt ausdrücklich, den Text zehnmal zu kopieren. Hier steht nichts davon, dass man die Botschaft einfach nur an zehn Empfänger senden soll, vielmehr betont er das Wort ›Kopie‹. Die Botschaft soll demnach einen analogen Weg gehen, keinen digitalen. Wir müssen also davon ausgehen, dass jene Menschen, an die sich die Botschaft richtet, nicht im Internet unterwegs sind.«

»Aber«, wandte Bartissol ein, »dann hätte der Verfasser die Briefe eher direkt an die Opfer geschickt, oder? Wozu dieser Aufwand?«

»Um Spuren zu verwischen?« Pierre seufzte. Dies war der Haken an seiner Theorie. Die Einzelteile passten noch nicht richtig zusammen.

»Vielleicht wollte der Mörder seine Opfer mit der breit gestreuten Ankündigung quälen«, meinte Froissant. »Eine künstlich erzeugte Panik sozusagen, um ein höchstmögliches

Maß an Strafe zu erreichen. Der Erwartungsdruck muss derart unerträglich gewesen sein, dass die Opfer den Tod geradezu wie eine Erlösung empfanden.«

»Das wäre eine Möglichkeit«, stimmte Bartissol zu. »Aber was könnte Mateo Espinas getan haben, das eine derartige Hinrichtung rechtfertigt? Ich frage mich tatsächlich, ob das überhaupt etwas mit dem Beruf zu tun hat.« Er wandte sich an Imbert. »Du hattest doch die ganze Zeit Kontakt zu ihm. Hat er irgendwas in dieser Richtung erwähnt?«

»Nein.«

»Was ist mit seiner Familie?«

»Seine Ex-Frau wollte nichts mehr mit ihm zu tun haben«, antwortete Imbert mit schiefem Lächeln. »Aber das ist noch lange kein Grund, ihn umzubringen.«

Pierre runzelte die Stirn. »Wir müssen das verbindende Element finden. Auch Mateo Espinas war alarmiert, anders lässt es sich nicht erklären, warum er, kaum dass die Karawane der *gens du voyage* in Aigues-Mortes gehalten hat, zum *Étang de Vaccarès* gefahren ist, um seiner Strafe entgegenzusehen. Louis hat erzählt, dass er dem Tier entgegengegangen sei, aufrecht und gefasst. Er hat ihm zugeschrien, er solle sich zeigen, damit er endlich wisse, mit wem er es zu tun habe. Vielleicht hat er keinen Menschen erwartet, sondern tatsächlich etwas Höheres.«

Imbert lachte glucksend. »Nee, schon klar, etwas Höheres! Vielleicht hat er auch gedacht, da käme Aladin auf dem Zauberteppich.«

Die anderen grinsten.

Pierre sah Imbert ernst an, danach Bartissol und schließlich Froissant. »Wir dürfen nicht nach unseren Maßstäben urteilen, sondern müssen uns in die Gedankenwelt des Täters hineinversetzen und in die der Opfer. Für sie alle ist der Kampf Gut gegen Böse real. Und Mateo Espinas gehörte für den Täter ganz offensichtlich zu den Bösen, ebenso wie Josiane Simon. Daher bei beiden die seltsamen Tierspuren.«

»Das ist ein sehr interessanter Gedanke«, sagte Bartissol. »Wir sollten dem nachgehen.«

»Ich weiß nicht«, entgegnete Imbert. »Was ist mit den Brüdern Fouade? Die haben ein handfestes Motiv. Und wer weiß, vielleicht waren sie ja in der Vergangenheit beim Theater.«

»Das können wir vergessen«, winkte der *Commissaire* ab. Ich habe vorhin mit dem Ermittlungsrichter telefoniert und ihm vom zweiten Mord erzählt. Er sagte, unter diesen Umständen könne er den Haftbefehl gegen die Brüder nicht länger aufrechterhalten. Ein besseres Alibi als die U-Haft gibt es ja wohl nicht.«

»Wir wollen sie laufen lassen?«, empörte sich Imbert. »Was ist mit den Einbrüchen? Komm schon, wir müssen dagegen vorgehen, sonst war Mateos Tod umsonst.«

»Ich weiß, aber ohne ihn haben wir nichts gegen die beiden in der Hand. Jetzt noch viel weniger als zuvor.« Bartissol seufzte. »Wir werden dem später nachgehen. Die Morde sind jetzt wichtiger. Und die haben offensichtlich nichts mit den Einbrüchen zu tun.«

Pierre stimmte dem *Commissaire* zu. Dabei fiel ihm auf, dass er in diesem Fall nur wenig mitschrieb. Normalerweise führte er Listen, mithilfe derer er versuchte, den oder die Täter einzukreisen samt möglichen Motiven. Aber nun gab es nichts, an dem er sich festkrallen konnte.

»Es ist wirklich merkwürdig«, sagte er. »Ich habe das Gefühl, dass wir einem Phantom hinterherlaufen, das uns immer einen Schritt voraus ist. Als wäre da jemand, der mit uns spielt.«

»Wer auch immer es ist, wir werden ihn einholen«, erwiderte der *Commissaire* grimmig. »Unsere Chancen stehen gut. Der Mörder hat einen Fehler begangen, indem er einen Tatort in einem Haus gewählt hat. Selbst bei noch so gutem Schutz wird er irgendwo DNA-Spuren hinterlassen haben. Selbst wenn es nur eine einzige Hautschuppe von ihm gibt, wir werden sie finden. Und bis dahin werden wir jeden einzelnen Stein umdrehen, so klein er auch scheinen mag.« Er wandte sich an Imbert. »Du bittest *Capitaine* Vidal, dass er uns von den Gendarmen, die vor der *Mission de la Lumière* postiert sind, eine Liste der Fahrzeuge oder Personen besorgt, die das Tor seit ihrer Ankunft auf der Gemeindewiese passiert haben. Und dann versuchst du, Espinas' Ex-Frau aufzutreiben, und fragst sie, ob die beiden in letzter Zeit Kontakt hatten, und ob es irgendwelche Brüche in der Vergangenheit gibt, von denen wir noch nichts wissen.« Er drehte sich Froissant zu. »Du befragst Madame Simons Tochter, sofern sie sich in der Lage dazu fühlt, weitere Auskünfte zu geben, zur Vergangenheit ihrer Mutter. Finde heraus, ob sie Kontakt zur Pfingstgemeinde hatte, oder ob ihr der Name Mateo Espinas etwas sagt. Ich rufe *Lieutenant* Reynaud an, damit er noch mal bei ihrem Arbeitgeber nachhakt. Die Kollegen hier vor Ort werden die Anwohner fragen, was sie über Josiane Simon wissen und ob sie etwas bemerkt haben. Und Sie, Pierre, bleiben mit dem Professor in Kontakt. Wir treffen uns wieder im *Restaurant des Voyageurs* in Aigues-Mortes. Aber angesichts der Umstände erst um«, er sah auf die Uhr, »halb sieben. Auf geht's, an die Arbeit.«

Als die Kollegen in ihre Autos stiegen, hielt Pierre den *Commissaire* zurück.

»Eine Frage noch. Sie sagten gestern, Espinas habe Inspektor Imbert kurz vor seinem Tod angerufen. Wo war dieser zu dem Zeitpunkt?«

»In Arles, gemeinsam mit einem Kollegen. Ein Noteinsatz

in einer Bäckerei, in der ein Kunde ausgetickt ist. Imbert hat den verpassten Anruf gesehen und sofort zurückgerufen. Doch Espinas hat ihn nicht mehr entgegengenommen. Daraufhin hat der Inspektor den Einsatzort sofort verlassen und ist in Richtung Aigues-Mortes gefahren.«

»Um wie viel Uhr ist er dort angekommen?«

»Gegen zweiundzwanzig Uhr. Etwa eine halbe Stunde nach der Gendarmerie, die sich sofort nach dem Anruf von Louis auf den Weg gemacht hatte.« Er lächelte. »Sie glauben, er sei in die Sache verwickelt? Er hat ein bombenfestes Alibi. Außerdem waren die beiden gut befreundet. Espinas' Tod hat Imbert schwer getroffen. Ich habe sogar erwogen, ihn aus dem Fall rauszuhalten, aber er hat mich angefleht, ihn ins Team aufzunehmen. Er ist fest entschlossen, alles daranzusetzen, um den Täter zu finden.«

26

Kalia hatte Pierre ein Restaurant am alten Fischereihafen genannt, in dem sie und Louis auf ihn warteten. Sie würden schon mal eine Platte Meeresfrüchte für drei Personen bestellen, ob das in Ordnung sei. Er stimmte zu.

Auf dem Weg dorthin machte Pierre einen Umweg, er fühlte sich nicht fähig, die Haut des Ermittlers einfach so abzustreifen und wieder in die Rolle des Bootsurlaubers zu schlüpfen. Meeresfrüchte zu essen und dabei zu tun, als sei nichts geschehen.

Er lief durch leere Wohngebiete, an glatt verputzten Häusern vorbei, die alle nicht viel älter als zwanzig Jahre schienen. Kopflos schlenderte er umher, in Gedanken versunken. Schließlich fand er sich in einer belebten Straße wieder, in der sich ein Restaurant an das andere reihte. Eine Familie kam ihm entgegen, der Vater hielt ein Schwimmtier in der Hand, dessen Kopf auf und ab wippte. Von rechts erklang das Gelächter einer Gruppe junger Mädchen. Ein vorbeifahrendes Mofa beschallte die Straße mit lauter Musik.

Pierre blieb stehen, sah sich um. Wusste nicht, wohin. Die vielen Menschen waren ihm unangenehm. Es war eine von diesen Situationen, in denen er allein sein wollte. Allein mit seinen Gedanken und Gefühlen. Er stieß die Luft aus.

Ein Mann war ermordet worden und nun auch noch eine Frau. Während die Menschen um ihn herum so taten, als sei ein ganz normaler Sommertag, hatte jemand, der noch gestern

Abend seiner Arbeit nachging und ein allerletztes Brot verkaufte oder ein Pfund Tomaten, sein Leben ausgehaucht.

Die Ergebenheit, mit der Josiane Simon ihrem Schicksal entgegengetreten war, berührte ihn. Was hatte sie gedacht, als sie den an sie adressierten Kettenbrief gelesen hatte. Furcht? Oder Erleichterung, dass es bald vorbei war?

Pierre schüttelte langsam den Kopf.

So vieles hatte er in den vergangenen beiden Tagen bereits gedacht und zutage befördert, aber nichts von all dem erklärte den Tod dieser Frau. Selbst wenn sie in ihrer Vergangenheit Menschen mit Handauflegen zu heilen versucht haben sollte: Was bitte hatte das mit der Legende des Tieres vom *Vaccarès* zu tun? Was mit den Visionärinnen, deren Weissagungen der Verfasser im Text zu einer einzigen zusammengebastelt hatte? Was zur Hölle sollte ihnen das Ganze sagen? Es ergab keinen Sinn. Oder war es ein Fehler, ständig nach der Botschaft dahinter zu suchen? War es nichts weiter als eine überaus wirkungsmächtige Methode, um die Ermittler zu verwirren und von der Wahrheit abzulenken?

Nein, die Briefe waren wichtig, er spürte es genau. Auch Josiane Simon hatte den Zusammenhang erkannt, er musste dranbleiben, den dritten Mord verhindern. Pierre atmete tief durch. Er musste den Professor anrufen und ihm von dem zweiten Opfer zu erzählen. Ihm die Wichtigkeit der Angelegenheit klarmachen, ihn dazu bringen, sich sofort darum zu kümmern. Er wählte Thiebaud Nguyens Nummer und sprach ihm, als niemand abnahm, auf den Anrufbeantworter. Bat um Rückruf. Dringend.

Jemand rempelte ihn von hinten an, rief ihm zu, warum er so blöd im Weg herumstehe, doch er zuckte nur mit den Schultern und ging weiter. Links von ihm erhob sich die *Église Notre-Dame-de-la-Mer*. Einem Impuls folgend bog er in die nächste Gasse, bis er schließlich auf einen Platz kam und direkt vor der Kirche stand.

Es war ein imposantes Gebäude aus hellem Stein mit einem schlichten eisenbeschlagenen Portal aus dunkelrotem Holz. Das steinerne Dach war mit Zinnen und einem Wachturm bewehrt, wie bei einer Burg – Zeichen der vielen Plünderungen und Piratenangriffe der damaligen Zeit. An der Rückwand des an der Ostseite liegenden Wehrturms ragte – von hier nur schwer einsehbar – der wohl meistfotografierte Glockenaufbau der Provence steil empor.

Pierre ging auf das Portal zu, es war verschlossen. Überrascht trat er einen Schritt zurück.

»Monsieur«, rief eine ältere Dame, »Sie müssen nach links. Der Eingang befindet sich um die Ecke.«

Er bedankte sich und folgte dem Hinweis. Entdeckte eine schmale, weit geöffnete Tür unterhalb eines eisernen Camargue-Kreuzes, das unter Verwendung des Dreizacks der Viehhirten, des Ankers der Fischer und des Herzen der heiligen Marien die kirchlichen Tugenden Glaube, Hoffnung und Liebe darstellte.

Pierre trat aus der Sonne ins Innere und musste einen Moment warten, bis sich seine Augen an die veränderten Lichtverhältnisse gewöhnt hatten. Zuerst sah er die hohen Bögen, die den Kirchensaal umrahmten, dann den sanft beleuchteten Altarbereich und darunter den Eingang zur Krypta. Im Hintergrund erklang leise ein Ave-Maria, das aus unsichtbaren Lautsprechern kam.

Er wandte sich den Aufstellern zu, die zu seiner Rechten standen und die Geschichte der Ankunft der drei Marien samt ihrer dunkelhäutigen Dienerin Sara schilderten, nachdem sie vor den Römern aus dem Heiligen Land geflohen waren. Nachdem sie auf einem Boot ohne Ruder auf dem Meer ausgesetzt worden waren, landeten sie an der Küste der Camargue, von wo aus sie den christlichen Glauben lehrten, der sich erst über das Land und dann weiter auf dem ganzen Kontinent verbreiten sollte.

Langsam schlenderte Pierre durch die Bankreihen in Richtung des Altarraumes. Das Innere der Wehrkirche verströmte eine ganz besondere Atmosphäre, die sich unwillkürlich auf ihn übertrug. Ein Innehalten, trotz der Geräusche all derer, die wie er andächtig durch den Kirchensaal schritten.

Er schritt an Vitrinen mit Reliquien, Diademen und Kunstmalereien vorbei und warf auch einen Blick in die Krypta, wo die Figur der schwarzen Sara, den Schutzheiligen der *gitans*, *roms* und *manouches*, behängt mit mehreren Lagen Capes und Ketten, neben einem leuchtenden Meer aus Gebetskerzen stand. Dann sah er die Stufen zum Altar empor und faltete die Hände. Bat darum, hier etwas zu finden, das ihm helfen würde, den bevorstehenden dritten Mord zu verhindern, und kam sich auf einmal albern vor. Wann hatte er eigentlich das letzte Mal gebetet?

Die Religion hatte in seinem Leben an Präsenz verloren, seit seine Mutter gestorben war.

Er war gerade einmal zwölf Jahre alt gewesen, und er erinnerte sich daran, wie sehr es ihn innerlich zerrissen hatte, den Pfarrer von Trost und Zuversicht sprechen zu hören und davon, dass der Tod nicht das Ende sei, sondern der Beginn eines neuen Lebens. Damals hatte er beschlossen, dass er sich keinem Gott überantworten wolle, der eine kluge und warmherzige Frau wie sie einfach so aus dem Leben nahm.

Seitdem hatte er keine Kirche mehr betreten und es auch nicht vermisst. Die wahren Antworten auf das Leben gaben ihm Gedanken philosophischer Natur, nicht aber religiöser. Sein Leben funktionierte auch ohne den Glauben an einen

Gott. Und dennoch fühlte er sich hier, in diesen heiligen Räumen, seltsam ergriffen. Berührt, bewegt, als löse sich tief in seinem Inneren ein schwerer Knoten. Er ging weiter zu dem Gestell mit den Kerzen und entzündete eine für seine Mutter. Gedachte ihrer, bedankte sich für die wundervollen ersten Jahre und wandte sich schließlich seltsam befreit um.

Zurück in Richtung Ausgang nahm er die andere Seite. Die Darstellung der Maria Jacobäa und Maria Salome, die beide in einem Boot saßen, zog seine Aufmerksamkeit auf sich. Die Figuren waren umringt von an der Wand angebrachten steinernen Tafeln mit Inschriften. Dazwischen ein Rahmen mit dem Bild eines *gardians* und seines völlig zerstörten Wagens, in dem er offenbar umgekommen war.

Er trat näher, las den Text, machte wieder einen Schritt zurück.

Offenbar war dies ein Platz, an dem die Gläubigen ihre Verbundenheit zu den Heiligen ausdrücken konnten. Ihren Dank und ihre Hoffnung. Die Tafeln waren zumeist älteren Datums, vermutlich hatte irgendwann der Platz gefehlt.

Pierre hielt inne. Ein jäher Gedanke stieg in ihm auf, und er spürte, wie sich sein Puls beschleunigte.

Bei seinem Blick in die Krypta hatte er etwas Ähnliches gesehen, nur waren es Bilder, keine Tafeln. Er war auf der oberen Stufe stehen geblieben, ohne den Raum zu betreten. Waren darunter auch Bilder von Verstorbenen, so wie unter dem Bildnis der beiden Marien?

Er eilte zurück und schritt die Stufen hinab in das niedrige Gewölbe. An der Wand zwischen der Figur der schwarzen Sara und einem Holzkasten, der mit beschriebenen Zetteln gefüllt war, lehnten Rahmen mit Porträts, an den Wänden waren Fotos mit Klebestreifen befestigt neben Danksagungen und blumengeschmückter Karten. Er betrachtete Bilder von Älteren und Babys, von einer tanzenden Frau, die vor Lebenslust überzuschäumen schien. Fotos von Menschen, deren Leben man dem Schutz der Heiligen überstellte in der Hoffnung auf baldige Genesung.

Und dann entdeckte er es. Das verknitterte Bild eines etwa achtjährigen Jungen auf einem Krankenbett, in den Armen eines Mannes mit dunklem, lockigem Haar. Sie beide trugen Fußballtrikots des AC Arles-Avignon. Pierre erstarrte und beugte sich weiter vor. *Alejandro* stand auf dem des Jungen, dessen ebenso dunkle Locken auf der verschwitzten Stirn klebten. Auf dem Trikot des Mannes stand der Name *Mateo*.

Pierre zuckte zurück. Von diesem Bild ging eine Traurigkeit aus, die ihn schier überflutete. Er dachte an Charlotte und ihren Kinderwunsch, und es schnürte ihm den Hals zu.

Schwer atmend trat er schließlich wieder vor und betrachtete den Mann, der das erste Opfer des Mörders geworden war. Ovales Gesicht, ein kleiner Mund mit vollen Lippen, dunkle Augen, deren äußere Winkel leicht nach unten zeigten.

Pierre machte ein Foto von dem Bild.

Es konnte noch nicht lange hier hängen, sicher leerte jemand die Wand von Zeit zu Zeit, um Platz für neue Bilder zu schaffen. Espinas war erst kurz vor seinem Tod in der Camargue angekommen und direkt zum *Étang de Vaccarès* gefahren. Er selbst hatte demnach keine Zeit gehabt, es hier anzubringen.

Doch wer hatte es dann getan? Josiane Simon? War das die Verbindung, nach der er die ganze Zeit gesucht hatte?

Eines war jedenfalls sicher: Louis war es nicht gewesen, und er war auch nicht der Mörder, sondern nur ein armer, verängstigter junger Mann, der zum falschen Zeitpunkt am falschen Ort gewesen war. Er musste endlich mit ihm reden und ihm die Wahrheit sagen. Das war er ihm schuldig.

27

Kalia und Louis saßen an einem Tisch an der Hauswand des Restaurants. Vor ihnen stand eine große Platte mit Crevetten, Muscheln, kleinen Tintenfischen und mit *persillade* bestrichenen Rotbarben, dazwischen Kartoffelspieße und eine Schale *aïoli*. Daneben ein beschlagener Glaskrug mit Weißwein. Erst jetzt merkte Pierre, dass er einen riesigen Hunger hatte. Er sah auf die Uhr, es war kurz nach zwei.

»Wo warst du denn so lange?«, fragte Kalia mit besorgter Miene.

»Ich musste nachdenken.«

»Worüber?«, erkundigte sich Louis.

Pierre setzte sich zu ihnen an den Tisch. »Über das Leben und über den Tod.«

»Klingt ziemlich pathetisch.«

Pierre lächelte ihn an. »Ist es auch.« Er suchte nach einer guten Überleitung. Als er die Kirche verlassen hatte, war er fest entschlossen, die Lüge zwischen ihnen aufzuklären. Aber als er Louis nun gegenübersaß, dachte er, dass es vielleicht doch nicht der richtige Zeitpunkt sei. Dass er zuerst mit Bartissol sprechen sollte, bevor er wieder einmal eigenmächtig entschied.

»Wie war es in der Gendarmerie?«

»Furchtbar! Sie haben mich wie einen Verbrecher behandelt.«

»Ich dachte, sie brauchen nur deine Zeugenaussage?«

»Ja, das habe ich auch geglaubt. Aber dann wollten sie plötzlich nicht nur alles von dem Abend wissen, sondern auch warum ich ausgerechnet dort fotografiert habe, wo es doch Orte gibt, an denen mehr Vögel zu beobachten sind. Und bessere Uhrzeiten. Und dann«, er hob in einem Ausdruck größter Irritation die Arme, »haben sie mich gefragt, wo ich in der Nacht von gestern auf heute war. Ich wüsste gerne, was zum Kuckuck das mit dem Mord zu tun hat?«

»Es hat einen weiteren Mord gegeben. Eine Frau ist in ihrer Wohnung tot aufgefunden worden, mit geschwärztem Gesicht.«

»Dann haben die also tatsächlich gedacht …«

»Ja, aber du hast ein Alibi. Du warst die ganze Zeit bei mir auf dem Hausboot.«

»Nein, das zählt nicht. Du hast doch geschlafen, oder? Ich hätte mich jederzeit hinausschleichen können.«

Pierre seufzte. Offenbar wussten die Beamten nichts von den Aufpassern auf dem Nachbarboot, die ihn rund um die Uhr überwachten, um genau das zu verhindern.

»Hättest du nicht. Es wäre bemerkt worden.«

Louis riss die Augen auf. »Woher weißt du davon?«

»Weil ich Polizeibeamter bin.« Da war er, der richtige Moment. »Ich wollte es dir die ganze Zeit schon sagen, aber es hat sich nicht ergeben.«

»Du bist … was?« Louis schüttelte den Kopf und lachte verunsichert. »Du hast mich angelogen!«

»Nein, habe ich nicht. Ich habe nie behauptet, kein Polizist zu sein, ich habe dir nur nicht die ganze Wahrheit gesagt, das ist ein gewaltiger Unterschied. Aber das ist jetzt auch egal, es war mir wichtig, es endlich auszusprechen.«

Louis starrte ihn an, verzog dabei den Mund. »Jetzt wird mir so einiges klar. Und ich dachte, du fährst mit mir an den See, weil es dir um mich geht. ›Sie brauchen deine Zeugenaussage‹, hast du gesagt, ›sonst geschieht noch ein Unglück.‹ Und ich habe dir vertraut.« Louis sprang auf. »Ein feiner Freund bist du!«

»Louis …« Pierre erhob sich ebenfalls. »Natürlich ist es mir um dich und dein Wohlbefinden gegangen. Aber es sind auch andere Menschen in Gefahr, da kannst du mir doch nicht vorwerfen, einen Mord an ihnen verhindern zu wollen.«

»Nein, natürlich nicht. Aber weißt du, was richtig scheiße ist? Dass du die ganze Zeit gedacht hast, ich könnte der Täter sein. Und wäre dieser zweite Mord nicht geschehen, würdest du es noch immer tun.«

»Das ist nicht wahr. Das war vielleicht ganz am Anfang so, aber da kannte ich dich noch nicht.«

Der junge Mann antwortete nicht, er riss seinen Rucksack von der Stuhllehne und sprang auf. Pierre stellte sich ihm in den Weg und hielt ihn am Arm zurück.

»Das ist nicht fair! Du bist hier doch derjenige, der die ganze Zeit gelogen hat. Warum hätte ich dir denn vertrauen sollen, hm?«

»Das war Notwehr!« Louis riss sich los. »Lass mich in Ruhe.« Er wich Pierre aus, schlängelte sich durch die engen Tischreihen und warf im Eifer des Gefechts einen Stuhl um.

»*Merde!*« Pierre ließ die Hand sinken und sah Louis nach, der die Straße in Richtung Altstadt entlanglief.

»Lass ihn gehen.« Auch Kalia war aufgestanden und legte Pierre nun eine Hand auf die Schulter. »Er wird schon wiederkommen, wenn die erste Wut verraucht ist.«

»Und wenn nicht?«

»Louis ist alt genug, schließlich ist er vorher auch ohne dich zurechtgekommen.«

»Das ist nicht gerade das, was ich hören wollte.« Pierre setzte sich wieder, und Kalia tat es ihm nach.

»Diese ermordete Frau«, begann sie zögernd. »Ist sie eine von uns? Ich meine, ist sie eine *gitane*?«

Er schüttelte den Kopf. »Ich glaube nicht, aber vielleicht kennst du sie ja. Sie heißt Josiane Simon und hat Reisen auf den Spuren von Maria Magdalena organisiert.«

»Nein, noch nie von ihr gehört.«

Aus Kalias Lächeln sprach Erleichterung, und er wollte gerade nach dem Grund fragen, als ihr Mobiltelefon brummte. Sie schielte auf das Display, las und begann einen Text zu tippen.

Pierre nutzte die Zeit und griff, noch immer verärgert über Louis' plötzlichen Abgang, nach einer Gabel. War das der Dank für seine Ehrlichkeit? Hatte der Kerl denn nicht die Zuwendung bemerkt, mit der er ihn die ganze Zeit bedacht hatte?

Er spießte eine Crevette auf und tunkte sie in die *aïoli*, bevor er sie in seinem Mund verschwinden ließ. Die Crevette war bereits kalt, aber dennoch würzig. Er aß eine weitere. Und dann noch eine. Er hatte einen Bärenhunger. Hunger und Wut im Doppelpack waren das Schlimmste, sie schlugen ihm auf den Magen. Es wäre gut, wenn er zumindest Ersteren loswurde.

Zwei Frauen betraten die Terrasse des Restaurants, und Pierre ließ sich für einen Moment ablenken. Was eher etwas mit der enormen Präsenz der beiden zu tun hatte als mit ihrem auffälligen Äußeren, das auch die Blicke der anderen Gäste auf sich zog. Die größere trug ein figurbetontes Kleid, das lange schwarze Haar fiel ihr bis auf die Hüfte, und die Fingernägel der erhobenen Hand, mit der sie der Bedienung winkte, waren lang und sorgfältig lackiert. Die kleinere der beiden trug ein pink bedrucktes Shirt zu einer schwarzen knielangen Leggins. Über der Oberlippe funkelte ein kleiner Stein. Als sie Pierres Blick bemerkte, zog sie die Brauen zusammen.

Mit gespielter Gleichgültigkeit wandte er sich ab und widmete sich einer Kartoffel, die samt Schale in der Pfanne gebraten worden war. Sie schmeckte hervorragend, obwohl es nur eine simple Kartoffel war. Ihr hafteten Röstaromen an, als hätte der Koch sie im Bratsaft der Rotbarbe gegart. Obenauf feinste Flöckchen *fleur de sel*, vermischt mit kleinen roten Körnern, aus denen er die Schärfe von Piment herausschmeckte. Und – wie könnte es anders sein – den unverwechselbaren Geschmack von Safran. Ganz leicht nur und doch präsent. Ein Gewürz, das aus der provenzalischen Fischküche kaum noch wegzudenken war und das er über alles liebte.

Noch mehr aber liebte er es, alle Aromen gleichzeitig auf sich wirken zu lassen. Pierre teilte ein Stück des Fisches ab, das reichlich mit *persillade* bestrichen war, spießte obenauf eine Kartoffelhälfte und tauchte die Gabel in die *aïoli*.

»Ach …«, sagte er nur, als die Aromen ihre Wucht in seinem Gaumen entfalteten. Er schenkte sich etwas Weißwein ein und trank einen Schluck, dann lehnte er sich im Stuhl zurück. Nun ging es ihm besser.

Sein Blick glitt über den Hafen, wo ein Segelboot mit lustig flatternden Wimpeln ablegte, und weiter zu Kalia, die noch immer auf ihrem Mobiltelefon herumtippte und dabei auf der Unterlippe kaute.

»Ist etwas«, fragte er, »mit deinem Frauenchat? Da scheint ja richtig was los zu sein.«

»Ja …« Kalia hob kurz den Blick. »Die Frauen haben einen Verdacht, aber ich denke nicht, dass sie damit richtigliegen.«

»Aha.« Pierre sah sie aufmerksam an.

Kalia steckte das Telefon ein. »Marie hat mit ihrer Freundin Roseline gesprochen. Deren Schwester Bijoux hat gerade ein Baby bekommen und in der Nacht von Donnerstag auf Freitag kaum geschlafen, weil es die ganze Zeit geschrien hat. Sie stand zufällig am Fenster und hat gesehen, wer den Brief an sie eingesteckt hat. Es war Mayron, ein Großcousin von mir. Marie hat Bijoux besucht und den Umschlag mit denen der anderen Frauen verglichen. Die Schrift ist dieselbe, sie stammen alle von ihm.«

»Mayron?« Den Namen hatte er irgendwo schon einmal gehört.

»Er war ein langjähriger Freund von Mateo Espinas, ich hatte ihn neulich kurz erwähnt.«

Pierre richtete sich auf. »Und die Frauen glauben, dass er der Verfasser ist?«

»Ja. Aber ich kann es mir nicht vorstellen. Jetzt, da es dieses zweite Opfer gibt. Der Zustand seines Vaters Felipe, der vor wenigen Wochen einen Herzinfarkt hatte, hat sich seit gestern verschlechtert. Mayron weicht ihm keine Minute von der Seite, auch nachts nicht. Seine Frau Deborah kann das bezeugen.« Kalia hob die Schultern. »Davon abgesehen ist Mayron ziemlich einfach gestrickt, er ist nicht dazu in der Lage, sich einen solchen Text auszudenken, noch dazu mit all den symbolischen Verknüpfungen. Aber ich denke, dass er den Brief dazu benutzt hat, einige von uns einzuschüchtern. Inzwischen ist klar, dass er bestimmt zwanzig Kopien davon gemacht und verteilt hat, wenn nicht noch mehr. Roseline hat ihn darauf angesprochen, aber er hat alles abgestritten, obwohl es da gar nichts mehr zu leugnen gibt.«

»Der Brief«, überlegte Pierre, »ist also zu Beginn an einen guten Freund von Mateo Espinas gegangen. Ich wüsste nur zu gerne, ob Mayron sein Exemplar noch besitzt.«

Kalia nickte. »Ich rufe Deborah gleich an.«

Während sie telefonierte, ging Pierre hinein, um die Rechnung zu begleichen, und als er rauskam, strahlte Kalia übers ganze Gesicht.

»Sie hat den Brief. Wir können ihn sofort abholen.«

28

Als sie der Straße in Richtung Parkplatz folgten, fiel Pierre auf, dass kaum noch Menschen unterwegs waren und dass es nun auch hier, direkt am Wasser, vollkommen windstill war. Er hob den Hut an, wischte sich mit einem Taschentuch den Schweiß von der Stirn und dachte an das, was Kalia ihm über den Verteiler der Kettenbriefe erzählt hatte.

»Warum glaubst du«, fragte er, »dass Mayron die Frauen mit den Briefen einschüchtern wollte?«

»Das war nur so eine Idee«, antwortete sie. »Wir haben im Chat festgestellt, dass sämtliche Frauen, die das Schreiben von ihm erhalten haben, sich davor darüber ausgetauscht hatten, dass sie sich eine Predigt der Pfingstler anhören wollen. Offenbar hatte Mayron vor, dies zu verhindern.«

Pierre lachte verwundert auf. »Aber der Kettenbrief richtet sich an Sünder. Es kann ja wohl kaum eine Sünde sein, sich die Predigt einer christlichen Religionsgemeinschaft anzuhören.«

»Aus der Sicht von Mayron schon. Er glaubt offenbar, dass die Pfingstler schuld am gebrochenen Herz seines Vaters sind. Und dass es ihn ins Grab bringen wird, wenn sich noch mehr *gitanes* abwenden.«

Pierre sah sie irritiert an.

»Ich muss ein wenig ausholen, damit du das Ganze besser verstehst.« Sie hielt kurz inne, um sich zu orientieren, und ließ einen Lieferwagen vorbei, bevor sie die Straße überquerte. »Die meisten *gitans* sind zwar Katholiken, aber in Wahrheit praktizieren die wenigsten ihren Glauben. Die Kirche hat nur zu bestimmten Ereignissen Bedeutung, bei der Geburt, der Hochzeit und dem Tod.«

Pierre dachte an die Bilder von den entrückten Gesichtern auf den Infotafeln der *Église Notre-Dame-de-la-Mer*. »Und bei der Wallfahrt.«

»Ja, aber das ist für die meisten eher eine gute Gelegenheit, versprengte Verwandte wiederzusehen. Oder die abendlichen Tanzveranstaltungen zu besuchen, die sind nämlich wirklich schön. Der katholische Glaube selbst wird eher in Form der Tugendhaftigkeit gelebt. In unserer Tradition ist die Keuschheit der Mädchen und Frauen Ausdruck des Respekts gegenüber den Älteren. Sie ist ein zentraler Bestandteil der Familienehre. Während wir unsere Söhne erziehen wie kleine Könige, werden die Töchter engmaschig überwacht.«

Pierre dachte über Kalias Worte nach. Er erinnerte sich an die beiden Frauen im Restaurant, die die Blicke der anderen Gäste auf sich gezogen hatten. »Einige *gitanes*, die ich hier gesehen habe, wirken nicht unbedingt züchtig.«

Sie lächelte. »Viele Frauen im heiratsfähigen Alter verwenden viel Zeit darauf, sich zurechtzumachen und verführerisch zu kleiden. Sie kokettieren mit ihrer Schönheit, und die Männer aus der Familie sind stolz auf sie. Gleichzeitig vergewissern sie sich ihrer Tugendhaftigkeit. Du wirst niemals eine von ihnen alleine sehen. Wenn es eine männliche Begleitung ist, dann entweder ein Bruder, ein Cousin oder ihr Verlobter. Das Ganze findet seinen Höhepunkt in der Hochzeit, bei der die Familie beweisen kann, dass ihre Bemühungen erfolgreich waren. Dann wird die gesamte Verwandtschaft aus allen Teilen des Landes herbeigerufen und ein riesiges Fest gefeiert, zu dem auch schon mal fünfhundert Leute eingeladen werden. Dafür nehmen sie Kredite auf und stürzen sich in Schulden.

Alles nur, um der versammelten Großfamilie im entscheidenden Moment jenes Taschentuch zu präsentieren, das die Unberührtheit der Braut bezeugt.«

Pierre runzelte die Stirn. »Das ist aber ein symbolisches Tuch, oder? Die Bräute lassen ihre Jungfräulichkeit vermutlich vom Arzt bestätigen.«

»Nein, nein. Auf jeder Hochzeit ist immer auch eine Entjungferungsspezialistin. Sie untersucht die Braut in einem Nebenraum auf einem Tisch und durchsticht das Häutchen mit dem Taschentuch über dem Finger, während die anderen Frauen die Braut festhalten und beruhigend auf sie einreden. Und das nicht nur einmal. Manche machen bis zu fünf Tücher mit Blutflecken, sogenannten Sternchen.«

Pierre blieb stehen und sah sie überrascht an. »Das klingt entwürdigend.«

»Ist es auch.« Kalia wandte den Kopf und sah an ihm vorbei. »Aber je stärker sich um uns herum die Sitten lockern, desto mehr gewinnt dieser Ritus an Bedeutung. Die Präsentation der Taschentücher wird geradezu frenetisch gefeiert. Wer keine Jungfrau mehr ist, geht lieber rasch eine Fluchtehe ein, das ist für die Familie leichter zu verschmerzen als eine Hochzeit ohne Beweis.«

Pierre blies die Luft durch die Backen. »Bist du deshalb nach Paris geflohen?«

Sie sah ihn an, der Blick ernst. »Auch. Ich war in Bernard verliebt, er war der Mann meines Lebens. Aber im Gegensatz zu den Söhnen, die junge Französinnen oder Maghrebinerinnen in die Familie holen dürfen, ist uns Töchtern eine Heirat außerhalb unserer Kultur verwehrt. Deshalb habe ich damals keine andere Möglichkeit gesehen.« Sie schluckte heftig. »Ich habe meinem Vater damit sehr wehgetan. Nach meiner Rückkehr habe ich ihn um Verzeihung gebeten, und ich bin froh, dass er mir vergeben hat. Er hat mich wieder in die Familie aufgenommen, daher ist es mir egal, wenn manche meiner Tanten mich schneiden und nicht mehr mit mir reden, weil ich die Ehre der Familie mit Füßen getreten habe.« Sie lächelte wehmütig. »Die Jüngeren tun so, als sei nie etwas passiert. Sie sind herzlich und schließen mich ein. Aber ich weiß, dass ich für sie immer das abschreckende Beispiel bleiben werde, die alte Jungfer, die niemand mehr ehelichen will.«

Sie setzte ihren Weg in Richtung Parkplatz fort, und Pierre schloss mit raschen Schritten auf. Er betrachtete Kalia von der Seite. Eine dunkle Strähne hatte sich aus ihrer Frisur gelöst und umfloss das weiblich runde Gesicht. Er verstand beim besten Willen nicht, wie eine derart warmherzige Frau mit Ende dreißig bereits als unvermittelbar abgestempelt werden konnte. Als sei sie eine verderbliche Ware und kein Mensch mit Gefühlen.

»Sei mir bitte nicht böse«, sagte er, »aber das klingt wie aus dem vorigen Jahrhundert. Du bist doch eine selbstständige Frau und kannst tun und lassen, was du willst. Warum bist du nicht in Paris geblieben, wo du mit Sicherheit einen Mann gefunden hättest, der dich liebt und verehrt so, wie du bist? Anstatt in den Schoß einer Familie zurückzukehren, die dich wie eine Abtrünnige behandelt.«

»Hätte mich das denn wirklich glücklich gemacht?« Sie schüttelte den Kopf. »Nach der Trennung von Bernard habe ich als Verkäuferin gearbeitet und mein eigenes Geld verdient. Habe mich in meiner Freizeit mit Freundinnen getroffen und lauter schöne Dinge unternommen. Aber am Ende des Tages saß ich alleine in meiner winzigen Wohnung in einem Mietshaus, in dem ich kaum einen Nachbarn kannte, mit meinem Fernseher, den Büchern und den sozialen Netzwerken und fühlte mich einsam. Da habe ich dann erkannt, dass ich zurückmuss, wenn ich nicht untergehen will.« Sie warf ihm einen kurzen Blick zu. »Ihr Franzosen lebt eine Kultur des Einzelnen, der sich im Namen der Selbstverwirklichung von der Familie löst. Und dabei merkt ihr nicht, dass ihr euch einer wichtigen Lebensader beraubt, eure Wurzeln, eures Rückhalts. Wie viele von euch überdecken ihre Einsamkeit mit virtuellen Freundschaften, wechselnden Sexualpartnern oder experimentellen Lebensentwürfen in dem Glauben, darin ihr Glück zu finden? Ich habe noch nie so viele verzweifelte, depressive, unglückliche Menschen gesehen, die ihre wahren Gefühle hinter einer Maske der Fröhlichkeit verbergen, mit der sie den Sieg des Individuums feiern. Doch zu welchem Preis?«

Pierre hob erstaunt die Brauen. Das letzte Mal hatte er Kalia so energisch erlebt, als sie ihre Wurzeln und ihre Kultur verteidigte. Das war vor zwölf oder dreizehn Jahren gewesen, und es hatte ihm Respekt abgerungen. Diese Zuspitzung aber war ihm zu einseitig. Er dachte an Martin Cazadieu und an dessen Glühen, als er von seiner neuen Liebe erzählte. Auch er hatte einen Lebensentwurf gewählt, den Kalia als experimentell bezeichnen würde.

»Vielleicht hast du bisher die falschen Personen kennengelernt«, entgegnete er leicht verstimmt. »Es gibt viele, die damit glücklich sind. Die sich ihre eigene Familie schaffen, mit Menschen, bei denen sie sich geborgen fühlen. Mit Freunden, die sie so nehmen, wie sie sind, und die sie sich aussuchen können, im Gegensatz zu ihrer Verwandtschaft.«

»Mag sein, dass es Ausnahmen gibt«, sagte sie ruhig, doch ihr war anzumerken, dass sie innerlich aufgewühlt war. »Bei mir bleibt jedenfalls der Eindruck einer Gesellschaft hängen, die sich im Trash-TV Anregungen für den Umgang miteinander holt. In der jeder den anderen ungestraft beleidigen, mobben und psychisch zerstören darf, solange es von der Meinungsfreiheit gedeckt ist. In der die Zurschaustellung des nackten weiblichen Körpers zur Normalität wird, wodurch er jegliche Unschuld verliert.« Sie lachte bitter. »Egal, wie viele Integrationsbestrebungen die Mehrheitsgesellschaft versucht, es wird daran scheitern, dass das, was ihr uns vorlebt, für die meisten nicht erstrebenswert ist. In unseren Augen sind wir, die wir von vielen *payous* wegen unserer Kultur verachtet werden, die wahren Überlegenen.«

Pierre blieb stehen. Er hatte Kalia bisher immer nur als Mensch wahrgenommen, nie als eine *gitane*. Und es irritierte ihn, dass sie nun völlig anlasslos eine derart starke Grenze zog.

»Das kann ich in manchen Punkten nachvollziehen«, sagte er. »Aber wir haben zumindest die Freiheit, aus alldem auszuwählen.«

Auch sie war stehen geblieben, stützte die Hände in die Hüften und funkelte ihn an. »Eine Freiheit, die die Gemeinschaft und die Familien voneinander entfremdet. Aber was ist im Alter? Ist es dann auch noch in Ordnung, niemanden zu haben, der sich euch verpflichtet fühlt?«

Pierre runzelte die Stirn. Er wollte protestieren, dass dies nur ein Zerrbild sei, das der modernen Gesellschaft nicht gerecht werde. Dass die Ursprungsfamilie sehr wohl eine Rolle spiele, wenngleich eine weniger einengende. Doch dann dachte er an seinen Vater, der nach dem frühen Tod seiner Mutter versucht hatte, Haltung zu bewahren, was ihn mit den Jahren immer starrköpfiger werden ließ, bärbeißiger. Weshalb Pierre sich immer seltener bei ihm meldete, bis der Kontakt schließlich ganz abbrach.

Wie es ihm wohl gerade ging?

Pierre dachte an den heißen Sommer 2003 und an die vielen

alten Menschen, die damals auf den Straßen zusammengebrochen und in ihren Wohnungen umgekommen waren, einsam und verlassen, weil sich niemand um sie kümmerte.

Pierre schluckte heftig. Er sollte seinen Vater anrufen, sobald er wieder auf dem Boot war.

Er lief Kalia, die wieder mit festem Schritt voranging, hinterher und hielt sie am Arm fest, sodass sie abrupt stehen blieb. Er war beschämt und wütend zugleich.

»Du hast vorhin von einem Riss gesprochen, der durch die Familien geht. Dieser Mayron ist anscheinend in Sorge, dass einige Frauen abtrünnig werden, und *unsere* Kultur ist ja offenkundig nicht daran schuld.«

»Das stimmt allerdings.« Kalia seufzte, dann lächelte sie. »Ich wollte nicht so hart sein. Es war nur … Du hast meine Familie beleidigt und meine Kultur als rückständig bezeichnet.«

»Das … tut mir leid. Aber du warst auch nicht gerade zartfühlend.«

»Entschuldige bitte.«

Pierre lächelte zurück. »Was ist nun mit diesem Mayron und den Frauen? Du sagtest vorhin, er habe mit dem Verteilen des Kettenbriefes Angst erzeugen und verhindern wollen, dass sie sich die Predigt der Pfingstler anhören.«

Kalia nickte. »Einige der Frauen sind unglücklich mit ihrer Situation. Während sie sich um Haushalt und Familie kümmern und nicht selten auch noch für ein geregeltes Einkommen sorgen, gehen die Männer abends fort und huren herum, um am Ende betrunken nach Hause zu kommen und ihren Frust über das Leben an ihrer Frau und den Kindern auszulassen.« Sie hob beide Hände. »Ich sage nicht, dass alle so sind. Aber es lässt sich schwer verleugnen, dass Schläge für manche *gitans* noch immer ein legitimes Werkzeug sind, um Gehorsam zu erzwingen. Es liegt in unserer Erziehung. Du erinnerst dich? Die Söhne werden zu Königen, die Frauen haben zu gehorchen. Und dann kamen die Missionare. Sie waren keine *payous*, sondern welche von uns, *gitans* oder auch *roms*. Die Frauen, die sich der Pfingstkirche angeschlossen haben, strahlen Zufriedenheit aus und eine enorme Würde. Sie haben keine blauen Flecken mehr, die sie verstecken müssen, und sie erzählen davon, dass sie ihr Männern dazu gebracht haben, sich bekehren zu lassen. Die treten nun vor den Pastor und zeigen sich demütig. Sie bereuen ihre Gewalttätigkeiten und sind dankbar, dass Gott sie erlöst hat.«

»Die Pfingstgemeinden«, überlegte Pierre, »ermöglichen den Frauen also einen Schritt in Richtung Gleichberechtigung?«

»Das ist zu viel gesagt. Auch dort wird von den Töchtern verlangt, als Jungfrau in die Ehe zu gehen, und die Frau ist dem Mann untertan, denn so steht es in der Bibel. Aber, was für viele *gitanes* ausschlaggebend ist, die Pfingstler lehnen Gewalt ab, ebenso wie Alkohol und Drogen. Das Machoverhalten wird eingehegt, und aus dem Sünder, Trinker oder Weiberhelden, der seine Ehefrau schlägt, wird ein verantwortungsvoller Ehemann.«

»Klingt nach der Entthronung der Könige.«

»Du sagst es. Bei den Pfingstlern wird der Stolz, der ein wichtiger Wesensteil eines jeden *gitans* ist, in Demut und Bescheidenheit verwandelt. Dem System steht nicht mehr ein einzelner Mann vor, von dessen Wohl und Wehe man abhängt, sondern ein Stellvertreter Gottes, und die Brüder und Schwestern sind die Familie. Dort erfahren Frauen Wertschätzung, manche zum ersten Mal im Leben.«

»Woher weißt du das alles?«

»Ich war ein paarmal auf solchen Veranstaltungen, meine Cousine Sylvie hat einfach nicht lockergelassen.«

»Und, wie war es?«

Sie zuckte mit den Schultern. »Die Pastoren sind enorm redebegabt. Sie halten ekstatische Predigten, die einen berühren und entflammen. Sie sagen einem, dass man sein Herz öffnen solle für den Heiligen Geist. Dass er alle Angst, den Kummer und den Hass vertreiben und es mit Frieden und Freude füllen werde. Und am Ende gibt es den sogenannten *appel*, die Aufforderung zur Bekehrung, der viele nachkommen.«

»Du bist dem aber nicht gefolgt«, stellte Pierre fest.

»Ich war nahe dran«, gab sie leise zu. »Von der Dunkelheit ans Licht, das klingt wunderschön. Doch dann musste ich an meinen Vater denken, den ich sehr liebe und den ich nicht noch einmal verlassen wollte, und plötzlich war mir alles zu viel. Die emotionalisierende Musik, das Beten, der immer eindringlicher und entgrenzter predigende Pastor, die Atemgeräusche, die rhythmischen Laute … Manche Gemeindemitglieder begannen zu zucken und zu lallen, einige kollabierten und redeten wirres Zeug. Dann hieß es, der Heilige Geist habe sie berührt. Sie werden zum Gefäß für etwas, das sie göttlich nennen, aber kann das Göttliche einen Menschen derart entstellen?« Kalia atmete tief ein. »Ehrlich gesagt bin ich mir nicht sicher, ob diese neuen Gemeinschaften Glück oder Unglück sind.«

»Du machst dir Sorgen um deine Cousinen.«

»Ich weiß nicht, es geht ihnen ja offenbar blendend, sie blühen sichtlich auf, sind erfüllt. Aber sie ziehen sich von uns zurück und verbringen immer mehr Zeit mit ihren neuen Brüdern und Schwestern in Christus. Ihr fester Glaube zerstört unsere Familie. Er entfernt sie von uns, weil wir Katholiken für sie keine wahren Christen sind, sondern Heiden, Barbaren, ungeschliffen und roh … wie eigentlich alle, die sich nicht der Geisttaufe unterziehen und ihrem alten Leben entsagen.«

»Sie nennen nach anderen Riten getaufte Christen Heiden?«

Kalia nickte. »Die Pfingstler bezeichnen die Verehrung der Heiligen Jungfrau Maria als Götzendienst. Sie verachten die Gläubigen, die sich jährlich in der Camargue zur Pilgerfahrt in Saintes-Maries-de-la-Mer treffen. Sie sagen, der Handel mit Gott sei Folklore, sie lehnen Musik und Tanz außerhalb der Gottesdienste ab und nennen dies ein Werk des Teufels. Das kann doch nicht richtig sein, oder?«

Pierre schüttelte den Kopf. Er hätte darauf gerne etwas Kluges erwidert. Irgendetwas vom Anerkennen verschiedener Lebenswege oder von der Freiheit der Wahl. Davon, dass es ihm lieber sei, wenn sich die Menschen Gott zuwandten, als wenn sie Hass säten. Aber das war es nicht. Das, was Kalia beschrieben hatte, ging tiefer. Und er musste zugeben, dass es ihm nicht gefiel.

29

Insgeheim hatte Pierre gehofft, dass Louis am Jeep auf sie warten würde. Aber der junge Mann war zu seiner Enttäuschung nicht zu sehen. Ernüchtert schwang er sich auf den Beifahrersitz und schwieg, während Kalia den Wagen aus Saintes-Maries-de-la-Mer hinauslenkte und in Richtung Le Grau-du-Roi fuhr, wo Mayrons Frau Deborah sie in einer halben Stunde erwartete.

Kalia fuhr konzentriert, sodass sie die Blicke nicht bemerkte, mit denen Pierre sie von Zeit zu Zeit bedachte.

Er fragte sich, was passiert war zwischen ihr und Bernard. Pierre hatte ihn als einen ernsthaften Mann in Erinnerung, als jemanden, der sein Gegenüber wertschätzte. Die Vorbehalte in Kalias Familie gegen die Mehrheitsgesellschaft waren auf ihn nicht anwendbar. Bernard war klug und voller Fürsorge. Niemand, der sich gehen ließ. Es hatte sich falsch angefühlt, als Kalia von der Verrohung sprach. Anklagend, als sei ihr Ehemann einer von ihnen. Irgendetwas war zwischen den beiden vorgefallen, etwas Ernsthaftes, das das Band zerschnitten hatte.

Er wüsste nur zu gerne den Grund, doch jedes Mal, wenn er Bernards Namen erwähnt hatte, drückte ihre Haltung Abwehr aus.

Kalia gab Gas. Der Fahrtwind blies ihm ins Gesicht und trocknete den Schweiß auf der Haut. Es war kurz vor vier, und die Temperaturanzeige seines Mobiltelefons zeigte noch immer zweiundvierzig Grad.

Auf dem Weg zu ihrem Ziel passierten sie Aigues-Mortes. Gerade fuhren sie an der langen Stadtmauer vorbei, an deren südlicher Wiese die Reifen der Karawane der *gens du voyage* tiefe Spuren hinterlassen hatten. An den violetten Wassern der Saline, hinter denen sich die Salzberge auftürmten wie schneebedeckte Gipfel. Rechts befand sich der *Canal du Rhône à Sète*, über den er das Hausboot in Richtung Bézier steuern sollte.

Wenn das Ermittlungsteam nicht bald einen entscheidenden Schritt vorankam, musste er Martin Cazadieu davon unterrichten, dass er es nicht rechtzeitig zu dem Kunden schaffte und dass der Weinhändler sich besser nach jemand anderem umsehen sollte, der das Boot überführte.

Wenige Minuten später hatten sie Le Grau-du-Roi erreicht. Frisch asphaltierte Straßen, gepflegte Grünstreifen mit Palmen und rosarotem Oleander. Den Kanal säumten Anlegestege, die in regelmäßigen Abständen ins Wasser ragten und an denen Motorboote im viel befahrenen Wasser schaukelten. Links tauchte eine Stierkampfarena auf, wie Pierre sie im Vorbeigehen auch in Saintes-Maries-de-la-Mer gesehen hatte.

»Eine Region voll Traditionen …«, sagte er leise.

»Keine Sorge, die *Course camarguaise* ist nur ein Wettkampf. Und der wahre Held ist immer der Stier.«

Mittlerweile waren die Anlegestege verschwunden, und die Motorboote und Sportjachten lagen direkt am Kai, die Taue um Pfähle gewickelt, die aus dem Wasser ragten. Pierre reckte witternd die Nase in die Luft. Sie schmeckte nach Meer. Und plötzlich fanden sie sich in einem belebten Viertel wieder. Links eine Bar, vor der Männer auf den obligatorischen Plastikstühlen saßen. Verwitterte Häuserfronten waren mit Schildern und Neonreklamen versehen, die Sandwiches anpriesen und Eis aus der Waffel.

Kalia bog auf eine Stahlbrücke, die über den Kanal führte.

Pierre sah hinaus aufs Meer und hielt den Atem an. Vor ihnen lag ein alter Fischereihafen mit hübschen, bunt gestrichenen Häusern, vor denen Hausboote ankerten. Er sah Palmen und in der Ferne einen Leuchtturm, der die Einfahrt zu bewachen schien. Viel zu schnell war der Anblick vorüber, und der Jeep tauchte wieder in eine Straße ein, fuhr zwischen Häusern hindurch, die erst wenige Jahrzehnte alt sein konnten.

Sie hielten vor einem schmalen Haus mit schmutzig beiger Fassade und hellblauen Fensterläden. Im Vorgarten standen sechs oder sieben Frauen, die sich unterhielten, während einige Kinder lärmend um sie herumliefen. Durch den Vorhang aus Perlen, der an der Eingangstür angebracht war, traten gerade drei Männer und durchmaßen den Vorgarten mit wenigen Schritten. Öffneten die grün lackierte Pforte, die in der Bewegung quietschte.

»Du hier?«, fragte einer, und sie nickten Kalia zu, bevor sie ohne ein weiteres Wort um die Ecke bogen.

»Die sind aus Aubagne«, flüsterte Kalia. »Dann muss es sehr ernst um Felipe stehen.«

»Warum sind sie so verwundert, dass du gekommen bist?«

»Weil ich mich in den Jahren, in denen ich in Paris gelebt habe, zu ähnlichen Anlässen nicht habe blicken lassen. Und in unserer Familie erwartet man, dass sich alle auf den Weg machen, wenn es jemandem schlecht geht. Egal wie weit die Anreise ist. Man zeigt damit seinen Respekt und Solidarität.«

Sie betraten den Vorgarten. Kalia umarmte stumm einige Freundinnen, dann ging sie zum Eingang und schob den Vorhang beiseite. Das grelle Sonnenlicht beleuchtete einen dunklen Flur. Dort war eine Gruppe älterer *gitanes* versammelt, die sofort verstummten und ihre Missbilligung ausdrückten, indem sie den Ankömmlingen den Rücken zukehrten.

Eine junge Frau in einem hochgeschlossenen Sommerkleid

kam die Stufen herab, Kalia atmete hörbar aus und winkte ihr zu. »Deborah!«

»Kalia!«

Die beiden umarmten sich herzlich. Dann nahm Deborah Kalia an der Hand und zog sie mit sich in den Vorgarten. Pierre folgte ihnen.

»Das ist mein guter Freund Pierre«, stellte Kalia ihn vor.

»Sehr erfreut«, sagte Deborah, ohne ihn wirklich zu beachten.

»Wie geht es Felipe?«, fragte Kalia.

»Mayron ist Tag und Nacht bei ihm. Er weicht ihm nicht von der Seite. Es bricht ihm das Herz, wenn er seinen Vater verliert.«

»Hast du den Brief?«

»Er liegt in der Küche. Warte, ich hole ihn.«

»Einen Moment«, sagte Pierre rasch. »Ich würde gerne ein paar Worte mit Mayron wechseln, wenn es möglich ist. Es geht um seinen alten Freund Mateo Espinas.«

Deborah sah Kalia an, dann nickte sie und verschwand im Haus.

Wenig später glitt der Vorhang beiseite, und ein Mann mit kinnlangem dunklem Haar und Bartschatten trat heraus. Sichtlich mitgenommen, mit tiefen Rändern unter den Augen. Er strich sich eine Strähne nach hinten und hielt das Gesicht in den Himmel, die Augen geschlossen.

»Das ist Mayron«, wisperte Kalia. Sie ging zu dem jungen Mann, tätschelte vorsichtig seinen Arm und flüsterte ihm etwas ins Ohr. Dann winkte sie Pierre, sich zu ihnen zu gesellen.

»Sie wollen etwas über den Spanier wissen?«, fragte Mayron und verschränkte die Arme vor der Brust.

»Ja. Es tut mir sehr leid, dass ich Sie störe, ich …« Pierre stockte. Kalia hatte ihm beim Warten erzählt, dass Beileidsbekundungen unter *gitans* nicht üblich waren und dass Taten, selbst die bloße Anwesenheit, mehr zählten als Worte. Also presste er die Lippen aufeinander und nickte nur.

»Schon gut. Was wollen Sie wissen?«

»Sie waren gut mit Mateo befreundet, richtig?«

»Und ob.«

»Sie haben sicher von seinem Tod erfahren. Haben Sie eine Idee, was da geschehen sein könnte?« Pierre beobachtete seine Reaktion genau.

»Keine Ahnung. Ich wusste ja noch nicht einmal, dass er in der Gegend ist.« Sein Blick ging an Pierre vorbei und verlor sich in der Straßenflucht. Er wischte sich eine Träne von der Wange, sichtlich bemüht, die Fassung zu bewahren. »Ich habe versucht herauszufinden, wo man ihn aufgebahrt hat, damit wir uns von ihm verabschieden können, aber sie haben mich abgewimmelt. Ich weiß noch nicht einmal, wann und wo er beerdigt wird.« Es war ihm anzusehen, wie viel Überwindung ihn der Anruf gekostet hatte. »Nun gibt es niemanden, der für ihn die Totenwache hält.«

»Es heißt, er habe noch einen weiteren Freund gehabt, sein Name ist Théo Imbert. Kennen Sie ihn?«

»Imbert!«, stieß er aus. »Wer soll denn das sein, hm? Ein guter Freund sicher nicht. Sonst würde er dafür sorgen, dass ihm die letzte Ehre erwiesen wird.«

»Mateo hat nie von ihm erzählt?«

»Nein.«

»Wann war er denn das letzte Mal da?«

»Im Februar. Er kam, um sich zu verabschieden.«

»Hat er gesagt, wohin er gehen wollte?«

»Er hat eine neue Position bekommen.« Irritiert sah er zu Kalia.

»Er will den Mörder finden«, sagte sie entschuldigend.

»Ist er Polizist?«

Pierre kam ihr zuvor. »So, wie Mateo auch einer war. Ich will wissen, wer das getan hat.«

Mayron nickte zustimmend.

Pierre schaltete sein Mobiltelefon ein und zeigte dem Mann das Bild, das er in der *Église Notre-Dame-de-la-Mer* aufgenommen hatte. »Dieses Foto hängt in der Krypta der schwarzen Sara. Haben Sie es dort angebracht?«

Mayron riss die Augen auf, schüttelte aber den Kopf. Kalia stieß einen Schrei aus.

»Das sind ja Alejandro und Mateo!«

Nun trat auch Deborah vor, in der Hand den Brief, den sie soeben aus der Küche geholt hatte. »Zeigen Sie mal.« Sie sah Pierre überrascht an. »Dieses Foto hat er seit Alejandros Tod immer bei sich getragen.«

»Sind Sie sicher?«

»Absolut.«

»Wer könnte es in der Kirche angebracht haben?«

»Keine Ahnung.« Deborah sah auf. »Das Foto war sein Heiligtum. Er hat es nie aus der Hand gegeben. Immer nur hergezeigt.«

Pierre schob das Mobiltelefon wieder in seine Hosentasche. »Wussten Sie, dass er sich der *Mission de la Lumière* angeschlossen hatte?«

»Ich habe davon gehört«, brummte Mayron. »Aber das ist eine verdammte Lüge. Mateo hat die Missionare gehasst. Er wäre lieber gestorben, als sich ihnen anzuschließen.«

»Warum?«

»Er gibt ihnen die Schuld am Tod seines Sohnes.«

»Seine Frau Minette war mit Alejandro dort«, ergänzte Deborah. »Gegen seinen Willen.«

»Wie bitte?« Pierre sah ihn fassungslos an. »Seine Frau war im Camp der *Mission de la Lumière*?«

Mayron nickte grimmig. »Der Junge hatte einen Hirntumor. Und dieser verdammte Pastor hat ihr gesagt, dass jede Krankheit eine manifestierte Sünde sei, ein Ausdruck dämonischer Besessenheit oder so ein Scheiß. Und sie hat ihnen auch noch geglaubt. Die wollten mit ihrem Hokuspokus den Teufel austreiben!«

»*Mon Dieu*«, entfuhr es Kalia. »Das hab ich ja gar nicht gewusst. Waren sie mit dem Jungen denn nicht beim Arzt?«

»Doch.« Deborah nickte heftig. »Der Arzt meinte, er müsse Alejandro sofort das Gehirn aufschneiden. Mateo hätte einer Notoperation zugestimmt, aber Minette war dagegen. ›Was, wenn das schiefgeht?‹, sagte sie, ›wenn der Junge dann nicht mehr derselbe ist.‹ Würde er danach noch gehen, sprechen, selbstständig atmen können? Der Arzt konnte ihr die Ängste nicht nehmen, das sei eben das Risiko. Also ist sie zu den Missionaren gegangen, bei denen ein Pastor offenbar über einen direkten Draht zu Gott verfügte. Er soll schon vielen Menschen mit Tumoren geholfen haben.«

Mayron ballte die Hände zu Fäusten. »Sie hat es heimlich getan. Sie ist ins Krankenhaus gegangen und hat Alejandro einfach mitgenommen.«

»Ich kann sie verstehen«, entgegnete Deborah. »Sie wollte dem Jungen helfen, aber die *payou*-Ärzte sind eben keine Gläubigen, sie sind nicht in der Lage, das Böse zu bekämpfen und aus einem Körper zu vertreiben. Der Einzige, der das kann, ist Jesus Christus.«

»Gegen seinen Willen!«, wiederholte Mayron aufgebracht. »Die Ärzte haben ihm eine Heilungschance von über achtzig Prozent gegeben. Sie hätten die schamanistischen Sitzungen meinetwegen im Krankenzimmer abhalten können. Aber sie mussten ja weiter an ihren Wunderheilungslegenden stricken. Und am Ende war der Junge tot.« Er schluchzte, ergriffen von der Erinnerung. »Mateo war außer sich. Sein Leben war zerstört, mit einem Schlag. Und Minette ist schuld am Tod seines Sohnes.«

Deborah reckte das Kinn. »Wenn Gott nichts mehr für ihn tun konnte, dann war es sein Wille, dass der Junge zu ihm kommt.«

»Als ob Gott etwas damit zu tun hätte.« Mayron schnaubte. »Mateo wusste nichts davon. Eine Woche lang hat er verzweifelt versucht, die beiden zu finden. Er ist sogar zum *Étang de Vaccarès* gefahren, weil jemand den Jungen dort gesehen haben will. Aber er war nicht da. Und am Ende stand seine Frau vor ihm, allein, und sagte, dass Alejandro nun bei Gott sei. Dass er nach einem Übergangsritus beerdigt werde, um ihm die Wiedergeburt zu erleichtern.« Seine Stimme brach. »Ich habe Mateo noch nie so verzweifelt gesehen. Er hat dafür gekämpft, den Jungen wenigstens nach katholischem Ritus zu bestatten. Aber der Pastor hatte bereits alles in die Wege geleitet.«

Pierre schüttelte den Kopf. »Das war sicher furchtbar für ihn.«

»Er hat sie verprügelt«, empörte sich Deborah. »Er hat Minette grün und blau geschlagen, und wenn die Nachbarn sie nicht schreien gehört hätten und dazwischengegangen wären, wer weiß, was noch alles passiert wäre. Dein guter Freund Mateo hat seiner eigenen Frau geschworen, sie eines Tages für das, was sie ihm angetan hat, büßen zu lassen.«

Pierre erstarrte. Eine weitere Sünderin. Wenn er nicht genau wüsste, dass Mateo Espinas tot war, er könnte schwören, dass dessen Ex-Frau Minette die Nächste wäre.

Das Bild von Josiane Simon tauchte vor Pierres innerem Auge auf, ihre Ergebenheit angesichts des Todes. Sie hatte ihrer Tochter anvertraut, sie habe eine schwere Sünde begangen. Vielleicht hatte sie den Tod des Jungen ja mit verschuldet? Gut möglich, dass die zweite Weissagung genau dies andeutete.

»Sagt Ihnen der Name Josiane Simon etwas?«, fragte er an Mayron gewandt.

Der zog die Brauen zusammen. »Wer soll das sein?«

Auch Deborah verneinte. »Das heißt … er kommt mir irgendwie bekannt vor.« Sie rieb sich das Kinn, schüttelte dann aber den Kopf.

»Denken Sie nach, sie hat in Saintes-Maries-de-la-Mer gelebt.«

»Hat? Ist sie tot?«

»Ja.«

»Ist sie etwa«, sie hob die Hand zum Mund, »die zweite Sünderin?«

»Es scheint so. Und wenn es uns nicht gelingt, die Zusammenhänge herzustellen, wird es vermutlich bald einen dritten Mord geben.«

Mit plötzlicher Klarheit erkannte er, dass Mateo Espinas sich nicht als verdeckter Ermittler bei der Mission eingeschlichen hatte, um die Machenschaften der kriminellen Brüder Fouade aufzudecken, sondern um sich für den Tod seines Sohnes zu rächen. Das erklärte auch, warum er es nicht geschafft hatte, belastbare Beweise für die Taten vorzulegen, und warum er so lange gebraucht hatte, das Versteck der Beute herauszufinden. Es hatte ihn schlichtweg nicht interessiert. Sein Fokus hatte vielmehr darauf gelegen, sich das Vertrauen des Pastors zu erschleichen, der vorgegeben hatte, den kleinen Alejandro heilen zu können.

Er war mit den Missionaren bis hierher gefahren, um an dem Ort, an dem sein Sohn ums Leben gekommen war, Rache zu nehmen.

Und nun war er selbst tot.

Mateo Espinas musste aufgeflogen sein. Jemand hatte ihn erkannt und beseitigt, bevor er seine Rachepläne umsetzen konnte. Aber warum dann die zweite Tote? Irgendetwas stimmte nicht an seiner Theorie, und trotzdem sagte ihm sein Bauchgefühl, dass er der Wahrheit gerade ganz nahe gekommen war.

»Kennen Sie den Namen des Pastors, der den Exorzismus vorgenommen hat?«, fragte er.

Mayron schüttelte stumm den Kopf.

»Ich auch nicht, aber«, Deborah wandte sich an Kalia, »vielleicht fragst du mal Rani? Ihre Tante wohnt im Camp. Sie wollte heute hinfahren und sie besuchen.«

Kalia nickte und versprach, sich gleich mit der Frau in Verbindung zu setzen.

Pierre rieb sich die Stirn, darum bemüht, den Faden nicht zu verlieren, der sich gerade durch seine Gedanken webte. »Wo lebt Mateos Ex-Frau jetzt?«

»In Arles.«

»Woher weißt du das?«, fragte Mayron überrascht.

»Von ihrer Mutter. Die habe ich erst vor Kurzem im Supermarkt getroffen. Minette hat wieder geheiratet, das war ja klar, so hübsch, wie sie ist. Voriges Jahr hat sie dann auch ein Kind bekommen, einen Sohn.«

»Wie ist ihr jetziger Name?«

»Vigier, glaube ich.«

»Ich danke Ihnen für Ihre Mitarbeit.« Pierre zeigte auf Deborahs Hand, in der sie noch immer den Brief hielt. »Ist das hier das Exemplar, das Ihr Mann erhalten hat?«

Deborah gab ihm den Umschlag, und Pierre sah auf den Poststempel. Er war am Mittwoch vor einer Woche abgeschickt worden, in L'Isle de la Sorgue, nur wenige Kilometer von Le Thor entfernt, wo die Mission stationiert gewesen war. Der Urheber dieser Briefe, dessen war er sich nun sicher, war Mateo Espinas gewesen. Er hatte eines der ersten Exemplare seinem Freund Mayron geschickt, der die Kopien sicher verteilen würde.

Aber sein Plan war vereitelt worden. Was war bei der Ankunft in Aigues-Mortes geschehen?

Pierre sah auf die Uhr. Es war Viertel vor fünf. Die Teambesprechung begann um halb sieben.

»Wir müssen noch einmal ins Camp«, entschied er. »Es liegt irgendwo auf einer Gemeindewiese von Aigues-Mortes am *Canal de Bourgidou.*«

Kalia schnalzte mit der Zunge. »Das ist zu vage. Der Kanal ist lang und reicht bis weit hinaus ins Schwemmland.«

»Vielleicht kann uns ja diese Rani sagen, wo die Wagen der *Mission de la Lumière* untergebracht sind?«

»Das weiß ich auch«, entgegnete Deborah und zog einen Handzettel aus ihrer Rocktasche, auf dem ein riesiges weißblau gestreiftes Zelt zu sehen war. Dabei ignorierte sie den bitterbösen Blick ihres Mannes. »Das da haben sie heute im Ort verteilt. Wenn ihr euch beeilt, kommt ihr noch rechtzeitig zum Gottesdienst.«

30

Kalia überließ Pierre das Steuer, während sie auf dem Beifahrersitz saß und mit Rani telefonierte. Der Fahrtwind riss ihr die Worte aus dem Mund, sodass Pierre außer ein paar zugeworfenen Brocken nichts verstand. Nur, dass es – ihrer Reaktion zufolge – etwas Unerhörtes war, das sie soeben erfuhr.

Sie hatten gerade die Stadtfestung von Aigues-Mortes umfahren und verließen nun die Straße in Richtung des *Canal de Bourgidou*, als sie das Telefonat beendete.

»Ich habe ihn«, rief Kalia aus.

»Wen hast du?«

»Nicht wen. Was! Den Namen des Pastors. Er lautet Romain Fernandez. Rani sitzt gerade mit ihrer Tante zusammen, die seit Jahren mit der Mission der *gens du voyage* reist, die hat es ihr erzählt. Und jetzt kommt's: Der Pastor wird seit der Ankunft der Karawane in Aigues-Mortes vermisst.«

»Er wird vermisst?«, wiederholte Pierre, und sein Puls schlug schneller. »Also ist er etwa zur selben Zeit verschwunden wie Mateo Espinas?«

»Genau. Ich habe sie gefragt, warum es denn niemandem aufgefallen sei, weil doch sicher sein Wohnwagen beim Umzug zur Gemeindewiese vor der Stadtmauer stehen geblieben war. Ihre Tante ließ ausrichten, dass sie es natürlich mitbekommen hätten, weil plötzlich ein anderer den Wagen gefahren sei und man einen Pastor aus einer anderen Gemeinde gebeten habe, *Pasteur* Fernandez zu vertreten. Jedenfalls täten alle furchtbar geheimnisvoll. Der Gemeinde erzählen sie, er sei in göttlicher Mission unterwegs, aber es ist ihr nicht verborgen geblieben, dass sie sich Sorgen machen.«

»Offenbar versuchen sie, ihn vor dem Verdacht zu schützen, die Morde begangen zu haben.«

»Das habe ich auch gesagt. Aber Ranis Tante meinte, Romain Fernandez begehe erstens niemals einen Mord und verlasse zweitens nicht so einfach seine Gemeinde. Er sei quasi ein Heiliger.« Kalia sah ihn direkt an. »Außerdem: Wenn er es tatsächlich getan hat, warum ist er dann nicht einfach zurückgekehrt, bevor jemandem sein Verschwinden auffällt?«

»Vielleicht, weil Louis etwas in der Hand hat, das ihn verraten könnte.«

Beim Gedanken an den jungen Mann und die verschwundenen Speicherkarten wurde Pierre ganz flau im Magen. Der Täter hatte nach einem Beweis gesucht, und Louis war der Einzige, der seine Pläne durchkreuzen konnte, ohne zu wissen, womit. Er wollte ihn gerne warnen, aber er wusste nicht, wie. Pierre fluchte leise, weil er sich daran erinnerte, dass Louis sein Mobiltelefon verloren hatte und es nun keine Möglichkeit gab, ihn zu erreichen. Er hätte ihn niemals gehen lassen dürfen. Wenn ihm etwas zustieß, dann war er daran schuld.

»Ich brauche ein Bild von Romain Fernandez«, sagte Pierre. »Und ich will wissen, wie sein Wohnwagen aussieht.«

»Wird erledigt.«

»Und frag die beiden, ob sie Josiane Simon kennen.«

Kalia hob ihr Telefon wieder an und tippte, als niemand den Anruf entgegennahm, eine Nachricht.

Pierre steuerte den Jeep zwischen Weinfeldern entlang und hielt dann kurz an, um sich zu orientieren – bis er ein Pappschild entdeckte, das den Besuchern des Gottesdienstes den Weg wies.

Wenige Minuten später waren die Wohnwagen zu sehen, beleuchtet von einer glutroten Nachmittagssonne. Pierre fuhr auf einen provisorischen Parkplatz, der bereits überfüllt war, und stellte den Wagen direkt neben zwei voll besetzten Mannschaftswagen der Gendarmerie ab.

Er legte den Hut auf die Ablage und stieg aus. Hinter ihnen hatte sich eine Staubwolke gebildet, die sich nur langsam senkte. Er sah auf die Uhr. Zehn Minuten nach fünf, der Gottesdienst hatte sicher bereits begonnen. Auch Kalia stieg aus und warf die Tür mit einem lauten Knall zu.

»Und?«, fragte er, während er über den unebenen Boden in Richtung der Gemeindewiese stolperte. »Hast du eine Antwort erhalten?«

Kalia hob den Daumen und zeigte ihm ein Foto auf dem Display ihres Mobiltelefons. Darauf war ein großer Wohnwagen zu sehen, mit einem rosafarbenen Streifen und einem aufgemalten Fischsymbol.

»Josiane Simon kennt sie nicht, und sie konnte ihre Tante leider nicht mehr fragen, weil der Gottesdienst gleich beginnt. Aber Rani hat mir einen Link zu einem Interview mit Romain Fernandez geschickt.«

Sie blieben stehen und sahen sich über das Mobiltelefon gebeugt das Video einer christlichen Talkshow an, von der Pierre noch nie etwas gehört hatte.

»*Das* ist Romain Fernandez?«, rief er überrascht aus, als der Moderator seinen Gast begrüßte. Er hatte sich einen Siebzigjährigen vorgestellt, distinguiert und mit grauem Haar. Dieser Mann war höchstens Ende dreißig, Anfang vierzig. Er war schlank und trug ein hellblaues Poloshirt, das glatte schwarze Haar war akkurat geschnitten.

»Ich war vorher nicht gläubig«, erzählte der *Pasteur* gerade, er redete ruhig und mit einem liebenswürdigen Lächeln. »Ich habe Jesus sogar abgelehnt, obwohl ich in meiner Jugend Messdiener in einer katholischen Kirche war, genau wie unser Gründer. Ich habe in Sünde gelebt. Gestohlen, getrunken und mich geprügelt. Ja, ich weiß, was es heißt, unter der Macht des Teufels zu stehen, und dennoch hat der *Seigneur* mich auserwählt. Es war nach einer Messerstecherei. Ich kam mit inneren Verletzungen ins Krankenhaus, und die Ärzte gaben mich auf. Da habe ich gebetet, über Stunden und Tage, und wurde geheilt. Nach der Entlassung ging ich zu einer kirchlichen Versammlung, um mich bei Gott zu bedanken, und plötzlich überkam es mich. Es stürzte quasi auf mich nieder, und ich begann zu weinen und zu lachen, weil mir auf einmal bewusst wurde, dass ich von Christus dem Retter berührt worden war.« Das Lächeln wurde strahlender. »Der Ruf war da und er wurde immer lauter. Dann hatte ich eine Vision, mitten in einem Gottesdienst. Da nahm ich an und entschloss mich, Gott und den Menschen zu dienen.«

Der Moderator nickte beifällig. »Seit vier Jahren führen Sie nun die *Mission de la Lumière* an, und Ihre Gemeinde wird immer größer. Es scheint, als fänden die Menschen dort eine Festung gegen die Veränderungen und die Haltlosigkeit der äußeren Welt.«

Pasteur Fernandez schmunzelte. »Beim *rassemblement évangélique* sind wir nur eine von etwa 220 Kirchen. Inzwischen haben sich mehr als siebzig Prozent der *tziganes* zum Evangelium bekehrt. Und wir werden immer mehr. Tagtäglich schließen sich die Menschen uns an, sie strömen in unsere Gemeinden, weil sie Jesus nahe sein wollen, der ihre Herzen berührt.«

Um den Mund des Moderators zuckte ein überraschtes Lächeln, dann warf er einen Blick auf seinen Zettel. »Sie sind ja nicht nur als äußerst charismatischer Pastor bekannt, sondern auch als großer Heiler. Sie wollen sogar Tote zum Leben erweckt und Schwerverletzten zu einem intakten Körper verholfen haben. Können Sie Wunder vollbringen?«

Die Übertreibung war begleitet von einem missbilligenden Unterton, aber der *Pasteur* blieb ganz ruhig, zeigte keinerlei Anzeichen von Überheblichkeit oder gar Missstimmung.

»Nein, es sind keine Wunder, wie Sie es nennen, sondern Folge meiner privilegierten Beziehung zu Gott und zu seinen Engeln. Nicht ich vollbringe all das, ich bin nur ein Gefäß Gottes. Und als dieses habe ich schon oft Heilung in Fällen erlebt, in denen die Ärzte versagt haben und sagten, es sei hoffnungslos. Sie gaben den Patienten nur noch wenige Tage, doch am Ende wurden sie wieder gesund, und die Ärzte verstanden die Welt nicht mehr.«

»Und wie sieht diese Hilfe denn konkret aus?«

»Ich bete zu Gott und beschwöre den Namen Jesus. Er allein hat die Macht, die Menschen von den Dämonen zu befreien.« Der Pastor sprach nun mit enormer Lebendigkeit und Ausstrahlung. »Die Sünde frisst sich wie ein Geschwür durch den Körper«, rief er aus. »Man muss es mitsamt dem Herzen herausreißen und es gegen ein unbeflecktes ersetzen. Nur wenn das Böse entfernt ist und der Mensch vom Geist Gottes ergriffen und wiedergeboren wird, ist eine Genesung möglich.«

Pierre stieß ein entrüstetes Schnauben aus, und Kalia hielt das Video an. »Was hältst du davon?«, fragte sie unsicher. »Glaubst du, der Mann ist ein Scharlatan?«

»Ich denke nicht, dass er die Menschen vorsätzlich mit Heilversprechen ködert. Sondern dass er es genau so erlebt und fühlt, wie er es erzählt. Und er wird auch seine Erfolge haben, wenngleich nicht ganz so dramatisch, wie hier geschildert. Ein starker, positiver Glaube kann viel zur Heilung beitragen, dazu die Rituale mit den tranceähnlichen Zuständen, von denen du erzählt hast … Das darf man nicht unterschätzen. Aber was ist bei lebensbedrohlichen oder hoch ansteckenden Erkrankungen? Was, wenn die Gläubigen sich über den Dingen wähnen, weil sie davon überzeugt sind, Gott würde sie schützen? Fernandez positioniert sich eindeutig gegen die Ärzte, stellt sich gar über sie, als sei nur er in der Lage, Sterbenskranken zu helfen. Als bestehe die Lösung darin, die Dämonen zu vertreiben.« Er schüttelte verärgert den Kopf. »Ich denke, dass er genau mit dieser Haltung Minette davon überzeugt hat, Alejandro aus dem Krankenhaus zu nehmen und zu ihm zu bringen, Mateos geliebten Sohn.«

Vor dem einzigen Zugang zum Platz standen zwei Gendarmen, schwerbewaffnet und in voller Montur. Aber keine Demonstranten weit und breit, keine Halbstarken, die vor dem Camp herumlungerten und auf eine Gelegenheit warteten, ihre Provokationen loszuwerden. Der Furor schien sich gelegt zu haben, seit man die Karawane vor die Tore der Stadt verfrachtet hatte.

Die Gendarmen ließen Kalia durch und stellten sich Pierre in den Weg.

»Können Sie sich ausweisen?«

Der Beamte auf der rechten Seite des Eingangs streckte ihm die Hand entgegen. Über sein Gesicht rannen Schweißtropfen, die er mit stoischer Gelassenheit ignorierte. Er schien bereits seit Stunden in der Hitze auszuharren, er war nicht um seinen Job zu beneiden.

Pierre hielt ihm seinen Ausweis hin, und der Mann ließ ihn durch.

Das Camp wirkte verwaist. Zwischen den vielen Wohnwagen – Pierre schätzte die Anzahl auf etwa achtzig – war niemand zu sehen. Keine Kinder, die umherliefen, keine Frauen, die nach ihnen sahen, keine Männer, die beieinanderstanden und redeten.

Nur aus dem großen, blau-weiß gestreiften Zelt waren Stimmen zu hören. Ein aufgeregtes Schwatzen und Lachen.

Während Pierre Kalia über den Platz folgte, an den ersten Wagen vorbei, staunte er, wie geradezu mustergültig gepflegt und auf Hochglanz poliert sie waren. Vereinzelt standen sogar Blumentöpfe davor.

»Ein derart ordentliches Camp habe ich ja noch nie gesehen«, sagte er.

Kalia lachte auf. »Meine Cousinen, die Mitglieder in der Pfingstgemeinde von Vauvert sind, sind davon überzeugt, dass Schmutz und Unordnung des Teufels sind. Sie haben mittlerweile einen regelrechten Putzfimmel entwickelt. Sie glauben, dass das Innere einer Behausung die Reinheit der Seele widerspiegelt, also sorgen sie dafür, dass alles sauber ist.«

Sie gingen weiter über die Wiese auf das Zelt zu, aus dem inzwischen laute Musik drang. Auf halbem Weg hielt Kalia Pierre am Arm zurück.

»Wenn uns jemand fragt, was wir hier machen, dann lass mich antworten«, flüsterte sie. »Ich sage einfach, meine Cousinen hätten mich mit ihrer Begeisterung angesteckt.«

»In Ordnung.«

Inzwischen waren sie beim Zelt angekommen. Die Plane vor dem Eingang war mit einem Klettband verschlossen, im Inneren erhob sich mehrstimmiger Gesang.

À toi, mon Dieu, je me donne, je me donne tout entier.

Pierre suchte nach einer Lücke zwischen den Zeltbahnen und lugte hindurch ins Innere.

Der Innenraum war zum Bersten angefüllt mit Menschen, die auf weißen Plastikstühlen saßen, mit aufmerksam durchgestrecktem Rücken, stumm mitsingend, betend. Einige Frauen hatten ihr Haar mit einem Tuch bedeckt.

Pierre staunte. Noch nie hatte er in der *Église Saint-Michel* in Sainte-Valérie so viele Menschen gesehen, nicht mal an Weihnachten. Alle blickten nach vorne zu dem kreuzgeschmückten Podest, hinter dem ein Mann in Anzughose, Hemd und Krawatte stand. Neben ihm ein Männerchor, der – begleitet von einem Keyboard und einer E-Gitarre – in sichtlicher Ergriffenheit sang. Stiernackige Männer standen neben hageren, große neben kleinen in einer bunt zusammengewürfelten Reihe. Der Mann ganz rechts hatte eine Hand auf die Brust gelegt, sein Nachbar wirkte völlig in sich gekehrt, die Augen halb geschlossen. Einem älteren Herrn mit dunkler Haut und schwarzem Schnauzer liefen Tränen übers Gesicht. Er schluchzte, während er den Blick nach oben richtete.

Mes désirs, avec leur flamme, que tu peux seul apaiser.

Pierre hatte plötzlich das Gefühl, eine unsichtbare Grenze zu überschreiten, indem er die Gläubigen beobachtete, und wandte sich um. Er ging ein paar Schritte zurück in Richtung der Wohnwagen und sah über den Platz.

»Es ist eine große Gemeinde«, sagte er staunend. Hier standen mindestens doppelt so viele Wagen wie bei den Camps der *gens du voyage*, die er kannte.

»Das hier ist nur eine der kleineren«, winkte Kalia ab. »Bei den jährlichen Treffen der Dachorganisation kommen über fünfunddreißigtausend Menschen zusammen, die mit mehreren Hundert Karawanen anreisen, insgesamt rund siebentausend Fahrzeuge.«

Er blieb stehen. »Siebentausend Fahrzeuge?«

Sie nickte. »Die größte Versammlung konvertierter *tziganes* findet an wechselnden Orten statt, zuletzt in Chaumont-Semoutiers. *Gitanes, roms, manouches, yéniches* … sie kommen aus ganz Europa herbei, um ihre geistige Energie eine Woche lang aufzuladen. Fahrende wie sesshafte. Meine Cousinen sind regelmäßig beim Konvent, und wenn sie zurückkommen, kriegen sie sich nicht mehr ein vor lauter Begeisterung.«

Aus dem Zelt drang die mikrofonverstärkte Stimme eines Predigers, der in hörbarer Erregung vom Pfad des Unheils sprach und von der diabolischen Unterjochung der irdisch-triebhaften Existenz. Dabei unterstrich er seine Worte mit einigen Ausrufen – *Amen!* und *Halleluja!*.

Kalia rollte mit den Augen.

Pierre schmunzelte. »Komm, lass uns den Wohnwagen suchen.«

Es dauerte eine Weile, bis sie ihn entdeckten. Der Wagen stand ein Stück abseits, nahe einer Baumgruppe.

Pierre sah sich um, und als er niemanden sah, rüttelte er an der Tür.

Der Kopf einer zahnlosen Frau mit kleinem, runzeligem Gesicht erschien im geöffneten Fenster eines gegenüberliegenden Wohnwagens. Offenbar war sie zu alt und schwach, um der Predigt beiwohnen zu können.

»*Pasteur* Fernandez ist nicht da«, rief sie ihnen mit zittriger Stimme zu.

»Wissen Sie denn, wo wir ihn finden?«

»Eine Mission«, sagte sie nur und machte eine langsame Kaubewegung, als denke sie noch über eine geeignete Antwort nach.

Pierre lächelte freundlich. »Danke.« Er ging ein paar Schritte, um keinen Verdacht zu erregen. »Wenn wir den jetzt aufbrechen, haben wir gleich die versammelte Anhängerschaft am Hals«, murrte er.

Kalia stieß ihn sachte an, dann machte sie einen großen Bogen und kehrte auf der anderen Seite, die außerhalb des Blickfeldes der Frau lag, zurück zum Wohnwagen. Wie beiläufig trat sie hinter das Fahrzeug, kurz darauf war ihr Kopf wieder zu sehen. »Sieh mal«, wisperte sie, »auf der Rückseite ist eine Serviceklappe«.

Pierre eilte zu ihr. Sie zeigte auf einen breiten Rahmen, der in die Wand eingelassen war und etwa doppelt so groß war wie die vordere Klappe, die als Frischwasserzugang diente.

Pierre hockte sich hin und drückte gegen die eingefasste Wand. »Die Klappe ist verschlossen«, murmelte er und versuchte es noch einmal mit mehr Druck.

»Warte, ich helfe dir!«

Gemeinsam stemmten sie sich gegen den Rahmen, bis das Schloss mit einem lauten Knall nachgab.

»*Putain*«, entfuhr es Pierre.

Er stand auf und lugte um die Ecke. Die alte Frau hatte das Fenster zum Glück wieder verschlossen. Vom Zelt drang noch immer die laute Stimme des Predigers herüber. Er hatte sich inzwischen in Rage geredet und legte dabei eine Eindringlichkeit an den Tag, eine geradezu fieberhafte Erregung, die das Publikum gewiss vollends in den Bann zog.

»… einer teuflischen Welt, deren kalte Gleichgültigkeit gegenüber dem *Seigneur* ihre Anhänger ins Verderben stürzen wird«, brüllte er ins Mikrofon. »Aber wir sagen Nein zur Toleranz, wir sagen Nein zu all den falschen Christen, die uns erklären wollen, wie Gottes Welt zu sein hat, obwohl sie Gottes Wort nicht einmal mehr sonntags hören wollen. Sie wissen nicht, dass sie längst des Teufels sind. Sie sind die wahrhaft Armen, die sich größer und mächtiger wähnen als wir. Doch im Himmelreich ist kein Platz für sie. Wir aber werden errettet, wenn sich die Prophezeiungen erfüllen, denn wir sind reine Kinder Gottes, wir sehen mit dem Herzen, und er sieht uns.«

»*Amen! Grace à Dieu!*«, rief die Gemeinde.

Pierre schüttelte den Kopf. Diese Religion, die so vielen

Halt und Heimat zu geben schien, war offensichtlich eine, die andere Menschen, egal, wie rein ihr Herz war, ausschloss.

So wie Charlotte.

Diese unglaublich warmherzige, fröhliche und sanfte Frau, die alle Menschen, denen sie begegnete, wertschätzend und freundlich behandelte, mit Fürsorge und Hilfsbereitschaft. Die ihn, Pierre, mit Nachsicht bedachte, egal, wie bockig er sich manchmal anstellte. Selbst sie würde in der Theorie dieser willfährigen Glaubensgemeinschaft am Tag der Abrechnung von Gott dem Herrn in die Hölle gestoßen werden, nur weil sie sich ihnen nicht anschloss?

Er schnaubte. Das war der größte Humbug aller Zeiten!

Und er selbst? Pierre sah zu Boden, betrachtete das trockene, zu kleinen Klumpen zertretene Gras. Eifersüchtig war er gewesen, weil es Charlotte so gut ging. Er hatte sie angepflaumt, als sie ihn aus seinem bequemen Selbstmitleid hatte befreien wollen. Entsetzliche Scham stieg in ihm auf. Charlotte hatte es wirklich nicht leicht mit ihm.

Kalia packte ihn am Arm. Er zuckte zusammen und folgte ihr zur Rückwand.

»Gott sieht alles, hast du gehört?«, wisperte sie mit einem schiefen Lächeln. Sie zeigte auf die nach innen gefallene Serviceklappe. »Noch können wir zurück.«

»Wir gehen rein«, entschied er und quetschte sich durch den Rahmen. Wobei er den Bauch gehörig einziehen musste, um hindurchzupassen.

Die Öffnung führte durch eine Sitzbank ins Innere, wo sie erst einen Stapel Stuhlkissen und Gartenpolster beiseiteschieben mussten. Pierre legte sich flach auf den Boden und reichte Kalia die Hand, um ihr durch den Spalt zu helfen. Dann richtete er sich auf und sah sich um.

Der Wagen war spartanisch eingerichtet. Vor der Sitzbank

stand ein einbeiniger Tisch, im Boden festgeschraubt. Direkt gegenüber befand sich die Kochnische, im hinteren Teil ein schmales Bett, bezogen mit einem weißen Laken. Dazu ein paar Kissen und eine ordentlich zusammengefaltete Decke.

»Das sieht so gar nicht nach dem Wohnwagen eines Pastors aus«, sagte Kalia.

»Was hast du denn erwartet?«

»Na, ich dachte immer, Gottes Diener haben es besonders schön.« Sie trat an den kleinen Waschtisch aus Edelstahl, der halb von einem Plastikvorhang bedeckt war. »Nicht einmal Rasierwasser gibt es hier.«

»Vielleicht ist so etwas nicht erlaubt«, entgegnete Pierre und sah ihr über die Schulter.

Auf der Ablage stand ein Glas mit einer Zahnbürste und Zahncreme. *Pasteur* Fernandez hatte offenbar nicht damit gerechnet, dass er fliehen musste. Seine Pläne waren durchkreuzt worden, ebenso wie die von Mateo Espinas. Je mehr Pierre darüber nachdachte, desto sicherer war er, dass Louis etwas damit zu tun hatte. Die Sorge um das Wohlergehen des jungen Ornithologen raubte ihm den Atem.

»Ich muss Louis finden«, entfuhr es ihm. »Aber er hat nicht einmal ein Telefon.«

»Warum rufst du nicht in seiner Unterkunft an«, schlug Kalia vor, »in Saintes-Maries-de-la-Mer? Vielleicht ist er ja noch da.«

»Das kann ich mir nicht vorstellen. Aber es ist eine gute Idee, ich frage nach, sobald wir wieder hier raus sind.«

Pierre öffnete einen Schrank, in dem einige Hemden hingen und ein Anzug. Dann wandte er sich der Küchenzeile zu, unschlüssig, wonach er eigentlich suchte.

Ein Regal fiel ihm ins Auge. Es schien eine Art Altar zu sein. Auf der Ablage stand eine weiße Kerze neben einem Kreuz, dahinter war ein Jesusbild angebracht, auf dem er einem vor ihm knienden Mann die Hand reichte. Pierre stutzte und beugte sich vor. In einer Schale neben dem Bild lag ein Häuflein Asche. Jemand hatte etwas verbrannt, es sah aus wie ein Stück Papier oder ein Brief.

Sein Herz machte einen Satz. Natürlich, auch der Pastor hatte einen Kettenbrief erhalten. Espinas war mit der Truppe gereist, um gegen die Dämonen seiner Vergangenheit zu kämpfen. Gut gegen Böse. Nur dass er sich auf der guten Seite wähnte. Das erste Opfer sollte Romain Fernandez sein. Ihn hatte er an den See bestellt.

Aber er hatte nicht damit gerechnet, dass Fernandez ein Kind der Straße war, ein Mann, der sich zu verteidigen wusste. Etwas war schiefgegangen. Nur, wie passte das in die von Louis beobachtete Szene? War der junge Mann ohnmächtig geworden, noch bevor der Kampf beendet war?

Der Mann, den er am Boden hatte liegen sehen, als er erwachte, war schwarz angemalt gewesen. Louis musste davon ausgehen, dass es derjenige war, den er zuvor gesehen hatte. In seinem halb benommenen Zustand hatte er nicht gemerkt, dass es ein anderer Mann war. Nur: Wenn der Pastor den Zeugen bemerkt hatte, warum hatte er ihn dann nicht beseitigt?

Natürlich konnte Fernandez auch aus einem anderen Grund geflohen sein. Als er sein Leben verteidigte und ein anderes auslöschte, hatte er eine große Sünde begangen. So etwas brachte einen Menschen, der sich quasi als Heiliger betrachtete, einen Mann Gottes, sicher durcheinander. Jemanden zu ermorden, aus welchen Gründen auch immer, war des Teufels. Und Gott sah alles.

Pierre zog sein Mobiltelefon hervor und wählte Bartissols Nummer.

»Ich beantrage eine Personenfahndung für den Pastor der *Mission de la Lumière* vom Camp auf der Gemeindewiese am

Rand von Aigues-Mortes«, gab er durch, nachdem er mit kurzen Worten berichtet hatte, was er von Deborah und Mayron über den Tod des kleinen Alejandro wusste. »Sein Name ist Romain Fernandez. Er ist zur selben Zeit verschwunden wie Mateo Espinas. Und in seinem Wohnwagen liegt ein verbranntes Schriftstück, vermutlich ein Exemplar des Kettenbriefes.«

»Woher wissen Sie das?«

»Fragen Sie besser nicht. Aber ich vermute, dass Mateo Espinas geplant hatte, ihn umzubringen. Und dass der *Pasteur* ihm die Waffe entrissen und gegen ihn gewendet hat.«

»Na schön. Ich werde sofort eine Fahndung veranlassen.« Bartissol seufzte. »Alles scheint in diesem Camp zusammenzukommen. Froissant ist gerade von der Tochter von Josiane Simon zurück. Sie hat berichtet, dass diese zwar nicht der Mission angehörte, aber dass der Pastor sie offensichtlich von einem Tumor in der Lunge geheilt hatte.«

»Wie lange ist das her?«

»Vier Jahre.«

»Also ein Jahr vor dem Tod des kleinen Alejandro.«

»Und noch etwas.« Der *Commissaire* machte eine Pause, bevor er fortfuhr. »Josiane Simone war die Nachbarin von Mateo und Minette Espinas.«

Pierre hielt die Luft an. »Das sieht ja ganz danach aus, als hätte sie Minette dazu ermuntert, ihren todkranken Sohn zum Missionarscamp zu bringen.« Er schüttelte den Kopf. »Das passt ja hinten und vorne nicht zusammen. Zuerst hat Espinas den Pastor auf der Liste, aber das geht schief. Und dann wird die Frau ermordet, die vielleicht dafür gesorgt hat, dass der todkranke Alejandro zu ihm gebracht wurde. Warum hätte Fernandez sie umbringen sollen?«

»Es muss eine andere Verbindung geben, die wir bislang

übersehen haben. Vielleicht hatte sie etwas gegen ihn in der Hand.«

»Aber sie selbst hat sich eine Sünderin genannt. Da wäre es doch naheliegender, wenn sie bereut, Minette Espinas dazu gedrängt zu haben, ihren Sohn aus dem Krankenhaus zu holen und zu einem Heiler der fahrenden Pfingstgemeinde zu bringen.« Pierre lachte hilflos. »Wenn ich es nicht besser wüsste, würde ich annehmen, Mateo Espinas selbst habe Rache für den Tod seines Sohnes genommen.«

Bartissol stimmte ein. »Er war ein Tausendsassa, zugegeben, aber aus dem Jenseits heraus reichen seine Kräfte nun doch nicht. Espinas ist tot, das ist so sicher wie das Amen in der Kirche. Seine Leiche liegt gut verwahrt im rechtsmedizinischen Institut.«

»Und es ist zweifelsfrei bewiesen, dass er es ist?«

»Selbstverständlich! Bestätigt durch einen DNA-Abgleich. Die Kriminaltechniker haben Proben genommen, noch vor Ort. Zudem hat Imbert, der später hinzukam, Espinas eindeutig identifiziert.«

»Ist ja schon gut, war auch nur ein schlechter Scherz.«

Ein Gedanke durchzuckte ihn, als Kalia ihn am Arm packte und ihm mit auf den Mund gelegtem Finger bedeutete aufzulegen. Jetzt hörte er es auch: Von draußen erklang Kinderlachen.

»Die Predigt ist zu Ende«, wisperte sie. »Los, wir müssen hier raus.«

31

Kalia und Pierre schlüpften durch die Öffnung unterhalb der Bank, zogen die Polster zu sich heran und drückten die Klappe von außen zu. Bei der leisesten Erschütterung würde sie wieder aufspringen. Pierre sammelte einen streichholzdünnen Ast vom Boden, brach ein Stück ab und klemmte es zwischen den Spalt, bis die Klappe provisorisch schloss. Dann entfernte er mit einem Taschentuch ihre Fingerabdrücke. Ein hilfloser Akt, wie er zugeben musste, aber er fühlte sich danach besser.

Als sie hinter dem Wohnwagen hervortraten, strömten die Gläubigen gerade schwatzend und lachend über den Platz.

Sie sahen glücklich aus, fand Pierre. Es schienen gute Menschen zu sein, denen die Hinwendung zu Gott, das direkte Erleben der Religion und die wortgetreue Umsetzung der Bibeltexte Sinn gaben. Er erinnerte sich an einen Bericht über die Sozialbaughettos Südfrankreichs, in denen viele ehemalige Drogenabhängige und Straftäter wie verwandelt waren, seit der Evangelikalismus dort Einzug gehalten hatte. Und er fragte sich, wo wohl der Grat zwischen Glaubensgemeinschaft und Sekte verlief. Wann tiefer Glaube Halt und Zukunft gab. Und ab wann er gefährlich wurde.

Für Mateos Sohn Alejandro war der Absolutheitsanspruch der *Mission de la Lumière* das Todesurteil gewesen.

Zielstrebig eilten sie auf den Ausgang zu. Nachdem sie das große Zelt passiert hatten, klingelte Pierres Telefon. Er zögerte, doch als er sah, dass der Professor anrief, gab er Kalia ein Zeichen. Dann suchte er sich einen ruhigen Platz am Rande des Geschehens und ging ran.

»Danke, dass Sie sich zurückmelden«, sagte Pierre. »Es ist ein zweiter Mord passiert, uns bleibt nicht mehr viel Zeit.«

»Am heutigen Tag?«

»Ja, genau.«

»Das habe ich mir beinahe gedacht.«

»Wie meinen Sie das?«

Thiebaud Nguyen schnaufte, bevor er antwortete. »Ich bin inzwischen in Paris angelangt und rufe Sie von der *bibliothèque* der theologischen Fakultät aus an. Ich bin Ihrer Bitte also nachgekommen, obwohl ich es vorgezogen hätte, diesen Brutofen von Stadt erst wieder zu betreten, wenn die Temperaturen erträglicher sind. Ich bin auch nicht mehr der Jüngste, wie Sie wissen. Aber ich will mir später nicht vorwerfen lassen, nicht mit der Polizei kooperiert zu haben. Und ich gebe zu, es war wohl eine gute Idee hierherzukommen. Denn ich weiß jetzt, woher die Texte stammen.«

»Wirklich?« Pierre erschrak über die Lautstärke seiner eigenen Stimme und fuhr deutlich leiser fort. »Woher denn?«

»Aus der *Legenda aurea*. Das ist eine Sammlung von Heiligenlegenden aus den unterschiedlichsten Quellen, mit zahllosen volkssprachlichen Übersetzungen und Bearbeitungen. Es gibt übrigens auch okzitanische Versionen davon. Die Urfassung stammt aus dem dreizehnten Jahrhundert, zusammengestellt vom späteren Erzbischof von Genua, Jacobus de Voragine. Er hat sie in lebendige, teils recht grausame Erzählungen verwandelt, dazu ausgelegt, die Zuhörer in den Bann zu ziehen. Ursprünglich kamen diese Heiligenlegenden bei Tischlesungen in Klöstern zum Einsatz oder um Predigten auszuschmücken. Irgendwann verbreitete sich das Buch im Volk, und die Lebensgeschichten der Heiligen wurden zu einer moralischen Anleitung. Historisch ist das Ganze nicht besonders zuverlässig, es gibt etliche verdrehte Namen und Fakten, aber das hat die Menschen nicht davon abgehalten, es fleißig zu lesen und den Leseunkundigen vorzutragen. Damit haben sie es zu einem der erfolgreichsten Bücher des Mittelalters gemacht.«

»Und was bedeutet das für unseren Fall?«

»Nun mal langsam, junger Mann, ich bin gerade dabei, es Ihnen zu erklären.« Der Professor räusperte sich. »Die angeblichen Weissagungen in dem Kettenbrief sind Auszüge aus drei verschiedenen Legenden. Die erste entstammt der Legende der beiden Heiligen Johannes und Paulus. Die zweite der des heiligen Papstes Leo und die dritte der des heiligen Apostel Paulus. Na, fällt Ihnen etwas auf?«

»Nein.« Pierre sah sich um, der Platz hatte sich geleert, die Menschen versammelten sich mittlerweile um einige Tische und Bänke, die zwischen den Wohnwagen standen. Kalia hingegen war nicht zu sehen.

»Die Heiligen sind bestimmten Tagen im Jahr zugeordnet.« Thiebaud Nguyen machte eine kunstvolle Pause, bevor er fortfuhr. »Drei Tage. Eine mythologische Zeitspanne, die in der Bibel häufig vorkommt. Drei Tage ist Jonas im Bauch des Fisches, drei Tage, in denen Saulus blind ist, bevor er zum Paulus wird. Drei Tage, in denen der Tod und die Wiedergeburt vollzogen werden. Drei Tage, in denen ein Mord geschieht. Nun ja, wenn man es genau nimmt, sind es sogar vier.«

»Bitte, ich habe keine Zeit für Knobelaufgaben.«

»Ich sehe, Sie sind nicht besonders vertraut mit dem Heiligenkalender. Aber das würde Ihnen in diesem Fall auch nicht weiterhelfen. Die einzelnen Kapitel der *Legenda aurea* sind nach dem Kirchenjahr geordnet und nach einem Heiligenkalender, der dem römischen Kanonisationsrecht jener Zeit entspricht. Was von dem heute gebräuchlichen stark abweicht. In jener Anordnung gedenkt man des heiligen Johannes und Paulus am 26. Juni, des heiligen Leo am 28. Juni und des heiligen Apostels Paulus am 29. Juni. Na, klingelt es nun?«

Pierre spürte, wie sich sein Pulsschlag jäh beschleunigte. Heute war der 28. Juni. Josiane Simon war das zweite Opfer. Ein angeblicher Sünder fehlte noch. »Das heißt, nicht die Textauszüge sind von Bedeutung, sondern die Daten.«

»Ich kann nicht beurteilen, ob Ihr Täter versucht hat, Stellen herauszusuchen, die einen Bezug zu den Opfern herstellen, dazu kenne ich die Einzelheiten des Falls nicht genug. Aber eines weiß ich sicher: Der letzte Mord ist für morgen geplant.«

Pierre legte auf. Er stand ganz still, war furchtbar müde. Was für ein krankes Hirn hatte sich das alles ausgedacht? Wie sollte man als vernunftbegabter Mensch da noch mitkommen?

Am liebsten würde er sich einfach treiben lassen, am Fluss entlanggehen und sich ausklinken aus diesem wahnsinnigen Karussell, das sich immer schneller und schneller drehte. Aber dann würde es bald einen weiteren Toten ausspucken, und das konnte er nicht zulassen.

Er sah auf die Uhr. Es war Viertel nach sechs. In fünfzehn Minuten begann die Teamsitzung. Er musste sich dringend mit den Kollegen besprechen, damit er den roten Faden nicht verlor.

Auf der Suche nach Kalia rannte Pierre durch die Reihen der Wohnwagen, rief dabei immer wieder ihren Namen. Schließlich fand er sie bei einer Gruppe Frauen, die aufgeregt redeten und kicherten. Eine bildhübsche *gitane* mit hüftlangem, glattem Haar stand in der Mitte, tränenüberströmt und heftig schluchzend, was die anderen irgendwie zu erfreuen schien.

»Wir müssen sofort los«, rief er Kalia zu und eilte davon, ohne sich zu vergewissern, ob sie ihm folgte.

Nach einigen Metern hatte sie ihn eingeholt.

»Warte. Ich will noch kurz mit Rani wegen Josiane Simon sprechen. Aber sie ist furchtbar ergriffen, weil sie Gottes Liebe gespürt hat. Sie sagt, sie wolle sich bekehren lassen.«

»Lass sie«, brummte Pierre, der allmählich genug von alldem hatte. »Ich muss zurück nach Aigues-Mortes, und zwar sofort.«

»Was ist denn passiert?«, fragte Kalia erschrocken.

»Ich weiß, dass es wieder geschehen wird. Und zwar morgen. Und ich habe keine Ahnung, wie wir es verhindern können.«

32

Als Gisèle bei der Aussichtsplattform in der *Rue du Pontis* ankam, saßen die anderen bereits an einem der beiden Tische, die Charlotte vor der *Épicerie* aufgestellt hatte und die sie ab morgen offiziell in Betrieb nehmen durfte. Über den einen hatte sie eine Tischdecke gebreitet, darauf eine Vase mit einem Wildblumenstrauß in Rosé, Pink und Flieder. Außerdem hatte sie einige Schälchen hingestellt, in denen Oliven, geröstetes Brot, mehrere Scheiben luftgetrockneter Salami und frische Melone in Würfeln lagen. Dazu gab es einen hellen Rosé und einen Krug *citronnade*, in dem frische Minze und Blättchen von Zitronenverbene schwammen.

Für einen Moment blieb Gisèle stehen und legte die Hand an ihr Herz, das freudig klopfte, weil sie mit so viel Zuspruch gar nicht gerechnet hatte.

Alle vier Personen, die sie angerufen hatte, waren gekommen: Luc und Penelope, der ehemalige Bürgermeister Arnaud Rozier und natürlich Charlotte. Die junge Frau wirkte in sich gekehrt, fast schon ein wenig traurig, als habe sie Kummer. Aber wahrscheinlich war sie einfach nur müde von einem langen, arbeitsreichen Tag.

Noch immer strömten die Kunden in die *L'Épicerie provençale* und kamen mit den gut gefüllten, floral bedruckten Papiertüten wieder heraus, die inzwischen zu Charlottes Markenzeichen geworden waren.

Gisèles Blick wanderte zu ihrem alten Arbeitgeber, und sie

lächelte. Arnaud Rozier trug ein gemustertes T-Shirt, was zu Dienstzeiten undenkbar gewesen wäre.

Seit er das Amt des Bürgermeisters abgegeben hatte, war er wesentlich beliebter im Dorf. Mehr als einmal hatte sie ihn am Bouleplatz gesehen, mitten unter den alten Recken – Didier Carbonne, Stephane Poncet und Serge Oudard –, als gehöre er seit Jahren zu ihnen. Heute konnte man sich kaum noch vorstellen, welch große Barriere zwischen ihm und den anderen Dorfbewohnern einst bestand. Aber so war es gewesen, zweifellos.

War es nicht paradox?

Zu jener Zeit hatte er alles getan, um die Herzen der Dorfbewohner zu gewinnen. Er hatte sich angewöhnt, mit provenzalischem Dialekt zu sprechen, um Nähe zum Wähler auszudrücken, aber sie nahmen ihm nicht ab, dass er es aus Menschenfreundlichkeit tat. Und nun hatte er sein Ziel erreicht, einfach so. Weil er sein selbst genähtes Korsett abgestreift hatte und sich endlich so gab, wie er war.

Gisèle holte tief Luft, klopfte auf ihre Handtasche, in der sie eine Kopie des Protokolls verwahrte, und ging auf die kleine Gruppe zu.

»*Salut*, Gisèle«, riefen Penelope und Luc wie aus einem Munde, und Arnaud Rozier stand sogar auf und küsste ihr die Hand.

Charlottes Gesicht erhellte sich, und die Schatten, die sie eben noch umgeben hatten, schwanden. »Ihre Einkäufe stehen hinten in der Kühlung«, sagte sie schmunzelnd. »Sie können sie nachher mitnehmen, wenn Sie sie noch wollen.«

»*Bien sûr!*«, Gisèle schnalzte mit der Zunge. »Die habe ich vollkommen vergessen in der Aufregung. Diese Angelegenheit ist mir auf den Magen geschlagen.«

»Na, nun setzen Sie sich erst einmal«, sagte Rozier und

schob ihr einen Stuhl hin. »Und erzählen Sie endlich. So aufgebracht wie am Telefon habe ich Sie ja noch nie erlebt.«

Alle Augen waren auf sie gerichtet. Gisèle strich sich den Rock glatt, dann nahm sie einen Schluck von der *citronnade* und legte die Aktenkopie umgedreht auf den Tisch.

»Luc hat mir von dem Gerücht erzählt«, sagte sie an Rozier gewandt, »dass die anonyme Anzeige, die damals zu einer Durchsuchung des Bürgermeisteramtes geführt hat, kein anderer als Ihr Nachfolger lanciert hat, unser jetziger Bürgermeister.«

Rozier nickte betrübt. »Und damit zum unrühmlichen Ende meiner politischen Karriere.«

»Stimmt«, bekräftigte Penelope, und ihr hellblonder Zopf, der hoch oberhalb des Kopfes thronte, wippte auf und ab. »Aber das war ja, wie Sie sagten, nur ein Gerücht und leider nicht zu beweisen.«

»So ist es«, nickte Gisèle. »Zumal es eine gewisse Witwe in die Welt gesetzt hat, die für ihre Neugier bekannt ist und von der wir alle wissen, dass sie manchmal eine gehörige Portion Fantasie beimischt. Aus diesem Grund habe ich mich in einem ersten Reflex schützend vor das Amt des Bürgermeisters gestellt.«

»Doch nun«, fragte Luc, »haben Sie den Beweis?«

»Nein, dafür nicht.«

Arnaud Rozier strich sich brummelnd über den von grauen Strähnen durchzogenen Haarkranz und verschränkte die Arme.

»Aber«, fuhr sie fort, »ich habe den Beweis dafür, dass Monsieur Marechal zu derartigen Intrigen fähig ist. Er hat nämlich genau dasselbe mit Monsieur Durand getan.«

»Was?«, stieß Charlotte aus und hielt sich eine Hand vor den Mund.

Luc schlug mit der Faust einen Haken in die Luft. »Ich wusste es«, entfuhr es ihm. »Ich habe immer gesagt, dass man dem Kerl nicht trauen darf. Wie haben Sie das angestellt?«

»Nachdem Sie bei mir waren, war ich verunsichert. Vor allem ist mir aufgefallen, dass die Einladung zu der Anhörung, in der Monsieur Durand seine Reputation hätte wiederherstellen können, offenbar nie bei ihm ankam. Und ich weiß jetzt auch, warum.«

»Ja?« Vier Augenpaare sahen sie erwartungsvoll an.

»Ich kann beweisen«, sagte Gisèle, während sie mit dem Finger auf das noch immer umgedrehte Papier tippte, »dass *Monsieur le maire* Marechal vorsätzlich versucht hat, unseren ehemaligen und nur durch das Eingreifen des Präfekten wieder eingesetzten *Chef de police municipale* auszubooten.«

Luc deutete auf das Papier. »Was ist das?«, fragte er.

»Eine Kopie des Protokolls zur außerordentlichen Gemeinderatssitzung vom zwölften Juni.«

Und nun erzählte Gisèle der Vollständigkeit wegen noch von dem Beschluss der vorangegangenen Sitzung, nämlich Pierre Durand einzuladen, um seine Sicht der Umstände zu schildern, die zu der Suspendierung geführt hatten. Wie *Monsieur le maire* Marechal sich dem Vorschlag zum Erstaunen aller aufgeschlossen gezeigt hatte, was ihm den Ruf eines fairen Arbeitgebers einbrachte. Dass die von ihr persönlich verfasste Einladung allerdings – wie bereits bekannt – aus noch ungeklärten Umständen spurlos verschwand. Dann berichtete sie, wie sie das Gespräch des Bürgermeisters mit einem Unbekannten belauscht hatte, dem Marechal diesen Posten bereits zugeschanzt hatte. Womöglich bereits von langer Hand geplant.

»Auch wenn ich nicht weiß, wer dieser Herr ist, so bin ich doch sicher, dass er der Grund ist, warum der Bürgermeister nur auf die Gelegenheit gewartet hat, Monsieur Durand zu suspendieren. Der Vorstoß des Gemeinderates hat ihn offenbar überrascht. Aber er war um seinen Ruf besorgt, weshalb er gute Miene zum bösen Spiel machte, während er im Hintergrund längst die Intrige plante.«

Sie betrachtete die Gesichter der anderen, deren Mienen zwischen Sprachlosigkeit und Entsetzen schwankten.

»Marechal hat sie ja wohl nicht alle«, entfuhr es Luc. »Der wollte Pierre also einfach so rauskicken, um einen seiner Duzbrüder einzuschleusen.«

»Nur fürs Protokoll«, sagte Rozier, »damit hier keine Missverständnisse aufkommen: Pierre hat gesagt, dass er diese Einladung nie erhalten hat, richtig?«

Charlotte nickte mit geröteten Wangen. »Ja, das hat er, ich habe ihn selbst gefragt. Er wusste nichts davon und meinte, er wäre selbstverständlich hingegangen. Das Einzige, was ihn davon abgehalten hat, Widerspruch gegen das Verfahren einzulegen, war der aus seiner Sicht mangelnde Rückhalt der Dorfbewohner.«

Penelope seufzte. »Was ja nicht stimmt, wie wir alle wissen. Bis auf ein paar unverbesserliche Grantler.«

»Wir wissen auch«, fuhr Rozier fort, und er klang nun beinahe wie ein Richter, »dass Pierre sich in letzter Zeit ein wenig hat gehen lassen. Könnte es sein, dass er das Schreiben übersehen hat?«

Charlotte schüttelte den Kopf. »Nein. Zwar hat er seine Post manchmal ungeöffnet rumliegen lassen, aber ich habe sie ihm regelmäßig wieder hingelegt, und irgendwann hat er sie auch durchgesehen.«

»Das ist vollkommen ohne Belang.« Gisèle setzte sich gerade hin. »Selbst wenn er das Schreiben zerrissen und weggeworfen hätte, *Monsieur le maire* Marechal hat gelogen, und das geht auf gar keinen Fall. Er hat dem Gemeinderat lieber seine eigene Version der Dinge präsentiert, und zwar so, dass Monsieur Durand denkbar schlecht dastand.« Nun war es so weit, der Augenblick, auf den sie seit der Mittagspause hingefiebert hatte, war gekommen. Sie drehte das Blatt um und las die Zeile, die sie mit gelbem Textmarker gekennzeichnet hatte, laut vor. »*Punkt 1 der Sitzung: Anhörung von Monsieur Pierre Durand. Der Geladene ist nicht anwesend. Der Bürgermeister versichert, eine mündliche Zusage von ihm erhalten zu haben. Er bedauert zutiefst, dass die Ratsmitglieder nun umsonst hergekommen sind. Da Monsieur Durand sich entschieden hat, die ihm entgegengestreckte Hand auszuschlagen, ist dieser Fall hiermit zu den Akten zu legen.*«

»Pft«, machte Luc und ließ sich im Stuhl nach hinten sinken. »Das ist echt starker Tobak.«

Penelope starrte in die Runde, um Fassung bemüht. »Marechal hat gelogen, vor versammelter Mannschaft! Wenn ihm der Präfekt nicht dazwischengekommen wäre, hätte Pierre nie wieder als Polizist arbeiten können.«

»Das ist noch nicht alles«, fuhr Gisèle fort, um nun das schärfste Geschütz aufzufahren. »*Monsieur le maire* Marechal sagte zu dem Mann, den er gerne auf dem Posten des *Chefs de police municipale* sehen würde, er solle sich keine Sorgen machen, er bekäme das schon wieder hin. Auf Monsieur Durands Gefühlsklaviatur könne man ganze Dramen spielen. Genau so hat er es gesagt. Und dann haben die beiden etwas ausgeheckt, das ich leider nicht verstanden habe. Aber mir war sofort klar, dass wir etwas tun müssen, um zu verhindern, dass der Plan aufgeht.«

»Wir sollten ihn damit konfrontieren«, überlegte Charlotte.

Rozier rieb sich mit beiden Händen über das dickwangige Gesicht, dann wiegte er den Kopf. »Nein. Marechal würde irgendeine Erklärung finden und sich winden wie ein Aal. Und am Ende wären wir die Dummen. Aber ich hätte gut Lust, ihm eins auszuwischen.«

»Wenn ihr wollt, gehe ich zu ihm und haue ihm eine rein«, rief Luc aufgebracht. »Dann lässt er Pierre künftig in Ruhe.«

»Untersteh dich«, entgegnete Penelope. »Wir müssen jetzt klug vorgehen. Wir sind ihm gegenüber im Vorteil, weil wir von alldem wissen. Deshalb werden wir uns jetzt einen hübschen Schlachtplan ausdenken, wie wir ihn in voller Wucht auflaufen lassen.«

Sofort steckten sie die Köpfe zusammen, und während die Zikaden um sie herum ein Konzert anstimmten und Touristen an der Aussichtsplattform gegenüber stehen blieben, um die Aussicht über das Tal zu bewundern, erörterten sie, wie sie dem Bürgermeister eine Falle stellen könnten. Am Ende war ihnen klar, dass es nicht leicht werden würde. Aber sie waren fest entschlossen, dafür zu sorgen, dass in ihrem geliebten Sainte-Valérie die Gerechtigkeit Einzug hielt.

33

Mit einer Viertelstunde Verspätung waren alle ermittelnden Beamten wieder vor dem *Restaurant des Voyageurs* versammelt. *Commissaire* Bartissol und *Capitaine* Vidal von der Gendarmerie in Aigues-Mortes waren als Erste vor Ort gewesen und hatten einen großen Krug Wasser und eine Schale mit Oliven bestellt, von denen die Hälfte bereits gegessen war.

Inspectrice Froissant und Inspektor Imbert würdigten sich keines Blickes, während *Lieutenant* Reynaud von der Gendarmerie in Saintes-Maries-de-la-Mer unbewegt auf den Bildschirm seines Mobiltelefons sah.

Der *Commissaire* eröffnete die Runde mit dem Bericht des Gerichtsmediziners, der den Todeszeitpunkt von Josiane Simon auf die Stunden zwischen zwei und halb vier Uhr morgens eingrenzte. Dann erzählte er von der Fahndung nach *Pasteur* Romain Fernandez, der seit seiner Ankunft in Aigues-Mortes verschwunden war. Schließlich bat er die junge Inspektorin, das Ergebnis ihres Gespräches mit der Tochter von Josiane Simon für alle zu wiederholen.

Diese berichtete von deren früheren Nachbarschaft zur Familie Espinas und von der angeblichen Wunderheilung, bei der sich ein taubeneigroßer Tumor in der Lunge dank weniger Séancen bei *Pasteur* Fernandez in Luft aufgelöst hatte.

Kaum hatte sie geendet, gab Imbert ein abfälliges Schnalzen von sich. »Na, klar. Womit wir wieder bei den Geschichten von *Tausendundeiner Nacht* wären.«

»Ich wäre da vorsichtig«, entgegnete *Inspectrice* Froissant. »Eine Tante von mir glaubt auch an die Kraft der Gebete, sie schwört, dass sie nach einer Pilgerfahrt nach Lourdes von ihrem Rheuma geheilt war. So etwas ist sicher möglich, wenn der Glaube nur stark genug ist.«

»Nichts als esoterisches Gelaber«, beharrte Imbert.

»Nein, gar nicht. Nur weil es auf dem Gebiet viele Scharlatane gibt, muss das nicht heißen, dass tiefer Glaube nicht heilsam ist. Suggestive Vorgänge setzen im Körper etwas in Bewegung, das ist hinlänglich bekannt.«

»*Pasteur* Fernandez«, schaltete sich Pierre ein und dachte dabei an die ergriffenen und weinenden Gläubigen im Missionarscamp, »behauptet sogar, er sei ein Gefäß für den Heiligen Geist. Die Menschen, die zu ihm kommen, sind davon überzeugt, sie würden durch ihn von Gott selbst berührt.«

»Woher wissen Sie das?« Das war Reynaud.

Pierre erzählte von dem Interview und fasste zusammen, was er darin über den Vermissten erfahren hatte. Er fügte hinzu, dass er glaube, der *Pasteur* sollte ursprünglich das erste Opfer sein. Bevor das Ganze aus dem Ruder gelaufen war.

»Mateo Espinas hat seinen Sohn verloren«, erklärte er. »Der Junge war an einem Hirntumor erkrankt, der dringend operativ entfernt werden musste. Aber seine damalige Frau Minette hat das Kind aus dem Krankenhaus geholt, vermutlich auf Anraten von Josiane Simon, die felsenfest glaubte, dass die Séancen bei Fernandez sie von ihrem Lungentumor geheilt hatten. Mateo Espinas hätte also ein starkes Motiv gehabt. Und ich bin sicher, dass er auch der Verfasser der Kettenbriefe war.« Pierre legte den Umschlag, den er von Deborah erhalten hatte, auf den Tisch. »Dieser Brief hier wurde vor neun Tagen in L'Isle-sur-la-Sorge abgeschickt, das liegt nur wenige Kilometer von der letzten Station des Camps entfernt. Er ging an einen engen Freund von Espinas, ein gewisser Mayron. Die beiden Männer eint eine tiefe Abneigung gegen den zunehmenden Einfluss der Pfingstkirche. Möglicherweise erhoffte Espinas sich eine breite Verteilung des Briefes, um möglichst viele Menschen für das Thema zu sensibilisieren. So weit der Plan. Er scheiterte, wie wir alle wissen, am Mittwochabend, als Mateo Espinas vom Täter zum Opfer wurde.«

»Bis dahin klingt es plausibel«, nickte *Capitaine* Vidal. »Aber wenn er bereits tot war, wer hat dann Josiane Simone ermordet?«

»Vielleicht wussten Mateo Espinas und Josiane Simon etwas über den *Pasteur*, das ihm gefährlich werden konnte«, überlegte *Inspectrice* Froissant. »Nur was?«

»Hat dieser Freund …«, fragte Bartissol unvermittelt. »Wie hieß er noch gleich, Mayron? Hat dieser Mann ein Alibi für den frühen Morgen?«

»Gute Frage«, antwortete Pierre. »Sein Vater liegt im Sterben, und seine Frau sagte, Mayron habe ihn keine Minute aus den Augen gelassen.«

»Wieso«, warf Reynaud ein, »sollte der Mann ein Alibi brauchen?«

»Weil es so aussieht, als habe jemand den Plan stellvertretend ausgeführt«, erklärte Bartissol. »Für einen guten Freund.«

»Espinas könnte Mayron von seinen Plänen erzählt haben«, stimmte Pierre zu. »Denn es gibt noch ein Detail, von dem ich bisher nicht berichtet habe und das diese Theorie untermauert. An der Wand in der Krypta der schwarzen Sara in Saintes-Maries-de-la-Mer habe ich ein Foto von Mateo Espinas und seinem Sohn entdeckt, aufgenommen im Krankenhaus. Das Bild hätte Espinas laut Mayrons Frau Deborah niemals aus der Hand gegeben.«

»Wir sollten diese Möglichkeit in Betracht ziehen«, sagte

Capitaine Vidal. »Obwohl die Sache einen Haken hat: Josiane Simon ist mit derselben Tatwaffe ermordet worden wie Mateo Espinas. Wie soll dieser Mayron da rangekommen sein?«

Pierre stimmte zu. »Das klingt in der Tat unwahrscheinlich. Auch die Hufabdrücke waren dieselben. Und nun? Wir brauchen dringend einen Plan, denn das Wichtigste habe ich noch gar nicht erzählt.« Er berichtete von den Erkenntnissen des Professors und von den Textauszügen, die den Kettenbrief zu einer tickenden Zeitbombe machten.

»Verdammt«, entfuhr es dem *Commissaire*.

Sie schwiegen einen Moment, und man sah der Runde ihre Erschöpfung an. Pierre betrachtete die geröteten Gesichter und dachte jäh an Louis, erwähnte ihn aber nicht. Jemand hatte in der Unterkunft des Ornithologen nach Beweisen gesucht, doch das war durch die Nachricht von Josiane Simons Tod untergegangen. Die Einzigen, die zu dem Zeitpunkt seine Identität kannten, waren die Ermittler. Und nun erinnerte sich Pierre auch wieder an den Gedanken, der ihm auf dem Campingplatz durch den Kopf gegangen war: Es musste einen Maulwurf bei der Polizei geben.

»Das gefällt mir alles nicht«, sagte Inspektor Imbert schließlich. »Sollen wir unsere Ermittlungen etwa von einem Kettenbrief abhängig machen, von dem wir noch nicht einmal wissen, ob derjenige, der ihn in L'Isle-sur-la-Sorgue losgeschickt hat, selbst einer der Empfänger war? Ich meine, wer sagt uns denn, dass es jemand aus dem Camp war und nicht irgendein Bewohner des Ortes. Fingerabdrücke brauchen wir ja nun keine mehr zu nehmen, durch so viele Hände, wie der Umschlag schon gewandert ist.« Er schlug mit der Faust auf den Tisch. »Das Ganze ist mir viel zu schwammig. Warum konzentrieren wir uns nicht auf die Fakten?«

Froissant funkelte ihn an. »Von welchen Fakten redest du?

Wir haben nichts in der Hand, überhaupt nichts. Der Kettenbrief ist unsere einzige Spur.«

Commissaire Bartissol schüttelte den Kopf. »Wir haben immerhin den verschwundenen Pastor, und die Fahndung nach ihm läuft.«

»Nicht zu vergessen«, ergänzte *Lieutenant* Reynaud, »die DNA-Proben aus Josiane Simons Wohnung. Die Kriminaltechniker haben einige Hautschuppen und Haare gefunden und ins Labor gebracht. Mit ein bisschen Glück stimmen sie mit welchen aus unserer Kartei überein.«

Bartissol wandte sich an *Capitaine* Vidal. »Du hast doch mit deinen Leuten gesprochen, die vor dem Camp postiert sind. Gab es irgendwelche auffälligen Bewegungen? Irgendjemanden, der das Gelände frühmorgens verlassen hat?«

»Nein, nichts. Die Ersten waren einige Frauen, die zum Supermarkt gefahren sind. Aber das war erst gegen neun, da war Josiane Simon längst tot.«

»Und in der Nacht?«

»Ein paar Besucher sind gegen elf nach Hause gefahren. Dazwischen war Ruhe. Der Platz war durch die beleuchteten Wohnwagen gut einzusehen, und nach Mitternacht kam etwas Mondlicht hinzu. Wir hatten daher alles gut im Blick.«

Bartissol nickte. »Ich fürchte, wir müssen das Ganze noch einmal neu aufziehen. Nehmen wir an, Mateo Espinas hat eine Sünde begangen, für die er bestraft wurde.« Er sah Imbert an. »Hast du mit seiner Ex-Frau gesprochen? Hat er sich in seiner Vergangenheit irgendetwas zuschulden kommen lassen?«

»Ja, ich war bei ihr. Sie hat inzwischen wieder geheiratet, heißt nun Minette Vigier und lebt in Arles. Aber das Gespräch war unergiebig. Alles, was sie gegen Espinas aufzubringen vermochte, war, dass er handgreiflich wurde, nachdem er von Alejandros Tod erfahren hatte.«

Pierre merkte auf. Er erinnerte sich an das, was Deborah erzählt hatte. »Laut meiner Informantin hat er sie grün und blau geschlagen. Die Nachbarn mussten dazwischengehen, sie hatten Sorge, er könnte sie umbringen.«

Alle schwiegen betreten.

»Ich denke«, sagte Pierre entschieden, »wir sollten sie für den gesamten morgigen Tag unter Polizeischutz stellen.«

Imbert lachte auf. »Mateo ist tot, schon vergessen? Glauben Sie etwa, dass er der Hölle entsteigt?«

»Nein«, entgegnete Pierre scharf, »Aber wir müssen uns festlegen, verdammt! Die Uhr tickt. Und die Einzige, die nach allem, was ich weiß, als drittes Opfer infrage kommt, ist Minette Vigier, ehemalige Espinas.«

»Das ist Blödsinn, genauso gut könnten wir Madame Simons Tochter Polizeischutz geben oder dem Bürgermeister von Pisa.«

»Ich finde, Pierre hat recht«, sprang ihm Froissant bei und nannte ihn zum ersten Mal beim Vornamen. »Auch ich bin der Ansicht, dass der Schlüssel zur Lösung des Falls der Tod des kleinen Jungen ist. Noch wissen wir nicht, ob Mateo Espinas wirklich der Verfasser der Briefe ist. Das Schreiben könnte genauso gut von dem verschwundenen Pastor stammen, dann wäre Mayron nur ein zufälliger Empfänger aus dem Telefonbuch. Aber: Es gibt zwei Verbindungen von *Pasteur* Romain Fernandez zu Mateo Espinas. Die eine ist eine aktuelle, nämlich die Fahrt in der Karawane des Missionarscamps durch die Provence hierher. Man könnte meinen, dass das wichtig sei, und auf den verdeckten Einsatz verweisen, bei dem Espinas die kriminellen Machenschaften der Brüder Fouade aufklären sollte. Aber dann wird Josiane Simon ermordet, die ehemalige Nachbarin der Familie. Darüber hinaus wird bekannt, dass der Pastor das letzte Mal vor zwei Tagen gesehen wurde. Damit ist hoffentlich jedem klar«, sie warf Imbert einen vernichtenden Blick zu, »dass die entscheidende Verbindung in der Vergangenheit liegt. Der gemeinsame Nenner ist der Tod des Kindes. Und die einzige Person, die außer den beiden Ermordeten und dem verschwundenen *Pasteur* noch darin verwickelt war, ist Mateos Ex-Frau.«

Imbert verschränkte die Arme und lehnte sich im Stuhl zurück.

»Wir stellen zwei Beamte ab«, entschied *Commissaire* Bartissol. »Selbst, wenn es sich am Ende als unnötig erweist. Wir müssen jede noch so kleine Möglichkeit in Betracht ziehen. Sollte der Täter auch beim dritten Mal seine Kostümierung verwenden, dann wird das Ganze vermutlich am frühen Morgen losgehen, wenn es noch dunkel ist, genau wie bei Josiane Simon. Am See war es einsam genug, da konnte er seine Maskerade anlegen, aber in bewohnten Gegenden wird es schwieriger, damit unerkannt zu verschwinden. Zusätzlich postieren wir zwei Beamte vor dem Haus dieses Mayron. Pierre, können Sie mir bitte seine Adres…«

Sein Telefon klingelte. Er nahm ab und lauschte, während die anderen sich auf die verbliebenen Oliven stürzten, bis die Schale nach wenigen Sekunden leer war.

»Hört mal«, sagte Bartissol, nachdem er das Telefonat beendet hatte, und es wurde sofort still. »Vielleicht versüßt euch ja diese Neuigkeit den Abend: Die Brüder Fouade hatten nach ihrer Entlassung aus der Untersuchungshaft nichts Besseres zu tun, als direkt nach Cheval-Blanc zu fahren, wo sie die Beute ihrer Raubzüge in dem Schuppen eines entfernten Verwandten versteckten. Wir haben sie beschatten lassen und auf frischer Tat ertappt, als sie das Diebesgut in Koffer packten. Sie behaupten, dass einige der wertvollsten Stücke fehlen, vor allem Schmuck, Uhren, Edelmetalle und Geld.«

»Ja, klar«, rief Reynaud lachend. »Wahrscheinlich hat der Verwandte das Zeug längst beiseitegeschafft und ist damit über alle Berge.«

Die anderen stimmten ein.

»Damit haben wir wenigstens einen Teilerfolg zu vermelden.« Bartissol rieb sich die Hände. »Bevor wir etwas bestellen, rufe ich noch schnell den Ermittlungsrichter an und bringe ihn auf den neuesten Stand. Er wird der Polizeischutzmaßnahme für Minette Vigier sicher zustimmen.«

Pierre erhob sich. Ihm war nicht nach Gesellschaft. Einen Gedanken hatte er in der Runde nicht auszusprechen gewagt: Was, wenn der Mörder noch einmal von seinem ursprünglichen Plan abwich? Wenn er versuchte, seine Haut zu retten, indem er sich des einzigen Zeugen entledigte, der ihn enttarnen konnte?

»Bitte entschuldigen Sie mich«, sagte er, »aber ich bin müde. Ich denke, ich lege mich besser hin.«

»Ist gut«, sagte Bartissol. »Ruhen Sie sich aus. Heute Nacht könnte es losgehen, daher sollten wir alle in Bereitschaft bleiben.«

34

Die Sonne wurde erst milder, als sie hinter den Häusern am gegenüberliegenden Kanalufer verschwand. Sie hinterließ dunstige Wasser, einen Fluss, der wie ausgestorben schien, müde und erschöpft von ihrer Unbarmherzigkeit. Einzig die Zikaden wirkten munter und die Mauersegler, die kreischend ihre Runden zogen.

Doch als die verbliebenen Strahlen einige versprengte Wölkchen pastellfarben beleuchteten, erwachte auf den Booten und Gassen wieder das Leben. Musik schallte über den Kai, und in der Ferne erklangen Lachen und Gläserklirren, als gäbe es etwas zu feiern.

Pierre hatte das Glasdach der *péniche* weit geöffnet, sodass er nun unter freiem Himmel saß, umgeben von schützenden Wänden. In der Hand hielt er ein Glas Rosé, den er nach dem kargen Mahl aus trockenen, dick mit Butter bestrichenen Brotscheiben geöffnet hatte.

Von der üppigen Essensauswahl vom ersten Tag war nicht mehr viel übrig, aber es hatte ja auch niemand mit dem blinden Passagier rechnen können.

Pierre seufzte.

Als er vorhin das Boot betreten hatte, rief er als Erstes im *Camping le Clos du Rhône* an und fragte nach Louis. Erst als die Frau an der Rezeption sagte, sie habe in der vergangenen Woche niemanden mit diesem Namen gehabt, fiel ihm ein, dass der Junge in Wirklichkeit Emil Allombert hieß.

Ein Name, der ausgesprochen so fern klang wie der eines Fremden.

»Ich habe leider keinen Überblick über die Anwesenheit der Gäste«, hatte die Frau gesagt. »Seinen Schlüssel hat er bisher jedenfalls nicht abgegeben, ich kann ihm gerne eine Nachricht zukommen lassen.«

»Ich möchte, dass Sie zu seiner Hütte gehen und nach ihm sehen«, beharrte Pierre. »Ich bleibe so lange in der Leitung.«

»Aber Monsieur …«

»Es ist wichtig, bitte. Er ist … wie ein Sohn für mich.«

Sie atmete aus. »Na, schön. Bleiben Sie dran.«

Die Hütte war leer gewesen, und auch in der Snackbar, die zur Anlage gehörte, saß niemand, auf den die Beschreibung passte. Am Ende hatte Pierre seine Mobilnummer weitergegeben und die Frau gebeten, ihm Bescheid zu geben, falls Louis auftauchte.

»Schreiben Sie auf den Zettel, dass ich mir Sorgen um ihn mache. Und dass er sich melden soll.«

Seitdem lag das Telefon auf dem Esstisch, reglos und stumm. Pierre war eingefallen, dass er Charlotte versprochen hatte, sich heute bei ihr zu melden. Aber er schob es auf, weil er fürchtete, Louis' Rückruf zu verpassen.

Also saß er mit dem Weinglas in der Hand da und starrte auf den Kanal, in dessen graugrünem Wasser sich der Himmel mit den rosafarbenen Wattewölkchen spiegelte.

Pierre hasste es zu warten. Auf den Anruf und auf das, was als Nächstes geschehen würde.

Seine Gedanken wanderten zu Alejandro, und es fiel ihm schwer zu ermessen, wie es den Eltern ergangen war, als sie die niederschmetternde Diagnose erhielten. Wäre es anders verlaufen, wenn der behandelnde Arzt den Ängsten und Sorgen der Mutter einfühlsam begegnet wäre? Wenn er sich bemüht hätte, religiöse und spirituelle Überlegungen unvoreingenommen einzubeziehen? Vielleicht hätte ein vermittelndes Gespräch die Akzeptanz eines ärztlichen Eingriffs erhöht. Was wäre schon dabei gewesen, die Kraft des Glaubens unterstützend in Anspruch zu nehmen?

Das Schicksal hatte Minette Vigier für ihre Entscheidung hart bestraft. Und dennoch gab es vielleicht jemanden, dem dies nicht ausreichte und der ihr deshalb den Tod wünschte.

Vor ihrer Wohnung stand nun ein Wagen mit zwei Polizeibeamten, bereit einzugreifen, sobald sich ein Verdächtiger näherte. Und auch Mayron wurde in dieser Nacht beschattet.

Pierre trank noch einen Schluck.

Plötzlich überkam ihn die Angst, dass sie die falschen Schlüsse gezogen hatten. Er fürchtete, etwas übersehen zu haben, irgendein Detail, das sein gesamtes Konstrukt umwarf. Aber so sehr er auch nachdachte und den Fall rekapitulierte, er wusste nicht, wo er hätte anders abbiegen sollen. Einem anderen Weg folgen, einer anderen Spur.

Eine Bewegung am Boot ließ ihn hochfahren. Er erhob sich und sah, dass Kalia an Deck geklettert war und ihm nun zuwinkte. Sie hatten vereinbart, dass er sich meldete, wenn etwas vorfiel. Ihr unerwartetes Erscheinen erschreckte ihn.

Rasch öffnete er die Glastür.

»Was machst du denn hier? Ist etwas passiert?«

»Nein. Aber ich habe es nicht mehr ausgehalten. Ich hasse es zu warten, und ich dachte, zu zweit wartet es sich leichter.«

Sie lächelte zaghaft, und ihm fiel auf, dass sie frisch geduscht hatte. Ihr schwarzes Haar glänzte noch feucht und fiel ihr offen bis auf den Rücken. Das weiß-rot geblümte Kleid brachte ihre Rundungen vorteilhaft zur Geltung, und sie wirkte auf einmal sehr weiblich.

»Du hast recht, komm rein.«

Kalia folgte der Aufforderung und stellte eine Korbtasche ab. »Hast du schon gegessen? Ich habe uns etwas mitgebracht.«

»Was denn?«

»Eine *Agriade Saint-Gilloise*. Das ist, wie der Name schon sagt, eine Spezialität aus Saint-Gilles, auch Eintopf der Flussfahrer genannt. Das Rindfleisch wird über Nacht mit einer Paste aus Petersilie, Knoblauch, Sardellen, Zwiebeln, Kapern und Gurken mariniert und dann mehrere Stunden gekocht.«

»So lange braucht das? Dann kannst du also zaubern?«

Sie lachte. »Ich hatte vor zwei Tagen Gäste, und es war noch genügend übrig. Aufgewärmt schmeckt es sowieso am besten.«

Pierre nickte und holte Teller und Besteck, dazu Gläser für Wasser und Wein. Im Küchenschrank entdeckte er noch eine Flasche Rotwein, einen *Côtes du Rhône*, und entkorkte ihn. Zuletzt nahm er Servietten aus der Schublade und legte ein Holzbrett auf den Tisch, bevor er auf der Bank Platz nahm. Mit Blick auf die zunehmende Dunkelheit erhob er sich wieder und entzündete einige Windlichter. Charlotte wäre stolz auf mich, dachte er mit einem Schmunzeln.

Er sah Kalia zu, die einen Topf aufsetzte, um das Fleisch zu erwärmen, und eine Schale mit Reis in die Mikrowelle stellte. Pierre beobachtete ihre Bewegungen und dachte, dass sie eine sehr attraktive Frau war.

»Warum bist du wirklich aus Paris zurückgekehrt?«, fragte er, als Kalia den Topf auf dem Holzbrett abstellte. In einer aromatisch duftenden grünbraunen Sauce schwammen große Fleischstücke. »Ich dachte immer, Bernard und du, ihr passt gut zueinander.«

»Das war auch so. Glaubte ich zumindest, bis wir ein ernsthaftes Gespräch geführt haben.«

»Ihr habt euch gestritten?«

»Nein. Aber wir waren wohl zum ersten Mal ehrlich zueinander.« Sie nahm den Reis aus der Mikrowelle und füllte die Teller. Prostete ihm mit einem Lächeln zu. »*Bon appétit*, Pierre.«

Sie aßen schweigend. Es schmeckte hervorragend. Das Fleisch war zart, die Sauce würzig und durch die geschmorten Zwiebeln leicht süß. Über ihnen funkelten erste Sterne am immer dunkler werdenden Himmel. Die Musik, die vom Kai herüberklang, wurde lauter. Ein rhythmisches Klopfen zur Gitarre und ein heiserer und zugleich kraftvoll klingender Gesang.

»Du hast meine Frage nicht beantwortet«, sagte er schließlich, als er die Stille nicht mehr ertrug. »Warum, Kalia?«

Sie seufzte und legte die Gabel beiseite. »Es gab etwas, das zwischen uns stand.« Sie sprach, ohne ihn anzusehen, den Blick auf den halb vollen Teller gerichtet.

»Es gab eine andere?«

»Nein.« Sie hob den Kopf und sah ihn an. »Bernard wollte keine Kinder.«

Pierre erschrak und fühlte sich ertappt. »Aber du wolltest welche.«

»Ja, ganz viele sogar. Ich stamme aus einer kinderreichen Familie, ich liebe meine Nichten und Neffen, will aber mehr sein als nur Tante. Ich will wissen, wie es sich anfühlt, wenn ein Kind in mir heranwächst. Es in den Armen zu halten, ihm ein Zuhause zu geben.« Sie lächelte matt. »Aber als ich ihm sagte, dass es langsam Zeit werde, mit der Familienplanung zu beginnen, antwortete er, es gehe uns doch gut. Er wolle nichts ändern. Mit Kindern könne man nicht von einem auf den anderen Tag verreisen oder ausgehen. Außerdem habe er Angst davor, was mit uns beiden geschehe, als Paar. Er wolle keine Partnerin, die in ihm nur den Vater sieht und er in ihr die Mutter. Tja, und da bin ich gegangen.«

»Und Bernard?«

»Er hat versucht, mich zurückzuhalten. Aber seine Meinung hat er nicht geändert.« Kalia atmete schwer. »Ich war siebenunddreißig, als ich ihn verließ. Alles, wonach ich mich sehne, ist eine Familie, und ich dachte, ich müsse es unbedingt versuchen, bevor es zu spät ist. Aber ich habe bisher niemanden kennengelernt, mit dem ich mir vorstellen kann, diesen Traum zu leben. Bernard dagegen hat recht schnell eine Neue gefunden.« Ihre Augen schimmerten. »Letzte Woche habe ich erfahren, dass er mit seiner Freundin eine Tochter gezeugt hat. Er hat mich angerufen, um es mir zu erzählen. Er hat gesagt, wie sehr er sich darüber freue. Obwohl er ganz genau weiß, dass ich mir nichts mehr wünsche als das!«

Tränen liefen ihr über die Wangen, und Pierre nahm eine frische Serviette, um sie ihr zu reichen.

»*Merde!*«, sagte er nur. Was für ein Mistkerl, das hätte er nie von Bernard gedacht.

Kalia putzte sich die Nase und straffte dann die Schultern.

»Aber das war es nicht allein.« Sie wippte zum Takt der Musik, ein rhythmischer Klangteppich, der sich rasch auf ihren Körper übertrug. »Ich liebe meine Kultur. Ich habe sie so sehr vermisst! Die Geselligkeit, das Familienleben, das Essen. Und den Tanz. In unserem Freundeskreis in Paris hat niemand Flamenco getanzt. Hier lieben ihn alle Frauen. Vor allem die *rumba flamenca*.«

Sie erhob sich und stand stolz und kerzengerade vor ihm. Dann begann sie auf dem engen Raum zwischen Steuerstand und Esstisch zu tanzen, bewegte die Arme weit und elegant, als schlage sie mit unsichtbaren Flügeln. Wiegte den Oberkörper, schwang die Hüfte. Blieb schließlich atemlos vor ihm stehen. Endlich warf sie den Kopf in den Nacken und lachte gelöst.

»Das ist etwas anderes als die himmlische Verzückungsmusik der Pfingstler. Das hier ist pure Leidenschaft. Komm, versuch es auch einmal.«

Sie nahm seine Hände und zog ihn hoch. Umtanzte ihn, während er auf der Stelle wippte und sich wie der letzte Tölpel vorkam.

»Ich kann das nicht«, wehrte er ab.

»Ich weiß, dass du es kannst. Du brauchst nur ein bisschen mehr Körperspannung«, sagte sie. Dann hob sie die Hände über den Kopf und klatschte im Takt. Ihre Bewegungen wurden sinnlicher, fordernd. Sie drehte sich und lockte, blieb schließlich vor ihm stehen und umfasste seine Handgelenke, sah ihn mit glühenden Augen an.

Früher, während ihrer Zeit in Paris, hatte es einmal eine Situation gegeben, in der er Kalia gerne geküsst hätte. Es war an einem Silvesterabend, sie hatten sich lange unterhalten und ein bisschen zu viel getrunken. Dann getanzt, enger, als Freunde es tun. Sie waren sich dabei nahegekommen, so wie jetzt. Aber sie war verheiratet gewesen, und er hatte Respekt davor gehabt. Dennoch hatte er damals das Gefühl, ihr ergehe es genauso.

Sie lächelte. »Erinnerst du dich noch an damals, an unseren Tanz?«

Pierre schluckte. »Ja.«

»Ich musste später noch oft daran denken. Ich habe mich immer wieder gefragt, wie es dir wohl geht, was aus dir geworden ist. Aber ich hatte nie den Mut, deinen Aufenthaltsort herauszufinden und dich anzurufen. Und dann standest du plötzlich vor mir, am Kai von Saint-Gilles.«

Er trat einen Schritt zurück, und sie ließ los.

»Ich hätte mich sicher über einen Anruf gefreut«, sagte er. »Aber die Zeiten haben sich geändert. Ich lebe in einer festen Beziehung.«

»Liebst du sie?«

Er nickte.

»Die Frau ist ein Glückspilz.«

»Da wäre ich mir nicht so sicher.«

Pierre wandte den Blick ab. Er fühlte sich schrecklich. Er hatte Charlotte nicht zurückgerufen und er wusste, dass es sie verletzte. Aber er hatte es einfach nicht fertiggebracht. Die ganze Zeit stand das Thema Kinder zwischen ihnen, und er hatte irgendwie gedacht, dass es sich wieder lege, wenn er es nur hartnäckig genug ignorierte.

Bis jetzt.

Er hatte immer geglaubt, der Höhepunkt einer Beziehung sei zusammenzuziehen, für ihn die äußerste Form von Nähe. Aber das stimmte nicht. Zumindest nicht für Charlotte. Sie strebte auf einen anderen Höhepunkt zu, der da hieß: heiraten und eine Familie gründen. Aber er war noch nicht so weit. Heiraten ja, aber Kinder? Niemals. Nicht er. Doch seit der Fahrt in die Camargue hatte sich etwas in ihm bewegt. Durch Louis und nun auch durch das Gespräch mit Kalia.

Er liebte Charlotte und er wollte sie nicht verlieren. Aber war er wirklich bereit, diesen Schritt zu mit ihr gehen?

»Alles in Ordnung, Pierre?«

Er sah sie an. Kalias Augen schimmerten dunkel im Schein der Windlichter.

»Ja«, sagte er. »Aber ich glaube, es ist besser, wenn du jetzt gehst.«

Kalia nickte. Sie nahm ihre Korbtasche und öffnete die Glastür. Bevor sie hindurchschritt, drehte sie sich noch einmal um.

»Ruf mich an, wenn du mich brauchst.« Sie lächelte. »Ich meine natürlich, bei deinem Fall. Oder als Reiseführerin.«

»Auch als gute Freundin, so wie vorher?«

»Na, klar.«

Damit ließ sie ihn alleine.

35

»Ja?« Charlotte klang müde. Und im nächsten Moment hellwach. »Pierre, bist du es?«

Er lachte leise. Es war schön, ihre Stimme zu hören. »Wie geht es dir?«

»Besser. Jetzt, da du anrufst.« Sie seufzte. »Ich habe mir Sorgen gemacht. Um dich. Um uns …«

»Das musst du nicht. Ich hätte mich früher melden sollen, aber der Fall hat mich den ganzen Tag beschäftigt.« Pierre stockte. »Nein, das stimmt nicht ganz. Du hattest recht, als du sagtest, ich würde vor den Problemen davonlaufen. Ich habe unser Gespräch auf die lange Bank geschoben, weil ich nicht darüber reden wollte. Dein Vorschlag, ich solle Hausmann …«

»Vergiss es«, unterbrach sie ihn, und ihre Stimme klang belegt. »Es war eine blöde Idee von mir, ich hätte wissen müssen, dass es dich kränkt. Wenn ich ehrlich bin, kann ich mir das auch nicht so richtig vorstellen. Du wärst dann nicht mehr der Pierre, den ich kenne und liebe.«

»Na, da bin ich aber froh.« Er schmunzelte. »Es war aber auch nicht richtig, das Thema Kinder komplett zu ignorieren, obwohl ich wusste, wie wichtig es dir ist. Ich … ich habe darüber nachgedacht.«

»Du hast deine Meinung geändert?«

Pierre strich sich übers Haar, überlegte kurz, bevor er antwortete. »Sagen wir besser: Ich bin nicht mehr total abgeneigt. Ich liebe dich und ich will dich nicht verlieren. Aber es macht mir Angst. Du weißt, dass ich auch die Freiheit und das Leben mit dir genieße. Ein Kind zu bekommen, ist eine große Aufgabe. Es verändert das ganze Leben, man trägt plötzlich Verantwortung.« Er dachte an Louis, und seine Sorge stieg ins Unermessliche. Was, wenn der Junge gerade versuchte, ihn zu erreichen? »Die schönen Momente werden überwiegen, das weiß ich«, schloss er. »Also … lass mich zumindest das Berufliche endgültig klären. Und dann sehen wir weiter.«

»Ein Kind zeugt man ja auch nicht, um den Partner zu halten«, flüsterte sie. »Sondern weil man dem kleinen Wesen Platz und Raum im Leben und im Herzen geben will. Du sollst die Zeit haben, die du brauchst.« Er hörte, wie sie ein- und ausatmete, und als sie fortfuhr, war ihre Stimme wieder ganz klar. »Das mit dem Beruflichen … Ich muss dir etwas erzählen. Marechal hat …«

»Ein anderes Mal, ja? Die Sache kann jeden Augenblick losgehen. Ich muss die Leitung offen halten.«

»Natürlich.«

»Schade, dass du gerade so viel zu tun hast. Es wäre schön, das Hausboot gemeinsam nach Bézier zu überführen. Ich meine, wenn der Täter rechtzeitig gefasst werden sollte.«

»Wir holen das nach, wenn alles vorbei ist. *Bisou.*«

Kaum hatte Pierre das Gespräch beendet, sah er nach, ob jemand versucht hatte, ihn zu erreichen. Ob Louis sich gemeldet hatte oder ob eine Nachricht von Bartissol eingegangen war, die von einem dritten Mord kündete. Aber nichts dergleichen war geschehen.

Pierre atmete tief durch. Dann legte er sich angezogen ins Bett und löschte das Licht.

Es war bald Mitternacht. Der Tag der letzten Abrechnung war gekommen.

Er wollte bereit sein, wenn es losging.

Pierre schreckte hoch. Sein Schlaf war unruhig gewesen, immer wieder hatte er zwischendurch auf die Uhr gesehen. Erst um zwanzig vor eins, dann um zehn nach. Nun war es bald halb zwei.

Seine Gedanken waren hin- und hergeflogen, wie bei einem Pingpongspiel. Er fühlte sich, als säße er vor einer Milchglasscheibe, hinter der die Kollegen agierten, während er vom Boot aus versuchte, etwas zu erkennen. Am liebsten hätte er sie nach Arles begleitet, aber er musste hierbleiben für den Fall, dass der junge Ornithologe ihn brauchte.

Louis …

Die Erinnerungen an die vergangenen Tage fluteten seinen Kopf mit immer neuen Bildern. Wie sie an Gallician vorbeigeprescht waren, mitsamt den winkenden Beamten. Oder wie Louis seine Erinnerungen wiedergefunden hatte, als er den Kettenbrief in den Händen hielt. Die seelische Erschütterung, als er den Abend des ersten Mordes am *Étang de Vaccarès* neu durchlebte, dann die Erleichterung. Am Ende der Streit.

Jedes Mal, wenn Pierre erwacht war, hatte er einen Blick auf das Display geworfen. Aber das Telefon blieb stumm.

Ein Boot fuhr in hohem Tempo vorbei. Das Wasser schwappte gegen die Bordwand, und ein sanftes Schaukeln setzte ein.

In der Ferne hörte er den Motor eines Wagens, der zum Stehen kam. Dann das Zuschlagen einer Autotür. Schritte, die über den Kai hasteten.

Pierre richtete sich auf und rieb sich über das Haar. Er konnte ohnehin nicht mehr schlafen. Nun, da der Tag gekommen war, an dem der Mörder – sofern der Professor recht behielt – ein drittes Mal zuschlug.

Er stand auf und wusch sich das Gesicht, als jemand an das Bullauge klopfte.

»Pierre? Bist du wach?«

Es war Louis!

Sein Herz machte einen Satz. »Ja!«, rief er durch das verschlossene Fenster. »Komm an Deck, ich mache dir auf.«

Wenig später stand der junge Mann mit geschultertem Rucksack in der Tür und sah ihn zerknirscht an.

»Ich hoffe, es ist in Ordnung, dass ich so spät noch vorbeikomme.«

»Aber sicher.« Pierre nahm ihn in den Arm. Er musste sich zusammenreißen, damit er ihn vor lauter Erleichterung nicht erdrückte. »Hast du meine Nachricht erhalten? Wo warst du denn die ganze Zeit? Geht es dir gut?«

»Hey, nicht so viele Fragen auf einmal, ja?« Louis trat zurück und grinste. »Nach unserem Streit bin ich am Strand entlanggelaufen, bis mir die Hitze den Schädel halb verbrannte und mir die Sache mit dem Sonnenstich wieder einfiel. Dann bin ich zurück zum Campingplatz, um die Zeit totzuschlagen. Aber ich habe mich nicht wohlgefühlt in der Hütte. Ich musste die ganze Zeit an die verschwundenen Speicherkarten denken. Also bin ich in den Ort gegangen und habe mich in eine Bar gesetzt, bis sie mich rauswarfen. Und da ist mir etwas eingefallen. Ich bat den Barkeeper, mir jemanden zu besorgen, der mich nach Aigues-Mortes bringen könnte. Und nun bin ich hier.«

»Was genau ist dir eingefallen?«

»Der Satz, den der Mörder seinem Opfer entgegengebrüllt hat.« Louis sah an Pierre vorbei zum Esstisch, auf den durch das Glasdach der Mond schien. Er zeigte auf den Topf. »Ist da noch was drin?«

»Ja, das hat Kalia mitgebracht, aber es enthält Fleisch.«

»Ist sie noch da?« Louis grinste und nahm auf der Bank Platz.

»Nein.« Pierre schaltete eine Küchenlampe ein und holte eine Gabel und einen Löffel aus der Schublade. »Hier. Und nun erzähl endlich. Was hat der Mann gesagt?«

Louis sortierte das Fleisch aus, schob dann Reis auf den Löffel und tunkte ihn in die kalte Sauce, bis er vollständig bedeckt war. Dann legte er sein Telefon neben den Teller und schaltete es ein.

»Warte, ich habe einen Screenshot gemacht.« Er beugte sich über das Display. »*Viele werden an jenem Tag zu mir sagen: ›Herr, sind wir nicht in deinem Namen als Propheten aufgetreten und haben wir nicht in deinem Namen Dämonen ausgetrieben und haben wir nicht in deinem Namen viele Wunder gewirkt?‹*«, rezitierte er. »*Dann werde ich ihnen antworten: ›Ich kenne euch nicht. Weg von mir, ihr Gesetzlosen.‹*«

Pierre ließ sich ihm gegenüber auf einen Stuhl sinken. »Das waren seine Worte?«

Louis schob sich den Löffel in den Mund und fuhr kauend fort: »Na ja, so in etwa. Das ist aus der Bibel, ich habe nachgesehen. Matthäus 7, Vers 22 bis 23. Das ist ein sehr interessanter Text. Da stehen viele kluge Dinge drin, das hat mich wirklich überrascht. Dass es nicht zählt, wenn man unentwegt zu Gott fleht, um ins Himmelsreich zu kommen, sondern nur, was für ein Mensch du bist und welche Früchte deine Taten tragen. Ein Spruch hat mir besonders gut gefallen: ›Alles, was ihr wollt, dass euch die Menschen tun, das tut auch ihnen an.‹ Das hat meine Großmutter schon gesagt. Und die hatte meistens recht.« Er grinste breit. »Und noch ein Spruch stand dort: ›Warum siehst du den Splitter im Auge deines Bruders, aber den Balken in deinem Auge bemerkst du nicht?‹«

Er wischte sich den Mund mit einer herumliegenden Serviette ab und reichte Pierre die Hand über den Tisch. »Deshalb bin ich zurückgekommen. Es war ein blöder Fehler, einfach davonzulaufen, und ich bitte um Entschuldigung.«

»Angenommen.« Pierre schlug ein. »Louis«, begann er und hielt gleich wieder inne. Ihm war ein Gedanke gekommen, der ihn elektrisierte. War es das? Das fehlende Detail? »Bist du dir sicher, dass der Mann, der auf das Tier zuging, derselbe war wie derjenige, der am Ende am Boden lag?«

»Ja, bin ich«, sagte der junge Mann fest.

»Du könntest dich irren. Schließlich hattest du einen Sonnenstich und warst in Panik.«

»Stimmt. Aber der Kerl hat dieselben Sachen getragen. Und er hatte ebenfalls glatte, beinahe schwarze Haare.«

Das war das Stichwort. Pierre tippte auf das Foto von dem Bild aus der Krypta und legte sein Mobiltelefon auf den Tisch. »Der Mann, der am Seeufer entlangspaziert ist und dich gewarnt hat, in deinem Versteck zu bleiben, also derjenige, der später ermordet im Sand lag. War es vielleicht der hier?«

Louis beugte sich über das Bild. Dann schüttelte er den Kopf. »Nein, ganz sicher nicht.«

»Sieh noch einmal genau hin. Das ist Mateo Espinas.«

»Und wenn ich zehnmal hingucke, das war er nicht. Sein Gesicht war viel weicher. Außerdem hatte er keine Locken.«

»Und der hier?« Pierre öffnete das Interview, das Rani an Kalia weitergeleitet hatte.

»Ja, das war er, ganz sicher.« Mit vor Überraschung geweiteten Augen sah Louis ihn an. »Wer ist das?«

»*Pasteur* Romain Fernandez.«

36

Alles ergab plötzlich einen Sinn. Die verschwundenen Speicherkarten, die Asche im Wohnwagen des Predigers.

Während Louis sich auf der Bank ausstreckte und vor Erschöpfung sofort einschlief, rief Pierre Bartissol an, der beim ersten Klingeln abnahm.

»Ist alles ruhig in Arles?«, fragte er den *Commissaire*. »Irgendwelche Vorkommnisse?«

»Alles ruhig.«

Pierre stieß erleichtert die Luft raus. »Gut. Denn ich weiß nun, wer der Mörder ist.«

»Schießen Sie los.«

»Mateo Espinas.«

»Wie bitte? Aber der ist doch tot.«

»Lassen Sie mich erklären. Erinnern Sie sich an die Speicherkarten, die aus der Hütte unseres Zeugen auf dem Campingplatz entwendet wurden? Zu diesem Zeitpunkt war lediglich klar, dass es einen Zeugen gibt. Mithilfe des Leihfahrrades, das er am See abgestellt hatte, konnte man ihn ausfindig machen, ebenso wie seine Unterkunft. Noch ahnte niemand, dass er sich bei mir auf dem Boot verbirgt.«

»Sie meinen, jemand ist vorsätzlich in die Hütte eingedrungen, um Beweismaterial zu vernichten?«

»Oder um den Zeugen zu beseitigen. Die Speicherkarten können auch nur ein hilfloser Versuch gewesen sein, nachdem Louis nicht da war.« Er schüttelte den Kopf. »Die ganze Zeit habe ich mich gefragt, was der Täter zu finden gehofft hatte. Was Louis hätte sehen oder fotografieren können. Immerhin war der Täter maskiert. Und nun habe ich es endlich verstanden.« Pierre machte eine kurze Pause, bevor er fortfuhr. »Während der gesamten Ermittlungen lag unser Fokus auf dem Theaterstück, das vorne auf der Bühne stattfand. Die Situation erinnert mich an die Veranstaltung bei den Pfingstlern. Alle Augen richten sich auf den Protagonisten, der vorne steht und der mit Worten und Gesten eine Verbindung zum Publikum schafft, bis es sich ganz seiner Vorstellung ergibt und die Umwelt erst wieder wahrnimmt, wenn der Vorhang fällt. So war es auch bei uns und unserem Zeugen. Wir waren völlig fixiert auf den Handelnden. Daher wissen wir zwar vom Täter, aber nicht vom Opfer.«

»Sie glauben also, dass es nicht Mateo Espinas war«, sagte Bartissol nachdenklich. »Angenommen, Sie hätten recht damit: Unserem Zeugen konnte dies natürlich nicht auffallen, da er ihn noch nie gesehen hatte.«

»Richtig! Genau das ist der Punkt, an dem sich der Blickwinkel auf unseren Fall dreht. Ehrlich gesagt bin ich sehr froh darüber, dass Louis die ganze Zeit überwacht wurde und nun wieder hier bei mir ist. Denn er hat das Opfer gesehen. Der Mann hat ihm sogar vor der Tat bedeutet, in seinem Versteck zu bleiben. Offenbar ahnte er von der Gefahr, in der er schwebte. Er legte den Finger auf den Mund und schüttelte fast unmerklich den Kopf.«

»Aber wir haben doch Beweise, dass es sich bei dem Toten um Mateo Espinas handelt.«

»Wir glauben vielleicht, Beweise zu haben. Als ich das Foto von ihm und seinem Sohn in der Krypta sah, da dachte ich zuerst, jemand wolle um seine Seele bitten. Aber dann erzählte die Frau seines Freundes Mayron, dass Mateo Espinas das

Foto nie aus der Hand gegeben habe. Und nun hing es da.« Pierre schüttelte den Kopf, verärgert, weil er nicht früher darauf gekommen war. »Mayron hat sich bei mir beklagt, warum es ihm nicht gestattet war, Mateo die letzte Ehre zu erweisen. Das alles ergibt einen Sinn, jedenfalls wenn man den Gedanken zulässt, dass alles arrangiert war. Und dass Mateo Espinas einen Komplizen hat.«

Der *Commissaire* war plötzlich ganz still. »Fahren Sie fort«, sagte er schließlich.

»Ich habe Louis einige Bilder gezeigt, und er hat eindeutig den verschwundenen Pastor als das Opfer erkannt, Romain Fernandez. Die Kollegen von der Gendarmerie kannten sein Gesicht, das zudem geschwärzt war, ebenfalls nicht, genauso wenig wie die Kriminaltechniker. Alle, bis auf Inspektor Imbert, der bestätigt hat, dass es sich bei dem Toten um Mateo Espinas handelte.«

»Verstehe«, sagte Bartissol langsam. »Aber dann müsste er die DNA-Proben …«

»… ausgetauscht haben. Die beiden haben offenbar gut zusammengearbeitet. Espinas muss vorher Proben abgegeben haben, die Imbert dann in einem unbeobachteten Moment vertauscht hat. Es wurde langsam dunkel. Kein Problem also, das Röhrchen mit dem Material in einem unbeobachteten Moment zu ersetzen. Was bedeutet, dass die Aktion perfekt vorbereitet war. Imbert hat Espinas dabei geholfen, Rache zu üben und sich danach möglicherweise unter einer anderen Identität ein neues Leben aufzubauen.«

»Ich kann gar nicht glauben, dass ausgerechnet Inspektor Imbert …« Der *Commissaire* klang erschöpft. »Ich muss sagen, dass es mir schwerfällt, Ihnen … einem nahezu Fremden … mehr Vertrauen zu schenken als meinem langjährigen Kollegen. Aber es passt alles zusammen. Restlos. Sogar der Anruf, den Espinas abgesetzt hat, bevor es losging, fügt sich ins Bild. Es war das Zeichen für Imbert, dass er sich auf den Weg machen soll.«

»Genau. Beinahe wäre es schiefgegangen. Der Einsatz in Arles, der Imbert zunächst aufhielt, war ja nicht geplant, und er konnte auch nicht mit dem Zeugen rechnen, der den Notfall meldete. Aber er war gerade noch rechtzeitig vor Ort, um den Plan umzusetzen.« Pierre sah zu Louis, der noch immer auf der Bank lag und tief und fest schlief. Dann fuhr er fort: »Ich glaube allerdings nicht an diese zur Schau gestellte Freundschaft. Soweit ich Espinas inzwischen einschätze, entspricht der Kollege Imbert allem, was er verabscheut.«

»Vielleicht …« Bartissol lachte bitter auf. »Vielleicht haben wir nun den Grund, warum Espinas so lange gezögert hat, das Lager mit den Wertsachen der Brüder Fouade zu verraten. Und warum die wertvollsten Dinge fehlen. Sein Bericht reichte lediglich aus, um die beiden in Untersuchungshaft zu bringen. Damit blieb Imbert genügend Zeit, sich zu bedienen.«

Pierre grinste. »Klingt nach einem fairen Tauschhandel. Eine falsche Identität gegen ein kleines Vermögen.«

Der *Commissaire* seufzte. »Na schön. Sie werden verstehen, dass ich das Ganze überprüfen muss. Zunächst werde ich einen Durchsuchungsbeschluss erwirken und die Kollegen von der Kriminaltechnik ins Missionarscamp schicken, um DNA-Proben aus dem Wohnwagen des Pastors zu nehmen. Und ich werde die Gendarmen, die als Erste am Ufer des *Étang de Vaccarès* waren, zeitnah bitten, sich Fotos von Espinas und Fernandez anzusehen.« Er lachte. »Das war gute Arbeit, Pierre. Wenn sich Ihre Theorie als richtig erweist, steht Minette Vigier tatsächlich im Fokus des Mörders. Ich werde lieber mal Verstärkung vor ihre Wohnung beordern. Wenn wir Glück haben, läuft uns Espinas in voller Kostümierung in die Falle.«

Pierre legte auf. Nun hieß es also wieder warten. Er goss sich ein Glas Wasser ein und trank einen großen Schluck.

Der Professor hatte ihm den entscheidenden Hinweis gegeben. Die Tage waren der Kern, um den sich sämtliche Morde drehten. Espinas war klug. Er hatte sie mit den angeblichen Weissagungen in die Irre geführt und dabei eine zweite Ebene etabliert, die mit den versteckten Warnungen vor falschen Propheten im Nachhinein einen Sinn ergab. Dennoch war sie verschlüsselt genug, damit er seinen Plan ungestört in die Tat umsetzen konnte.

Obwohl er zugeben musste, dass die Stellen, die Espinas den Heiligenlegenden entnommen hatte, gut gewählt waren und wie Stichwortgeber wirkten. Die Brüder im Glauben, das Handauflegen …

Pierre stutzte, dann suchte er nach der Kopie des Kettenbriefes und überflog das dritte Zitat.

Denn nicht Schafe oder Rinder brachte er dar, sondern opferte doppelt sich selber, und auch damit war er nicht zufrieden, sondern wollte noch den ganzen Erdkreis zum Opfer bringen, da er wie auf Flügeln über Land und Meer fuhr.

Es ging um Opfer. Opfer, mit denen er doppelt sich selber darbrachte. Oder vielleicht doppelt für seine Ex-Frau?

Pierres Herz krampfte sich zusammen. Sie hatten einen Fehler gemacht. Mit fliegenden Fingern wählte er die Nummer des *Commissaires*.

»Espinas wird nicht zu Minette Vigier fahren«, rief er so laut, dass Louis hochschrak und ein Murren von sich gab.

»Warum nicht?«

»Weil Imbert ihm die ganze Zeit von unseren Aktivitäten berichtet.«

»Natürlich«, entgegnete der Commissaire. »Aber die Fahndung ist in Vorbereitung, ebenso der Haftbefehl. Ich habe den Ermittlungsrichter soeben aus dem Bett geklingelt. Und bis wir die beiden festnehmen können, geben wir Minette Vigier Personenschutz.«

»Nur glaube ich nicht, dass sie das Ziel ist.«

»Wer denn dann?«

»Sie hat ein weiteres Kind bekommen, einen Jungen. Er muss etwa ein Jahr alt sein. Können Sie in Erfahrung bringen, ob er bei seiner Mutter ist?«

»Warten Sie, ich frage mal nach, hoffentlich ist sie noch wach. Ich melde mich sofort wieder.«

Pierre sank auf den Stuhl und blies langsam die Luft durch die Backen. Louis hatte sich inzwischen aufgerichtet und sah ihn mit geweiteten Augen an.

Nach vier Minuten rief der *Commissaire* zurück. »Das Kind ist bei der Großmutter, einer gewissen Valérie Soulier. Minette Vigier sagte, der freundliche Inspektor, der sie am Nachmittag befragt hatte, habe sie noch einmal angerufen und ihr geraten, das Kind so lange in Sicherheit zu bringen, bis der Mörder gefunden ist.«

»Das war Imbert! Wo wohnt die Großmutter?«

»In einer ehemaligen *cabane* an einem Flusslauf nahe dem *Canal du Rhône à Sète*. Ich fahre sofort los. Meine Unterkunft liegt in der *Rue du Port*, direkt gegenüber Ihrer Anlegestelle. Kommen Sie rasch zu der Brücke, die an der Nordseite des Kais über den Kanal führt, ich warte dort auf Sie.«

Pierre legte auf. Er rief Louis zu, hinter ihm abzusperren und sämtliche Fenster zu verriegeln, dann hastete er hinaus. Kletterte von Bord und rannte den Kai entlang in Richtung der Brücke.

Das Herz schlug ihm bis zum Hals, und seine Lunge

brannte, als er vor dem laufenden Wagen des *Commissaire* zum Stehen kam.

»Einsteigen!«, rief Bartissol. Und er raste los, kaum dass Pierre die Beifahrertür hinter sich zugeschlagen hatte. »Auf der Ablage liegt die Telefonnummer der Großmutter. Ich habe es gerade schon versucht, aber sie geht nicht ran.«

Sie rasten am linken Kanalufer entlang, bis sie die Häuser des Ortes weit hinter sich gelassen hatten, dann bogen sie links ab auf eine schlecht befestigte Straße.

Pierre wählte die Nummer und ließ es klingeln, siebenmal, achtmal, während das Licht der Scheinwerfer winzige Hütten streifte und Weidezäune. Als niemand abnahm, legte er auf und versuchte es sofort erneut.

Jetzt gab es nur noch die Natur. Als die Straße zum Feldweg wurde und die Baumreihen immer dichter standen, hoffte Pierre, dass der *Commissaire* sich in dieser Einöde auskannte.

Und dass sie nicht zu spät kamen.

37

Das Telefon klingelte erneut. Valérie Soulier schrak auf und erhob sich vom Sofa, wo sie sich ein provisorisches Lager bereitet hatte, um direkt zur Stelle zu sein, falls man sie brauchte.

Als sie beim Telefon ankam, hatte es aufgehört zu klingeln, und sie sah auf das Display, um zu prüfen, ob Minette angerufen hatte. Doch es war wieder eine Nummer, die sie nicht kannte.

Zuerst dachte sie, es wäre besser zurückzurufen, um in Erfahrung zu bringen, ob es dringend gewesen war, aber dann ließ sie die Hand sinken, zutiefst verunsichert. Was war das nur für eine Sache, in die Minette hineingeraten war?

Als sie ihr am Abend den Jungen brachte, hatte sie schwören müssen, gut auf ihn achtzugeben und niemandem die Tür zu öffnen, bevor sie ihr nicht persönlich Entwarnung gab. Das galt sicher auch für nächtliche Telefonanrufe.

Minette war blass gewesen unter ihrer gebräunten Haut und hatte sie eindringlich angesehen. »Pass gut auf Ángel auf, hörst du?«

Sie hatte den Kleinen fest an sich gedrückt und ihn dann in sein Bettchen gelegt, in dem sie selbst als kleines Kind geschlafen hatte, ebenso wie Alejandro. Sie hatten das wieder aufgebaut, als sich der kleine Ángel ankündigte. Und nun stand es in ihrem Schlafzimmer, als wäre es nie fort gewesen.

»Was ist denn los?«, hatte sie ihre Tochter gefragt.

»Ich weiß es ja selbst nicht. Nur, dass diese Kettenbriefe von einem Mörder stammen und dass ich das nächste Opfer sein könnte. Die Polizei will unsere Wohnung überwachen und hat mir geraten, den Kleinen in Sicherheit zu bringen. Ich will nicht, dass ihm etwas zustößt.« In ihren Augen stand nur mühsam unterdrückte Angst. »Noch einmal überlebe ich das nicht.«

Valérie legte eine Hand auf Minettes Arm, um sie zu beruhigen. »Aber wer will dir denn Böses? Mateo lebt nicht mehr. Hast du nicht sogar erleichtert aufgeatmet, als du von seinem Tod hörtest?«

»Ja«, antwortete sie leise, »aber dann wurde Josiane ermordet, und vielleicht ist nun auch für mich die Zeit der Abrechnung gekommen.«

Valérie hatte erschrocken aufgeschrien und ihre Tochter ganz fest in den Arm genommen, sie gebeten, gut auf sich aufzupassen. Dann hatte sie versprochen, den kleinen Ángel zu beschützen, und sei es mit ihrem Leben.

Bei dem Gedanken an ihre Tochter seufzte Valérie auf, und es kam ganz tief aus ihrem Inneren.

Auch sie hatte den Kettenbrief erhalten. Und sie wusste genau, was in ihrer Tochter vor sich ging. Viele Jahre lang hatte Minette mit sich gehadert und sich die Schuld am Tod ihres Sohnes gegeben, bis sie am Ende einsah, dass niemand diese Last von ihr nehmen konnte. Nicht der Pfarrer und auch nicht sie selbst. Nur Gott. Die Schatten, die sich über die Familie gelegt hatten, als der kleine Alejandro starb, waren zäh und klebrig und wichen auch nicht, nachdem Mateo nicht mehr lebte.

Nun war also der Zeitpunkt der Abrechnung gekommen …

In plötzlicher Sorge eilte Valérie ins Schlafzimmer und schaltete die Nachttischlampe ein. Beugte sich über das Kinderbett, in dem ihr Enkel tief und fest schlief.

Der Junge hatte sich freigestrampelt. Die Beine nackt, die Hände über dem Kopf, zu Fäustchen geballt. Er sah so friedlich aus. Wie ein Engel.

Ángel … Minette hatte darauf bestanden, ihm diesen Namen zu geben, und sich gegen ihren Mann durchgesetzt, der einen französischen Namen bevorzugte. Einen Namen, den der Junge später, wenn er zum Mann gereift war, mit Stolz tragen würde. Lucas, Nathan oder Hugo.

Als Valérie den Namen zum ersten Mal hörte, wusste sie sofort, dass Minette hoffte, der Kleine trage die Seele von Alejandro in sich.

Das Telefon klingelte erneut. Valérie ignorierte es auch diesmal. Behutsam strich sie dem Jungen über das seidenweiche Haar, dann löschte sie das Licht und verließ den Raum. Stellte sich an das einzige Fenster, dessen Holzläden sie nicht zugezogen hatte.

Vor ihr lag der Kanal, der freie Blick durchbrochen von wucherndem Gestrüpp aus vertrocknetem Wiesengras und Schilf, dazwischen vereinzelte Flaumeichen. Durch die Lücken konnte sie das Licht des Mondes auf dem Wasser glitzern sehen. Die Baumreihen am gegenüberliegenden Ufer – Tamarinden, Eschen und Ulmen – waren zu einem dunklen, unregelmäßigen Band verschmolzen.

Ein Hämmern ließ sie zusammenzucken. Jemand hatte den Türklopfer auf das Holz geschlagen. Sie vergewisserte sich, dass der Junge davon nicht aufgewacht war, und eilte zum Eingang. Darum bemüht, kein Geräusch zu machen.

»Madame Soulier? Polizei. Bitte öffnen Sie.«

Die Polizei? Was war geschehen?

Sie schlich zurück zum Fenster. Wenn sie das Gesicht an die Scheibe presste, konnte sie vielleicht sehen, wer vor der Tür stand. Vorsichtig lugte sie hinaus, hielt nach einem Streifenwagen oder nach etwas anderem Ausschau, das die Worte des Mannes unterstrich.

Auf dem Weg zum Haus stand ein unscheinbarer Geländewagen.

»Hören Sie, Madame Soulier, hier draußen läuft ein Mörder herum, es geht um Leben und Tod. Wenn Sie nicht sofort aufmachen, muss ich annehmen, dass Ihnen etwas zugestoßen ist, und die Tür aufbrechen.«

»Bitte nicht!«, rief sie von ihrem Platz am Fenster aus. »Können Sie sich ausweisen?«

Ein dunkler Schatten schob sich vor das Fenster, und sie erschrak, als wie aus dem Nichts ein Polizeiausweis gegen das Glas gedrückt wurde. Sie fuhr zusammen, beugte sich dann vor. Es war zu dunkel, sie konnte nur die Farben der *tricolore* in der linken oberen Ecke erkennen. Aber sie hatte noch nie einen echten Polizeiausweis gesehen, man hätte ihr alles Mögliche zeigen können.

»Ich komme gleich, ich ziehe mir nur schnell etwas über.« Das Herz klopfte ihr bis zum Hals, während sie überlegte, was zu tun sei und ob sie dem Fremden glauben sollte. Dann erinnerte sie sich an Minettes Worte und entschloss sich zur Vorsicht. Rasch eilte sie zum Sofa und griff unter das Kissen, wo die MAC 50 lag, eine halb automatische Waffe, die Arthur, Gott hatte ihn selig, vor vielen Jahren aus dem Algerienkrieg mitgebracht und über die Grenze geschmuggelt hatte.

Er hatte ihr einmal gezeigt, wie man damit umging. »Für den Notfall«, hatte er gesagt, und sie hatte es gleich wieder vergessen. Bis gestern.

»Ich werde Ángel beschützen«, hatte sie Minette versprochen, »notfalls mit meinem Leben.«

Valérie Soulier vergewisserte sich, dass das Magazin richtig eingerastet war, dann entsicherte sie die Waffe, wobei sie feststellte, dass ihre Finger stark zitterten. Schließlich schob sie das obere Gehäuse zurück, so, wie Arthur es ihr gezeigt hatte, und ging zur Tür. Sie würde dem Besucher bedeuten, dass alles in Ordnung war, ohne ihm zu öffnen. Und dann, so hoffte sie, würde er wieder gehen.

Sie lehnte sich gegen das Holz. »Danke, *Monsieur le policier*. Uns geht es gut. Sie brauchen sich keine Sorgen zu machen.«

Schweigen. Dann ein entsetzliches Krachen und Splittern. Die Tür brach auf, und der Schwung riss sie zu Boden, sodass ihr die Pistole entglitt. Benommen richtete sie sich auf und schrie, als sie eine teuflische Gestalt mit Hörnern erblickte, die sich in den Raum drängte und kurz innehielt, bevor sie die Tür zur Küche aufriss. Dann die zum Badezimmer. Um sich schließlich dem Schlafzimmer zuzuwenden. In den Händen hielt die Gestalt etwas Schwarzes, das wie eine Waffe aussah.

»Nein, nicht!« Valérie rappelte sich auf, entdeckte Arthurs Waffe weniger als einen Meter von ihr entfernt und kroch auf allen vieren darauf zu, getrieben von der Angst um ihren zweiten Enkelsohn. Sie hörte weder den Motor, noch sah sie das grelle Licht der Scheinwerfer, die sich über die Auffahrt tasteten. Stattdessen schrie sie dem Monster entgegen, es solle sie nehmen und nicht den Jungen. Dann hob sie die Waffe, bebend, ohne zu wissen, wie man zielt. Der behörnte Kopf sah im Licht der einfallenden Scheinwerfer furchterregend aus. Hätte sie vielleicht besser ein Kreuz nehmen sollen, um das Wesen zu vernichten?

Der Rückstoß war heftig. Holz splitterte von der Decke, und während sie rückwärts zu Boden fiel und sich über den ohrenbetäubenden Knall wunderte, den die Pistole von sich gegeben hatte, bemerkte sie, wie etwas Blitzendes über sie hinwegglitt. Kurz darauf ein weiterer Knall, dumpfer als der erste.

Das Monster fuhr herum, stürzte mit einem Brüllen zu Boden.

Der zweite Schuss war von der Tür gekommen. Valérie schluchzte auf und ließ die Waffe fallen.

»Alles in Ordnung, Madame? Hier spricht *Commissaire* Paul Bartissol. Es ist vorbei, Sie sind in Sicherheit.«

38

Sie blieben, bis der Hof vor der *cabane* von Blaulicht erhellt war. Auf der Rückfahrt sprachen Pierre und Bartissol kein Wort. Der Schreck saß ihnen noch immer in den Gliedern, keiner mochte sich ausmalen, was alles hätte passieren können, wenn sie nur fünf Minuten später eingetroffen wären. Wenn der Rückstoß der MAC 50 Madame Soulier nicht zu Boden gerissen und die Elektroden der manipulierten Waffe ihr Ziel erreicht hätten. Oder wenn Mateo Espinas' nächster Versuch erfolgreich gewesen wäre.

Die Kugel aus Bartissols Sig Sauer hatte ihn zu Boden gerissen, aber er hatte sich mit schmerzverzerrtem Gesicht wieder aufgerichtet und dabei die Elektroimpulswaffe nachgeladen. Pierre war sofort zu ihm gestürzt, um ihn am Boden zu fixieren. Hatte Espinas dann, nachdem der *Commissaire* ihm Handschellen angelegt hatte, den lebensecht wirkenden Stierkopf abgenommen.

Er würde den Anblick nie vergessen. Hatte er hinter der Verkleidung ein menschliches Monster erwartet, so lag vor ihm nun ein Mann, der keineswegs wie ein Mörder aussah, sondern wie ein normaler Familienvater, was ihn am meisten erschreckte.

Gut gegen Böse … Wie schnell Menschen ihre eigene Schuld ausblendeten, wenn sie für eine vorgeblich gerechte Sache kämpften.

»Warum …?«, flüsterte Pierre. »Es ist doch ein unschuldiges Kind. Genau wie Alejandro.«

Espinas sah ihn nur stumm an und brach schließlich in Tränen aus. Weinte noch immer, als die Sanitäter das Haus betraten und ihn auf die Trage hoben.

Als der *Commissaire* Pierre am Eingang zum Hafen absetzte, erwachte der Tag dunstig und kühl. Sie gaben sich die Hand, und Bartissol versprach, zu einem späten Frühstück vorbeizukommen, bevor Pierre seine Reise nach Béziers fortsetzte.

Und so saßen sie am Vormittag zu dritt bei zurückgefahrenem Glasdach unter freiem Himmel zusammen. Während die Menschen auf den Nachbarbooten das Mittagessen vorbereiteten, tranken sie frischen Kaffee und aßen Croissants mit Aprikosenkonfitüre und *fougasse d'Aigues-Mortes*. *Commissaire* Bartissol berichtete, dass die Kollegen Imbert am frühen Morgen aus dem Bett geholt hätten und dass er aufgrund der erdrückenden Beweislage geständig gewesen sei.

»Was geschieht jetzt mit Mateo Espinas?«, fragte Louis und ließ das angebissene Croissant sinken.

»Er musste notoperiert werden«, erzählte Bartissol. »Die Kugel hat eine Niere getroffen, aber ich habe vorhin die Nachricht erhalten, dass er durchkommt. Sobald er vernehmungsfähig ist, wird er dem Haftrichter vorgeführt.«

Offenbar zufrieden mit der Erklärung, biss Louis noch einmal ins Croissant. »Was waren das eigentlich für seltsame Hufspuren?«, fragte er kauend.

»Das waren aus Horn gefertigte Attrappen, die er unter einem Paar Eisgleiter befestigt hatte. Sie lagen mit Schlamm und Sand präpariert in seinem Auto.« Der *Commissaire* wandte sich an Pierre, der die Unterhaltung stumm verfolgt hatte. »Ich soll Ihnen übrigens die besten Grüße vom Bürgermeister von Aigues-Mortes ausrichten und Ihnen sagen, dass er Ihnen sehr dankbar ist. Ohne Ihre Kombinationsgabe wäre die Sache anders ausgegangen. Sollten Sie sich also irgendwann mal überlegen, hierherzuziehen, würde er sich sehr freuen, Sie in sein Team aufzunehmen.«

»Das ehrt mich«, sagte Pierre. Und er dachte an seinen eigenen Bürgermeister, dessen Wertschätzung nicht halb so groß war.

Was Charlotte ihm wohl hatte erzählen wollen?

Pierre sah über den Kanal, dessen Wasser im Licht der Sonne in sattem Oliv funkelte. Er nahm sich vor, den Präfekten anzurufen und sich für die Unterstützung zu bedanken. Dann würde er aufrecht und mit erhobenem Kopf nach Sainte-Valérie zurückkehren und sich zum Dienst melden. Er beschloss, Marechal künftig mit offenem Visier zu begegnen und ihm im Zweifel Grenzen aufzuzeigen.

Das Leben verlief nicht immer rund und glatt, und es wäre naiv, auf ideale Bedingungen zu warten, ohne selbst etwas dafür zu tun. Es war an der Zeit, sich dem Ganzen zu stellen. Er würde sein Bestes geben und seine Arbeit zum Wohle des Dorfes und dessen Bewohnern tun, geradlinig und ohne sich zu verbiegen.

Ein Rattern zog seine Aufmerksamkeit auf sich, und er drehte sich um. Eine junge Frau in türkisblauem Kleid kam den Kai entlang und zog einen kleinen Rollkoffer hinter sich her.

Pierre lächelte, und ihm wurde ganz warm in der Brust. Es gab nur eine Frau mit solchen kastanienbraunen Locken, nur eine mit einem derart hübschen Sonnenlächeln. Nur eine, bei der sein Herz aufging.

»Charlotte, was machst du denn hier?«

Er sprang auf, kletterte von Bord und eilte ihr entgegen.

Sie blieb stehen, biss sich auf die Unterlippe und wirkte auf einmal ungewohnt schüchtern. »Als du mir in der Früh die

SMS geschickt hast, dass ihr den Täter gefasst habt, da … Ich hab mir gedacht, ich nehme dein Angebot mit der Reise auf dem Hausboot an.«

Pierre lachte und schloss sie in die Arme. Überglücklich, dass sie bei ihm war. Egal, was das Leben noch für sie beide bereithielt, sie würden es hinbekommen. Denn eines war ihm in den vergangenen Tagen klar geworden: Die Beziehung zwischen ihnen beiden war etwas ganz Besonderes. Und er würde sein Bestes geben, dass sie gelang.

Epilog

»Bereit?«

»Aber sicher.«

Pierre strich sich einen imaginären Fussel von seinem dunkelblauen Poloshirt mit den azurblauen Streifen, direkt dort, wo das Logo der *police municipale* prangte. Dann sah er seinen Assistenten an, der in der Tür zur Wache stand, flankiert von Penelope, und ihn breit angrinste.

»Ist alles in Ordnung mit euch?«, fragte er irritiert.

»Na klar, alles bestens.« Luc nickte mit gespieltem Ernst.

»Viel Glück, Pierre«, sagte Penelope und zog Luc rasch wieder nach drinnen, wo die Klimaanlage für frische zweiundzwanzig Grad sorgte.

Pierre schüttelte verwundert den Kopf und ging die *Rue des Oiseaux* hinauf, bog schließlich nach links in Richtung der *Place du Village*. Die beiden verhielten sich den ganzen Vormittag über schon so merkwürdig. Und zwar seit er Luc erzählt hatte, dass er sich um zwölf Uhr bei Marechal zurückmelden wolle.

Als Pierre dem Dorfplatz zustrebte, flogen ein paar Spatzen auf und ließen sich auf der Terrasse des *Chez Albert* nieder. Bereit, sich auf jede Brotkrume zu stürzen, die von den Tischen fiel. Unter einem der Schirme entdeckte er Arnaud Rozier, der mit dem Anwalt François Pistou, dem Leiter der Poststelle und Madame Levy, der Kuratorin des Burgmuseums, beisammensaß. Pierre überlegte, hinzugehen und sie zu begrüßen, verwarf den Gedanken jedoch aus Sorge, am Ende unpünktlich zu sein.

Er würde später noch einmal herkommen. Erst wollte er dieses Gespräch hinter sich bringen.

Die Sonne schien vom stahlblauen Himmel, und die Luft flirrte. Für die kommenden Tage war leichter Wind angesagt und der eine oder andere Regenschauer. Eine kleine Abkühlung, bevor die Hitze unvermindert weitergehen sollte.

Als Charlotte und er am vergangenen Samstag in Aigues-Mortes abgelegt hatten, waren es drei Grad mehr gewesen. Pierre hatte sich telefonisch von Kalia verabschiedet, ihr für die unschätzbare Hilfe gedankt und sie nach Saintes-Valérie eingeladen. Dann hatte er die *péniche* den *Canal du Rhône à Sète* hinabgesteuert, der sich bald seinen Weg zwischen der Lagunenlandschaft und dem Mittelmeer bahnte.

»Was wolltest du mir eigentlich am Telefon noch erzählen?«, fragte Pierre Charlotte, als sie sich mit zwei Gläsern frisch gemachter *citronnade* neben ihn stellte und ihm eines reichte. »Du sagtest, es gehe um Marechal?«

Sie nickte. »Der Bürgermeister ist so ein falscher Hund. Er hat einen Plan ausgeheckt, um dich wieder loszuwerden.«

»Ein weiteres Mal?«

»Ja. Du glaubst gar nicht, was Gisèle herausgefunden hat! Ich soll dich ganz herzlich grüßen und dir sagen, wie sehr sie sich freut, dass du deinen Dienst wieder aufnimmst.« Charlotte erzählte ihm von dem verschwundenen Anschreiben, dem Protokoll, laut dem Marechal vorgegeben hatte, Pierre habe die versammelte Runde versetzt, und von dem Gespräch mit dem unbekannten Bewerber, das die Empfangsdame belauscht hatte. »Der Bürgermeister hat dich suspendiert, um seinen Duzfreund auf den Posten zu heben«, schloss sie. »Und er hat ihm in die Hand versprochen, dafür zu sorgen, dass er den Plan trotz der Einmischung des Präfekten auch durchzuziehen gedenkt.«

»Wieso erstaunt mich das nicht?«, entfuhr es Pierre, und er musste lachen, obwohl er hätte wütend sein sollen. »Keine Sorge, an mir wird er sich die Zähne ausbeißen.«

»Das hoffe ich. Es gibt eine Menge Menschen im Dorf, die dir den Rücken stärken. Gisèle, Luc, Penelope und Arnaud haben eine großartige Idee, wie wir Marechal mit seinen eigenen Waffen schlagen können.«

»Eine Idee?«

Sie grinste. »Luc hat inzwischen herausgefunden, wie der Kerl heißt, der deinen Job übernehmen soll. Das war recht einfach, weil er aus demselben Ort stammt wie der Bürgermeister. Wir haben überlegt, ihn im Namen von Sainte-Valérie in die *mairie* einzuladen, um diese unselige Intrige vor Zeugen auffliegen zu lassen.«

»Wie das?«

»Ganz einfach. Die Einladung ist neutral gehalten, aber auf offiziellem Papier verfasst. Damit muss Marechals Duzfreund davon ausgehen, dass der Bürgermeister dich losgeworden ist und er nun doch den Vertrag erhält. Während Gisèle ihn nach oben zu Marechals Zimmer begleitet, führt Arnaud einige Mitglieder des Gemeinderats unter einem Vorwand in die Empfangshalle und schaltet den Lautsprecher der alten Telefonanlage ein, die eine Verbindung zum Amtszimmer herstellt. Der Bürgermeister und sein Duzfreund werden sich irritiert über das Missverständnis austauschen. Zeitgleich drängen sich unten im Erdgeschoss die anwesenden Gemeinderatsmitglieder um den Lautsprecher und werden Zeugen der Intrige.«

Pierre entfuhr ein Lachen. »Ganz ehrlich? Das klingt nach einem Schwank aus dem Volkstheater. Hat Luc sich das ausgedacht?«

»Ja.« Charlottes Grinsen wurde breiter. »Du hast recht, es ist ausbaufähig. Aber sie machen alle mit, wenn du es willst.«

Pierre musste heftig schlucken. Der gute Luc. Und erst Gisèle … Sie begab sich in die Schusslinie, um ihm den Rücken zu stärken, obwohl es sie mit Sicherheit den Job kostete. Denn Marechal würde sich für diese Demütigung rächen.

Entschlossen schüttelte Pierre den Kopf. Er wollte seine Zukunft nicht länger in die Hände anderer legen, sondern selbst aktiv werden.

»So sehr mich euer Engagement begeistert, es ist mir schon unangenehm genug, dass der Präfekt sich eingemischt hat. Das fühlt sich an, als müsse man mich zum Jagen tragen. Nein, ich muss die Sache selbst klären.«

Mit einem Strahlen beugte sie sich zu ihm und gab ihm einen Kuss. »Das ist der Pierre, den ich kenne.«

Sie waren den ganzen Samstag durchgefahren und erreichten am frühen Abend Frontignan, wo sie auf die Öffnung der Hebebrücke am nächsten Morgen warten mussten, um in den *Étang de Thau* zu gelangen.

Und weil sie noch am Sonntag bis Béziers durchfahren wollten, damit Pierre gleich Montagfrüh seinen Dienst antreten konnte, liehen sie sich Fahrräder aus und besuchten Bouzigues. Jenen zauberhaften Fischerort am nördlichen Ufer des Sees, von dem Martin Cazadieu Pierre vorgeschwärmt hatte. Sie stellten die Fahrräder am alten Hafen ab und spazierten Hand in Hand durch die Gassen, machten Fotos von bunten Fischerhäusern, schlenderten die sandige Promenade entlang. Schließlich nahmen sie in einem winzigen, aber sehr atmosphärischen Restaurant Platz, das sich *Le petit Bouzigues* nannte. Sie bestellten als *entrée* überbackene Muscheln mit Knoblauch und Petersilie, frische Austern und Piementos mit Meersalz und aßen zum Hauptgang butterzarten *poulpe grillé*.

Dazu tranken sie einen blumig-intensiven *Viognier* von der Rhône.

Es waren schöne Tage gewesen, wenn auch ein wenig kurz. Pierre hatte Charlotte von dem Fall erzählt und von Kalia, deren Schicksal ihn zutiefst berührt hatte, ebenso wie das des kleinen Alejandro.

Sie redeten über alles Mögliche, nur nicht über die Zukunft. Genossen einfach nur das Beisammensein, die Nähe des anderen. Und als Pierre kurz vor Béziers den Impuls verspürte, Charlotte einen Heiratsantrag zu machen, hielt er kurz vorher inne. Er dachte, dass er die Frage aller Fragen an einem besonderen Ort stellen sollte, der der Größe des Anlasses entsprach. Er wollte vorbereitet sein, einen Ring besorgen und Champagner. Denn dass er es tun wollte, dessen war er sich sicher.

Die Glocken der *Église Saint-Michel* schlugen zwölf und schreckten Pierre aus seinen Gedanken. Die Mittagssonne warf ihr weißes Licht auf die Fassaden der umliegenden Häuser und auf den Balkon der *mairie*, den der Bürgermeister in diesem Moment betrat. Marechal stützte die Hände auf das Geländer und ließ den Blick über die *Place du Village* schweifen wie ein König über sein Reich. Und gerade als Pierre dachte, er hebe die Hand, um seinen Untertanen zu huldigen, blickte Marechal in seine Richtung. Er runzelte die Stirn und ging wieder hinein.

Pierre nickte. Es war an der Zeit, die Höhle des Löwen zu betreten.

Maurice Marechal saß an seinem Schreibtisch, den Blick auf einige Papiere geheftet, und ließ ihn Platz nehmen, bevor er Pierre endlich ansah.

»Das sind Sie ja wieder! Herzlich willkommen zurück. Ich denke, wir sollten unseren alten Streit begraben und noch einmal von vorne beginnen.«

Er sah gut aus mit dem faltenfreien weißen Oberhemd und dem gewinnenden Lächeln. Wüsste Pierre nicht um seinen wahren Charakter, man hätte meinen können, vor ihm sitze ein junger, dynamischer Bürgermeister, der nur das Beste für den Ort und seine Polizei wollte.

Aber Pierre würde sich nicht länger von ihm einwickeln lassen.

»Hören Sie auf mit dem Getue«, sagte er. »Ich weiß, dass Sie mich am liebsten dort sähen, wo der Pfeffer wächst.«

Marechal runzelte die Stirn. »Nanu? Wie kommen Sie darauf?«

»Sie haben einen schweren Fehler begangen. Sie haben geglaubt, Sie könnten dem versammelten Gemeinderat vormachen, ich sei nicht an einer Aussprache interessiert. Sie dachten, es würde niemandem auffallen, weil ich mich verkrochen und dem Dorfleben den Rücken zugekehrt hatte. Ja, das war *mein* Fehler, aber diese Zeiten sind vorbei. Ich bin wieder da.«

»Allerdings, das sind Sie«, kam es eisig zurück. Marechal verschränkte die Arme. »Und nun? Was haben Sie vor? Sind Sie hergekommen, um mir eine Szene zu machen?«

Pierre schüttelte den Kopf. »Ich möchte nur, dass Sie mich ernst nehmen. Und mich meinen Job machen lassen. Sparen Sie sich in Zukunft Ihre Trickserei, damit kommen Sie nicht mehr durch.«

»Soll das etwa eine Drohung sein?« Marechals Stimme klang schneidend.

»Nein, nur ein guter Rat.«

Der Bürgermeister beugte sich vor und stützte die Hände auf. »Sehen Sie sich vor, Monsieur Durand«, zischte er. »Noch ist nicht aller Tage Abend. In meinem Team kann ich keine Beamten brauchen, die nicht auf meiner Linie sind. Sie sind kein Mann, der sich in ein Korsett pressen lässt. Ich brauche mich also nur zurückzulehnen und abzuwarten, bis Sie einen Schritt zu weit gehen und diese Linie übertreten. Und dann werde ich da sein und zuschlagen.« Er erhob sich. »Ich freue mich schon darauf. *Au revoir, Monsieur le policier*.«

Auch Pierre stand auf. Sie standen sich gegenüber und funkelten sich an.

»Eine Frage noch«, knurrte Pierre. Er wollte Klarheit haben, bevor er ging. »Was ist mit der anonymen Anzeige gegen Arnaud Rozier? Waren Sie das?«

Marechal hielt überrascht inne, dann zuckte ein Lächeln über sein Gesicht. »*Touché!*« Er bleckte die Zähne. »Ich glaube, Sie verkennen den Ernst der Lage. Sainte-Valérie ist etwas ganz Besonderes. Es gibt einige Maßnahmen, mit denen sich das Dorf hier im Luberon bis an die Spitze bringen lässt, noch vor Gordes. Die Entlassung unfähiger Politiker voranzutreiben ist nur eine davon.«

»Sie sind ein Riesenarsch, wissen Sie das?«

»Danke, gleichfalls.«

Pierre wandte sich um und verließ den Raum.

Er hatte also tatsächlich Arnaud die Behörden auf den Hals gehetzt, er hatte es gerade eben zugegeben. Schade nur, dachte Pierre, während die Treppe hinab ins Erdgeschoss stieg, dass es dafür keine Zeugen gab.

Als er die Empfangshalle betrat, wich er überrascht zurück. Vor ihm stand Arnaud Rozier mitsamt dem Anwalt François Pistou und dem Leiter der Poststelle, Roland Germain, neben Madame Levy, der Kuratorin des Burgmuseums. Sie sahen ihm mit offenen Mündern entgegen, bis sich Pistou aus der Erstarrung löste und ihm anerkennend auf die Schulter klopfte.

»Was macht ihr denn hier?«, entfuhr es Pierre.

»Tja«, meinte Arnaud Rozier gedehnt. »Wir haben die neue

Ausstellung besprochen und wollten gerade weiter ins Burgmuseum. Ich wollte eigentlich nur schnell ein paar Formulare holen, bevor die *mairie* über Mittag schließt. Wir sind zufällig hinzugekommen, als …« Er hob die Schultern und setzte einen unschuldigen Blick auf.

Pierre schmunzelte. Der Triumph in Roziers Augen war ihm nicht entgangen. »Sagen Sie nicht, der Lautsprecher war an.«

In diesem Moment trat Gisèle hinter ihrem Empfangstisch hervor und zwinkerte Pierre zu.

»Das ist mir wirklich schrecklich unangenehm«, sagte sie mit einem verschmitzten Lächeln. »Ich habe wohl die falsche Taste gedrückt. Aber Sie wissen ja, wie das bei mir ist. Mit der Technik stehe ich auf Kriegsfuß.« Sie reckte sich an sein Ohr. »Ich konnte einfach nicht widerstehen«, wisperte sie. »Sind Sie mir sehr böse?«

»Böse?« Pierre nahm sie in den Arm. »Sie sind die Beste!«

Die Sache würde Maurice Marechal nicht vom Thron stoßen. Seine Intrigen waren rechtlich gesehen kein schwerer Verstoß gegen die Gemeindeordnung, sondern nur ein Charakterfehler. Kein Disziplinargericht der Welt würde ihn deswegen des Amtes erheben.

Aber Arnaud Roziers Ruf war endlich wiederhergestellt. Und das war das Wichtigste.

Anmerkungen der Autorin

Das charmante Dörfchen Sainte-Valérie liegt irgendwo zwischen Weinbergen und Olivenhainen in der Nähe von Gordes. Wer es auf der Landkarte sucht, wird feststellen, dass es den Ort in der Realität gar nicht gibt. Ebenso wenig den Berg, auf dem es liegt, und somit auch die Straße, die hinunter ins Luberontal führt.

Nicht nur Sainte-Valérie ist meiner Fantasie entsprungen, sondern auch dessen Bewohner sowie alle Personen und deren Handlungen in diesem Buch. Ähnlichkeiten mit toten oder lebenden Personen oder realen Ereignissen sind nicht beabsichtigt und wären rein zufällig.

Auch beim französischen Polizeisystem habe ich etwas gestrafft. Dieses unterscheidet sich stark vom deutschen, weshalb sich manche Dienstbezeichnungen nicht adäquat übersetzen lassen. Daher habe ich vom ersten Band der Krimireihe an beschlossen, teilweise eine literarische Form in der Tradition der Maigret-Übersetzungen zu verwenden.

Real hingegen sind die klimatischen und gesellschaftlichen Entwicklungen in der Camargue sowie der zunehmende Einfluss der charismatischen Kirchen. Die Beschreibung des Alltags der fiktiven Pfingstgemeinde *Mission de la Lumière* wurde inspiriert von umfangreichem Material aus Dokumentationen, Videomaterial und Interviews.

Dieser Fall berührt viele sensible Themen, und ich habe mich bemüht, dem mithilfe intensiver Recherchen gerecht zu werden. Letztlich ist dies jedoch ein Kriminalroman, der seine Leserinnen und Leser nicht nur informieren, sondern vor allem unterhalten soll. Daher musste ich mich dabei auf das Wesentliche beschränken.

All jenen, die sich darüber hinaus zum Leben der *gitans* und zu den Hintergründen der wachsenden Einflussnahme der Pfingstkirchen informieren wollen, lege ich die Dissertation *Les Enfants de Dieu* der Ethnologin Michaela Chorinsky nahe, die gut zwei Jahre in einer Gastfamilie der *gitans* gelebt hat und deren Aufzeichnungen mir von unschätzbarem Wert waren.

Zur Einordnung der Rückkehr von konservativ-patriarchalisch geprägten Religionen haben mir die Studien des Religionssoziologen Martin Riesebrodt sehr geholfen. Sein Buch *Die Rückkehr der Religionen* ist ein enorm wichtiger Beitrag zum Hintergrundverständnis.

Glossar

À toi, mon Dieu, je me donne, je me donne tout entier!	Dir, mein Gott, gebe ich mich hin, ich gebe mich ganz hin! Auszug aus dem Liederbuch einer Pfingstgemeinde. Text: Édouard Monod
aïoli	okzitan.: alh e òli = Knoblauch und Öl; würzige Creme
Alors quoi?	Na und?
bien sûr	natürlich
bière (à la) pression	Bier vom Fass
bisou	Küsschen
bon	gut
cabane	Schuppen, Hütte. Hier: *cabane de gardian*, Unterkunft eines Stierhüters
carte nationale d'identité	Personalausweis
citronnade	Zitronenlimonade
cocarde	Stoffrosette. Hier: Schleife. Zwischen den Hörnern des Stiers befestigte Trophäe.
Cocarde d'Or	bedeutender Stierwettkampf in Arles, findet jährlich am ersten Montag im Juli statt

Course camarguaise	Ein – im Gegensatz zur blutigen Corrida – unblutiger Wettkampf. Der Held ist hier nicht der Mensch, sondern der Stier.
entrée	hier: Vorspeise
épicerie	hier: Delikatessengeschäft (*épicerie fine*)
Et voilà	Das wär's.
étang	Küstensee, flaches Gewässer
fleur de sel	wörtlich: Salzblume; feinkörniges Meersalz
flic	umgsspr. für Polizist; Bulle
gardian	berittene Stierhüter
gens du voyage	Sammelbegriff für die Gemeinschaft der Reisenden ohne festen Wohnsitz, ungeachtet der Herkunft, der sozialen oder wirtschaftlichen Verhältnisse.
gitan(e), gitan(e)s	Bezeichnung einer Gemeinschaft, die aus dem Katalonischen und dem Andalusischen stammt. Wird fälschlicherweise oft mit *Zigeuner(in)* übersetzt und als Sammelbegriff ethnischer Minderheiten (*rom*, *manouches* etc.) verwendet.
ma douce	Kosename: meine Sanfte, meine Süße
mairie	Bürgermeisteramt, entspricht dem Rathaus in Orten mit Stadtrecht
Mes désirs, avec leur flamme, que tu peux seul apaiser.	Meine Sehnsüchte, mit ihrer Flamme, die nur du besänftigen kannst. (Auszug aus dem Liederbuch einer Pfingstgemeinde. Text Édouard Monod)
Maître	wörtlich: Meister. Anwaltstitel
maman	Mama

manade	Herde halb wild lebender Stiere, Rinder oder Pferde; Bezeichnung des Zuchthofes
manouches	Sinti; Untergruppe der Roma – ursprünglich vom indischen Subkontinent stammend –, die sich vor über 600 Jahren im westeuropäischen Raum niedergelassen haben.
Merde!	Scheiße!
Mission de la Lumière	Wörtlich: Mission des Lichts
mon ami	mein Freund
Mon Dieu!	mein Gott!, umgsspr.: meine Güte
Monsieur le curé	(kath.) Pfarrer
Monsieur le maire	Bürgermeister
Monsieur le préfet	Präfekt
N'est-ce pas?	Nicht wahr?
payo (m), paya (w), payou (Pl.)	Bezeichnung für nicht zu den *gitans* Gehörende (Plural im Spanischen = payos). Wörtlich: Bauer
Pasteur	(evang.) Pastor
persillade	Petersiliencreme aus gehackter Petersilie, Knoblauch, Öl, Salz und Zitrone
pic	Gipfel
Pôle emploi	nationale Arbeitsvermittlung in Frankreich, Arbeitsagentur
pont	Brücke
police technique et scientifique	technische und wissenschaftliche Polizei; Kriminaltechnik
poulet rôti	Brathähnchen
poulpe grillé	gegrillter Tintenfisch
Putain!	Verdammt!/Scheiße! (Ursprünglich: Hure, Schlampe)

raseteur	auch: *razeteur*, wörtlich: Rasierer. Stierwettkämpfer, der versucht, die Trophäe mithilfe eines *crochet* (Metallkralle) abzustreifen.
rassemblement évangélique	wörtlich: evangelikale Vereinigung, Kundgebung; Bezeichnung für das Jahrestreffen der verschiedenen Pfingstgemeinden unter der Dachorganisation der *Mission évangélique des Tziganes* (auch: *Vie et Lumière*)
Rassemblement National	früher: *Front National.* Rechtspopulistische Partei mit teils rechtsextremen Ansichten unter dem Parteivorsitz von Marine le Pen
roms	Roma; ursprünglich vom indischen Subkontinent stammend, haben sich vor über 600 Jahren im ost- und südeuropäischen Raum niedergelassen
saucisson de taureau	luftgetrocknete Salami vom Stier; Spezialität der Camargue
saline	Salzgewinnungsanlage
Salut!	Hallo!
(le) Seigneur	der Herr, Gott
Service d'assistance médicale d'urgence	medizinischer Notfalldienst
Touché!	Treffer!
tziganes	(auch: *tsiganes*) Wörtlich: Zigeuner. Wird im Französischen (im Unterschied zum Deutschen) nicht nur diskriminierend verstanden. *Roms*, *manouches* und *gitans* u. a. sammeln sich mit neuem Selbstbewusstsein unter dieser Bezeich-

	nung in religiösen und politischen Bewegungen. Z.B.: *Mission évangélique des tziganes*
yéniches	Jenische. Ursprung ungeklärt. Zumeist fahrende Berufsgruppen wie Schausteller, Messerschleifer oder Korbflechter.
Zut!	Verdammt!/So ein Mist!

Rezepte zu »Provenzalischer Stolz«

Liebe Leserinnen und Leser,

der siebte Fall von Pierre Durand führt durch die Camargue, zu wildschönen Naturlandschaften, Wallfahrtsorten und alten Fischereihäfen. Die Küche ist vielseitig. Sie besteht aus Variationen provenzalischer Gerichte mit regionalen Produkten wie Reis oder Stierfleisch, dazu gibt es durch den kulturellen Einfluss der *gitans* deutliche spanische Einflüsse. Aber vor allem spielen Meeresfrüchte eine große Rolle.

Ob Muscheln, Crevetten oder fangfrischer Fisch: Die Zubereitung ist denkbar einfach und verspricht immer ein großartiges Ergebnis. Gegrillt oder scharf gebraten, serviert mit *persillade*, *aïoli* und *fleur de sel* (gerne mit Safran und/oder Kurkuma aromatisiert) und mit Zitrone beträufelt – mehr braucht es nicht für ein gelungenes Essen!

Probieren Sie doch einfach die *paëlla camarguaise*, in der all das zusammenkommt: regionale Produkte, die spanische Küche und Meeresfrüchte. Darüber hinaus finden Sie auf den folgenden Seiten das Rezept für die *agriade Saint-Gilloise* (auch *agrillade* oder *aigrillade* genannt), die Kalia Pierre auf dem Hausboot serviert. Und Sie erfahren das Geheimnis der Zubereitung einer süß-saftigen *fougasse d'Aigues-Mortes*.

Wer beim Lesen Lust bekommen hat, sich einmal quer durch die Küche Südfrankreichs zu kochen, dem empfehle ich mein Kochbuch *Provenzalischer Genuss*. Oder Sie werfen einen Blick auf meine Homepage www.sophie-bonnet.de, auf der Sie neben Informationen rund um die Provence und Einblicken in den Autorinnenalltag auch das Rezept für Charlottes *tarte frangipane aux abricots* finden.

Ich wünsche Ihnen wie immer viel Vergnügen beim Zubereiten und *bon appétit*.

Ihre
Sophie Bonnet

Paëlla Camarguaise

Diese südfranzösische Paëlla-Variante findet man häufig im Straßenverkauf, auf Märkten und auf der Speisekarte vieler Restaurants in der Camargue. Manche nennen sie auch *paëlla gitane.*

Im Unterschied zur spanischen Reispfanne werden hier die traditionell gefertigte Stiersalami und Reis aus der Camargue verwendet. Dabei wird weißer Reis mit rotem gemischt, der einen schönen nussigen Geschmack und etwas mehr Biss hat. Die rote Farbe ist übrigens auf die tonhaltige Erde zurückzuführen, sobald man das Reiskorn schält, ist das Innere wie bei allen anderen Sorten weiß.

In diesem Kriminalfall isst Pierre eine *paëlla* mit getrockneten Tomaten. Die industriell gefertigten schmecken wegen der Zusatzstoffe meist viel zu intensiv. Will man sie selbst herstellen, muss man halbierte und entkernte Tomaten auf ein Blech legen, mit Salz, etwas Zucker und Thymianblättchen bestreuen und über 4 Stunden im 90 Grad heißen Backofen trocknen lassen.

Für 6 Personen

Zubereitungszeit:
50 Minuten + 40 Minuten Garzeit

500 g Miesmuscheln
350 g Crevetten (mit Schale, entdarmt)
1 Gemüsezwiebel
2 Knoblauchzehen
8 EL Olivenöl zum Braten
1 TL brauner Zucker
1 EL Tomatenmark
1,5 l Gemüsebrühe
400 g Hähnchenbrustfilet
Salz
Pfeffer
150 ml Weißwein
250 g *sauccisson de taureau* (Stiersalami; alternativ: Iberico-Salami)
1 rote Paprikaschote
6 Fleischtomaten
1 Bund Petersilie
1 TL Paprikapulver edelsüß
1 TL Paprikapulver rosenscharf
250 g Riz blanc de Camargue (alternativ Langkornreis)
100 g Riz rouge de Camargue (alternativ: Natur- oder Wildreis)
0,1 g Safranfäden
1 TL Kurkuma
100 g TK-Erbsen
200 g TK-Prinzessbohnen
1 Zitrone
Zubehör:
Paëllapfanne (alternativ die bereits gegarten Zutaten in einer weiteren Pfanne warm halten)

1. Die Muscheln unter fließendem Wasser gründlich abbürsten. Bereits geöffnete oder beschädigte Exemplare aussortieren (entfällt bei Tiefkühlware, da diese vorgegart ist). Kühl stellen. Die Crevetten abbrausen und abtropfen lassen. Die Schalen entfernen und aufbewahren. Die Zwiebel und den Knoblauch abziehen und fein würfeln.

2. 3 Esslöffel Öl in einem Topf auf mittlerer Stufe erhitzen. Die Crevettenkarkassen darin rösten. Sobald sie sich rot verfärben, mit Zucker bestreuen und karamellisieren lassen. Die Hälfte der Zwiebel- und Knoblauchwürfel sowie das Tomatenmark hinzugeben. Nach etwa 3 Minuten mit der Gemüsebrühe ablöschen und köcheln lassen, bis das Ganze auf etwa 1 Liter reduziert ist. Den Fond durch ein Sieb gießen und beiseitestellen.

3. In der Zwischenzeit das Hähnchenbrustfilet in etwa 3 Zentimeter große Stücke schneiden und mit Salz und Pfeffer würzen. 2 Esslöffel Öl in der Paëllapfanne auf höchster Stufe erhitzen. Die Hähnchenstücke rundum scharf anbraten. Dann Temperatur auf mittlere Hitze reduzieren, 5 Minuten weiterbraten und zwischendurch wenden. Nach Ende der Garzeit beiseitestellen. Den Bratensatz mit dem Wein ablöschen und ebenfalls beiseitestellen.

4. Die *saucisson* von der Pelle befreien und in etwa 0,5 Zentimeter dünne Scheiben schneiden. Größere Scheiben zerteilen. Die Paprikaschote waschen, halbieren, entkernen und würfeln. Die Tomaten am Stielansatz einritzen, heiß überbrühen und mit kaltem Wasser abschrecken, dann häuten, halbieren, entkernen und das feste Fruchtfleisch ohne Stielansatz würfeln. Die Petersilie waschen, trocken schütteln und fein hacken.

5. Weitere 3 Esslöffel Öl in der Pfanne erhitzen und darin das edelsüße und das rosenscharfe Paprikapulver anrösten. Restliche Zwiebel- und Knoblauchwürfel hinzugeben und glasig dünsten. Die Wurstscheiben mit den Paprikawürfeln dazugeben, etwa 3 Minuten anbraten. Die Hälfte der Petersilie sowie der Tomatenwürfel einrühren und alles

an den Rand der Pfanne schieben (oder in einer zweiten Pfanne bei niedriger Temperatur warm halten).

6. Den Camargue-Reis so lange waschen, bis das Wasser klar ist. In der Pfanne 3 Minuten unter ständigem Umrühren anrösten. Mit dem Fond und dem abgelöschten Bratensatz auffüllen und mit Safran, Kurkuma, Salz und Pfeffer würzen.

7. Den Reis bei mittlerer Hitze 10 Minuten garen. Achtung: Der rote Camargue-Reis darf nicht kochen, sonst platzt die Schale auf.

8. In der Zwischenzeit die Erbsen und Bohnen in kochendes Salzwasser geben. Bei ausgeschaltetem Herd 7 Minuten ziehen lassen, anschließend mit eiskaltem Wasser abschrecken, damit sie ihre grüne Farbe behalten.

9. Crevetten, Muscheln und Hähnchenstücke in die Pfanne geben. Alles mit Alufolie abdecken und bei mittlerer Hitze weitere 10 Minuten garen. Zwischendurch immer mal wieder umrühren, damit die Meeresfrüchte am Ende durchgegart sind.

10. Kurz vor Ende der Garzeit die restlichen Tomatenwürfel und die Petersilie mit den Erbsen und Bohnen hinzugeben. Die Paëlla mit Zitronensaft beträufeln und in der Pfanne servieren.

Tipp: Auf den Salzwiesen und an den Ufern der *étangs* wachsen *salicornes,* ein sogenannter Queller, auch als Meeresspargel bekannt. Diese Spezialität aus der Camargue findet man auch hierzulande immer häufiger bei gut sortierten Obst- und Gemüsehändlern oder auf Wochenmärkten.

Salicornes nehmen Salz und Mineralien aus dem Wasser auf und sind daher besonders nährstoffreich. Kurz blanchiert und mit etwas Olivenöl und Zitrone beträufelt sind sie eine hervorragende Ergänzung zur *paëlla*.

Agriade Saint-Gilloise

Dieses Schmorgericht gilt als traditionelles Essen der Rhône-Schiffer und ist eine Spezialität aus Saint-Gilles – jenem Ort, an dem Pierres Fahrt mit dem Hausboot beginnt. Es ähnelt der *broufade* aus Arles, die bereits 1897 in Frédéric Mistrals Gedicht *Le poème du Rhône* erwähnt wurde.

Für das Fleisch wird das *paleron* (deutsch: Bugstück) verwendet, das sich am Vorderbein in der Nähe des Schulterblatts befindet. Alternativ kann man auch Rindernuss, Oberschale oder Bäckchen nehmen. Mit der Marinade geschichtet, reift das Fleisch über Nacht, wodurch es aromatisch und am Ende des Garvorganges sehr zart wird.

Für 4 Personen

Zubereitungszeit: 20 Minuten + 12 Stunden Ruhezeit + 2½ Stunden Garzeit

500 g Zwiebeln
2 Knoblauchzehen
½ Bund Petersilie
70 g Sardellen in Öl (Abtropfgewicht)
100 g Kapern (Abtropfgewicht)
150 g Cornichons
80 ml Olivenöl
Pfeffer
1,5 kg Rinderbug in feinen Scheiben von etwa 1,5 Zentimetern
4 Zweige Thymian
2 Lorbeerblätter
200 ml Wasser
Salz

1. Für die Würzmarinade Zwiebeln und Knoblauch abziehen und in grobe Würfel schneiden. Die Petersilie waschen und trocken schütteln. Die Sardellen unter fließend kaltem Wasser von sichtbaren Salzkristallen befreien. Alle Zutaten mit den Kapern und Gurken im Handmixer grob zerkleinern, dabei 60 Milliliter Öl nach und nach hinzugeben. Mit Pfeffer würzen.

2. Mit dem restlichen Öl den Boden des Schmortopfes bedecken. Eine Schicht Fleisch hineingeben und mit Würzmarinade bedecken. Im Wechsel fortfahren und mit der Marinade abschließen. Den Thymian waschen und trocken schütteln, zusammen mit den Lorbeerblättern auf die oberste Schicht legen. Zugedeckt im Kühlschrank mindestens 12 Stunden ziehen lassen.

3. Am nächsten Tag den Topf eine halbe Stunde vor dem Erhitzen aus dem Kühlschrank nehmen. Den Backofen auf 150 Grad Ober-/Unterhitze (130 Grad Umluft, Gas Stufe 1)

vorheizen. Die Schichten mit 200 Milliliter Wasser begießen und 2½ Stunden im heißen Ofen zugedeckt schmoren.

4. Am Ende der Garzeit Thymianzweige und Lorbeerblätter entfernen und den Schmorbraten mit Salz abschmecken. Dazu passt Camargue-Reis.

Fougasse d'Aigues-Mortes

Dieses süße Hefegebäck war ursprünglich Teil der dreizehn Desserts, die man in der Provence traditionell an Weihnachten reicht. Bis der Bäcker Jean-Marie Barthélémy aus Aigues-Mortes 1975 beschloss, die nach dem Geheimrezept seines Großvaters gebackene Variante das ganze Jahr über anzubieten. Mit großem Erfolg. Seither gehört die *fougasse d'Aigues-Mortes* zum festen Repertoire sämtlicher Bäckereien des Ortes.

Das Originalrezept ist noch immer unter Verschluss. Allerdings gibt es in einem alten Kochbuch statt eines Rezeptes ein sehr aufschlussreiches Foto, auf dem sämtliche Zutaten gezeigt werden. Darunter befinden sich – anders als in manch kursierendem Rezept – auch Zitronen- und Orangenzesten, die dem Ganzen ein besonderes Aroma verleihen.

Unverzichtbarer Geschmacksgeber ist das *eau de fleur d'oranger*, das Orangenblütenwasser, das man in Frankreich häufig zur Aromatisierung von Gebäck verwendet (beispielsweise bei den *navettes*). Man erhält es in gut sortierten Gewürzläden oder bestellt es online. In vielen Rezepten werden bis zu achtzig Milliliter davon verwendet. Mir persönlich ist dies zu dominant, es erinnert mich zu sehr an Seife. Am liebsten mag ich es, wenn das *eau de fleur d'oranger* den Geschmack der *fougasse* angenehm unterstreicht. Probieren Sie es selbst aus und sprühen Sie einfach etwas zusätzliches Orangenblütenwasser darauf, wenn Sie das Aroma intensivieren wollen.

12 Stücke

Zubereitungszeit:
30 Minuten + 40 Minuten Ruhezeit + 30 Minuten Backzeit

3 Eier
200 g feiner Zucker (davon 50 g für die Kruste)
1 Prise Salz
1 Bio-Orange
1 Bio-Zitrone
20 ml Orangenblütenwasser *(eau de fleur d'oranger)*
100 ml Milch
150 g Crème fraîche
350 g Mehl
1 Beutel Trockenhefe
100 g kalte Butter
2 EL Zitronensaft

1. Eine Auflaufform mit etwas Butter einfetten. Eier, 150 Gramm Zucker und 1 Prise Salz mit dem Schneebesen in einer Schüssel schaumig schlagen. Die Orange und die Zitrone heiß waschen und trocken reiben. Je 1 Esslöffel Schale abreiben. Die Orangen- und Zitronenschalen und das Orangenblütenwasser hinzugeben. Die Zitrone halbieren, den Saft einer Hälfte auspressen und aufbewahren.
2. Milch und Crème fraîche in einem Topf auf Zimmertemperatur erwärmen und in der Schüssel mit dem Eischaum verrühren. Das Mehl mit der Trockenhefe mischen und hineinsieben. Mit dem Knethaken des Handrührers vier Minuten lang durcharbeiten. Den Teig in die gefettete Auflaufform füllen, mit einem Handtuch abdecken und etwa 40 Minuten gehen lassen.
3. Den Backofen bei 180 Grad Ober-/Unterhitze (160 Grad Umluft, Gas Stufe 2-3) vorheizen. Die Hälfte der kalten Butter in Flöckchen teilen und in regelmäßigen Abstän-

den in den Teig drücken. Im Ofen auf mittlerer Schiene 20 Minuten backen.

4. Die restliche Butter erwärmen und 2 Esslöffel Zitronensaft unterrühren. Die Zitronenbutter auf der *fougasse* verteilen und mit dem restlichen Zucker bestreuen. Weitere 10 Minuten backen.

5. Die *fougasse* aus dem Ofen nehmen, etwas abkühlen lassen und auf einer Platte servieren. Lauwarm schmeckt sie am besten.

Sein sechster Fall führt den liebenswerten französischen Ermittler Pierre Durand in die faszinierende Welt des Parfüms.

336 Seiten. ISBN 978-3-7341-0898-3

Es ist Mitte Mai in der Provence. Pierre Durand genießt das Zusammenleben mit Charlotte, doch als deren Jugendfreundin Anouk auftaucht, ist es mit der Idylle vorbei. Die Rosenzüchterin steht unter Mordverdacht – ihr Nachbar wurde tot in seinem »Archiv der Düfte« aufgefunden, wertvolle Dokumente fehlen. Charlotte ist von der Unschuld ihrer Freundin überzeugt. Die Beweislage ist alles andere als eindeutig, und so macht Pierre sich auf die Suche nach der Wahrheit. Seine Ermittlungen führen ihn über Grasse bis ans Mittelmeer, wo drei Wochen zuvor bereits ein Parfümeur unter verdächtigen Umständen ums Leben kam …

Lesen Sie mehr unter: **www.blanvalet.de**